SO AUF ERDEN

Davide Enia

SO AUF ERDEN

ROMAN

Deutsch von Moshe Kahn

BERLIN VERLAG

FSC
www.fsc.org
MIX
Papier aus verantwortungsvollen Quellen
FSC® C014889

Die Originalausgabe erschien 2012 unter dem Titel *Così in terra*
bei Baldini Castoldi Dalai editore S.p.A. – Milano

Umschlaggestaltung: ZERO Werbeagentur, München
Typografie: Birgit Thiel, Berlin
Gesetzt aus der Aldus von Fagott, Ffm
Druck & Bindung: Pustet, Regensburg
Printed in Germany
ISBN 978-3-8270-1220-3

www.berlinverlag.de

und ich bin hier
in der Blüte meiner Schönheit
noch auf den Beinen
die Hände blutverschmiert
vor dem dunklen Korn ihres Maulbeermunds
sie die meine blutigen Finger nimmt
sie an die Lippen führt
sie küsst
einen um den anderen
sie heißt Nina
ist meine große Liebe
und ist neun

Sie stehen zu zweit im Ring.

Der eine wiegt siebenundfünfzig Kilo, ist ein Meter fünfundsechzig groß und siebenundzwanzig Jahre alt.

Vom anderen weiß man nicht, wie viel er wiegt, unwichtig ist auch, wie groß er ist, er wird noch wachsen.

Seine Hände sind nicht bandagiert worden, er trägt Boxhandschuhe und hüpft durch den Ring.

Er ist neun Jahre alt.

Hinten in der Halle raucht ein Mann und spricht am Telefon.

»Zina, beruhige dich doch, er ist bei mir, es geht ihm gut, in spätestens einer halben Stunde kommen wir wieder nach Hause, ciao.«

Er beendet das Telefonat, nimmt die Zeitung vom Tisch, informiert sich eingehend über die Quoten bei den Pferden, um eine erinnerungswürdige Dreierwette zusammenzubringen, durch die sich sein Leben wenigstens zwei Monate lang grundlegend ändern würde.

Am Rand des Rings, an die Seile gelehnt, schreit ein Mann mit Schiebermütze: »Ich zähle bis drei.«

Die Boxer unterbrechen das Training am Sack und die Liegestütze.

»Eins, zwei, drei.«

Der Kleine hält von Anfang an sicheren Abstand zum Gegner. Er zeigt eine interessante Beinarbeit: Die Fußspitzen lösen sich und landen im Zusammenspiel wieder auf dem Boden.

Hinten in der Halle schlägt der Raucher mit dem Handrücken auf die Zeitung.

»Ohu, was für ein scheißguter Dreier: Asansol, Regolo, Mastino III. Nix wie hin und setzen.«

Er reißt die Seite heraus, steckt sie in die Tasche und kommt zum Ring.

Der sechsundzwanzigjährige Boxer heißt Carlo. Er ist konzentriert: Hellwach, angebeugte Beine, seine Augen fixieren die des Gegners.

Nachdem der Kleine nach rechts vorgetäuscht hat, macht er einen unerwarteten Satz nach links. Ihm sind die Bewegungen nicht bewusst, er führt sie einfach nur aus, weiter nichts. Carlo behält seine Deckung bei. Er ist verriegelt wie eine Kirchentüre bei Nacht. Sobald der Kleine wieder den Boden berührt, lässt er den linken Handschuh erneut nach oben steigen. Carlo wehrt die Faust mit dem rechten Ellbogen ab. Der Mann mit der Schiebermütze am Rand des Rings ist im Begriff, etwas zu schreien, doch das Kommando erstickt in seiner Kehle: Ohne dass es vorhersehbar gewesen wäre, hat der Kleine den Schlag verdoppelt.

Mit der Linken streift er Carlos Gesicht.

Er hat's versucht.

Nicht geglückt.

Der Raucher gibt ihm ungerührt die Anweisung: »Schick ihn zu Boden.«

Die Kirchentüre öffnet sich.

Carlo schwingt eine Gerade, die den Kleinen mitten auf die Wange trifft und ihn niederstreckt.

Nach ein paar Sekunden steht der Kleine wieder auf, verliert aber sofort das Gleichgewicht.

Er beißt die Zähne zusammen, um nicht wieder hinzufallen.

Der Mann mit der Schiebermütze fragt ihn: »Kannst du Seil springen?«

»Mein Kopf dreht sich.«

»Das war nicht die Frage«, präzisiert der Raucher seelenruhig, bevor er den Qualm aus dem Mund bläst.

Sein Blick ist der des Jägers vor dem Schuss.

»Kann ich nicht.«

»Dann lern's.«

Der Kleine zieht die Handschuhe aus, steigt aus dem Ring, nimmt ein Seil und versucht's. Er verheddert sich ständig.

»Na?«, sagt der Raucher zu dem mit der Schiebermütze.

»Du hast's ja selbst gesehen, er hat den Schlag verdoppelt.«

»Trotzdem gibt's auch noch Füße.«

»Tja.«

»Der Augenblick ist gekommen.«

»Man sieht, dass er der Sohn seines Vaters ist.«

»Bis morgen, Franco.«

Der Mann mit der Zigarette nimmt dem Kleinen das Seil aus der Hand, nachdem er gesehen hat, dass jeder Sprungversuch fehlgeschlagen ist.

»Das wirst du mit der Zeit auch noch lernen. Gehn wir jetzt nach Hause. Und lass mich dir noch sagen, deiner Mutter kannst du alles erzählen, was passiert ist, alles, nur nicht, dass ich dich in die Boxschule mitgenommen habe. Schwör mir das.«

Der Kleine schwört.

»Aber deinem Großvater darfst du alles erzählen.«

»Darf ich?«

»Du musst.«

Sie gehen genau in dem Augenblick hinaus, als der Mann mit Namen Franco die Schiebermütze lüftet und dem Boxer mit dem Namen Carlo zuruft, er soll so tun, als würde er nach links ausweichen und dabei einen rechten Aufwärtshaken landen, noch mal, noch mal und noch einmal, verdammtes Hurenelend, und noch mal.

Draußen, in einer vor Hitze stehenden Luft, heulen die Sirenen der Polizei. Ansammlungen von stillstehenden Menschen im Schatten deuten auf einen fernen Punkt. Irgendwer erzählt, was er erfahren hat, jemand anderer stellt Fragen, irgendjemand wagt eine Antwort, alle zusammen bekreuzigen sich, als er das Wort Mafia ausspricht.

Der Raucher geht mit den Händen in der Hosentasche vorbei.

Er kümmert sich um nichts und niemand.
Er dreht sich nie um.
Er heißt Umbertino.
Er ist mein Onkel.
Der Kleine von neun Jahren bin ich.

ERSTER TEIL
Der Hai zieht in den Krieg

»Nein, es ist so, wie ich sage. Wenn man zum ersten Mal fickt, löst sich das Fädchen ab.«

Nino Pullàra war da endgültig. Er war der älteste, der größte und der stärkste der Gruppe. Deshalb hatte er natürlich recht.

»So ist das, das hat mir mein Cousin Girolamo erzählt, der hat schon zwölf Mal gefickt, der. Er ist fünfzehn. Beim ersten Mal löst sich das Fädchen am Schwanz ab.«

»Tut das weh?«, fragte Lele Tranchina, und ihm war es egal, dass es ein Zeichen von Schwäche ist, nach Schmerzen zu fragen.

»Ja, tut es, es blutet, aber Girolamo sagt, wenn man richtig fickt, ist die Lust so groß, dass sie das bisschen Schmerz verdeckt.«

Auf den Bänken der Piazza thronten Inschriften, die mit rebellischen kleinen Messern eingeritzt waren.

POLIZEI = Schwanzlutscher

STAAT = MAFIA

WENIGER BULLEN, MEHR HEROIN

Nino Pullàra zog ein Päckchen Zigaretten heraus, zündete sich eine an und ließ es herumwandern.

»Gerruso, du Blödmann und was du sonst noch alles bist, wenn du einatmest, musst du den Qualm ganz runterschlucken, sonst wirst du überhaupt nicht gestoned, und dann bringt Rauchen doch gar nichts.«

»Aber dann muss ich husten.«

»Das musst du nur, weil du schwul bist.«

Nur um dazuzugehören, nahm Gerruso alles auf sich: Tritte, Spucken, Kratzen. Er hatte sich so damit abgefunden, ständig verprügelt zu werden, dass er inzwischen keinen Widerstand mehr leistete. Das Ergebnis war, dass es immer weniger Spaß machte, ihn zu schlagen.

»Ich«, fing Pullàra wieder an, »will, wenn ich erwachsen bin, zwei Dinge tun: als Erstes will ich mit Fabrizia ficken.«

»Die aus der Bäckerei?«, fragte Danilo Dominici mit weit aufgerissenen Augen.

»Ja, die.«

Fabrizia, umwerfende siebzehn Jahre, zwei feste Möpse. Seit sie dort arbeitete, kaufte das ganze Viertel in dieser Bäckerei das Brot.

»Noch nie so viele Männer gesehen, die einkaufen gehen wollen«, stellte meine Großmutter Provvidenza verschmitzt fest.

»Ich muss Fabrizia unbedingt ficken, aber erst, wenn das Fädchen schon abgegangen ist.«

Pullàra zeigte die Sicherheit, die einer hat, wenn er ganze zwölf Jahre alt ist.

»Und was ist das Zweite, was du tun willst?«, fragte Guido Castiglia.

Guido Castiglia entging nie etwas. Da war es besser, sich gut mit ihm zu stellen. Einmal hatte er Paolo Vizzini um ein Kaugummi gebeten, aber der: nichts, er hatte ihm das Kaugummi nicht geben wollen. Still, ohne mit der Wimper zu zucken, war Castiglia weggegangen. Zwei Monate später hatte irgendwer Vizzini das Johannisbrot weggerissen, und er stürzte auf sein linkes Bein. Das Fleisch war zerfetzt, und man konnte das Weiße des Knochens sehen.

»Hilfe! Hilfe!«, schrie er.

Auf der Schotterstraße tauchte Guido Castiglia auf.

»Willst du, dass ich Hilfe hole?«

Vizzini flehte ihn darum an.

»Jetzt lernst du, was es heißt, mir kein Kaugummi zu geben.«

Er hatte ihn dort liegen lassen mit seinem Bruch, und Vizzini weinte wie ein kleines Mädchen.

»Ich will werden, was mein Vater ist: Tankwart.«

Pullàras Satz klang wie ein Urteil. Seine Stimme kündete von der Unausweichlichkeit der Zukunft. Tankwart, das war eine mit nichts zu vergleichende Arbeit: im Schatten zu sitzen, umweht vom magischen Duft des Benzins, einen Hund zur Gesellschaft, an die Kette gelegt, den man für den Fall von Langeweile immer verprügeln kann, in der Gesäßtasche der Hose ein dickes, beeindruckendes Bündel Geldscheine.

»Ich will auch als Erwachsener werden, was mein Vater ist«, teilte Danilo Dominici mit. »Es ist doch schön, immer im Freien zu sein.«

Sein Vater asphaltierte Straßen.

»Auch ich will werden, was mein Vater ist, nämlich Schutzmann.«

Wir sahen Gerruso grimmig an, Schutzmann ist ein nutzloser Beruf, der hat ja nicht mal eine Pistole.

»Gerruso, schau doch mal her.«

Als er sich umdrehte, klatschte Pullàra ihm mit offener Hand einen Schlag in den Nacken. Dann wandte er sich an mich.

»Und du, Davidù? Was willst du werden?«

Ich antwortete mit der ersten Wahrheit, die mir einfiel, ohne lange darüber nachzudenken.

»Ich? Ooch, weiß nicht, ich bin ja nicht wie ihr, ihr wollt den Beruf eurer Väter machen, aber ich kann machen, was ich will, da bin ich viel besser dran als ihr, denn ich bin ja Waise.«

Vor dem Haus traf ich Großmutter an, sie saß auf der Bank im Schatten des Jacarandabaums. Sie rauchte eine Zigarette und lehnte an der grünen, rostigen Rückenlehne.

»Komm, mein Engel, und setz dich zu mir, Nonno ist oben und kocht das Mittagessen.«

»Ist Mama noch nicht zurück aus dem Krankenhaus?«

»Nein. Man sollte meinen, dass dir eine Bombe im Kopf explodiert ist.«

Zwischen einem Hustenanfall und einem Zug an der Zigarette lachte sie.

Großmutter roch nach Tabak und Kreide.

Sie war Grundschullehrerin.

Sie hat mir das Lesen und Schreiben beigebracht.

Da war ich vier.

Sie war richtig lästig.

»Davidù, lernen wir Lesen und Schreiben?«

Jeden Tag, den Gott geschaffen hatte.

Sie übermannte mich durch Erschöpfung. Und auch, weil sie geschworen hatte, dass sie mir hinterher beibringen würde, wie man auf Kommando rülpst.

Sie hielt Wort.

»Was hast du heute gemacht?«

»In der Schule nichts, die Lehrerin hat uns zeichnen lassen, weil sie die Zeugnisse fertig schreiben wollte. Auf der Piazza haben wir Freunde uns darüber unterhalten, was wir tun wollen, wenn wir groß sind.«

»Groß sein werden.«

»Schon gut, man hat's ja auch so verstanden.«

»Davidù, es ist unwichtig, ob der, der dir zuhört, es versteht, die Worte müssen kontrolliert werden. Was hat dir deine Nonna beigebracht? Was sind Worte?«

»Der Ausdruck der Gedanken.«

»Und warum benutzen wir die Zukunftsform?«

»Damit wir Pläne und Hoffnungen und eben solche Dinge ausdrücken können.«

»Gut so, mein Engel, wenn du ein bisschen größer gewesen wärst, hätte ich dir jetzt eine schöne Zigarette angeboten.«

»Warum bist du nicht oben beim Nonno?«

»Ich wollte in aller Ruhe rauchen, als wäre es zwanzig vor sieben am Abend.«

»Was bedeutet das?«

»Eine Gewohnheit, die ich noch aus meinen Mädchentagen mitschleppe. Damals war Krieg, und in Capaci waren die Amerikaner angekommen. Sie verschenkten Schokolade und Zigaretten. Ich hatte diesen Soldaten kennengelernt, Michael. Der schenkte mir das erste Päckchen Zigaretten meines Lebens, wenn ich dafür einmal mit ihm tanzte.«

»Habt ihr euch geküsst?«

»Nein, du Blödmann. Damals arbeitete ich schon seit ein paar Monaten in Palermo, in der Stadtbibliothek, und ich lernte fleißig für die ausgeschriebene Stelle.«

»Denn zu dieser Zeit waren Stellenausschreibungen noch eine ernste Sache, das sagst du mir immer wieder, Nonna.«

»Ich kann sogar Altgriechisch.«

»Die Geschichte, Nonna.«

»Die Bibliothek liegt gleich neben der Kirche von Casa Professa. Die Bomben hatten während der berühmten Bombardierung vom neunten Mai 1943 beides getroffen. In dem Flügel, der noch stand, verbrachte ich meine Tage damit, die Bücher zu archivieren, die aus dem Trümmerschutt geborgen wurden, und ich notierte die Titel, Autoren und fehlenden Seiten. Bomben löschen nicht nur Menschen, Häuser und Hoffnungen aus. Bomben löschen auch das Gedächtnis aus. Wenn ein Arbeitstag zu Ende gegangen war, lehnte ich mich an die Platane, die gleich gegenüber von der Casa Professa stand, und zündete mir meine Lieblingszigarette an, die um zwanzig vor sieben abends. Den Tag mit seinen Mühen ließ ich dann hinter mir, während ich in aller Ruhe den bitterschönen Geschmack genoss, vom ersten bis zum letzten Zug. Unterdessen kamen immer mehr Menschen vom Ballarò vorüber. In jenen Jahren erlebte der Markt den größten Andrang bei Sonnenuntergang. Es gab so viele Menschen dort, dass man, wenn man vorwärtskommen wollte, die Pakete mit dem Eingekauften hochhalten musste, über den Kopf. In den Häusern gab es noch keine Kühlschränke, und die Waren mussten verkauft werden, bevor sie schlecht wurden. So wurden die Preise abends immer heruntergesetzt. Die Kleinen, die für Salz anstanden, spielten ›Stein, Schere, Papier‹. Die

Mädchen tuschelten über Liebschaften und über die *fuitìne*, die legendären Liebesentführungen. Der eine oder andere parfümierte Kerl, der wegen Kartoffeln anstand, stimmte eine Opernarie an und zwinkerte jedem zu, der seinen Blick kreuzte. Ich weiß nicht, wie viele Zigaretten ich am Tag rauche, vielleicht zwanzig, vielleicht fünfundzwanzig, doch die, die ich wirklich genieße, meine Lieblingszigarette, das ist die um zwanzig vor sieben, und wenn es nicht zwanzig vor sieben am Abend ist, so wie jetzt, schert mich das nicht, ich tu so, als wäre es schon so weit, löse mich von allem und jedem, zünde sie mir an und dann fick dich in den Undsoweiter.«

Großmutter brachte auch ihren Schülern unanständige Wörter bei, heimlich, um sie besser auf das Leben vorzubereiten, das »nicht nur aus Tätigkeitswörtern und Mathematik besteht, sondern auch aus Dreck und schmutzigen Wörtern, und es ist immer besser, etwas zu wissen, als es nicht zu wissen«.

Eine Polizeistreife kam auf uns zu, fuhr langsamer, beobachtete uns, fuhr weiter und verschwand.

Auf dem Bett ein von meiner Mutter beschriebenes Blatt Papier, geschrieben in ihrer Krankenschwesternschrift.

»Onkel möchte, dass du ihn um vier Uhr irgendwohin begleitest, er kommt dich abholen. Ciao, mein Engel.«

In der Küche bereitete Großvater das Mittagessen zu. In Gegenwart anderer war er praktisch stumm. Großvater Rosario redete nur mit mir und seinem engen Freund Randazzo. Er arbeitete als Koch.

»Was kochst du denn?«

»Pasta mit Zucchiniblattgemüse.«

Er schnitt die Tomate in Scheiben, nachdem er sie abgebrüht und geschält hatte. Nonno hatte unglaublich flinke Hände.

»Woher kennst du alle Garzeiten? Gibt's da so was wie eine Zahlentabelle?«

»Man muss nur etwas über die Zutaten lernen.«

»Und wie lernt man das?«

»Durch Fehler.«

Auf der Konsole des Esszimmers stand eine Fotografie meiner Eltern vom Tag ihrer Hochzeit. Mein Vater umfasste die Schulter meiner Mutter mit dem rechten Arm, sein Haar war seitlich gescheitelt, der Anzug dunkel. Er lächelte. In seinen blauen Augen lag eine stolze Hoffnung, er konnte ja nicht wissen, dass er einen Monat später tot sein würde. Auf dem Foto war mein Vater schön wie sein Spitzname: der Paladin. Mama trug ein weißes Kleid und hielt eine rote Rose. Ihre Augen waren geschlossen, weil sie an der Blume roch, heiter und leicht, von einer endgültigen Heiterkeit.

»Ich setze also auf diesen schönen Dreier: Pirollo, Francesino, Abracadabra. Eine fabelhafte Kombination. Gehn wir nach Hause.«

»Siehst du dir das Rennen denn nicht an, Onkel?«

»Warum sollte ich's mir denn ansehn?«

»Du hast doch gewettet.«

»Davidù, lern es jetzt ein für alle Mal, hast du erst einmal gewettet, hast du mit der Sache nichts mehr zu tun. So steht's schon im Evangelium: Erst abwägen, dann wetten, und am Ende die Sache sich selbst überlassen.«

Die Abgeklärtheit, mit der mein Onkel gewettet hatte. Daran dachte ich, während wir auf der Piazza in den schweißtreibenden Nachmittagsstunden Gerruso mit Schlägen quälten.

Nino Pullàra hatte befohlen: »Wir spielen Abwatschen mit geschlossenen Augen. Gerruso, du bist der Erste.«

Dieser Vollidiot kapierte einfach nicht, dass das Spiel nur ein Vorwand war, um ihn fertigzumachen. Ohne Widerrede ging er mit schlurfenden Füßen an die Mauer. Ein Marsch ins Unausweichliche. Er wusste, dass er dem sicheren Schmerz entgegenging, doch ihm lag so ungeheuer viel daran, zu uns zu gehören, dass die Würde schon vor einiger Zeit den Kampf gegen die Resignation verloren hatte. Warum nur suchte Gerruso sich keine anderen Freunde? Unter den Dicken und Nutzlosen wie ihm selbst? Warum nahm er alles hin? In mir hat er nicht das geringste Erbarmen erregt. Er war ein Schwächling. Und Schwächlinge verdienen keinen Respekt.

Gerruso gelangte zur Mauer, er bedeckte sich die Augen mit der rechten Hand, die linke verbarg er unter der Achsel und öffnete sie. Er war bereit für das Spiel. Pullàra hatte jedoch beschlossen, die Regeln umzustoßen. Auch wenn Gerruso erraten würde, wer ihn gerade geschlagen hatte, würden wir ihm sagen, dass er sich getäuscht hatte, dann müsste er sich umdrehen und sich einen neuen Schlag einfangen und noch einen und noch einen und so weiter.

Unsere Absicht war ja nicht zu spielen.

Unsere Absicht war ja, ihn zu massakrieren.

Den ersten Schlag versetzte ihm Danilo Dominici.

Gerruso steckte ihn ein und unterdrückte einen Schmerzenslaut, dann drehte er sich um und sah uns fest an.

»Danilo Dominici.«

»Nein.«

Pullàra hatte im Namen aller geantwortet.

Gerruso mogelte nicht.

Pullàra dagegen wohl.

Lele Tranchina nahm Anlauf und schlug mit aller Kraft zu. Gerruso erstickte einen Klagelaut in seiner Kehle. Er drehte sich um, ohne jemand besonders anzuschauen.

»Tranchina.«

»Nein.«

Ohne zu widersprechen drehte Gerruso sich wieder um. Er war eine Memme. Er hatte alles Böse dieser Welt verdient.

Ich spuckte in die Hand und rieb sie gegen die andere, wie in dem Film, den ich mit Umbertino im Kino gesehen hatte, der bei jedem Mord wiederholte: »Endlich ein richtiger Film, nicht so eine französische Wichserei von Lebensüberdrüssigen, schau nur, was für eine tolle Explosion! Das ist Kunst.«

Die Wahrheit ist einfach: Du, Gerruso, warst so wie einer aus einem französischem Film.

Ich traf ihn mit derartiger Gewalt, dass ich selbst ganz überrascht war. Die Abreibung explodierte nicht im rauschenden Knall der Ohrfeige, sondern wurde von seinem ganzen Körper mit einem einzigen hohl tönenden Wimmern aufgenommen.

Gerruso sah sofort mich an, er kümmerte sich gar nicht erst um die anderen.

»Pullàra.«

Warum nur, Gerruso? Warum bist du nur so daneben? Du hattest doch auch dieses Mal richtig geraten, du musstest meinen Namen sagen, so spielt man doch nicht.

»Irrtum!«

Speichelspritzer schossen aus Pullàras Mund. Seine Augen loderten. Der Nächste, der zuschlagen sollte, sollte er sein, das war nur zu offensichtlich.

»Dreh dich um, du nutzloser Sack. Jetzt wetten wir, dass du weinst.«

Pullàra erlebte die Herausforderung nicht abgeklärt, er war ganz von ihr erfasst. Er sprang herum, schüttelte die Hand, um sie aufzuwärmen. Er brach wieder die Regeln, indem er mit geschlossener Faust auf Gerrusos Ohr schlug. Gerruso klappte nach vorn wie ein gespaltenes Stück Holz. Pullàra stieß einen Schrei aus und zeigte mit dem Finger zum Himmel. Gerruso richtete sich mit hängenden Armen wieder auf.

»Pullàra«, sagte er.

Seine Augen hatten keine einzige Träne vergossen.

Auf dem Weg nach Hause schnitt mich eine dreirädrige Vespa auf der Straße. In ihr saßen zwei Leute, beide trugen sie einen

Integralhelm. Ich sah mein Spiegelbild in ihrem Visier. Mein Blick war ruhig, auch wenn meine Hände vor meinen Mund geschossen waren. Instinktiv. Der Körper hatte Gefahr gewittert, um sich ihr dann mit geschärften Sinnen zu stellen. In Palermo wächst man damit auf, Gefahren zu wittern. Es wird subtiler, wenn man im Bauch dieser Stadt heranwächst. Die Helme hatten mich dazu gebracht, in Deckung zu gehen. In der Stadt trug sie keiner, vor allem nicht bei dieser Hitze. Großmutter war der Ansicht, dass die Hitzewellen die Menschen verrückt werden ließen.

»Hast du dich je gefragt, warum sich Menschen ausgerechnet im Sommer wegen eines Parkplatzes umbringen? Das ist die Hitze.«

»Und darüber machst du dir Sorgen?«

»Überhaupt nicht, mein Engel, mir kann überhaupt nichts passieren, ich habe ja nicht mal einen Führerschein.«

Unten vor dem Haus stand bereits Onkel Umbertino.

Er federte auf und ab.

»Du bist zu spät, ich warte schon eine Ewigkeit auf dich, mindestens zwei Minuten.«

»Wir haben erst noch Gerruso verdroschen.«

»Wer ist Gerruso?«

»Irgend so einer.«

»Hast du's ihm so richtig gezeigt?«

»Ja.«

»Gut gemacht. Es gibt immer einen guten Grund, jemanden zu verdreschen. Ach ja, im Viertel ist schwer was los: lauter Autos und Motorräder, viel mehr als sonst.«

»Was bedeutet das?«

»Woher soll ich das wissen, ich bin doch kein Mechaniker.«

»Ist Mama noch nicht zurück?«

»Würde ich sonst hier unten mitten auf der Straße bei dieser Hitze warten, wenn deine Mutter zu Hause wäre?«

»Hast du denn keinen Schlüssel von unserer Wohnung?«

»Doch.«

»Warum gebrauchst du ihn dann nicht?«

»Aus zwei Gründen. Vor allem wollte ich kontrollieren, ob du deinen dabeihast.«

»Hier ist er.«

»Sieh zu, dass du ihn nicht verlierst.«

»Der zweite Grund?«

»Ich habe euren Wohnungsschlüssel bei mir zu Hause vergessen. Schon absurd, was? Jetzt gehen wir zum Barbier.«

»Aber ich will mir die Haare nicht schneiden lassen. Mama schneidet sie mir.«

»Was gehen mich denn deine Haare an, Davidù. Du kommst mit zum Barbier, weil ich dich freundlich bitte, mich zu begleiten, und jetzt beweg dich, ich bin schon fix und fertig.«

Das Schild des Barbiers war in roter Farbe.

TONI: RASIEREN UND HAARSCHNEIDEN.

Drinnen saß in einem Drehsessel ein alter Mann mit einem weiß eingeschäumten Gesicht. Neben ihm, mit einem Rasiermesser in der Hand, der Barbier Toni.

»Gibt's 'ne Reihenfolge?«, fragte Onkel Umbertino.

»Dieser Bart, dann die Haare des Herrn dort, dann seid ihr dran.«

»Haben Sie ein schönes Pferdemagazin?«

»Was denn? Darf so was etwa fehlen? Sie finden's da.«

Umbertino setzte sich und vertiefte sich in die Lektüre über Pferde. Ich setzte mich neben ihn, auf einen roten Stuhl, der dauernd knarrte. In dem Stoß Zeitschriften war eine Illustrierte mit Hochglanzpapier. Darauf stand VM 18. Die Seiten waren zerknittert.

»Dann sagst du also die Wahrheit, Toni?«, fragte der alte Mann den Barbier. Und es war, als wäre es der Schaum, der redete.

Jede Bewegung von Tonis Körper erzählte von Besorgnis.

»Ich schwör's dir, es war ein Schwuler mit Gütesiegel und Patent.«

»Aber hast du denn nicht gemerkt, dass er durch und durch schwul war?«

»Wenn man ihn so sah, wirkte er völlig normal, wie ein anständiger Mensch, ich hab sogar über Fußball mit ihm geredet, verstehst du? Wir haben über Fußball gequatscht.«

»Absurd.«

»Ja.«

Der Kunde, der vor uns an der Reihe sein würde, saß rechts von mir, er hatte lockige Haare und einen dichten Oberlippenbart. Er hielt es für notwendig, sich genau an diesem Punkt der Erzählung einzumischen.

»Aber bist du auch sicher, Toni, dass er dich nicht angesteckt hat?«

»Ja, eben! Genau das ist ja das Problem. Diese Omoseksualität ist doch eine ganz bösartige Krankheit.«

»Die schlimmste«, bestätigte der Kunde mit dem Oberlippenbart.

»Damit ist nicht zu spaßen«, bekräftigte der Barbier.

Endlich hörte man Umbertinos Stimme. Er sprach hinter seiner Zeitschrift.

»Es heißt, dass, wenn einer angesteckt wird, er es gehörig in den Arsch bekommt.«

Alle brachen in lautes Gelächter aus.

»Mist, ich hab mich gestern bei der Dreierwette vertan, na gut und amen«, stellte mein Onkel fest, ohne die Fassung zu verlieren.

Toni wirkte jetzt, wo er gelacht hatte, gelöster. Er begann, das Rasiermesser auf dem Gesicht des alten Mannes zu benutzen.

»Wollt ihr also wissen, wie ich entdeckt habe, dass er völlig schwul war? Ich schwöre bei meiner Mutter, dass es die Wahrheit ist: Er hat es mir selbst gesagt. Er sagte zu mir: Mein Freund, ich stehe auf Kerle.«

»Nein!«, rief der Kunde mit dem Oberlippenbart.

»Ja.«

»Ist ja nicht zu fassen!«

»Tja.«

»Sie sind der Untergang der Menschheit«, brummelte der alte Mann, allerdings leise, weil zu viel Bewegung des Gesichts eine neue Furche darin nach sich ziehen konnte. Das Rasiermesser kennt keine Empörung.

»Das Schlimmste kam ja noch. Plötzlich wurde mir klar, dass dieser Schuft mir doch das Bier aus seiner Flasche angeboten hatte. Der Flasche, aus der er die ganze Zeit über mit seinem kranken Mund getrunken hatte. Ich sage euch!«

»Und du, Toni?«, fragte der alte Mann lebhaft besorgt.

Der Barbier zögerte einen Augenblick. Er kniff die Augen zusammen, hob das Rasiermesser hoch und entschloss sich, sie ins Vertrauen zu ziehen.

»Aus dieser seiner infizierten Flasche habe ich tatsächlich getrunken.«

»O Scheiß, nicht doch.«

»O Scheiß, doch.«

»Die Ansteckung!«, schrillte der alte Mann.

Das Rasiermesser schwebte halb in der Luft, eine Mahnung.

»Daher, ich schwöre, ich sage die Wahrheit, war ich völlig durcheinander. Er konnte mich doch mit seiner Omoseksualität angesteckt haben, Mundansteckung durch die Flasche. Ich war völlig durch den Wind.«

»Und was hast du gemacht, Toni?«

»Was konnte ich schon machen? Als Erstes hab ich ihm, diesem Scheißschwulen, die Flasche auf den Kopf geschlagen.«

»Gut gemacht, Toni!«

Die Stimme des alten Mannes hatte wieder an Sicherheit gewonnen, Flaschen auf dem Kopf von Schwulen zerschlagen, das war so rechte Männerart.

»Ich war dabei, verrückt zu werden.«

»Kann ich verstehen.«

»Ich musste sofort etwas tun, um gesund zu werden, und zwar sofort. Da habe ich nachgedacht und …«

Toni blickte um sich, wie wenn er die Information vor indiskreten Ohren schützen wollte. Er sprach jede einzelne Silbe feierlich aus.

»… und habe begriffen, dass ich noch schneller gesund werden musste als sofort, und so …«

Jeder erlebte das eigene Handeln mit größerer Intensität. Toni lud seine Lungen auf, um der weiteren Geschichte Nachdruck zu verleihen; die Ohren des alten Mannes reckten sich noch weiter zum Mund des Barbiers, um so schnell wie nur möglich die offenbarenden Worte zu erhaschen; der Kunde mit dem Oberlippenbart war aufgestanden und schlug in unregelmäßigem Rhythmus mit dem Fuß auf den Boden. Nur Onkel Umbertino saß noch genauso da wie vorher, er las die Zeitschrift und kümmerte sich um nichts und niemand. Die Neugier zu verstehen, ob und wie der arme Toni von dieser Omoseksualität geheilt wurde, hatte auch mich ganz gefangen genommen. Ich schlug die Illustrierte zu und folgte der Geschichte.

Toni blickte starr in eine andere Richtung, jenseits der Schaufensterscheibe.

»Bin ich.«

Er berechnete die Zeit für das Destillieren der Worte. Als er spürte, dass die Spannung unerträglich wurde, ließ er sich herbei, ein weiteres zu verschenken.

»Zu.«

Toni beobachtete uns. Als die Stille ohrenbetäubend wurde, spielte er das Ass aus.

»Pina gegangen.«

»Die Bordschwalbe?«, riefen der alte Mann und der mit dem Oberlippenbart im Chor.

»Ja.«

»Die in der Marottagasse?«, fragten sie unisono.

»Ja.«

»Die ihr Zimmer voller Spiegel hat?«, beharrten sie weiter.

»Ja.«

Und Onkel Umbertino faltete endlich seine Zeitung zusammen und legte sie auf den Stapel. Toni hatte damit einen weiteren Zuhörer. Erfreut erzählte er seine Geschichte nun mit noch größerem Eifer.

»›Pina‹, sage ich zu ihr, ›ich muss jetzt sofort poppen, denn sonst riskiere ich an Omoseksualität zu erkranken, aber dann will ich lieber sterben, oder?‹«

»Heilige Worte«, urteilte der alte Mann.

»Was für ein Glück, dass ich gleich auf die richtige Lösung kam: Blitzschnell einen schönen Fick zu machen, der mich von dieser Sauerei heilt. Diese Scheißschwulen, sie sollen alle sterben.«

»Heilige Worte«, bekräftigte der alte Mann. Am Ende seines Lebens ist man wohl so müde, dass man immer die gleichen Gedanken hat und sie ständig wiederholt.

»Also blickte ich ihr direkt in die Augen, und bevor ich mit der Fickerei anfing, sagte ich ihr etwas, das ich den Huren sonst niemals sage: ›Pina, geh dir den Mund ausspülen, denn ich muss dich unbedingt küssen, weil vom Mund die Krankheit bei mir ausbrechen kann, verstehst du? Ich habe Bier aus derselben Flasche getrunken wie dieser Schwule, also geh und richte dich her.‹ Und wie's sich gehört, hat Pina sich den Mund ausgespült, sogar Zahnpasta hat sie benutzt, und als sie wieder hereinkam, habe ich ihr gleich zwei Meter fünfzig Zunge in den Rachen gestopft, Jesses, nicht mal meine Frau küsse ich so weit runter.«

»Und dann?«

Der das fragte, war Umbertino. Er war aufgestanden, ohne dass ich es gemerkt hatte. Ich hatte überhaupt nicht gesehen, dass er sich bewegte.

»Und dann, weil ich schließlich ein Herr bin, kann ich keine Einzelheiten berichten. Sagen wir nur so viel: Ich bin geheilt worden, weil ich sie vögelte wie ein Gott, und wer die Regeln dieses Spiels kennt, muss Stillschweigen bewahren.«

Toni der Barbier lachte zufrieden und merkte nichts von dem, was allen inzwischen klar war, nämlich dass mein Onkel wegen eben dieser Geschichte hier in seinem Laden stand. Er ging auf ihn zu, ohne irgendwelche Geräusche zu machen, mit einer Leichtigkeit, die niemand bei einem Mann von seiner Körperfülle für möglich gehalten hätte. Kleine Hüpfer, schnell und still. Als er vor ihm stand, verschwand Toni völlig, überragt von Umbertinos hünenhaften Schultern.

»Hör mir gut zu, du Wichskopf, ich erzähl dir jetzt, wie die Geschichte zu Ende geht: Du bist gestürzt und hast dir, Scheiß-Pech aber auch, den Arm gebrochen. Oder das Bein. Du hast die Wahl.«

»Ich versteh nicht.«

Einen Augenblick später lag Toni auf den Knien und schrie vor Schmerzen. Onkel Umbertinos rechte Hand massakrierte gerade die Finger seiner linken Hand.

»Entweder hast du nicht verstanden, Toni, oder du willst nicht verstehen, was schlimmer ist. Du bist gestürzt, wähle jetzt: Arm oder Bein.«

Toni weinte. Der alte Mann und der Kunde mit dem Oberlippenbart sagten nichts, sie taten nichts, allein schon das Atmen machte ihnen Mühe.

Umbertino hob die linke Faust.

»Onkel.«

Toni gelang es, ein einziges Wort zu stammeln: »Genug.«

»Und als Pina dir gesagt hat ›genug‹, was hast du da getan, Toni? Hast du da aufgehört?«

Er brach ihm den rechten Unterarm mit einer einzigen Bewegung: Die linke Hand packte den Ellbogen, die rechte das Handgelenk, sie bogen sich gemeinsam, krack.

»Vorsicht, Toni, du bist gestürzt, neeein, du hast dir den Arm gebrochen, ruft den Krankenwagen. Davidù, wir gehen, hier stinkt's nämlich nach Scheiße.«

Ich war so verwirrt, dass ich das Heftchen nicht wieder hinlegte. Ich wusste nicht, dass man einen Unterarm auf diese Weise brechen kann.

»Du hast nichts gesehen, klar?«

»Ja.«

»Schwör's mir.«

»Ich schwör's.«

»Was hast du da in der Hand?«

»Ein Heftchen, das lag beim Barbier.«

Der Onkel blätterte es sorgfältig durch.

»Tüchtig, eine tolle Lektüre, lass das nur deine Mutter nicht sehen.«

»Wieso?«

»Was heißt hier wieso? Das Heftchen ist ziemlich versaut, wenn deine Mutter es entdeckt, schreit sie dich an. Hör zu, wir machen es folgendermaßen, ich behalte es, und wenn du es dir ansehen willst, kommst du zu mir, in Ordnung?«

Ohne meine Antwort zu hören, faltete er es einmal und steckte es sich in seine hintere Hosentasche.

»Onkel Umbertino, wer ist Pina eigentlich?«

»Eine Art Freundin.«

»Das heißt?«

»Sagen wir mal, sie hat mitunter für mich gekocht.«

»Kocht sie gut?«

»Nicht mehr so wie früher.«

Die Straße war durch eine Reihe Polizeiautos abgesperrt.

»Schon wieder ein Mord?«, fragte Umbertino einen Polizisten. Der senkte den Kopf, ohne irgendetwas hinzuzufügen.

Ich wandte mich leise an meinen Onkel, ich mochte es nicht, wenn ein Bulle mithören konnte, was ich ihm zu sagen hatte.

»Warum hast du mich mit zum Barbier genommen?«

In seinem Gesicht war auch nicht ein Gran Freude zu finden.

»Du warst der Einzige, der in der Lage war, mich abzuhalten.«

»Von was?«

»Hast du Lust auf ein schönes Eis?«

»Jaaa!«

Ich bestellte ein Hörnchen mit Pistazien und Maulbeeren.

»Hast du verstanden?«, fragte Umbertino den Eisverkäufer. »Ein schönes Riesenhörnchen mit Pistazien, Maulbeeren und Sahne. Ruhig reichlich Sahne.«

»Ich will aber keine Sahne, Onkel.«

»Die ist ja auch nicht für dich.«

Er verschlang sie mit einem Schlubb.

Vor der Haustüre trafen wir zu unserer Überraschung meinen Großvater. Umbertino ging ihm entgegen und verlängerte dafür seinen Schritt. Ich blieb zurück, es war viel zu heiß, um zu laufen. Autos fuhren vorbei, die Insassen schauten um sich, ihre Gesichter hinter geschlossenen Türfenstern waren schweißgebadet. Umbertino und Großvater schüttelten sich die Hand in absolutem Schweigen. Dann kam Umbertino zu mir zurück gerannt.

»Davidù, gib mir mal ganz schnell den Schlüssel zu eurer Wohnung.«

»Ist Mama noch nicht zurück?«

»Nein, und dein Großvater will los, komm, gehen wir nach oben, schnell!«

»Ich mag nicht, ich bleib hier unten beim Großvater, danach geh ich zur Piazza, zu meinen Freunden.«

»Dann gib mir deinen Schlüssel, beeil dich!«

»Wieso?«

»Weil ich eine olympische Scheißerei veranstalten muss. Komm, den Schlüssel, hinterher bring ich dich wieder zur Piazza, aber jetzt gib ihn mir, auf der Stelle!«

Und er eilte zu unserer Wohnung hinauf. Gleich nachdem die Haustüre sich hinter ihm geschlossen hatte, fing Großvater an zu reden.

»Ich bin vorbeigekommen, um euch das Abendessen zu bringen, auf der Arbeit ist ein Kuchen mit Hackfleisch gefüllten Kartoffeln übrig geblieben. Komm mal her, du bist ja ganz mit Eis verschmiert.«

Er nahm sein Taschentuch, führte es zum Mund, befeuchtete eine Ecke und säuberte mein Kinn.

»Nonno, Pullàra sagt aber, dass ein richtiger Kerl dreckig sein muss. Je dreckiger er ist, umso mehr ist er ein Kerl.«

»Pullàra hat den Dreck wohl im Kopf.«

»Das heißt?«

»Sei auf der Hut.«

Plötzlich überraschten uns quietschende Reifen. Großvaters Hände hatten bereits meine Schultern umfasst. Das Auto kurvte mit hoher Geschwindigkeit vorbei und bog in die erste Querstraße links ein.

»Nur ruhig, Davidù, du kannst sie herunternehmen.«

Wieder einmal waren mir die Hände vors Gesicht geschossen, ohne dass es mir bewusst geworden wäre.

»Da ist schwer was los«, sagte Großvater Rosario nachdenklich mit lauter Stimme.

»Genau dasselbe hat auch Onkel Umbertino gesagt.«

In der Ferne heulten die Sirenen der Polizei ständig weiter.

»Nonno, ich weiß, warum: Fabrizia!«

»Wer?«

»Fabrizia, die von der Bäckerei mit den riesigen Möpsen. Die alle kommen hierher ins Viertel, um bei ihr Brot zu kaufen, denn meine Freunde sagen, dass Fabrizia richtig scharf ist.«

»Gefällt sie dir?«

»Fabrizia? Na ja, sie ist ein Mädchen, ich weiß nicht, ob ich Mädchen mag, die heulen immer, die wissen nicht, wie man austeilt, die sehen Blut und fangen an zu schreien, Mädchen sind Memmen.«

»Die sind keine Memmen.«

»Nicht?«

»Nein. Ich muss zum Bahnhof und meinen Freund Randazzo abholen. Gehst du inzwischen rauf in die Wohnung?«

»Nein, ich gehe mit meinen Freunden spielen. Ciao.«

Das erste Bild von der Piazza war, dass Pullàra über Gerruso gebeugt war, Stirn an Stirn. Warum nur ist Gerruso nicht zu Hause geblieben? Hatte er denn nicht begriffen, dass Pullàra ihn hasste, dass er größer war und auch stärker?

Lele Tranchina und Danilo Domìnici hatten ihren Hintern auf die Rückenlehne der Bank gesetzt und ihre Schuhe auf die Sitzfläche gestellt. Guido Castiglia stand mit den Händen in der Hosentasche in der Sonne. Sein Schatten ging in den größeren Schatten des Magnolienbaums über. Er beobachtete die Szene mit der gleichen Distanz, mit der man Ameisen beobachtet. Ein paar Meter hinter ihm ein Mädchen. Es hatte wohl mehr oder weniger mein Alter.

Keiner hatte mich bemerkt.

Meine Beine entschieden, sich nicht mehr zu bewegen.

Der Körper ging in Deckung.

Das Mädchen trug ein helles Kleid, das kurz unter den Knien endete.

Rote Haare.

Pullàra schrie.

»Versuch's endlich!«

Gerruso winselte unverständliche Laute. Pullàra spuckte ihm einen einzigen Klumpen Spucke ins Gesicht, der auf dem Gesicht verharrte, ohne herunterzuschlieren. Dann presste er mit noch größerer Beharrlichkeit seine Stirn gegen die von Gerruso, von oben nach unten, wodurch er ihn zwang sich hinzuknien. Pullàras Stimme war schrill.

Es war viel zu heiß, um sich so aufzuregen.

»Versuch's endlich!«

Pullàra zog ein Klappmesser aus seiner Tasche, öffnete es und steckte es Gerruso in die Hand. Er war sich seiner so sicher, dass er auch nicht einen Augenblick lang die Möglichkeit in Betracht zog, erstochen werden zu können. Lele Tranchina versuchte, etwas zu sagen. Es gelang ihm nicht. Danilo Domìnici war ganz blass. Guido Castiglia hielt seine Arme verschränkt. Die einzige Stimme auf der Piazza war die des Mädchens.

»Hör auf damit«, fing sie an. »Warum kämpfst du nicht mit mir?«, fuhr sie fort. »Ich hab keine Angst vor dir«, sagte sie.

Diese letzten Worte klangen für Pullàra wie eine tödliche Beleidigung.

»Was hast du gesagt?«

»Ich hab keine Angst vor dir«, wiederholte sie, und zwar mit Entschlossenheit, Standhaftigkeit und Stolz.

Pullàra bewegte sich ruckweise. Es wirkte wie ein Schluchzer. Er war im Begriff, zu dem Mädchen zu gehen, überlegte es sich aber anders, ging zu Gerruso zurück, der noch immer kniete, und gab ihm eine schallende Backpfeife.

Pullàras Körpersprache bekräftigte nur, dass eine Grenze überschritten worden war. Schluss mit dem Zögern, den Witzen, den Spielereien. Jetzt war man in der Welt der Erwachsenen.

»Tu's jetzt oder ich zerstückle deine Cousine!«, drohte er und deutete auf das Mädchen.

Schlagartig hörte Gerruso auf, den Schwächling zu geben. Er hob den Kopf ohne jedes Winseln, einfach so, von einem Augenblick auf den anderen.

»Lass sie in Ruhe«, sagte er. Seine Stimme war ruhig und kalt. Nichts von Flehen in der Stimme.

»Tu's oder ich zerstückle sie!«

Pullàra bebte am ganzen Leib: Beine, Augen, Worte.

Gerruso stand auf.

Das Messer zitterte nicht mehr in seiner Hand.

»Schwör mir, dass meiner Cousine nichts passiert.«

Pullàra öffnete wie elektrisiert seine Arme.

»Ja«, schrie er mit zunehmender Raserei.

Er war besessen, die Welt außerhalb dieses Augenblicks existierte nicht. Er merkte gar nicht, dass die Aufforderung zu schwören nicht an ihn gerichtet war. Gerrusos Augen, einzigartig auf der Piazza, sahen mich an.

»Ja, ja, ja, ich schwör's, ihr passiert nichts, gar nichts, aber mach's jetzt, schneid jetzt, schneide.«

Unbeirrbar beharrte Gerruso: »Schwör mir, dass meiner Cousine nichts passiert.«

Ohne dass es mir klar wurde, sprach mein Mund eine Antwort aus.

»Ich schwöre.«

Gerruso hörte auf, mich anzusehen. Er packte das Messer mit der rechten Hand und führte es in die Höhe des Knochenglieds des linken Zeigefingers. Tranchina drückte Domìnicis Hand und biss sich auf die Lippen. Domìnici beugte sich nach vorne, weil er Bauchkrämpfe bekam.

Die Cousine rannte los.

»Du Scheißkerl.«

Castiglia entschloss sich, dazwischenzugehen. Er fing sie ab und hielt sie fest.

Pullàra sprang auf seiner Stelle herum.

»Los! Los!«

Gerruso blickte mich wieder fest an. Er weinte nicht mehr, er zitterte nicht mehr. Er blickte ein letztes Mal zu seiner Cousine hinüber, er sah, dass sie von Castiglia zurückgehalten wurde, er konzentrierte sich auf das Messer, und einen Augenblick lang erinnerte er mich an Großvater, der vor dem Schneidbrett saß, um Pilze zu zerteilen, das Messer über den Finger hinaus, der Daumen, der auf den Pilzfuß drückte, der Pilzhut, der sich loslöste, der

Blutstrahl, der in die Höhe schoss, das Knochenglied des Zeigefingers, das herunterfiel, Domìnici, der sich übergab, Tranchina, der weinte, die Cousine, die schrie, Castiglia, der sie an sich drückte, Pullàra, der heulte, die blutverschmierte Klinge, die von der Erde zurücksprang, Gerruso, dem nun das Fingerglied des linken Zeigefingers fehlte und der ohnmächtig nach hinten sank.

Bei all dem war es mir vorgekommen, als hätte ich meinen Namen rufen gehört.

Ein blaues Auto fuhr auf die Piazza und wirbelte Staub und Kiesel auf. Es gab keine Zeit, den Streifen Rauch zu bewundern, der in der schwülen Hitze aufstieg. Ein weiteres Auto tauchte auf, es war silbermetallic. Durch das heruntergekurbelte Fenster kam ein Arm, eine Hand und eine Pistole hervor. Ich sah mich im Rückfenster reflektiert. Wieder hatten sich meine Hände gehoben, um mein Gesicht zu schützen.

Tranchina schluchzte. Domìnici drückte in seinen Magen. Das Mädchen beobachtete den ohnmächtigen Gerruso am Boden. Castiglia hielt sie weiter mit aller Kraft fest. Pullàra, der überhaupt nichts gemerkt hatte, schrie.

Und während die Reaktion auf diese Amputation verarbeitet wurde, begriff ich zum ersten Mal in meinem Leben, wie viel Macht und welchen Perspektivwechsel das plötzliche Auftreten eines Pistolenschusses bringt.

Zuerst wurde der Schuss von den Ohren wahrgenommen, ein so durchdringender Knall, dass der Körper ihn mit einem sofortigen Zusammenziehen der Muskulatur absorbieren musste. Das dauerte einen ganz kurzen Augenblick. Wie eine Welle stellten sich die körperlichen Folgen ein, die die Verpuffung nach sich zog: Der Hall löste einen heftigen Schmerz am Trommelfell aus, die Realität schien sich zu dehnen. Es war, als würde sich alles verlangsamen, so wie wenn man unter Wasser wäre. Das dauerte ein paar Sekunden, dann fiel die Blase zusammen.

Ein zweiter Schuss fiel.

Meine Schultern zogen sich blitzschnell nach vorn, als wenn der Körper sich verkleinern wollte.

Das Rückfenster des blauen Autos zersprang in Tausende kleinster Glassplitter.

Die Zahl der Schüsse nahm zu. Drei, vier, sieben, zehn. Schwer, sie alle zu zählen. Das Fenster des Alfasud, der neben Castiglia und Gerrusos Cousine geparkt war, ging zu Bruch. Splitter flogen überall herum, sie durchschlugen die Blätter der Magnolie in einem Hagelgeräusch. In dieser verwirbelten Partitur von zerberstenden Scheiben, zerlöcherten Mauern, quietschenden Reifen, durchschossenen Blättern, schießenden Pistolen hörte ich wie ein fernes Echo meinen Namen laut rufen. Am anderen Ende der Piazza Umbertino. Er kam zu mir gerannt. Riesige Schritte, vorgebeugter Oberkörper, Arme, die durch die Luft ruderten. Unterdessen erwiderten die aus dem blauen Auto das Feuer, sie trafen die Windschutzscheibe des silbernen Autos, die zersprang. Es geriet ins Schleudern und dellte die Seite des geparkten Alfasud ein. Im Augenblick des Aufpralls versagten Castiglias Nerven, er hob seine Hände an den Kopf und ließ Gerrusos Cousine los. Er begann sich innerhalb weniger Meter vor und zurück zu bewegen, wie eine in einem Glas gefangene Fliege. Danilo Domìnici erbrach sich. Lele Tranchina hatte seinen Kopf zwischen Ellbogen und Knie gezwängt. Umbertino rannte. Die Pistolen beherrschten weiter den Schauplatz.

Trunken vor Wut, verharrte Pullàra weiter in seinen Visionen. Er bückte sich und hob das Messer auf. Er ging zu Gerrusos Cousine und lächelte wie einer, der einen Schaden anrichten wird.

Das blaue Auto bog links hinter der Piazza ab. Das silberne blieb direkt hinter ihm. Noch immer fielen Schüsse, aber die kamen jetzt von anderswo her.

Umbertino rief nicht mehr meinen Namen. Seine Augen waren auf Pullàra gerichtet.

»Was machst du denn da für'n Scheiß?«

Pullàra trällerte und packte das Messer fest mit seiner Hand.

Sie lief nicht weg.

Sie senkte nicht den Blick.

»Ich hab vor dir keine Angst.«

Pullàra wirkte unbesiegbar. Er wirkte wie der Hai, der in den Krieg zieht.

Ich täuschte mich.

Nicht er war der Hai.

Der Hai war ich.

Noch aber wusste ich das nicht.

Umbertino war ungefähr zehn Meter von uns entfernt.

Zu weit weg.

Pullàra erhob die Faust mit dem Messer, das noch von Gerrusos Blut verschmiert war.

Sie wich nicht zurück.

Er warf den Kopf nach hinten, um tiefer zustechen zu können. Und erst da, als es ernst wurde, in diesem Augenblick, als es keine andere Möglichkeit mehr gab, erinnerte sich der Hai an seinen Schwur und entschloss sich endlich, einzugreifen.

Der Körper handelte von alleine.

Ein ferner Impuls.

Ein Samenkorn, vor einem Leben ausgestreut, fing jetzt an zu keimen.

Die Beine trugen mich vor Pullàra.

Umbertino fluchte.

Ich befand mich jetzt zwischen dem Mädchen und dem Messer.

Sie hatte dunkle Augen.

Sie duftete nach Salz und Zitronen.

Ich empfand keinen Zorn, ich empfand keine Wut.

Ich war ruhig und heiter wie der Zorn Gottes.

Ich versenkte die Fäuste in Pullàras Gesicht, ein, zwei, drei, vier Mal. Sein Versuch, mich zu erstechen, ging ins Leere. Ein Satz nach hinten, mehr war nicht nötig. Pullàra torkelte. Ein Sprung wieder vor, und meine Rechte drang in seinen Magen, er klappte vornüber. Die Linke stieg auf und zertrümmerte ihm die Schneidezähne. Bevor sein Rücken noch die Erde berührte, befand ich mich schon im Flug. Ich drückte ihn mit meinen Knien im Bauch zu Boden. Mit geballten Fäusten schlug ich wieder zu und wieder und wieder, bis Umbertino mich schließlich von da losriss. Er hob mich mit beiden Armen hoch und drückte mich an sich.

Meine Hände bluteten, meine Fingerknöchel waren aufgeschürft.

Hinter meinen schmutzigen Händen, sie.

In der Straße hinter der Piazza Schreie, Krankenwagen und Polizeisirenen.

Die Tonspur von Palermo.

Der Onkel kontrollierte, was von Pullàra übrig war.

»Das wird ihn lehren, Frauen mit Dreck zu bewerfen, dieser Wichskopf.«

Danilo Dominici und Lele Tranchina waren mit ihrer Eisenbank verwachsen.

Der Blick von Castiglia, der an einem nicht weit von uns entfernten Punkt stand, war erloschen.

Umbertino brachte Gerrusos Blutung mit einem Taschentuch zum Stillstand.

Endlich wirkte er unbeschwert, jetzt, wo er bewusstlos war.

Onkel Umbertino wandte sich an das Mädchen.

»He, Mädchen, alles klar? Gleich wird der Krankenwagen da sein und die Bullen auch. Kann ich dich alleine lassen? Kommst du zurecht? Ich und mein Neffe müssen jetzt gehen, und zwar sofort.«

»Warte«, antwortete sie.

Ruhig und sicher schaute sie Gerruso nicht mehr an und kam zu mir.

»Ciao«, sagte sie.

Ich konnte ihr überhaupt nichts antworten.

Sie nahm meine Finger in die ihren.

»Das ist nur Blut«, flüsterte sie, »das geht weg.«

Sie führte sie an ihre Lippen.

Einen nach dem anderen.

Sie wusch jeden Schmerz fort.

Ich hatte eine Leere in der Magengegend wie auf der Schaukel.

»Ich bin Nina«, sagte sie. Dann lächelte sie, und ich flog von der Schaukel.

Onkel Umbertino streichelte über meinen Kopf.

»Gehen wir, bevor die Bullen da sind.«

Meine Finger öffneten sich, sie schlossen sich wieder, sie verabschiedeten sich nicht mehr von ihr.

Ein paar Minuten später war ich in der Boxschule, ich trug Boxhandschuhe und kletterte in den Ring, zum ersten Mal in meinem Leben.

Die ganze Zeit dachte ich an sie.

Mein Großvater Rosario war nach der Gefangenschaft in Afrika wieder nach Palermo zurückgekehrt. Er kam ins Nichts, der Krieg hatte seine Familie, sein Haus und seine Freunde weggerissen. Das Feld der Gegenwart wies keine Furche der Vergangenheit mehr auf. Sein Leben war ein weißes Blatt Papier. Er trug eine Militäruniform, die ihm zwei Nummern zu groß war. Er schlief in den Trümmern zerbombter Häuser. Seine Tage verbrachte er in Capo Gallo. Er schälte einen Apfel und hob die Schalen in einem Taschentuch auf, denn die waren sein Abendessen. Er starrte aufs Meer.

Provvidenza war durch seine hageren Umrisse neugierig auf ihn geworden. Sie schienen die einer Statue zu sein. Sie schloss das Buch und studierte meinen Großvater während der ganzen Zeit, in der die Zigarette zwischen ihren Fingern glühte, dann schlug sie das Buch wieder auf, die Prüfung stand bevor, und der Bus nach Capaci war immer verspätet.

Am folgenden Tag die gleiche Szene. Der steinerne Junge war noch immer da, auf der Bank, als hätte er sich nicht von der Stelle gerührt. Sie setzte sich einige Meter von ihm entfernt hin und beobachtete ihn lange. Er drehte sich nie um. Sie versuchte, sich auf den Lerntext zu konzentrieren, doch die Reglosigkeit meines Großvaters war für sie zu einem Problem geworden, die nach sofortiger Lösung verlangte.

»Soldat, was betrachtest du da?«

Er drehte sich um und starrte sie an und war absolut still.

»Was hat er da zu dir gesagt?«

»Davidù, er war eben dein Großvater. Er blieb stumm und sah mich an.«

»Wie war er?«

»Jung, viel zu dünn, mit diesen beiden hellen, unergründlichen Augen. Er war verwirrt, der Arme.«

»Hast du dich da in ihn verliebt?«

»Überhaupt nicht. Allmählich dachte ich ganz ernsthaft, er wäre sonderbar. Und eben viel zu mager. Doch es stimmt, er war anmutig und appetitlich.«

»Siehst du? Du hast dich verliebt.«

»Ich habe dir doch gesagt, nein. Auch wenn …«

»Was?«

»Er diese Augen hatte, die, na ja, die sind euch eigen, dir, deinem Vater, Rosario. Männer mit blauen Augen und unglaublich gefährlichem Blick.«

»Wie das?«

»Euer Blick verwirrt den, der ihn empfängt.«

»Ach geh! Das hab ich noch nie bemerkt.«

»Dein Vater auch nicht und auch dein Großvater nicht. Genau deshalb seid ihr ja Mörder, verfluchte blaue Augen.«

»Ich versteh kein Wort.«

»Natürlich nicht, bist ja auch ein Kerl.«

»Soldat, hast du mich gehört? Ich hab dich gefragt, was du da anschaust?«

Stille, weiter nichts.

»Verstehst du mich eigentlich, wenn ich rede? Bist du von hier?«

Sein Kopf sank nach vorne zum Zeichen der Zustimmung. Eine ganz verhaltene Bewegung, nur das Allernotwendigste. Besser als nichts. Schlagartig hatte sie inmitten all dieser zunehmenden Stille eine Eingebung.

»Bist du vielleicht stumm?«

Ihm entfuhr ein kleines Lächeln, eine mehr als zufriedenstellende Antwort. Er war nicht stumm, lediglich wortkarg, an der Grenze zum Geiz.

»Was machst du denn? Seit zwei Tagen finde ich dich hier vor, reglos, und du starrst auf das Meer. Was beobachtest du?«

Keine Antwort. Eine Sphinx. Und sie liebte Rätsel. Sie versuchte, den Ansatz zu wechseln.

»Wie heißt du?«

»Rosario.«

Heiliger Himmel, er hat geredet. Mehr noch, er hat sogar eine Silbe hinzugefügt: »Du?«

»Ich heiße Provvidenza.«

Ihre Lippen öffneten sich zu einem spontanen, komplizenhaften Lächeln.

Keinerlei Reaktion auf seinem Gesicht.

»Aber er gab mir zu verstehen, dass ich mich neben ihn setzen sollte. Platz genug war da, ich stand, er schien nicht die geringste Lust zu haben aufzustehen, und da setzte ich mich direkt neben ihn.«

»Habt ihr geredet?«

»Ach, woher, Davidù. Ich habe ihm ein paar Fragen gestellt, er brummelte etwas vor sich hin, senkte den Kopf, solche Dinge eben. Ein Gespräch ohne Worte. ›Bist du im Krieg gewesen?‹, und er senkte den Kopf. ›Wo bist du denn überall gewesen?‹, und Stille. ›Rauchst du?‹, und mit dem Kopf gibt er mir zu verstehen, dass er nicht raucht. ›Bist du auch ganz sicher, dass du nicht stumm bist?‹, und da zeigte er ein ganz leichtes Lächeln, doch ein Laut kommt nicht aus seinem Mund. Wieso habe ich ihn eigentlich nicht geohrfeigt, das ist ein Rätsel.«

»Du warst eben ganz verliebt.«

»Nein, du Blödmann. Er machte mich nur neugierig. Und angesichts der Tatsache, dass er mich ja kaum eines Blicks würdigte, zog ich das Buch heraus, das ich für die Prüfung lernen musste, es hieß *De rerum natura,* denn damals war die Schule noch eine ernste Angelegenheit, wenn man in der Grundschule unterrichten wollte, musste man Latein können. Es ist wichtig, Latein zu können, denn darin liegt die Vergangenheit unserer Sprache, ihre logische Struktur. Mach mal: *rosa.*«

»Ich hab keine Lust.«

»Mach mal, hab ich gesagt.«

»*Rosa,* erste Deklination: *rosa, rosae, rosae, rosam, rosa, rosa.*«

»*Lupus.*«

»Nonna, du hattest mir gerade von Nonno erzählt.«

»Latein ist so wichtig, wirklich so wichtig.«

»*Lupus,* zweite Deklination, *lupus, lupi, lupo, lupum, lupe, lupo.*«

»Bravo. Wo war ich stehen geblieben?«

»Beim Buch.«

»Also, da nehme ich das Buch aus der Tasche und sobald ich es öffne, ich schwör's dir, Davidù, fühle ich mich völlig durchdrungen und durchbohrt.«

»Nonno.«

»Er starrte mich an, der Ausdruck in seinem Gesicht war völlig neu.«

»Wie denn?«

»Ich weiß nicht, Davidù, doch in dieser Sekunde hatte sein Blick ein Licht, wie soll ich sagen, ein sanftes Licht.«

»Und da hast du dich verliebt.«

»Ja.«

Er hatte ihre Finger zwischen seine Hände genommen, mit der gleichen Vorsicht, mit der man Knospen aufnimmt, als wäre diese Berührung der letzte Halt, der sie daran hinderte unterzugehen.

»Bring mir Lesen und Schreiben bei.«

Und angesichts dieser unerwarteten Entblößung seiner Flanke, angesichts der Bescheidenheit seiner so unumwundenen Bitte, stellte Provvidenza, kaum dass der feine Klang seiner Stimme verflogen war, fest, dass ihr Mund, der einmal so redegewandt war, jetzt keine Worte mehr fand. Sie lächelte ganz einfach dem zu, der ihr erster Schüler werden sollte, der schweigsamen Liebe ihres Lebens.

»Huren, Bomben sind alle Huren.«

Salvo Pecoraro fluchte, sein Haus stand nicht mehr. Das Zimmer, in dem er zur Welt gekommen war, der runde Tisch aus dunklem Holz, die Strohstühle, das Bett mit dem schmiedeeisernen Kopfende, die Fotografien seiner Mutter Assunta, möge sie in Frieden ruhen, amen. Nichts war geblieben. In diesem Leben gibt es keine materiellen Sicherheiten. Umbertino beobachtete ihn, wie er im Schutt herumgrub. Die umstehenden Gebäude waren unversehrt, nur das, in dem Salvo Pecoraro wohnte, war von der Bombe getroffen worden und verschwunden, es war in sich zusammengefallen und einen beschämenden Tod gestorben. Es hatte sich nicht in eine Unzahl von Bruchstücken verwandelt, die in alle Richtungen fliegen. Bei allem Unglück ein denkwürdiger Glücksfall.

Umbertino hatte sein Haus vier Tage zuvor verloren. Ein Splitter, der einen Zentner wog und aus dem gegenüberliegenden Haus kam, drang ein ohne anzuklopfen und riss die Küche weg, den Fußboden des Badezimmers, zwei tragende Mauern, das Zimmer mit dem Bett, wo mein Onkel mit verschränkten Händen unter dem Kopf von Frauen mit sauberer Haut träumte. Der Balkon der Essecke dagegen blieb unversehrt, mit seinen roten mütterlichen Geranien, die noch stolz und sehr gegenwärtig waren, als wäre überhaupt nichts passiert. Diese Blumen erinnerten ihn an die Spuren der Küsse, die nach dem Lieben auf den Wangen verweilen. Umbertino dachte sich, dass er den Splittern offenbar nicht wirklich sympathisch war. Bevor das Haus so plötzlich entkernt wurde, hatte er irgendwo anders gefickt. Das war seine Rettung. Diese Feststellung gefiel ihm sehr. Es gelang ihm sogar zu lächeln angesichts dessen, was von nun an nicht mehr sein Zuhause sein sollte. Von allen Verwandten war ihm nur seine Schwester geblieben, die Mutter meiner Mutter, sie war nach Terrasini geflüchtet, ein Dörfchen ungefähr fünfunddreißig Kilometer von der Stadt entfernt. Er hatte bleiben wollen, ich sterbe nicht, sei beruhigt, ich schlag mich schon durch. Er musste niemand Rechenschaft ablegen. Er war der alleinige Herr seines Schicksals und fast neunzehn Jahre alt.

Mit dem Blick bat er um eine Zigarette, bekam sie, dankte, indem er den Kopf senkte, zündete sie an und paffte sie. Ringsumher wurde gegraben, geflucht, gefunden, getröstet, geweint und geschrien, dass Bomben allesamt Huren wären.

Doch Bomben sind keine Huren.

Bomben haben keine Gefühle.

Die Huren dagegen wohl.

Die haben Gefühle.

Im Übermaß.

Nicht alle, sicher.

Aber einige.

Einige könnten das Leben unter einer Bombardierung in Empfang nehmen und es dir unbeschadet aufbewahren. Sie würden es dir sogar parfümiert zurückerstatten.

Wie es Giovanella die Hure gemacht hat.

Sie sagte, dass sie für ihn ihr Leben hingeben würde.

Und so war's auch.

Es ereignete sich nachts. Die Bomben fielen vom Himmel. Ja, es stimmt, es war der Händedruck meines Onkels, der sie auf dem langen Lauf bis vor die Türe des Luftschutzkellers mit sich zog, die, gottlob, noch offen stand. Sie waren völlig außer Atem. Doch als die Luft glühend wurde und das Geräusch in die Ohren drang, bis man das Gleichgewicht verlor, war es Giovanella, die ihn zu Boden drückte, während ein Splitter von einem halben Meter ihre Brust durchschlug und in ihrem verliebten Herzen zum Halten kam. Giovanella flog nach hinten, stürzte und schlug mit ihrem Kopf auf die glatten Steinplatten der Straße. Aber da war sie schon tot. Umbertino war nicht in der Lage, etwas zu sagen. Kein einziges Wort der Liebe.

Es ist nicht die Zeit, eine Hierarchie der Zuneigungen zu schaffen. Einzigartig und kostbar kann eine Hure sein, die man vor zwei Wochen kennengelernt und dann auf diese Weise verloren hat, während eines Bombenhagels aus einem nahen Himmel. Und weil man überall nur Flüche, Schreie, Zusammenbrüche, Weinen, Dröhnen und Sirenen hörte, entschloss sich Umbertino, dass ihn alle Geräusche des Kriegs mal kreuzweise konnten, streichelte die noch warme Stirn Giovanellas, schloss ihre Augen sanft und gewissenhaft, ging fort und ließ sie da zurück. Die Toten können ihr Leben nicht mehr retten.

Giovanella hatte ihn nie bezahlen lassen. Sie liebte ihn wirklich. Umbertino war schön, von herber, melancholischer Schönheit. Als sie sich zum ersten Mal vor ihm auszog, empfand Giovanella einen Hauch von Scham, sich nackt vor ihm zu zeigen. So schön bin ich nun auch wieder nicht, dachte sie. Sie war siebzehn. Aber es war ein Augenblick, ein winziger Bruchteil der Zeit, in dem sie sich noch mehr in ihn verliebte, einer jener seltenen Augenblicke, an die man sich immer erinnert, weil sie sich im Gedächtnis ausbreiten. Es war eine unerwartete Pirouette Umbertinos, der unbekleidet vor ihr stand. Giovanella die Hure lachte mit den Lippen, mit den Augen und mit dem Herzen. Die dann folgende grobe Umarmung meines Onkels zerstreute jeden Zweifel, jede Angst, jede Scham. Sie küssten sich mit einem frechen, feuchten Kuss. So wie es sein sollte. Und sie liebten sich. Das dauerte zwei Wochen. Vierzehn Tage. Vierzehn Nächte. Eine tosende, brausende Liebe, verschwitzt und leidenschaftlich. Das Glück in unmittelbarer Reichweite.

Dann kamen die Bomben.

In Palermo lagen überall Leichen herum. Jeder Innenhof, jede Straße, jede Familie beklagte einen Toten. Umbertino kamen seine irgendwann einmal so breiten Schultern auf einmal eng und mager vor. Sie waren nicht in der Lage gewesen, Giovanella zu beschützen.

Das ist der Krieg, sagte er sich.

So was passiert.

Die einzige Art, ihn zu verhöhnen, ist zu überleben.

Sich an nichts binden.

An niemanden.

Dem Instinkt folgen.

Er fing an, praktisch ständig zu Huren zu gehen. Eine hatte ihm das Leben gerettet. Eine andere ebenfalls. Eine gewisse Mariù, rote Haare wie Giovanella. Sie war es, die er auf den Stadtmauern vögelte, als der Splitter von einem Zentner in sein Schlafzimmer schlug, ohne ihn anzutreffen. Mariù die Hure. Vier Tage lang hat er sie gesucht. Langsam. Wie auf einer Via Crucis, die etwas auf sich hält. Ohne Eile. Ein Schritt nach dem anderen. Wasser nässt, Wind trocknet. Der Weg zum Kalvarienberg steigt immer an.

Man konnte niemanden mehr begraben. Holz für Särge gab es keines mehr. Auch keine Werkzeuge, um Gräber auszuheben. Man ließ die Toten zurück, man häufte einen auf den anderen. Die Körper verwesten. Die Insekten tanzten auf ihnen herum. In den Straßen stank es ekelerregend. In der Mitte der Plätze häuften sich die Reste eingestürzter Häuser. Manchmal, wenn man grub, stieß man auf menschliche Glieder.

In Borgo sang ein Mann: »Schön das Mädchen, schön ist sie, wem nur, wem nur geb ich sie?«

Er musste um die dreißig sein. Eng an seine Brust hielt er eine Hand, die an einem Fetzen Arm hing, der unterhalb der Stelle endete, wo der Arm in die Schulter überging. Dieser Körperteil war weiß: Der Knochen schaute hervor. Das war alles, was von seiner Tochter übrig war. Der Mann sang, wiegte sich dabei vor und zurück, dann überkam ihn ein epileptischer Anfall, und er sang nicht mehr. Die, die ihm zu Hilfe kamen, achteten nicht auf den Arm, der in den Staub fiel.

Umbertino verweilte einen Augenblick zu lange an einer Stelle, die er nicht mehr erkennen konnte. Es fehlten die Bezugspunkte. Er hob den Blick und sah den leuchtenden Himmel. Ein Fluch wuchs innerhalb seiner Herzwände. Er konnte ihn aufhalten. Das tut man nicht, wenn man überleben will, man muss gefühllos werden.

Er ging weiter, doch nach sieben Schritten stolperte er über das, was von einem Bein übrig geblieben war. Es war von Fliegen und Würmern bedeckt. Mein Onkel ließ alle guten Vorsätze über Selbstkontrolle fahren und fluchte lauthals voller Wut und Verzweiflung gegen alle und alles, davon ausgenommen blieb nur die heilige Rosalia.

Da fühlte er sich unendlich wohl.

Das Haus mit dem Rosengarten befand sich an der Piazza delle Sette Fate, dem Platz der Sieben Feen. Ein idealer Ort, zu dem er

Frauen bringen konnte. Jetzt gab es dieses Haus nicht mehr, getroffen von einer Bombe an einem Nachmittag, an dem es einen von diesen unerwarteten, schnellen Regengüssen im März gab. Das Wasser war ein Segen in diesen Tagen des Elends. Also liefen alle hinaus, um so viel wie möglich davon aufzufangen. Fast gleich darauf kündigte überraschend eine Flugabwehrsirene einen Angriff an. Dieser Klang zerriss die Luft und vertrieb die Freude, im Regen zu stehen. Andererseits, was war schon Besonderes dabei, dass zu dieser Zeit bombardiert wurde? Während die Angst größer wurde, packte man Eimer und Schüsseln und lief zu den in nächster Nähe liegenden Luftschutzräumen, zählte die Anwesenden, betete, hoffte, umarmte sich und fluchte.

Der Himmel hatte sich mit Flugzeugen gefüllt, und in dem Streifen, der Palermo von den Wolken trennte, war die Bombe schon ausgeklinkt worden. Im Augenblick des Einschlags entstand eine kleine Sonne, die sich mit dem Regen traf, es bildete sich ein Regenbogen, und das Haus mit dem Rosengarten gab's nicht mehr.

Die Stille der Piazza delle Sette Fate wurde von einem immer näher kommenden Brüllen zerrissen. Umbertino fluchte bei allen Heiligen am Kreuz.

»Hast du erwartet, was dann geschah, Onkel Umbertino?«

»Wie, zum Teufel noch mal, konnte ich das denn, Davidù? Ich bin doch schließlich kein Hellseher.«

»Hattest du Angst?«

»Die Wahrheit?«

»Klar.«

»Ich wollte nichts anderes.«

»Wie bist du darauf gekommen, Onkel Umbertino?«

»So wie du darauf gekommen bist.«

»Instinkt?«

»Das Blut verleugnet sich nicht.«

Als sie diesen Schwall von Flüchen hörten, hielten die, die auf der Piazza delle Sette Fate waren, mit dem Graben inne. Vielleicht die Anspannung, vielleicht die ernsthafte Bereitschaft, den Glauben zu schützen, vielleicht das bloße Bedürfnis, Dampf abzulassen. Wer immer sich dort befand, dem schien diese Aneinanderreihung von Flüchen unzumutbar.

»Schweig«, warnte ihn eine Stimme.

Umbertino blieb stehen. Er war in Staub eingehüllt, und niemand konnte die wahren Dimensionen seines Körpers ahnen.

Doch seine Stimme.

Fest, ruhig, klar.

Der Schnitt eines Messers.

Er kostete diese Stille aus. Dann fluchte er wieder, auf Gott und die Jungfrau Maria.

Als sie diese Verachtung hörten, wollten alle vergessen, dass man unter dem Schutt noch etwas finden könnte. Oder vielleicht war ganz einfach nur der Augenblick gekommen, dass man aufhören wollte zu graben. Die Hände taten weh, die Lungen brannten.

»Ich hab dir gesagt: Sei still.«

»Andernfalls?«

Sie rieben sich die Augen, um besser sehen zu können, gegen wen sie da Dampf ablassen wollten. Die Gestalt war verschwommen, ein undeutlicher Umriss.

»Andernfalls reiß ich dir den Arsch auf.«

»Und ich auch«, sagte ein anderer.

»Ich bin auch dabei.«

»Und ich auch.«

Umbertino hob den Blick, öffnete die Arme und bot dem Kampf die riesige Fläche seiner Brust dar.

»Also los.«

Sie waren zu elft. Keiner rührte sich.

In dieser Unterbrechung der Laute war kein Atmen, kein Kriegslärm zu hören.

Die Hände meines Onkels schlossen sich.

»Wie hast du dich gefühlt?«

»Das war ein Gefühl wie noch nie zuvor in meinem Leben.«

»Nämlich?«

»Ich fühlte mich frei wie ein Mörder.«

Sie konnten sich nicht dazu entschließen, ihn anzugreifen.

Das lief nicht gut.

Es fehlte der Kampf.

Es fehlte das Blut.

Es fehlte das Schlachten, damit alles perfekt wäre.

Umbertino machte die Perfektion möglich.

Er fluchte das Unfluchbare.

Umbertino fluchte auf die heilige Rosalia.

Er war beherrscht und ruhig wie das Meer im August.

»Und jetzt kommt, ihr Bande von Schwuchteln.«

Empfindlichkeit trat an die Stelle der Strategie. Alle elf stürzten sich auf ihn.

Ein Rudel ohne Anführer. Sie stürzten sich auf ihn, um ihn zu zerreißen, ohne auch nur entfernt zu ahnen, dass die Beute nicht er war. Die Beute waren sie.

Er brauchte die Fäuste.

Mehr brauchte er nicht.

Die Männer fielen, wie der Sand fällt.

Er versenkte seine Schläge ins Fleisch von einem und dann von einem anderen und dann von noch einem anderen.

Eine glückliche Bestie.

Es dauerte nicht einmal eine Minute.

Er brach Arme, Kieferknochen, Rippen, Zähne, Jochbeine.

Am Ende lagen fünf Männer auf der Erde, die sechs, die noch standen, starrten Umbertino an, mein Onkel betrachtete seine Hände und las darin seine Zukunft.

Mariù mit den roten Haaren traf er zwei Tage später auf dem Friedhof von Sant' Orsola. Sie trug einen schmutzigen Rock. Er rief sie bei ihrem Namen, sie drehte sich um und erkannte ihn nicht. Er erzählte ihr, wie sie ihm dadurch, dass sie miteinander gefickt hatten, das Leben gerettet habe. Sie tat ganz interessiert. Als er fertig erzählt hatte, folgte eine Stille, die nichts ausfüllte. Er unterbrach jedes Zögern und fragte sie, wie viel. Sie nannte den Tarif.

»Zu viel.«

»Wie viel hast du?«

Sie gingen hinter die letzte Gräberreihe, noch bis hinter die Lärchen. Als sie fertig waren, stand Umbertino auf, knöpfte sich die Hose zu und ging grußlos fort. Er sah sie nie mehr wieder.

Er war der erste Boxer in meiner Familie.

Der Neger.

Keiner weiß, wie er wirklich hieß.

Umbertino lernte ihn während eines Kampfs auf der Straße kennen. Es wurde gewettet, je nach gesetztem Geld wurde die Börse für den Sieger festgelegt und dann los mit dem Austeilen der Schläge. Umbertino blieb auf den Beinen, seine Gegner nicht. Auf diese Weise verdiente er sich seinen Lebensunterhalt bis Mitte 1945. Er war einundzwanzig, hatte eine tödliche Faust und keinerlei Technik. Unter diesen Bedingungen begegnete er dem Neger.

Wenn er ihn nannte, unterbrach Umbertino seinen Satz. Er lauschte der Stille, die auf die Erwähnung dieses Namens folgte. Die Achtung vor seinem Meister ist ein Gefühl, das im Laufe der Zeit unverändert bleibt.

Der Neger landete mit der amerikanischen Militärmarine auf Sizilien. Nach nicht einmal einer Woche desertierte er. Seine Tage verbrachte er in Tavernen und ließ sich mit Alkohol volllaufen.

»Natürlich blieb er nicht unbemerkt, Davidù, er war ja total schwarz. Wieso sie ihn nicht verhafteten? Na, zuerst mussten sie ihn ja mal schnappen, und wenn sie ihn geschnappt hätten, mussten sie auch noch auf den Beinen bleiben. Der Neger war ja lebensgefährlich, er hat mir den Arsch mit Stars und Stripes verschönt.«

Während ihres ersten Kampfs verpasste der Neger ihm so viele Treffer, dass Umbertino ihn gleich in sein Herz schloss. Er war schmächtig, knorrig und stank nach Alkohol. Mein Onkel war stämmiger, kraftvoller, nüchterner. Ein Mittelgewicht gegen ein Schwergewicht. Das würde kein Wettkampf werden. Doch nach einer Minute war klar, dass der Ausgang feststand, allerdings nicht wie gedacht. Umbertino gelang es nicht, ihn zu treffen. Bei seiner Körpermasse hätte ihm ein Treffer genügt, nur einer, und er hätte ihn fertiggemacht. Doch der andere war eine Grille. Er sprang ständig weg. Umbertino gelang es nicht, sich auf ihn einzustellen. Er fuhr seine Rechte aus, aber der Neger war mit einem Satz schon woanders. Als Umbertinos Faust zum Oberkörper zurückkehrte, um sich wieder aufzuladen, hämmerten die Schläge des Negers in sein Gesicht, gegen seine Brust und auf seinen Unterarm. Er war noch nie jemand so Schnellem begegnet. Umbertino stand da auf seinen Beinen und teilte wuchtige Schläge in alle Richtungen aus. Der Neger umkreiste und entstellte ihn. Nein, er war keine Grille. Er war eine Libelle. Nach sieben Runden hatte Umbertino eine aufgeplatzte Augenbraue, eine geschwollene Oberlippe, Blutergüsse am Kinn, ein blutendes linkes Jochbein, nur seine Fingerknöchel waren alle noch unversehrt. Der Neger flog hin und her. Seine Füße machten kein Geräusch. Die Begegnung ging in der zehnten Runde zu Ende, ohne dass es Umbertino gelungen wäre, auch nur einen Angriff zu unternehmen. Der Neger nahm das Geld, presste es in seiner Hand und sagte: »Alkohol.« Umbertino verging vor Scham. Er stürzte sich auf ihn und klammerte sich an seinen Arm.

»Bring mir das Boxen bei.«

Der Neger schob ihn von sich, spuckte auf die Erde und ging sich besaufen.

Das war die erste Lektion.

Die Demütigung brennt stärker als die abbekommenen Treffer.

»Das war meine erste wirkliche Begegnung im Boxen. Ich dachte, dass das körperliche Aufeinandertreffen nur eine Frage von Übermacht ist. Stärker und gemeiner zuschlagen. Die Treffer des Negers haben nicht nur gesessen, sie waren auch schön anzusehen. Es zerstört, was genau ist, nicht das, was stark ist. Er demolierte mir das Gesicht. Er musste mein Meister werden, gar keine Frage.«

Er durchstreifte ganz Palermo. Schließlich fand er ihn in der Taverna Azzurra. Der Neger besoff sich mit Sangue di Cristo, Christi Blut, einem Messwein. Seine Hand zitterte. Seine Sinne waren dermaßen benebelt, dass es dieses Mal leicht gewesen wäre, ihn zu vernichten.

»Verstehst du, Davidù, ich hatte den vor mir, der mein Gesicht mit einem Steinhagel bearbeitet hatte, und der war zu einem erbärmlichen Lappen verkommen.«

»Und was hast du gemacht?«

»Was konnte ich schon machen? Das einzig Sinnvolle: Ich habe meinen Stolz runtergeschluckt, bin zu ihm gegangen und habe mit ihm geredet.«

Der Neger hatte einen Hass auf alle. Weiße, Gelbe, Schwarze. Auf alle. Er nahm meinen Onkel nur deshalb als Schüler, weil er ihm die richtige Antwort im richtigen Augenblick gab.

»Bring mir deine Bewegungen bei, die Finten, die ganze Technik, los, bring mir bei, wie man boxt.«

Der andere würdigte ihn keines Blicks. Er streckte die Hand aus, um sich einen Schluck zu nehmen. Umbertino hielt sein Handgelenk vorm Glas fest.

»Diese Art, über sich zu heulen, ist weibisch.«

»Gibt's eine männliche Art?«

»Ja, während du heulst, kannst du immer noch einen massakrieren.«

Der Neger trainierte ihn bis zum Äußersten. Er brachte ihm bei, dass ein Schlag nicht aus dem Arm kommt, dass die Füße nicht auf dem Boden aufsetzen, sondern den Boden nur streifen, dass Gleiten einem Raum schafft, ohne dabei die Augen des Gegners aus dem Blick zu verlieren. Er veränderte seine Art zu gehen und seine Schulterhaltung. Er stellte ihn vor den Spiegel und ließ ihn immer wieder ins Leere boxen, und zwar nach einer festgelegten Folge von Ausfällen. Er zeigte ihm, wie er Muskelverspannungen durch Seilspringen lösen konnte. Er entschied für ihn, was und wie viel er essen durfte. Er verbot ihm, nach Abschluss des Trainings Wasser zu trinken. Er verbot ihm den Genuss von Alkohol. Mitunter lachte er ein raues Lachen, warf eine leere Bierflasche in die Luft, und sobald die Scherben den Boden bedeckt hatten: »Zieh die Schuhe aus und spring drauf.« Und Umbertino lernte, indem er seine nackten Füße auf den Glasscherben ein bisschen misshandelte, mit der geringstmöglichen Fläche zu landen.

Der Neger veränderte seinen Körper. Deshalb wurde mein Onkel so flink und gelenkig. Er war ein von einem Mittelgewichtler zur Leichtigkeit verdonnerter Schwergewichtler. Doch die eigentliche Verwandlung fand im Kopf statt. Tag für Tag legte Umbertino sich eine immer eisigere Ruhe zu, die Tochter eines wachsenden Bewusstseins. Allmählich verstand er sein Talent für den Kampf von Grund auf.

Der Neger brachte ihm Liegestütz, Beuge und Hocke bei. Er unterrichtete ihn über die Bauchmuskeln, die oberen, die mittleren und die unteren, über die Rückenmuskeln und die Dehnungen. Er entwarf für ihn Angriffs- und Verteidigungschoreografien, ebenso Strategien für die Besetzung der Ringmitte. Und vor allem ließ er ihn laufen. Schnelligkeit, Ausdauer, Losschnellen. Bei Regen wie bei Sonnenschein. Vor und nach dem Training. Morgens gleich nach dem Aufstehen. Jeden Tag, den Gott geschaffen hatte, auch mehrere Male am Tag, bis er vor Krämpfen zusammenbrach, bis er sich vor Anstrengung übergab, bis er wegen plötzlicher Durchfallattacken zitterte und trotz allem weiterlief. Mein Onkel besaß einen unzerstörbaren Willen.

Der Neger sprach Italienisch. Sein Vater war ein Auswanderer aus Lukanien und ein Bastard. Er wurde erstochen, als er, der Junge, sieben Jahre alt war, eine Weibergeschichte, besser so, er verdiente alle acht Zoll Messerklinge im Herzen. Seine Mutter war eine Schwarze. Sie ging putzen, sie kochte, sie ging auf den Strich, sie tat einfach alles, um das Brot auf den Tisch zu bringen. Sie starb an Skorbut, als er zwölf war. Der Neger erklärte Umbertino, dass es in Amerika diese Paare unterschiedlicher Hautfarbe gebe, es seien nur wenige, und ihnen geboren zu werden sei ein Unglück. Er erzählte, dass sein Talent fürs Boxen von einem Auswanderer aus Campanien entdeckt worden sei, mitten auf der Straße: Er schlug gerade das Gesicht eines irischen Jungen zu Brei, der nicht wollte, dass Neger auf dem Bürgersteig gingen. Er war dreizehn. Er ging in die Boxschule, da war er ein Nichts, und er kam heraus, da war er ein Champion. Er sagte, dass es schwierig sei, Umbertino das Boxen beizubringen, allerdings auch möglich, er habe das Zeug dazu und eines Tages, vielleicht, wer weiß. Er sagte auch, dass man außerhalb der Gnade Gottes stehen müsse, wenn man es unternehmen wolle, ihm Amerikanisch beizubringen. Er hörte auf zu reden und befahl ihm zu laufen.

Der Neger war siebenundzwanzig und hatte kein einziges Mal im Gesicht.

»Du hättest ihn boxen sehen sollen, Davidù. Er schaffte es bis in die Ringmitte, er torkelte und taumelte, er bewegte den Hals, der ein bisschen krachte, erhöhte seinen Rechtsausleger, und unversehens, reine Magie, war nicht mehr er im Ring, sondern eine Libelle. War das nicht all diese Mühe wert? Wenn du ihn doch nur einmal hättest sehen können. Der Neger boxte nicht. Der Neger schwirrte.«

Die erste Begegnung unter der Führung des Negers war nach sieben Monaten Training. Sie spielte sich gleich außerhalb von Palermo ab, in Bagheria, auf einem Schulhof, unter wenigen Anwesenden. Der Gegner war ein Familienvater aus Syrakus, dreiunddreißig. Er brachte einhundertfünf Kilo auf die Waage, hatte breite Schultern, Riesenpranken, behaarte Brust und gütige Augen. Umbertino war nicht mehr der angeberische Junge, der bis sieben Monate zuvor andere Jungs in den Gassen demolierte. Er hatte neue Muskeln entdeckt und war dabei, sich eine hervorragende Technik zuzulegen. Er tanzte auf den Zehenspitzen und war verdammt schnell. Er wirkte wie ein alter Hase, maßvoll und konzentriert. Sein Meister hatte ihm gegenüber angedeutet, dass er möglicherweise wirklich etwas Beachtliches gewinnen könne.

Der Neger war in Bagheria nicht aufgetaucht. Den Grund dafür hatte Umbertino nie erfahren. Er spürte ihn am späten Abend in der Taverna Azzurra auf, stockbesoffen. Er setzte sich zu ihm an den Tisch, ohne ihn irgendetwas zu fragen. Er blieb still und beobachtete, wie sein Meister sich zerstörte. Als der Neger das Bewusstsein verlor, hievte Umbertino ihn sich auf die Schulter und brachte ihn nach Hause.

Die Begegnung hatte er mit einem K.o. in der zweiten Runde gewonnen. Die Augen des Mannes aus Syrakus waren zwei blutende Brunnen.

Am nächsten Tag hörte der Neger schlagartig auf zu trinken.

»In seinem Kopf war er 'n Boxer, wenn er also was machen oder erreichen wollte, dann machte er's, bis sie ihm alle schließlich ein' blasen wollten.«

Bei den folgenden einundzwanzig Begegnungen von Umbertino war er anwesend.

Im Unterschied zu anderen Trainern redete er äußerst wenig. Wenn sie sich am Ende der Runde in der Ecke wiedersahen, fragte er: »Wie geht's dir, Umberto?« Die Arroganz der Antwort beruhigte ihn. Er gab seine Anweisungen mit einer Ruhe, die keine Zuwiderhandlung duldete. Sein Rat tendierte immer in die gleiche Richtung: Umbertino sollte sich an einem bestimmten Punkt des Körpers von einem bestimmten Schlag treffen lassen, um die Wucht des Gegners auszutesten.

»Und dann?«, fragte Umbertino.

»Dann mach ihn fertig.«

Einundzwanzig Begegnungen.

Einundzwanzig K. o.

Der Neger erklärte ihm die Regeln des Boxens und die Logik der Unterteilung nach Gewichtsklassen. Umbertino trainierte und hörte zu. Er sagte ihm, welche Angriffe Punkte einbrachten und welche nicht und welche notwendig waren, um die Feste zu Fall zu bringen. Umbertino wuchs von Kampf zu Kampf. Er erzählte ihm von den besten Begegnungen einer Karriere, seiner, die mit der Einberufung zum Militär unterbrochen worden war, und er brachte ihm bei, wie er den Gegner durch die Art, wie er seine Füße gebraucht, einschätzen konnte. Umbertino entstellte weiterhin jeden Boxer, den er herausforderte. Er erzählte ihm von Billy Bob Bartelli, genannt »der Magier von Brooklyn«, und von Foster »The King« Monroe, einem rothaarigen Schotten mit der schönsten Beinarbeit, die er je gesehen hatte. Er vertraute ihm an, wie er ins Finale für den Championstitel im Mittelgewicht gekommen war und verloren hatte.

»Du dagegen, Umbè.«

»Ich was, Maestro?«

Antworten war sinnlos.

Der italienische Meistertitel im Schwergewicht.

Das Ziel war gesteckt.

Die erste Begegnung der legendären Serie mit den einundzwanzig K. o. infolge der Paarung Umbertino/der Neger fand im Sommer 1946 statt. Die letzte im Dezember 1949. Dazwischen weitere nicht offizielle Kämpfe, die alle mit dem Gegner am Boden zu Ende gingen.

Sie wohnten zusammen bei der Vuccirìa, an der Piazza Garraffello. Sie bezogen ohne jemanden zu fragen den oberen Teil des unversehrt gebliebenen Flügels eines bombardierten Palazzos. Dort hatten sie sich ein würdiges Heim geschaffen: zwei Schlafzimmer, eine Küche, ein Badezimmer, eine kleine Terrasse. Dorthin konnten sie Frauen mitnehmen. Mit dem erkämpften Geld bezahlten sie die Kosten.

Sie begannen darüber zu sprechen, gemeinsam eine Boxschule zu eröffnen.

»In Palermo gibt's ja überhaupt keine Möglichkeit, das zu lernen. Was sagen Sie dazu, Maestro?«

Der Neger kaufte Material, aus dem er Säcke für die Fäuste herstellte, Elemente für die Gewichte, Springseile. Umbertino gab sein Geld für Frauen aus. Über die Verwaltung der Finanzen kamen sie sich nie in die Haare. In der Boxwelt redete man immer häufiger über sie.

»Bist du jemals aus Palermo weggegangen, Umberto?«

»Einmal bin ich nach Cefalù gefahren, Maestro.«

»Bereite dich vor, wir fahren nach Bologna.«

»Wo ist denn das?«

»In Italien.«

»Um was zu machen?«

»Den andern den Arsch aufzureißen.«

Der Neger hatte ihn für ein Turnier angemeldet.

Der Aufstieg zum Titel hatte begonnen.

Umbertino hatte die Zeitungsausschnitte, die Plaketten, die Pokale nicht aufbewahrt, in denen er der König der italienischen Schwergewichtler war. Er warf alles an dem Tag weg, als er die Boxschule kaufte.

»Ich habe nie die Anerkennung anderer gebraucht, mir genügt es, wenn ich den Blick derer kreuze, die damals dabei waren.«

»Was passiert dann?«

»Sie kriegen noch immer Angst.«

An einem der letzten Tage im Dezember 1949 fand Umbertino, als er nach Hause kam, den Neger stockbesoffen vor. Er hat mir immer geschworen, dass er niemals erfahren habe, aus welchem Grund die alte Verzweiflung in seinem Meister wieder zum Vorschein kam. Er fragte sich das in den folgenden Jahren immer wieder, fand aber nie eine plausible Erklärung. Eine Wand in der Küche hatte einen Riss. Der Neger hatte sie mit Fäusten traktiert. Die Außenseite seiner Hände blutete, jeder seiner Finger war abgeschürft. Umbertino hockte sich neben ihn. Stechender Gestank von Alkohol. Es fehlten noch zwei Begegnungen bis zum nationalen Meistertitel.

»Was ist denn passiert, Maestro?«

Der Neger hielt das Gesicht in seinen kaputten Händen. Er wandte sich mit nur einem Satz an seinen Schüler.

»Trainierst du, um ein Mann zu werden?«

Er wartete die Antwort nicht ab.

Er kramte in seinen Taschen und hielt ihm ein Stück Papier hin.

Darauf stand: »Bist du der Mann geworden, der du sein wolltest? Was hält dich im Gleichgewicht? Der Ruhm? Die Stärke? Die Macht? Eine Kahnfahrt? Das Trinken von kühlem Wein, wenn Schirokko herrscht? Der Duft der gebratenen Aubergine? Hast du, was du willst? Hast du eine Hand, die dir den Rücken streichelt, wenn du es brauchst? Warum dann bist du nicht dieser Vorstellung von Frieden gefolgt? Warum hast du dich nicht gestählt, um diese langen Nachmittage zu erschaffen, an denen die Zikaden zirpen und die Stimmen deiner Kinder erklingen?«

Der Neger verschwand aus Palermo am letzten Tag des Jahres 1949. Ein Dutzend Menschen schwor, sie hätten gesehen, wie er an der Mole Santa Lucia an Bord eines Schiffs nach Genua gegangen sei. Jahrelang versuchte Umbertino, etwas über ihn herauszubekommen. Ohne Erfolg. Der Neger verwischte seine Spuren. Wie er aufgetaucht war, so verschwand er, ein Flügelschlag und weg.

»Deine Mutter hat recht, und damit basta.«

»Aber du hast ihn doch selbst da auf der Erde liegen lassen, Onkel.«

»Die Bullen waren doch im Anmarsch, ich habe ihn wenigstens mit meinem Taschentuch verbunden, um das Blut zu stoppen, und überhaupt ist er schließlich dein Freund.«

»Er ist nicht mein Freund.«

»Du bist der, der ihn kennt, und jetzt sei still, du gehst mir nämlich auf die Nerven.«

Onkel Umbertino lenkte mit einer völlig neuen Aufmerksamkeit, das Risiko neuer Schusswechsel bestand noch immer. Bei jedem Motorrad, das wir kreuzten, spähten seine Augen in alle Richtungen. Sie kontrollierten das Schlachtfeld.

»Onkel, ich will aber nicht ins Krankenhaus und Gerruso besuchen.«

»Aber ich, der dich begleiten muss, bin natürlich selig. Die Wahrheit ist nämlich, dass die Frauen zu Hause bleiben sollten, statt arbeiten zu gehen, so wie deine Mutter, die nie da ist, und ich bin's dann, der das Kreuz auf sich nehmen muss, dich überall hinzubringen.«

»Aber Gerruso ist doch eine Null, Onkel, nicht mal in das Krankenhaus, in dem Mama arbeitet, haben sie ihn gebracht. Ich will keinen besuchen, dem ein Stück Finger fehlt. Ist doch verlorene Zeit.«

»Was weißt du denn schon vom Verlieren?«

»Ich bin neun Jahre alt, ich weiß schon, wie es läuft.«

Ich wusste, dass man verlieren kann, was man besitzt. Man verliert das Fädchen, die Geduld, das Fingerglied, die Zeit, die Nachmittage im Verkehr, die Münzen zum Telefonieren, den Bleistiftspitzer, die Knöpfe vom Hemd, die Worte auf der Zunge.

»Schau mal, Davidù, wie schön diese Hand ist, und schau auch, wie groß sie ist. Weißt du, was sie am Lenkrad hält? Die Geduld. Ja, genau. Und wenn ich die Geduld verliere, weißt du dann, wo diese Hand landet? Hast du verstanden, mein Engelsgesichtchen? Warte, bleiben wir mal kurz stehen, in der Bar da machen sie einen fabelhaften Espresso.«

Er parkte den blauen Fiat 126 in der zweiten Reihe, ging in die Café-Bar und begab sich zum Tresen.

»Ohu, 'n schön'n Kaffee, so wie er sein muss, für mich und 'n Glas Wasser mit Bläschen für mein' Neffen.«

Dann erschien ein Terzett gut gekleideter Männer. Sie diskutierten laut über den Mord drei Stunden zuvor an Sperone, einem Vorbestraften, den man mit dem dritten Auge in der Stirn aufgefunden hatte. Sie redeten über Symbole: Wenn ein Ermordeter seine Eier im Mund hat, dann deshalb, weil er Schlimmes mit der falschen Frau angerichtet hat; die Füße in einem Zementblock und dann ab ins Meer, das ist das Schicksal für den, der das Geld der Familie an sich gerissen hat; ein Toter mit einem Fisch im Mund ist einer, der zu viel geredet hat. Sie waren gerade dabei, die Bedeutung der Auflösung im Säurebad zu vertiefen, als der Größte dieser drei sich scherzend an den Barmann wandte.

»Buongiorno, machen Sie mir doch drei richtig männliche Espressi ohne Zucker.«

Umbertino drehte seinen Kopf sofort diesem Terzett zu und betrachtete es eingehend. Als ihr Unbehagen gereift war, ließ er sich herbei, mit ihnen zu reden.

»Vielleicht habe ich ja nicht gut verstanden, aber habt ihr gerade gesagt, ich wäre schwul?«

Die drei Männer waren eher überrascht als sprachlos.

»Was ist denn mit dir los?«

»Ah, jetzt tut ihr auch noch, als würdet ihr nicht verstehen?«

»Was willst du eigentlich?«

Die Anwesenden begnügten sich damit, diese Szene zu beobachten. Niemand griff gnädigerweise ein.

Onkel Umbertino drehte sich zu dem Terzett um und kehrte dem Barmann den Rücken zu. Seine Stimme blieb weiterhin leise, wodurch er jeden zwang, sein Ohr zu ihm zu beugen.

»Das heißt, ich bin hier, vergnügt und unbeschwert, mit meinem Neffen, und trinke mir meinen Espresso in aller Seelenruhe, da kommt ihr drei hier herein und sagt mir vor allen Leuten, ich wäre schwul.«

»Wieso denn?«

»Wollt ihr jetzt etwa nicht mehr wahrhaben, was ihr mir noch vor einer Minute gesagt habt?«

Der Barmann, der Kassierer, die Gäste, ich: Wir alle fragten uns, worauf Umbertino hinauswollte. Mein Onkel fühlte die Blicke der Anwesenden auf sich. Es gibt immer einen Ring, und es gibt immer Zuschauer.

Die drei wurden nervös. Sie konnten ihre Füße nicht ruhig halten.

»Ehrlich gesagt, hat keiner sich erlaubt …«

Umbertino stand auf den Fußspitzen. Vielleicht ein ungewollter Reflex, vielleicht eine bewusste Pose, um das Drama zu steigern.

»Ach, nicht? Und was war das, als ihr gekommen seid und ›drei richtig männliche Espressi ohne Zucker‹ bestellt habt? Was habt ihr damit gemeint, heh?«

»Also …«

Umbertino genoss diesen Zweifel, die wachsende Sorge, dieses Bewusstsein von Gefahr, das sich entwickelte.

»Ach, jetzt tut ihr auch noch so, als würdet ihr nicht kapieren? Dann erklär ich's euch mal. Für Leute wie euch ist jeder, der sich Zucker in den Espresso tut, schwul, denn ihr, die ihr ja richtige Männer seid, ihr seid Kerle für bitteren Kaffee, da sieh einer, wie stark ihr seid, der reine unverfälschte Geschmack; Zucker ist dagegen was für Weiber und Memmen, und daher sagt ihr mir, der ich meinen schönen Espresso mit Zucker trinke, sagt ihr mir vor meinem Neffen, dass ich durch und durch schwul wäre.«

Die Gäste murmelten, wogen ab, entschlossen sich, Partei für ihn zu ergreifen.

Die drei zeigten eine untadelige Fähigkeit, in Deckung zu gehen, und verstanden auf der Stelle, aus welcher Richtung der Wind plötzlich wehte.

»Hören Sie, ich bitte Sie um Entschuldigung, es bestand nicht die geringste Absicht zu beleidigen, es war ein Fehler, dass ich geredet habe, ganz meine Schuld.«

Umbertinos Gesicht änderte seinen Ausdruck. Eine Maske fiel, da zeigte sich auch schon die nächste.

»Dann war also gar nichts! Dann ist ja alles klar! Dann trinken wir doch noch einen herrlichen Kaffee, und wir sind Freunde wie zuvor! Ohu, das alles geht natürlich auf eure Rechnung.«

Das Terzett war begeistert und völlig einverstanden.

Wir verließen die Bar, ohne zu bezahlen.

»Hast du gesehen?«

»Was, Onkel?«

»Was heißt hier was? Verdammt, ich hab dir doch gerade eine Lektion beigebracht.«

»Worüber?«

»Über das Verlieren. Wie man seine Würde in dreißig Sekunden verliert. Ein Glück, dass ich da bin, der dir das Leben erklärt.«

»Darf ich dich was fragen, Onkel?«

»Bitte sehr.«

»Seit wann trinkst du eigentlich Espresso mit Zucker?«

»Ich? Espresso mit Zucker? Bist du verrückt? Ist doch eklig, Espresso mit Zucker, den kann man doch gar nicht trinken, so was trinken nur Schwule.«

»Ja, wie denn jetzt?«

»Ich hab das Geld zu Hause vergessen, Davidù, kannst du das glauben? Ist doch absurd, oder? Aber erzähl mir ein bisschen, wie deine Eindrücke von diesen Tagen in der Boxschule sind.«

»Es sind doch erst drei, Onkel.«

»Erzähl's mir trotzdem.«

Die Station, auf der Gerruso lag, war unsäglich, voll mit Kranken.

»Fünf Minuten, dann verschwinden wir wie der Blitz, mir kribbeln jetzt schon die Eier«, sagte der Onkel.

Er wollte im Korridor auf mich warten, einzutreten hätte ihn viel zu sehr niedergedrückt. Kein Wunder. In Gerrusos Zimmer war außer ihm keiner. Sogar die anderen Kranken machten einen großen Bogen um ihn. Sogar seine Verwandten. Besser so, es durfte sich nicht herumsprechen, dass ich ihn besuchen gekommen war.

»Davidù! Mein Freund.«

»Wir sind keine Freunde.«

»Du bist mich besuchen gekommen!«

»Komm nicht auf falsche Ideen, meine Mutter hat mich dazu verdonnert. Haben sie dir das Stück Finger eigentlich wieder angenäht?«

»Nein.«

»Jetzt hast du also nur noch 'n Stummelfinger! Geschieht dir ganz recht, du Blödmann.«

»Stimmt schon.«

»Weiß ich. Na gut, ich bin dich besuchen gekommen, meinen Teil hab ich also getan, ciao.«

»Ciao.«

Im Korridor lehnte Umbertino an der Wand. Den Ellbogen oben, die Füße über Kreuz, seine Augen in denen einer vollbusigen Krankenschwester.

»Wir können gehen, Onkel.«

»Wozu denn die Eile, Davidù?«

Er erzählte ihr eine herzzerreißende Geschichte von Freundschaft und abgeschnittenen Fingern, von Schüssen und dem Wunsch, den Verletzten zu besuchen, von einem tief bewegten Onkel und einem blauen Fiat 126, der mit einer Affengeschwindigkeit durch den Verkehr jagte, um den geliebten Neffen zu dem unglücklichen Freund zu bringen. Dann sprach er leiser, seine Lippen bebten, und er gestand ihr – »Ach ja, wie heißt du? Ester? Wunderschöner Name« –, wie es ihm das sensible Herz zerriss, wenn er so eine Freundschaft sah: »Genau hier, berühr es nur.« Er nahm ihre Hand und führte sie zu den traumhaft gemeißelten Muskeln seiner Brust. Der Krankenschwester Ester entfuhr ein »Oh!« der Bewunderung.

Seinetwegen blieb ich mindestens noch weitere zwanzig Minuten in diesem Krankenhaus an Gerruso gefesselt.

»Du bist zurückgekommen! Mein Freund!«

»Wenn du das noch einmal sagst, Gerruso, dann schlag ich dich mit dem Knüppel tot. Wir sind keine Freunde.«

»Aber du bist zurückgekommen!«

»Ist die Schuld meines Onkels.«

»Dein Onkel ist aber nett zu mir!«

»Ja, er macht sich richtig Sorgen um dich, was denn sonst.«

»Warum machst du die Türe zu?«

»Keiner darf mich bei dir sehen, du Stummelfinger. Und außerdem rede ich nicht mit dir.«

»Man hat mir erzählt, dass du Pullàra umgenietet hast.«

»Wer hat dir das erzählt?«

»Meine Cousine Nina.«

Die Schaukel begann sich wieder hin und her zu bewegen. Das Empfinden von Leere in der Magengegend. Das Schwindelgefühl. Die trockene Kehle.

Um wieder zu mir zu kommen, zwang ich mich zu reden.

»Weißt du, dass ich in die Boxschule mitgenommen worden bin?«

»Wozu?«

»Zum Boxen, du Idiot. Meine Familie ist eine Familie von Boxern: mein Vater, mein Onkel. Meine Mutter dagegen hat sich die Haare gerauft.«

»Wieso?«

»Ooch, sie hat gesagt, ich soll lernen, sie will nichts davon wissen, ich dürfte kein Boxer werden, eben so was, Weibergerede.«

»Und weiter?«

»Und vor allem, dass sie stinksauer war, ist deine Schuld, denn wenn du dir nicht den Finger abgeschnitten hättest, hätte ich Pullàra nicht fertiggemacht und dieses ganze Chaos wäre gar nicht passiert.«

»Das stimmt.«

»Weiß ich.«

»Entschuldige.«

»Jetzt ist es schon passiert.«

»Tut mir leid.«

»Und mir erst. Mit meiner Mutter haben wir eine Vereinbarung getroffen. Das heißt, Umbertino hat das gemacht. Ich darf weiter boxen, wenn ich in der Schule gute Noten habe.«

»Auweh, schwer.«

»Na, ich bin ja nicht so ein Blödmann wie du, Gerruso. Meine Finger sind noch alle dran.«

»Was hat das damit zu tun?«

»Hat es, hat es. Du hast einen Teil von dir verloren, vorher warst du ja schon 'n Blödmann, aber jetzt bist du's erst recht.«

»Nun entschuldige mal, wenn ich einen Teil von mir verloren habe, müsste ich doch weniger blöd sein, oder?«

»Nein.«

»Wieso?«

»Was macht dein Großvater für eine Arbeit?«

»Schutzmann, wie mein Vater auch.«

»Und daran sieht man ganz klar, dass du ein hoffnungsloser Fall bist. Wenn dagegen dein Großvater Koch wäre, so wie meiner, würdest du das mit der Intelligenz der Finger begreifen.«

»Erklärst du mir das?«

»Nein.«

»Wieso?«

»Du bist blöd, du würdest nichts verstehen.«

»Richtig.«

»Ohu, Stummelfinger, willst du was Tolles hören?«

»Ja.«

»Ich hab gelernt, wie man gefüllte Reisbällchen macht.«

»Tüchtiiig.«

Da war auch nicht der Anflug von Neid bei Gerruso. Schade allerdings, denn welchen Spaß soll es machen, etwas zu erzählen, wenn der, der dir zuhört, dich nicht auch ein bisschen wenigstens beneidet.

Trotzdem erklärte ich ihm Großvaters Lektion: Bevor der Reis gekocht wurde, hat er mich die Körner mit den Fingerballen berühren lassen.

»Der Finger ist es, der die Qualität des Materials erkennt«, hatte er gesagt.

Seine Finger bewegten sich flink, ein Streicheln für jede Zutat. Dann das Kochen, die Zugabe von Safran, Ragout und Erbsen, die Eiform, die in Paniermehl gerollt wird, frittieren und beobachten, wie im siedenden Öl das mit Fleisch gefüllte, schöne, ovale, appetitliche Reisbällchen aufsteigt.

»Wenn du mein Freund wärst, Gerruso, hätte ich dir eins mitgebracht.«

»Danke, du bist nett.«

Ohne jede Vorankündigung öffnete sich die Türe. Umbertino erschien. Sein Blick verriet, dass er bereit war alles zu genießen, was sich noch ereignen sollte.

»Davidù, rate mal, wer ins Krankenhaus gekommen ist.«

»Pullàra.«

Ein rascher Funken blitzte in der Mitte seines Auges auf. In der Stille, die dann folgte, verstand ich, dass ich die falsche Antwort gegeben hatte, allerdings merkte ich, dass es Stolz war, den er spürte, als er mich diesen Namen aussprechen hörte.

Dann trat Umbertino einfach beiseite.

Hinter ihm, jenseits der Türe, mit einem Strauß Blumen in der Hand, Nina.

Rote Haare, zum Zopf gebändigt.

Helles Kleid bis zu den Knöcheln.

Tiefe Augen.

Weiße Schuhe.

Maulbeermund.

Und das Schwingen der Schaukel schaffte es bis in dieses Krankenhauszimmer.

Hinter ihr zwei Erwachsene. Nina hatte eine Mutter und einen Vater. Garrusos Tante und Onkel waren nicht so hässlich wie ihr Neffe, sie hatten noch alle zehn Finger an ihren Händen. Sie kamen zu ihm und sagten, es wäre nur eine Frage von Minuten, dann würden seine Eltern kommen und ihn besuchen. Nina stand bei ihnen. Sie sah mich nicht an.

Ich lehnte an der Wand. Ich fühlte mich schwach, ja krank.

Wieso stand Nina bei Gerruso? Er war doch hässlich.

Wieso kam sie nicht zu mir an die Wand? Meine Finger waren doch alle heil.

Es gelang mir nicht, irgendetwas zu sagen oder zu tun.

Die Wand war alles, was mir blieb.

Umbertino hatte sich schon zu mir heruntergebückt.

»Ohu, alles klar?«

»Onkel, ich bin krank.«

»Sieh mir in die Augen. Ich hab dir gesagt, sieh mir in die Augen. Jetzt gleich.«

Seine Stimme war warm. Er redete leise, fast nur ein Hauch.

»Du bist nicht krank.«

»Bin ich wohl.«

»Davidù, du bist dabei zu wachsen und entdeckst gerade, dass es nicht nur der Kopf ist, der entscheidet, was einem gefällt, sondern auch und vor allem der Körper. Sollen wir gehen?«

Er bot mir seine Hand. Sie war groß und freundlich. Ich wollte weinen und ich wusste nicht, warum.

»Alles Gute Ihnen allen, ciao, Gerruso, sei wacker, ciao Mädchen, du bist eine Blume, ciao, Ester, wir hören uns heute Abend.«

Ich erfuhr nicht, ob Nina diesen Gruß erwiderte, ich war nicht in der Lage, in ihre Richtung zu schauen.

Und doch hatte ich ja Worte.

Ich hatte sie.

Es waren die ersten, an die ich gedacht hatte.

Nina, wollte ich ihr sagen, schau her, ich habe eine saubere Hand, meine Finger sind nicht immer blutverschmiert, darf ich sie in deine Haare graben, bis sie verschwunden sind?

An der Türe blieb der Onkel stehen.

»Davidù, da winkt dir wer.«

»Gerruso?«

»Heb den Kopf und schau.«

Onkel Umbertinos Stimme hatte eine Sanftheit, die ich gar nicht kannte.

Ich hob den Kopf.

Nina lächelte mir zu und winkte.

Dann führte sie ihre Hand an den Mund und blies mir einen Kuss herüber.

Und ich starb.

»Ich muss dich um Entschuldigung bitten, Davidù, ich hatte ja keine Ahnung, wie sehr sie dir gefällt.«

Im Auto streichelte Onkel Umbertino mir über den Kopf.

Ich wäre vor Nina auf den Boden gesunken, wenn mein Onkel mich nicht aufgefangen hätte. Meine Beine hatten versagt. Im Bauch spürte ich eine neue Härte.

»Ist doch normal, dass man sich schämt. Wenn einem ein Mensch wirklich gefällt, stellt der Körper seltsames Zeug an.«

»Ist dir das auch passiert, Onkel?«

»Heeeh.«

»Auch dass er dir unten hart wird?«

»Wie Marmor, ehrlich gesagt.«

»Dann bin ich also nicht krank?«

»Seit wann ist es denn ein Zeichen von Krankheit, wenn man seinen lebendigen Körper spürt? Die Wahrheit ist ganz einfach: Dieses Mädchen bringt dein Blut kräftig in Wallung.«

»Ist das immer so, wenn dir eine gefällt?«

»Sogar schlimmer noch. Es gibt ein paar armselige Gestalten, die anstelle von Marmor einen zusammengefallenen Luftballon haben.«

»Was heißt das?«

»Ich wusste ja, dass wir früher oder später hier ankommen würden.«

»Hier wo?«

»Bei der Tatsache, dass du ein junger Mann wirst.«

Seine Stimme hatte nichts Raues.

Er hatte Worte, die waren so köstlich wie warmes Brot.

Väterliche Worte.

Er fuhr langsam, mit größter Aufmerksamkeit. Er lauschte meinem Zuhören. Er vertraute sich mir an und enthüllte mir Furcht, Angst, Schmerz, ohne irgendwelche Schattenbereiche zu verbergen. Er erklärte mir, dass das Geschlecht anschwillt und steif wird, wenn eine Frau uns gefällt.

»Und das brauchen wir, wenn wir mit ihnen zusammen schlafen. Denn sobald du in der Frau bist, beginnt das Märchen, doch das, hör auf deinen Onkel, das darfst du den Frauen nie erzählen, sie sind Wesen, die immer nur küssen wollen, bei ihnen braucht man eine Engelsgeduld, schon im Evangelium steht geschrieben: Selig sind, die ohne zu jammern alle Küsse der Frauen ertragen, bevor es zur Sache geht. Aber jedenfalls nein, das Fädchen löst sich nicht ab, alles scheißdummes Gerede. Noch Fragen? Nicht? Gut, dann erklärt dir dein Onkel jetzt die besten Stellungen.«

Umbertino entblößte sich. Er wärmte mich, indem er mich mit sich zudeckte. Seine Erinnerungen vervielfältigten sich mit seinen Erklärungen. Mein Herz war jetzt leichter, auch wenn ein kleiner Stachel drinnen blieb und sich nicht mehr herausziehen lassen wollte, und er war noch da, als ich nach Hause kam. Meine Mutter war noch nicht zurück, doch dieses Mal war es besser so. Ich legte mich aufs Bett und schloss die Augen. Alles, was ich fühlte, war dieser kleine unerwartete Stachel. Wen ich in diesem Augenblick an meiner Seite wollte, war nicht da. Nina. Ich wünschte mir, ihr meine sauberen Finger zu zeigen, ihr zu sagen, dass sie bei mir schon gewonnen habe, zwei Eltern zu einem für sie. Und dann wollte ich meinen Vater. Er, den ich nie gekannt hatte, war der, der mich hätte trösten müssen, nicht Onkel Umbertino, mein Vater hätte es sein müssen, der mir erklärte, dass ich nicht krank war, dass das Geschlecht sich zum Zeichen des Respekts vor den Frauen aufrichtet, dass die Schaukel in der Magengegend das hüpfende Herz ist. Ein Onkel ist ein Onkel, er ist kein Vater. Doch er war nicht an meiner Seite, und Nina auch nicht. Ich machte es wie meine Mutter: Ich schloss die Schlafzimmertüre und biss ins Kissen, damit der Rest der Welt nicht hören konnte, wie ich weinte.

Nina sollte ich erst fünf Jahre später wiedersehen.

Seit vier Tagen trug Rosario nur Unterhosen in der Sonne, nachdem er alle anderen Kleider ausgezogen hatte.

Am ersten Tag beachteten die anderen Weinleser ihn nicht weiter, sie fanden ihn komisch, eigentümlich.

»Der ist völlig verrückt, der redet nie mit anderen, er arbeitet nicht, er stellt seinem Herrn nichts in Rechnung, aber was kümmert's uns.«

Und so war es: Er arbeitete nicht, er wurde nicht bezahlt. Seine Sache.

Am folgenden Tag, als sich die Szene wiederholte, machten sie sich über ihn lustig.

»He du, Eidechserich.«

Keinerlei Reaktion.

Am dritten Tag gingen sie zu ausgesprochenen Niederträchtigkeiten über, indem sie eine legendäre Geschichte über sein Schwulsein erfanden, doch nichts, den Stein berührt das Wort der Menschen ja nicht.

Am vierten Tag dieser Hingabe an die Sonne war es, dass Melino Miceli, der Vorarbeiter der Rebstockreihe, ihm den neuen Namen *»nègliа«* verpasste, Krempel.

Krempel ist das, was man nicht braucht. Indem man ihm keine praktische Verwendung mehr zusprach, ist er sperrig und hinderlich, er schafft Verwirrung, die Vorstellung von errichteter Ordnung ist in den Grundfesten bedroht. Die Beziehung zum System der Objekte ist in Gefahr. Und doch ist die Erklärung eines Objekts zu Krempel ein Zeichen der Niederlage: Man findet keine neuen Anwendungsmöglichkeiten, das Spiel der kombinatorischen Möglichkeiten – oder, genauer: die Macht der Vorstellung, Hypothesen zu entwickeln – ist, anders als gedacht, nicht unendlich. Das Objekt in seinem unendlichen Erbarmen bleibt dort, auf der Konsole, in einer Schachtel oder im Abfalleimer, im Begriff, den möglichst barmherzigsten Akt auszuführen: weiterhin der Verfolgung unserer Ziele zu dienen, indem es uns alles tun lässt und alles mit sich tun lässt, ohne unsere Unzulänglichkeit zu beurteilen.

Doch die Weinlese, die Bezahlung, die Beleidigungen, die Entlassung interessierten den »Nèglia« in keiner Weise.

Er war einberufen worden.

In zwei Tagen musste er auf einem Schiff anmustern.

Er zog in den Krieg.

Bestimmungsort: Afrika.

Wer weiß, wie groß es war, dieses Afrika.

Man erzählte sich, dass es da keinen Schatten gäbe, in Afrika.

Es hieß, dass sich dort alles Wilde der Welt befand, Löwen, Schlangen, Neger, in Afrika.

Sein Freund Nenè hätte das gemocht.

»Los, Nèglia, komm mit und trink mit uns das erste Glas.«

Einer der Weinleser brachte meinem Großvater ein Glas Wein. Mein Großvater öffnete die Hand und nahm es.

»Seht mal, Nèglia hat sich bewegt«, sagte einer.

»Zur Stunde des Trinkens bewegen sich sogar die Steine«, urteilte ein anderer.

»Trink, Nèglia, oder ich zerreiß dich«, erklärte Melino Miceli.

In der Stille, die auf die Drohung folgte, entschloss sich der Stein, der Welt zu zeigen, dass er aus Fleisch und Blut bestand, mithin in der Lage war sich zu bewegen. Er dreht den Kopf, öffnete die Augen, drehte das Glas um und kippte den Wein auf die Erde.

Da war Melino Miceli der Meinung, dass der Augenblick gekommen wäre zu zeigen, warum er der Vorarbeiter der Rebreihen war und nicht ein anderer. Fluchend ging er zu Rosario, pflanzte sich vor ihm auf und ohne weitere Vorwarnung hob er den Arm. Gegen den Himmel zeichnete sich ein knorriger, robuster Holzstock ab. Ein Schatten zeigte sich auf dem Gesicht meines Großvaters. Doch er bewegte sich nicht einmal da.

»Sicher, auch dieser Melino Miceli, mein Gott. Aber warum hast du da in der Sonne gesessen?«

»Warum wohl?«

»Aus dem gleichen Grund, weshalb du nicht trinken wolltest.«

»Genau. Ich machte das, was du jeden Tag machst.«

»Was?«

»Ich trainierte.«

»Warum?«

»Um Hitze und Durst zu ertragen.«

Der knorrige dunkle Stock senkte sich von oben herab, um Nèglia zu treffen, als ein Lichtfunkeln die Septemberluft erhellte. Das Glas war von Rosarios Hand bereits hochgeschleudert worden. Und zwar so rasch, dass keiner der Weinleser das Glas lossfliegen gesehen hatte. Die Stille, die dann folgte, war mehr dem Erstaunen geschuldet als der Überraschung. Das Glas traf das Gesicht des Vorarbeiters und seine Stirn platzte auf. Melino Miceli verlor das Gleichgewicht, und die Bahn des abgelenkten Stocks streifte meinen Großvater. Die Glasscherben funkelten auf der Erde zwischen Blutstropfen und Weinblättern. Rosario zog sich wieder an, ließ die Weinlese Weinlese sein, kehrte nach Hause zurück und teilte mit, dass er nach Afrika geschickt wurde.

Sie liefen Mitte September 1942 aus dem Hafen von Tràpani aus. Insgesamt waren sie zweihundert Sizilianer. Fast alle Eingezogenen waren Analphabeten, Jungs, die viel vertrauter mit dem Bau von Straßen waren als mit Stiften in der Hand. Die Rückkehr war nach dreizehn Monaten geplant. Heim kamen sie aber erst im Herbst 1945, lange nach Ende des Kriegs. Das Schiff, das sie nach Sizilien zurückbrachte, lief von Alexandria aus und legte im Hafen von Palermo an, dort ließ es die Überlebenden an Land gehen.

Von Bord kamen sie zu zweit.

Der eine war ein Bauer.

Der andere Großvater Rosario.

»Nèglia«. Der Krempel.

Die bevorzugte Gegend meiner Familie für Ausflüge ans Meer war Capo Gallo, das Vorgebirge, das Palermo nach Norden hin abschließt. Ein kleiner Sandstrand und ringsum überall Felsen, bestens geeignet, um Kopfsprünge ins Wasser zu machen und Seeigel zu suchen. Als Mädchen hat Mama hier die schönen Steine gesammelt, die sie im Haus aufbewahrte, Großvater verbrachte ganze Tage damit, auf den Horizont zu starren, Großmutter kam dahin, um zu lernen, mein Vater trainierte dort, indem er bis zum Leuchtturm und wieder zurück lief. Sie alle hatten eine Beziehung zum Meer, die auf der stillen, fast schon komplizenhaften Kontemplation basierte. Umbertino nicht. Er, der von allen Sinnen den Tastsinn bevorzugte, stürzte sich ins Meer, sobald er es sah. Sich ausziehen und im Meer schwimmen, bis er erschöpft war, und da war es nicht wichtig, welcher Monat es war und welche Wetterbedingungen herrschten.

»Los, schwimmen im Meer hat noch nie ein' umgebracht.«

»Onkel, es ist April.«

»Stürz dich rein, kleiner Angsthase. Oder soll ich dich reinwerfen?«

Er ging mit einer ansteckenden Raserei ins Wasser. Er war wie ein kleiner Junge. Er tauchte und schwamm hervorragend.

»Ohu, Davidù, den Frieden, den mir das Meer gibt, den gibt mir nicht einmal der Arsch der besten Frau der Welt, das schwör ich.«

Er war es, der mir das Schwimmen beibrachte.

»Schwimmen ist notwendig, wir leben auf einer Insel, wenn du abhauen willst, was machst du dann? Wandelst du auf dem Wasser wie der Dingsda?«

Und das Eintauchen kopfüber.

»Der richtige Kerl muss wissen, wie man kopfüber eintaucht, wenn du einen fabelhaften Kopfsprung machst, kommt den Mädchen der Wunsch, dir einen zu blasen.«

Die Anweisungen waren einfach.

»Sieh dir genau meinen Hintern an, der ist schön angespannt, man könnte meinen, er wär aus Stahl, das ist das Einzige, was beim Kopfsprung kontrolliert werden muss, alles andere kommt von allein.«

Sein Berg von Muskeln beschrieb im Flug eine harmonische Kurve. Er tauchte ein, ohne zu spritzen. Während der Lektionen beobachtete er mich sowohl von der Felsenspitze oben als auch vom Meer unten, dabei korrigierte er die Bewegung beim Öffnen der Arme, die elastische Spannung, die in die Pobacken abgeleitet werden musste, und die richtige Haltung der Hände.

»Halte die Finger schön gerade und die Handgelenke steif, denn die Hand ist es, die entscheidet, wie viel Wasser verdrängt werden soll.«

Ein Kopfsprung nach dem anderen. Umbertino gab sich Mühe, mir die Technik beizubringen, die er für die beste der Welt hielt, nämlich seine. Nachdem ich sie erlernt hatte, begannen wir mit gemeinsamen Kopfsprüngen, synchron. Der gleiche Absprung, die gleiche Kurve der Arme, gerader Rücken, eintauchen wie ein Delfin in die Tiefe des Meeres. Dann schwammen wir. Und es war da, dass unser Tanz wirklich beeindruckend wurde. Wir schwammen auf die gleiche Weise. Onkel Umbertino vermittelte mir den Schwimmstil, den er für den besten der Welt hielt, nämlich seinen. Das Kreisen der Arme, das Öffnen der Rückenmuskeln, um die Wellen hochkant zu durchfurchen, den Rhythmus des Mundes, der sich öffnet, Luft schnappt, Atem ausstößt, das regelmäßige Schlagen mit den Beinen, der Fuß, der diagonal durchdringt, die Haltung der Finger. Er gestaltete meinen Körper nach seinen Zeiten, seinen Rhythmen und reichte damit dem Sohn des Lieblingsschülers die eigene Bewegungssyntax weiter.

Als eine Frau uns bei einem Wettkampf schwimmen sah, bei dem ich erbarmungslos niedergesiegt wurde, dachte sie, wir wären Vater und Sohn.

»Signora, wissen Sie eigentlich, dass Ihr Mann und Ihr Sohn genau gleich schwimmen? Da sieht man wirklich, dass sie Vater und Sohn sind.«

Es war elf Uhr vormittags, am Himmel stand keine Wolke, aber Mamas Gesicht verfinsterte sich trotzdem.

Die Frau war völlig erstaunt.

»Heilige Rosalìa, was hab ich denn nur gesagt?«

Großmutter mischte sich ein und brachte das Sommerwetter wieder zurück.

»Sie sind wirklich haargenau gleich, Signora. Wissen Sie auch, an was die mich erinnern? An die Ähnlichkeit zweier Eier.«

Die Frau musste lachen, meine Mutter wurde ihre dunklen Gedanken los, der Gesprächsgegenstand war nicht mehr wichtig, und sie freundeten sich für den ganzen verbleibenden Tag herzlich an.

»Und ich heiße ja auch nicht zufällig Provvidenza, Davidù. Dein Großvater saß auf der üblichen Bank und beobachtete das Meer, deine Mutter hatte Jubelchöre angestimmt, weil deine Zeugnisse so wunderbar waren, du und dein Onkel seid geschwommen, ich widmete mich wieder meinen Kreuzworträtseln, denn ich, vergiss das nie, bin beim Kreuzworträtseln unschlagbar.«

Wenn ich und Umbertino dann aus dem Wasser kamen, erzählten wir mit unseren Körpern die Unterschiedlichkeit unserer Geschichten. Umbertino konnte keinen Augenblick still sitzen, wie wenn er, fern vom einzigen Ort, an dem er innere Ruhe fand, noch stärker den dunklen Strom wahrnehmen würde, der ihn durchfloss, und so sprang er vom einen zum anderen Punkt der Strandlinie, gab vor, er hätte das Badetuch verloren, erspähte eine Frau von appetitlichem Äußeren und legte sich neben sie.

»'tschuldigung, Signorina, könnten Sie mir wohl Ihr Handtuch leihen? Ich bin allein, arm und klatschnass.«

Angesichts einer solchen Unverschämtheit lachten die Frauen regelmäßig, nachdem sie kurz gezögert hatten, und gaben ihm ihr Handtuch, dann, als das Werk halb vollendet war, folgte das Abschleppen, und danach konnten wir Umbertino vergessen, bis die Zeit gekommen war, wieder nach Hause zu gehen.

Im Unterschied zu ihm blieb ich, wenn ich gerade aus dem Meer gekommen war, mit dem Körper reglos unter der Sonne stehen, die Tropfen rannen mir den Brustkorb herunter, die Augen betrachteten versonnen das Meer vor mir. Ich wurde zu meinem Großvater Rosario.

Als er mir von der Begegnung erzählte, die dem Finale für die italienische Meisterschaft vorausgegangen war, war Umbertino klarsichtig und erbarmungslos.

»Ich habe nichts gefühlt, Davidù. Gar nichts.«

In einer Stadt, die nicht seine war, unter Menschen mit unterschiedlicher und unverständlicher Sprechweise, ohne den Neger an seiner Seite, bei den Wetten als Verlierer gehandelt, behielt Umbertino alles für sich. Er redete mit niemandem. Er ließ nichts nach außen dringen. Er gab keine Erklärungen ab.

»Es war wie im Aquarium. Wasser und Stille, unglaublich schön.«

Beim Wiegen bemerkte er, dass er zwei Kilo abgenommen hatte, einhundertachtzehn gegen die einhunderteinunddreißig seines Gegners.

Die Herausforderung endete durch K.o. in der ersten Runde.

Tags zuvor war es Umbertino nicht möglich gewesen zu entspannen. Er redete mit dem Portier der Pension.

»Wo ist das Viertel mit den Huren?«

Sie waren so hässlich, dass er einen ziemlich aufdringlichen Zuhälter wissen ließ: »Sie sind's, die mich bezahlen müssen, wenn sie sich meinen reinstecken wollen.«

Er nahm die Entschuldigung an, nachdem er ihm drei Finger der rechten Hand ausgerenkt hatte, womit er ihm eine Lektion über die Tatsache erteilte, dass Messer ein gefährliches Spielzeug sind, vor allem wenn er auf der falschen Seite des Messergriffs stehe. Er kaufte sich ein Päckchen Zigaretten und rauchte die Hälfte. Er dachte an den Neger, an ihr gemeinsames Projekt, an die Wetteinsätze. Er empfand Wut und nahm sie hin, wie man den Regen hinnimmt, wenn man keinen Schirm bei sich hat. Er kehrte zu der Boxschule zurück, wo er am nächsten Tag boxen würde, fragte, wer die Wetteinsätze einsammelte und setzte alle seine Ersparnisse auf sich selbst. Auf der Straße schien die Sonne, doch ohne das Meer vor sich war sie zu nichts gut. Als die Dunkelheit heruntersank, ging er in die Pension zurück. Und schlief hervorragend.

Die Begegnung fand um sechzehn Uhr statt. Eine allgemeine Gleichgültigkeit empfing Umbertino, wohingegen sein Gegner Beifall und Rufe der Ermutigung bekam. Der war ein Mailänder von achtundzwanzig Jahren. Sein Lebenslauf feierte ihn mit einundvierzig gewonnenen Begegnungen, wies ihm die Rolle als Favorit bei den Wetteinsätzen zu und beanspruchte den Titel des amtierenden italienischen Meisters.

Was dann im Ring geschah, hatte sich keiner vorstellen können. Es waren dreißig schreckliche Sekunden. Sobald der Ringrichter die Handschuhe freigab, stürzte Umberto sich mit seinem ganzen Körper auf den Gegner und zwang ihn in die Ecke. An diesem Morgen, als er in den Spiegel geblickt hatte, schwor er sich: kein Mal im Gesicht. Er hatte ein Ziel. Das wollte er erreichen. Er war im Besitz von allem, was er brauchte: eisiger Ruhe. Nicht der eines Chirurgen, der operiert, der Chirurg kann auch Fehler machen. Er war das Seziermesser. Die gleiche Distanz, die gleiche Indifferenz.

Der Mailänder wurde von einem Tsunami überrannt. Ein Treffer in die Milz, und sein Atem war gebrochen, ein Haken an die Schläfe, und er hatte das Gleichgewicht verloren, ein Aufwärtshaken in den Magen, damit war der Körper gezwungen, stehen zu bleiben. Und wieder von vorne, die gleiche Abfolge: Milz, Schläfe, Magen. Nach sieben Sekunden und zwölf eingesteckten Treffern erbrach der Mailänder Magensäfte und Blut. Umbertino erhöhte den Rhythmus der Schläge. Fünfzehn Sekunden später verlor der amtierende Meister das Bewusstsein. Umbertino traf ihn mit einem angreifenden Aufwärtshaken am Kinn, mit dem er ihn durch die Seile schickte, sodass er schließlich außerhalb des Rings auf den Boden klatschte. Die Journalisten gebrauchten neue Bilder, um das zu erzählen, was sie so bewundert hatten. Der eine verglich meinen Onkel mit einem Kannibalen, ein anderer mit einem Löwen, noch ein anderer gab ihm den Namen Umberto Furioso, der rasende Humbert, sie versuchten damit, das absolut Neue an einem Boxer zu erklären, der entfesselt und zugleich schnell ist. Diese Artikel feierten den Interpreten eines überraschenden Boxstils. Eines unbekannten Mix aus Schnelligkeit, Kraft und Behändigkeit. Irgendeiner bemühte das Adjektiv »unwirklich«. Irgendein anderer schrieb, er habe einen jungen Gott bewundert. Und noch ein anderer stellte sich die Frage, ob er in diesen Tagen nicht dabei war, ein neues Kapitel nicht nur der italienischen Boxgeschichte zu schreiben. In einem Punkt waren sich alle Berichterstatter einig: In diesem Augenblick war mein Onkel der stärkste Boxer Italiens.

Maestro Franco versuchte, mir die Unerbittlichkeit von Umbertinos Boxen zu erklären. Der Bezugspunkt, den er nahm, war das Meer, »ob's regnet, ob die Sonne scheint, ob Wind geht oder Windstille herrscht, das kümmert das Meer nicht, denn das Meer ist nie seine Oberfläche, das Meer ist das, was darunter ist und man nicht sieht. Junge, dein Onkel war der stärkste Boxer, den ich je gesehen habe, bis der Paladin kam. Wie kannst du das Meer mit deinen Fäusten bearbeiten? Es ist doch viel zu groß und viel zu stark. Unter dem Wasser gibt es noch weiteres Wasser. Das Meer genügt sich selbst.«

Am Tag des Finales war mein Onkel der Favorit bei den Wetten. Sein Gegner war, verglichen mit ihm, nichts Besonderes. Außerdem würde der Kampf in Palermo ausgetragen werden. Umbertino hatte sich abgerackert, um diese Begegnung zu bekommen. Den italienischen Meistertitel. Das Ziel war nur noch einen Schritt entfernt.

Neger, warum bist du gegangen? Würdest du doch nur wiederkommen!

Aber es gab keine Rückkehr und keine Überraschung. Die Schiffe fahren über die Meere und lassen die Passagiere anderswo an Land, andere Häfen, andere Länder, andere Sprachen. Der Neger war ein abgeschlossenes Kapitel. Ein neues musste begonnen werden. Den Weg wie beschlossen weitergehen. Als er in den Spiegel sah, leistete er sich keinen Schwur. Er kam aus der Kabine und stieg in den Ring. In der Halle wurde es kalt.

Umbertino wählte die Worte mit Bedacht. Auch bei der endlosen Begegnung mit seiner Erinnerung bezog mein Onkel Position und kämpfte.

Wir waren alleine, als er mir von dem Finale erzählte. Keine Störung sollte es geben, keine Belästigung, keine anderen Menschen. Ich, er und seine Dämonen. Er sprach die Worte mit Unerbittlichkeit aus. Das Erinnern tat immer noch äußerst weh. Wer kann schon um die nationale Meisterschaft im Schwergewicht kämpfen. Und sie dann verlieren.

Was wirklich passiert war. Verstehen. Gedanklich noch einmal durchgehen. Wieder Klarheit gewinnen. Dann noch einen Armschlag und noch einen, schwimmen und erinnern.

Die Bewegung wurde bewusster, der Körper entfernte sich vom Ufer, die Spannungen bündelten sich im blutenden Gesicht Umbertinos.

Was passiert war.

Als die zehnte und letzte Runde des Endkampfs beendet war, dröhnte die Halle von Schreien und Gepfeife. Die Missbilligung bekundet sich am besten in den hysterischen und völlig unkontrollierten Reaktionen. Die Gesichter beider Boxer waren zerschunden. Blut überall. Zehn Runden mit Unmengen ausgeteilter und eingesteckter Schläge und Schmerzen. Sein Gegner war zwei Mal zu Boden gegangen, in der zweiten und in der fünften Runde. Mein Onkel keinmal, und auch sein Gesicht war nicht so entstellt wie damals vom Kampf mit dem Neger. Als der Ringrichter die Entscheidung verlas, überdeckte der schwache Applaus nicht die Schmähungen. In seiner Ecke hatte Umbertino niemand, mit dem er die Niederlage teilen konnte. Er verließ den Ring, ohne die Handschuhe abzustreifen. Er durchquerte die Halle unter Beschimpfungen, einige bespuckten ihn. Er betrat seine Kabine und schloss die Türe, zog die Handschuhe aus und begann, alles zu demolieren.

Was geschehen war.

Erste Runde. Erkundungsphase. Der Gegner zögerte seine Verteidigung vor dem linken Haken hinaus. Mein Onkel traf ihn zwei Mal, beim ersten Mal an der Wange, beim zweiten Mal an der Schläfe.

Zweite Runde. Ein Aufwärtshaken, der sich aus einer linken Finte entwickelte. Der Gegner wurde am Kinn getroffen. Er stürzte zu Boden, ebenso zwei Schneidezähne. Er stand wieder auf. Er war einer, der einstecken konnte, die Informationen über ihn waren zutreffend. Umbertino hielt Abstand für die ganze übrige Runde. Alles lief bestens.

Ein Trainer in seiner Ecke hätte ihm Ratschläge geben, ihm eine andere Strategie empfehlen können. Dazu ist er da: neue Angriffsmodalitäten vorzugeben, seine Schultern hinzuhalten, an denen der Boxer sich festklammern kann. Doch seine Ecke war leer. Der Neger hatte ihn sitzen gelassen, wenige Schritte vom Gipfel entfernt. Er musste alleine da durch.

Ende der dritten Runde. Wenige ausgeteilte Schläge. Nur um sich selbst zu beweisen, dass er wesentlich schneller war als sein Gegner.

Er gab keine Interviews. Als die Kabine demoliert war, kam er im Trainingsanzug heraus, ohne geduscht zu haben. Er lief quer durch Palermo, sein Sportsack auf dem Rücken, Beine, die Meter um Meter fraßen, in Richtung Meer. Er wollte sich im Kampf auslöschen, nicht mehr denken, treffen, um zu zerstören. Er kam zum Capo Gallo. Da musste er stehen bleiben, die Straße war zu Ende. Das mit Schweiß vermischte Blut hatte sein Gesicht zu einem Albtraum gemacht. In dieser wolkenlosen Nacht steigerte das auf der Meeresoberfläche reflektierte Licht des Mondes nur seine Wut. Er hatte verloren, er konnte keine Ruhe finden. Gott, wie sehr wollte er irgendeinem Menschen begegnen und ihn grün und blau prügeln. Seine Gebete wurden erhört. Auf der Eisenbank saß ein Mann. Ein Grinsen aus der Zeit der Bomben zerschnitt ihm das Gesicht in zwei Teile. Fünf stille Ausfallschritte, und Umbertino stand vor ihm.

»Was ist? Was glotzt du so aufs Meer? Willst du, dass ich abhaue? Warum haust du nicht ab? He? Was ist, hast du Angst, du schwules Stück? Ekle ich dich, weil ich so zerschunden bin? Hast du Angst? Ekelst du dich, he?«

Seine Hände zitterten. Los, mach schon, antworte mir, beleidige mich, tu was, irgendeine Geste, irgendein Wort, irgendwas, los, mach schon, lass dich zerfleischen.

Nichts.

Der Mann, der da saß, hatte sich nicht gerührt.

Mein Onkel hatte das nicht erwartet. Er wollte den Schrecken des anderen einatmen, von seiner Angst zehren. Er wollte seine Wut nicht loswerden. Er wollte zerstören. Er lud seine Faust auf, um sie mit aller Macht, die er besaß, gegen ihn zu schleudern.

Da passierte das, was er sich nie hätte vorgestellen können.

Plötzlich lagen beide Hände des Mannes auf seiner. Klar, sie hätten niemals den Schlag aufgehalten, sie stellten keinen hinreichenden Schutzschild dar.

Das war nicht das Problem.

Umbertino hatte nicht gesehen, wie dieser Deckungsversuch sich in Bewegung gesetzt hatte. Er kannte sonst nur zwei Menschen, die so schnell waren. Einer war er. Er lockerte die Spannung in seinem Rücken. Der andere war der Neger. Eine derartige Schnelligkeit konnte nicht ignoriert werden. Sie verdiente Respekt. Er sah dem Mann fest in die Augen und erkannte den Blick. Dieser Blick war identisch mit seinem. Der Blick dessen, der überlebt hat.

Jetzt wurden ihm die brennenden Wunden in seinem Gesicht wieder bewusst. Er begann wieder, auf seinen Körper zu hören. Gleichzeitig gewann das Gedächtnis eine Erinnerung zurück, die er verdrängt geglaubt hatte. Das erste Mal, als der Neger ihm erklärte, wie man auf den Sack schlägt. Da gibt es zwei Weisen, die erste, wenn der Sack sich entfernt, dann ist der Schlag ein Ausbruch mit langer Reichweite und der Bewegung gleich bei der Öffnung. Die zweite, wenn der Sack zurückkommt, ein Tiefschlag, die Ellbogen nahe an den Rippen. Niemals den Sack schlagen, wenn er ruht. Man schlägt das, was sich bewegt, um etwas aus dem Gleichgewicht zu bringen oder aufzuhalten. Das Leben liegt in der Bewegung, was sich nicht bewegt, ist tot. Schlägt man auf den ruhenden Sack ein, zerstört das nur die Finger.

»Ohu, und jetzt?«

Die Antwort kam in Gestalt einer Frage, die mit hauchdünner Stimme gestellt wurde.

»Kannst du schwimmen?«

Umbertino war wieder Herr seiner Sinne.

»Ich schwimme hervorragend.«

Der Mann senkte seinen Kopf nach vorne zum Zeichen der Zustimmung.

Umbertino zog sich nackt aus und tauchte ins Meer ein.

Es war März. Das Wasser war eisig. Hervorragend, es würde seinen Körper wieder wecken und das Blut wegwaschen. Das Salz würde die Wunden desinfizieren. Dieses Bad zu nehmen war eine gute Idee. Mit jedem Armschlag wurde aus dem wütenden ein harmonischeres Schwimmen.

Vierte Runde. Zuschlagen und sich entfernen, ein Satz nach dem anderen. Es fehlte noch viel. Es fehlte noch sehr viel.

Fünfte Runde. Er schickte den linken Haken los und traf voll die Schläfe seines Gegners, der zu Boden stürzte. Der Ringrichter zählte bis sechs. Und der stand wieder auf.

Er konnte gewinnen, wann er wollte.

Umbertino war eine rasende Binse, die für den Strom des Flusses unempfindlich ist.

Sechste Runde. Er begann einzustecken und Schluss. Einen Haken an den Kieferknochen, verschiedene Aufwärtshaken auf die Bauchmuskeln, eine rechte Gerade, die auf seiner Nase landete. Das Blut ist in sein Gesicht zurückgekehrt. Das war eine andere Begegnung. Siebte Runde. Mein Onkel griff nicht mehr an. Er steckte eine anhaltende Serie von Schlägen in die Flanken ein. Während der achten Runde platzte seine linke Augenbraue auf. In der neunten Runde platzte seine Oberlippe auf. Das machte nichts. Er empfand nichts. Er dachte an Giovanella. Sie wäre nicht stolz auf ihn gewesen. Amen, so entwickeln sich die Dinge des Lebens. Als der Gong zur zehnten Runde die Begegnung beendete, waren die Zuschauer außer sich vor Wut.

Der Ringrichter verlas die Entscheidung.

Umbertino verlor den Titel nach Punkten.

Doch keiner hatte ihm erklärt, dass, je höher das Ziel gesteckt wird, der Sturz umso ruinöser ist. Im Augenblick der Verkündigung der Niederlage wurden die Wurzeln des Binsenhalms gekappt, und Umbertinos Ruhe und Vernunft drifteten weit ab.

»Ich fühlte mich … nein, ich fühlte mich nicht, nein. Ich war. Ich war allein. Keinen Trainer in meiner Ecke oder eine Frau, zu der ich zurückkehren konnte.«

»Hast du geweint?«

»Auf meine Art, ich habe alles demoliert.«

»Ich meine im Meer, als du geschwommen bist.«

»...«

»Onkel.«

»Ja.«

Während das Wasser des Meeres über seine Haut rann, ordneten sich die Gedanken meines Onkels neu. Die Male begannen Formen zu skizzieren, die mit einem erfüllten Sinn versehen waren. Das Schlussbild trat klar und rein und notwendig hervor. Umbertino wechselte den Kurs, er kehrte um und schwamm zum Ufer. Er erwog, was von nun an getan werden musste: eine schöne Boxschule eröffnen, in Palermo gab es nichts, gar nichts dergleichen, der Plan entwickelte sich wie beschlossen, das Meer hatte seine Wut und sein Blut weggewaschen. Die Risse im Gesicht würden vernarben, die im Stolz würden nicht sichtbar sein, er musste nur trainieren, über die Niederlage hinwegzukommen, das war alles. Als er aus dem Wasser kam, war sein Blick wieder messerscharf. Das Raubtier hatte sich gerade eben gehäutet. Das Licht des Monds warf seinen Schatten auf die Felsen. Der Mann, der auf der Bank saß, wollte immer noch aufs Meer starren. Umbertino setzte sich neben ihn, ohne sich abzutrocknen, und erzählte ihm alles. Ohne Scheu, ohne Scham. Der Neger, die Bomben, die leichten Mädchen, der verlorene Endkampf, die Wetten, der Plan mit der Boxschule, Giovanella.

Bevor er aufstand, fragte er ihn: »Wo siehst du da eigentlich so hartnäckig hin?«

Rosario blickte ihm fest in die Augen und antwortete ihm.

Umbertino erbob sich von der Bank, zog sich an und nahm den Sack.

Sie gingen auseinander, ohne sich zu verabschieden.

Die Sonne verbrannte sie nicht mehr. Sie war in sie eingedrungen und tönte ihre Haut dunkel.

»Wir sind Fleisch und Sonne«, sagte Leutnant D'Arpa.

»Wir sehen doch aus wie Neger«, erwiderte Melluso.

Die Nacht wurde als Befreiung von der Hitze begrüßt.

Rosario auf dem Feldbett umschloss seinen Brustkorb mit den Armen und lief mit seinen Fingern die Leiter seiner Rippen hinauf. Mit geschlossenen Augen und flinkem Zeigefinger untersuchte er sie jeden Abend. Jetzt wusste er, dass er zwölf Rippen hatte, rechts wie links.

Seit einem Monat gab es jede Nacht, die Gott werden ließ, Luftangriffe. Sobald man begriffen hatte, dass die Zeitspanne zwischen dem einen und anderen zwei Stunden betrug, lernte der Körper einiger Soldaten nach dem letzten wahrgenommenen Dröhnen eines Flugzeugs sofort einzuschlafen, um mit einer überraschenden Zuverlässigkeit zwanzig Minuten vor dem nächsten Angriff wieder aufzuwachen. Das gelang allerdings nicht allen. Nur wenigen Privilegierten. Unter ihnen kein einziger Fall von Hysterie, kein einziger Wutausbruch.

Rosario fragte Nicola Randazzo, ob er dessen Rippen zählen könne. Randazzo war einverstanden. Rosarios Finger erforschten Nicolas Brustkorb. Wenn die Menschen die gleiche Anzahl Knochen haben, sind ihre Körper gleich. Was sie unterscheidet, ist der Verstand.

»Nicola, du musst unbedingt schlafen.«

»Aber es fallen doch Bomben.«

»Schlaf.«

»Sonst?«

»Sonst erlebst du die nächste Woche nicht.«

»Warum sagst du mir das?«

Wäre er einer gewesen, der mit dem Wort unbeschwert umgehen kann, hätte er gesagt, dass sie sich im Krieg befinden würden, dass sie, wenn sie überleben wollten, sich über ihre eigenen

Grenzen hinauswagen müssten, der Mund isst Reis und träumt von Fleisch, der Verstand frisst die Albträume und träumt von unbeschwerter Ruhe, doch ein bisschen Reis essen entspringt der gleichen Notwendigkeit wie das Träumen von Albträumen: Es dient dazu, nicht zu sterben.

»Der Appetit vergeht nur, wenn man isst«, war alles, was er ihm sagte.

In der dritten Woche der aufeinanderfolgenden Luftangriffe hatten sich fast alle an das Dröhnen der Flugzeuge gewöhnt. Es gab nur drei Fälle von Hysterie, Soldaten, denen es nicht gelang, einzuschlafen. Nach einem Monat hörten die Luftangriffe auf. Die Wachabwechslungen wurden intensiviert. Es sollten doppelte werden. Alles fest im Blick haben und hoffen, dass man nichts sieht.

»Morgen kümmert mich einen Scheiß, aber ich werde die Hure zweimal durchvögeln, und wenn sie's wagt, was zu sagen, erstech ich sie.«

Um diese Ankündigung theatralischer zu machen, stieß Vincenzo Melluso die Klinge des Messers in die Glut. Als er es wieder herauszog, war es genauso gerade wie zuvor, und ob es nun in Kohlenglut oder in Fleisch gestoßen wird, macht für das Messer keinen Unterschied.

Der Himmel über ihnen war so weit und voller Sterne, dass es wirklich aussah, als würde er sich um die Erde wölben.

»Du Schwuler von einem Bauernlümmel, warum erzählst du uns nicht, was du morgen mit der Hure anstellen wirst?«

Melluso hatte die Frage an Randazzo gerichtet, um die Hitze der Scham in seinem Gesicht explodieren zu sehen, denn dieses Gerede über Frauen und Ficken mochte Nicola nicht.

»Randazzo, wirst du rot? Aber warum denn? Oder hättest du anstelle der Hure im Zelt lieber einen richtig schicken wolligen Neger?«

Melluso hatte Neger nie gemocht, auch wenn er in Palermo nie einen gesehen hatte. Vor der Einberufung machte Melluso nichts, er hatte nicht einmal Arbeit. Er vergeudete seine Zeit, wie man Blut vergeudet. Der Krieg war seine erste wirkliche Beschäftigung.

Die Stille Afrikas, die die Soldaten umgab, war durchdringend wie die Sonne.

»Klar, diese ganze Stille hier macht einen wahnsinnig, stimmt's nicht, Santìn?«

Santìn kam vom Kontinent, aus der Nähe von Verona, wo es kein Meer gibt. Er redete vom Geschmack der Erde und erzählte, wie sein Vater Gilberto, noch bevor er mit irgendeiner Tätigkeit begann, mit dem Beschneiden, der Aussaat oder der Bewässerung, sie schmeckte, indem er sie kaute. Manchmal spuckte er sie aus, manchmal schluckte er sie hinunter. Sein Vater redete wenig. Er hatte ihm beigebracht, der Natur zu lauschen.

»Ich mag die Stille.«

Santìn war kräftig, hatte einen Stiernacken und großflächige Hände, wie einer, der ein Nachkomme von Generationen von Bauern war.

»Ohu, du Stummer, du badest doch richtig in dieser Stille.«

Seit gut zwei Wochen hatte Melluso Rosario auf dem Kieker. »'n Stummer hier, 'n Stummer da, du, Stummer, tu dies, du, Stummer, tu das.« Der Stumme blieb seinem Namen treu und antwortete nichts. Melluso warf einen Stein nach ihm, der ihn an der Schulter traf. Langsam drehte Rosario sich um.

»Sieh an, der Stumme guckt zu mir rüber, da scheiß ich mir aber in die Hosen«, sagte Melluso. Dann sagte er ihm, er solle sich ficken lassen, und goss sich Tee ein.

Mino Iallorenzi war's, Sohn eines Schmieds und Enkel eines Schmieds und selber auch Schmied in Acqua Santa in Palermo, der danach die Stille erneut brach.

»Jedenfalls ist es nicht richtig, dass man mit der Hure nur einmal vögeln darf und dann ist Schluss.«

»Und du machst das einzig Intelligente.«

»Und das wäre, D'Arpa?«

»Muss ich dir denn alles beibringen, Iallorenzi?«

Der Leutnant Francesco D'Arpa war durch und durch Faschist. Er war in Monreale geboren, seine Familie hatte Landbesitz, er gebrauchte die Logik in beneidenswerter Weise. Er vertrat die Ansicht, dass ein Problem nur deshalb existiert, weil es eine Lösung gibt, und weil es immer eine Lösung gibt, existiert das Problem in Wirklichkeit nicht.

»Iallorenzi, hol dir fünfzehn oder zwanzig Minuten vor dem Ficken so richtig einen runter, damit ist es dann bei der Hure eigentlich das zweite Mal, und der zweite Fick dauert immer länger.«

Iallorenzi nahm den Vorschlag lächelnd auf, er würde ernsthaft darüber nachdenken. Einfach toll, wie einfallsreich D'Arpas Kopf arbeitete.

Carmine Marangola hatte eine Büchse mit Tee aus der Glut geholt und sein Glas gefüllt.

»Was sind das denn für Probleme? Machen wir doch keine Witze.«

Er stammte aus Posìlippo und war der Sohn von Fischern, redete vom Meer, von Reusen und Booten, von unterschiedlichen Weisen, den Thun zu zerlegen, von Angeln, von Rollbrandung und Strömungen, von Winddrehungen und Segeln, von Gewürzen und Kräutern, mit denen der Fisch gegart wird. Ihm fehlte der vierte Zeh an seinem rechten Fuß. Zwei Jahre zuvor war er während eines Sturms im Dezember ins eiskalte Meer gefallen. Er hatte es geschafft, wieder ins Boot zu klettern, doch um es in den Wellen, den Strömungen und Strudeln besser manövrieren zu können, hatte er sich niemals die völlig durchweichten Schuhe ausgezogen. Der Sturm hatte drei Tage gedauert, und der Zeh war verfault. Als er wieder im Hafen war, wurde er amputiert. Man ließ ihn auf ein Tau beißen, damit er den Schmerz ertragen konnte.

»Nutten sind Nutten. Du, Iallorenzi, bist du Nutte oder Mann?«

»Ich bin ein Mann, Marangola, was ist das denn für 'ne Frage?«

»Dann verhalte dich wie ein Mann: geh rein, ficke und zahle, in völliger Stille.«

»In völliger Stille?«

Francesco D'Arpa ergriff wieder das Wort.

»Der Schwanz will keine Sorgen.«

Und doch gab es Sorgen, und wie! Die Furcht vor schlimmen Krankheiten, wie viel Geld nötig ist, um die Leistung zu bezahlen, auch die Dauer des Ficks. Letztes Mal war es sogar zu einer Schlägerei gekommen: Ein Soldat aus Rom wollte so lange bei der Hure bleiben, bis er gekommen wäre. Es gab ein ungeschriebenes Gesetz, an das sich alle hielten: höchstens zehn Minuten pro Mann, kommt man, alles in Butter und Begeisterung, kommt man nicht, amen und der Nächste. Wichtig war nicht der Beischlaf, sondern den Schwanz einzusenken. Das hebt die Moral, behauptete man in den hohen Rängen der Armee. Das Gesetz war lästig, aber notwendig, beim letzten Mal waren es einhundertacht Soldaten und nur vier Negerhuren. Drei Militärs sind ins Zelt gegangen, haben den Römer von den Schenkeln der Hure hochgehoben und hinausgetragen. Der hatte nicht nur angefangen, irre-, sondern auch dummes Zeug zu reden. Er brüllte, dass nur er ein richtiger Mann sei und alle anderen Schwuchteln und Schlappschwänze. Zwei tüchtige Tritte in den Mund hatten Ruhe einkehren lassen, die Ordnung war wiederhergestellt und die neuen Lücken in der Zahnreihe des Römers waren für alle eine Mahnung, auch nicht eine Sekunde länger, als es sich gehörte, in dem Zelt zu bleiben.

Iallorenzi verfolgte die Funken, die aus der Glut aufstoben und herumflogen und in die Nacht verschwanden, als wären sie verschluckt worden.

»Hoffen wir also, dass wenigstens dieses Mal die Huren keine Negerinnen sind«, sagte Melluso.

»Wie willst du sie denn?«

»Weiß.«

»Und damit hast du völlig recht«, bemerkte Marangola hämisch.

»Klar hab ich damit recht, unsere Huren sind die besten.«

Rosario war nicht einverstanden. Er war zum ersten Mal mit dreizehn und mit seinem Freund Nenè zusammen zu den Huren gegangen. Das Geld dafür hatten sie sich beim Priester der Kapuzinerkirche geklaut, der war von einer Niederträchtigkeit, dass er diesen Diebstahl verdient hatte. Sie waren in die Krypta des Klosters gegangen, hatten den Opferstock geknackt und waren weggelaufen.

Ihr Wunsch, die Jungfräulichkeit zu verlieren, war so stark, dass sie gleich bei der ersten herumgezwillt hatten, die ihnen über den Weg gekommen war, gleich hinter der Herberge der Armen Frauen.

Die Hure war dick, ihr fehlte ein Schneidezahn, ihre Beine waren voll blauer Flecken.

Nenè war kategorisch: »Rosà, wir hatten beschlossen, die Erste, und die hier ist die Erste, also los.«

»Wer fickt zuerst?«

»Du.«

Rosario hatte das Schlafzimmer betreten. Die Hure war durchaus nicht mütterlich. Sie hatte ihn mit einem müden Lächeln empfangen, das Geld gefordert, das Geld gezählt, es in die Nachtkommode gelegt, sie hatte ihn sich ausziehen lassen, ihm das Geschlecht in einer Schüssel Wasser gewaschen, den Rock hochgezogen, sich hingelegt und sich besteigen lassen, sie hatte ihn aufstehen und sich wieder anziehen lassen, sie hatte den Rock wieder heruntergezogen, die Türe geöffnet und ihn hinausgehen lassen, sie hatte seinen Freund Nenè empfangen, das Geld von ihm gefordert und das Geld gezählt, sie hatte ihn die Kleider ablegen lassen, ihm das Geschlecht in derselben Schüssel in demselben Wasser gewaschen, den Rock hochgezogen, und so fand eine weitere Jungfräulichkeit zwischen ihren Schenkeln ihr Ende.

Rosario hatte seinen Freund Nenè nach dem Ende dieses Sommers nicht wiedergesehen. Ein Padrone in einem Dorf bei Enna brauchte kräftige Arme, Nenès Familie brauchte Geld, und die beiden Freunde wurden getrennt, Rosario in seinem Haus am Rand von Palermo, Nenè verloren im Inneren der Insel. Wenn Rosario an die Huren dachte, erinnerte er sich immer an dieses erste Mal und daran, was Nenès erster Kommentar war, unmittelbar nachdem er aus dem Zimmer kam: »Ohu, die Hure hier ist so hässlich, dass ich sie nicht mal mit deinem Schwanz ficken könnte.« Sie hatten sich krumm und schief gelacht, bis ihnen die Seiten wehtaten. Als sie nach Hause zurückkehrten, hatten sie sich vorgenommen, dass sie sich vom nächsten Tag an bemühen wollten, zwei hübsche Dinger abzuschleppen, die sie auf der Stelle ficken wollten, denn schließlich kannten sie sich jetzt ja aus.

»Auch weil, wenn wir eine so hässliche Hure ficken konnten, zwei Dinge feststehen, Rosà: Erstens sind wir keine Jungfrauen mehr, und zweitens funktioniert unser Schwanz fabelhaft gut.«

»Nein, unsere Huren sind keineswegs die besten«, antwortete Rosario laut, ohne Melluso dabei anzusehen. Keiner machte Einwendungen. Wenn ein Stummer redet, wägt man das genaue Gewicht jedes Gramms seiner Worte ab.

Rosario saß zwischen Moreno Santìn und Nicola Randazzo an der rechten Planke des Militärlastwagens. Er schaute in die unendliche Weite Afrikas, Marangola pfiff, Melluso schlief, Iallorenzi klatschte Mücken tot, die seine Beine heimsuchten, D'Arpa zählte laut die Afrikaner, denen sie auf ihrer Fahrt begegneten.

»Sieben, acht und neun. Neun Afrikaner auf einer Strecke von zehn Kilometern. Also die Dinge sieht man hier in diesem Afrika ganz anders, Rosario. Man sieht, dass die Welt hier weniger gekrümmt ist. Wenn du einen Baum siehst, sagst du, ›Jetzt geh ich in den Schatten‹, und du gehst und gehst und gehst, und der Baum ist immer dahinten, weit, weit weg. Es gibt keine Hindernisse, hier ist alles, was das Auge sieht, ewig weit weg.«

Nicola Randazzo fragte Leutnant D'Arpa nach dem Namen von einigen Tieren, denen sie begegnet waren. Mitunter wusste nicht einmal D'Arpa die Antwort darauf.

Iallorenzi war der Einzige, der laut aussprach, was alle schon seit Tagen dachten.

»Hoffen wir, dass es wenigstens heute ein paar weniger Soldaten und ein paar mehr Huren sind als bei den letzten Malen.«

Sie waren einhunderteinundachtzig Soldaten und drei Huren.

Und sie würden verdammt spät zum Ficken kommen.

Es gab sogar ein offizielles Kommuniqué, das die erlaubten Minuten von zehn auf sieben herabsetzte. Daraufhin verbreitete sich schlechte Laune.

»Kein Mann, der was auf sich hält, kommt vor sieben Minuten, Chef.«

Melluso schlug der Gruppe vor, sich auf die drei Schlangen aufzuteilen.

»So können wir uns später die Einzelheiten erzählen.«

Eine Stunde später wurde eine Schlange aufgelöst. Irgendetwas war geschehen, der Hergang der Ereignisse war nicht eindeutig klar, eine Bahre wurde ins Zelt gebracht, kam dann wieder heraus und trug eine Hure fort, die zu schlafen schien, doch vielleicht war sie lediglich ohnmächtig geworden. So gab es zwei Reihen. Iallorenzi, Marangola, Melluso und Randazzo in der ersten, die anderen in der zweiten. Das Warten war zermürbend, Wasser gab es keins mehr, die Soldaten zeigten sich nach außen hin zwar sicher, aber in ihnen herrschte Angst. Mit zunehmender Intensität begann sich die Furcht einzunisten, dass bei der Abrechnung, im schönsten Augenblick, der Schwanz vielleicht gar nicht steif wurde. Die Zeit verstrich in einer deutlich zur Schau gestellten Unbekümmertheit, die ebenso aufgesetzt wie notwendig war. In völliger Abgestumpftheit bildete sich erneut eine dritte Schlange: die, die das Werk nur halb erledigt hatten, hatten sich entschlossen, hier draußen das zu Ende zu bringen, was sie im Zelt nicht zu Ende führen konnten.

Es kam zu nur einer Streitigkeit: einer aus Favara beging einen Berechnungsfehler, und ein Samenspritzer landete auf Santìns Schuhspitze.

»Mach das wieder sauber.«

Der aus Favara konnte nicht einmal antworten, da war sein Kopf schon auf der Erde, eng zwischen Santìns Hände gepresst, direkt vor der befleckten Schuhspitze.

»Jetzt leckst du ihn weg.«

Ein Landsmann des Favaresen deutete den Versuch einer Verteidigung an, stellte aber fest, wie stark das allgemeine Desinteresse war. Ohne Gewissensbiss entschloss er sich, sich nicht darum zu kümmern, zwölf Soldaten waren noch vor ihm, da war es besser, die Energien für einen schönen Fick, wie er Gott wohlgefällt, aufzuheben.

»Melluso, Randazzo«, sagte Iallorenzi, »hört mal, mir und Marangola ist da eine prachtvolle Idee gekommen. Sieben Minuten sind ja nichts. Wieso gehen wir nicht jeweils zu zweit hinein? Die Zeit verdoppelt sich dadurch. Ich und Marangola gehen zusammen rein, wenn ihr's macht wie wir, verdoppelt auch ihr eure Zeit.«

»Und was, wenn die Hure meckert?«

»Jetzt erklär ich dir erst mal das Leben, Randazzo: Erstens ist sie eine Hure, zweitens ist sie eine Negerin, und drittens kümmert es mich einen Scheißdreck, ich geh da rein, bezahle und vögele sie durch, wie's mir gefällt«, mischte sich Melluso ein.

Nicola Randazzo suchte mit seinem Blick den Blick Rosarios oder den von D'Arpa in der anderen Schlange, fand ihn aber nicht. Sie sahen einem Soldaten zu, der die Spitze eines Schuhs ableckte.

Nenè sagte noch einmal, dass er Matrose werden wolle, um jeden Punkt der Erde zu berühren.

»Ich vertraue den Händen mehr als den Augen«, sagte er.

Die erste Zigarette rauchten sie gemeinsam, da waren sie acht. Die hatte Rosario bei einem Wettlauf zwischen ihm und Michele gewonnen, dem Sohn von Don Salomone, dem Apotheker. Michele hatte ein ganzes Päckchen aus dem Zimmer seines Vaters geklaut und prahlte damit, indem er es den Freunden zeigte, seht mal, was für schöne Zigaretten, seht mal, wie viele, riecht mal, was für ein Düftchen. Rosario schlug die Wette vor: sein bis oben hin gefülltes Glas mit Würmern zum Angeln, ganz frisch, eben erst gesammelt, und ganz lebendig, gegen das Päckchen Zigaretten.

»Wettlauf bis zur Kirchenmauer, ja oder nein?«

Rosario war hager, seine Schultern schmal, die Beine dünn. Michele Salomone erwog aus der Höhe seiner zehn Jahre den Vorschlag, schätzte den Gegner ab und traf die entsprechende Entscheidung. Er würde ihn zermalmen. Nach vorne gebeugt, in Erwartung des »Los!«, sah Michele Salomone Rosario ins Gesicht und machte seine Prophezeiung.

»Weißt du, warum du nicht gewinnen kannst? Weil du nutzlos bist.«

Der erste Tabak hat einen bitteren Geschmack, die Zunge lernt einen neuen Bittergeschmack kennen, die Augen füllen sich mit Tränen, und der Husten dröhnt in den Ohren. Doch wie gut ist die erste Zigarette in der Erinnerung.

»Wieso hast du ihn herausgefordert, Rosà?«

»Ich bin doch viel schneller als du, Nenè.«

»Blindwichser.«

»Forderst du mich etwa heraus?«

»Ja.«

»Jetzt?«

»Ja.«

»Und wer gewinnt?«

»Behält die ganzen Zigaretten.«

»Einverstanden. Von hier nach da.«

»Bei drei?«

»Ja.«

Sie zählten gemeinsam, eins, zwei, drei. Sie rannten mit Höchstgeschwindigkeit los. Sie rannten bis zur Atemlosigkeit, bis zum Äußersten, von hier nach da, bis an die Grenzen ihrer eigenen Möglichkeiten. Der Gewinner war Nenè.

»Wir sind uns also einig, Marangola.«

»Ja, einer vorne und einer hinten.«

»Wo willst du sein?«

»Ich kann überall sein, Melluso, wenn ich nur weit genug weg bin von deinen Eiern.«

Randazzo hatte es vorgezogen, die Schlange zu wechseln, er hatte die Vorstellung von einem Doppel nicht schultern wollen. Seinetwegen hätte Melluso nicht doppelt so viel Zeit bekommen. Melluso schwor, dass er ihn dafür bezahlen lassen wollte.

Die Minuten vergingen überhaupt nicht. Die Soldaten behielten ihre Stellung bei, stehend oder auf der Erde liegend, verschwitzt, Fliegen und Mücken überall und nichts zu trinken. So darf es nicht sein, wenn man ficken geht. Santìn hatte die, die herauskamen, gefragt, wie die Hure für ihre Schlange denn so wäre. Er bekam ein einstimmiges, lapidares: »Sobald du drinnen bist, siehst du's.«

Randazzo hatte sich auf die Erde gesetzt, den Kopf hielt er zwischen seinen Händen: »D'Arpa, ich weiß nicht, ob ich das wirklich will, wenn du willst, überlasse ich dir meine Zeit, wenn das geht.«

»Jetzt red keinen Unsinn, Nicola. Du gehst vor mir rein und fickst vor mir.«

»Na ja.«

»Nichts na ja, jetzt sei still und entspann dich.«

Nach weiteren zwei Stunden war ihr Augenblick fast gekommen. Noch ein Soldat war drinnen, danach wäre Santìn an der Reihe gewesen, danach Rosario, Randazzo und D'Arpa als Letzter. In der anderen Schlange hatten Melluso, Iallorenzi und Marangola noch drei andere vor sich. Es fehlten nur noch wenige Minuten bis zum Eintritt des Venetiers, als in dem Zelt der Schrei der Hure losbrach. Der Soldat musste wohl etwas Blödes angestellt haben. Santìn hielt ihn auf, als er in aller Eile aus dem Zelt kam, warf ihn zu Boden und traf ihn mit einem Hagel von Faustschlägen.

»Der Bastard, ich mag es nicht, wenn er mir die Ficksau kaputt macht.«

Einige gingen hinein, um die wirkliche Verfassung der Hure zu kontrollieren. Der Stabsarzt ließ wieder Ruhe einkehren, als er sagte, dass alles in Ordnung wäre, ein sodomistischer Versuch, der fehlgeschlagen sei, mehr nicht, los also, der Nächste, der an der Reihe wäre.

Dann war Rosario an der Reihe. Er fand sich einem Mädchen von zwölf, dreizehn Jahren gegenüber. Schwarz, auf einer Pritsche liegend, mit auseinandergestellten Beinen. Sie konnte sie gar nicht mehr schließen, nachdem sie sie fünf Stunden am Band offen gehalten hatte. Auf der Erde, neben einem Blecheimer, ein Schwamm, um Blut und Sperma wegzuwaschen. Rosario schaute nicht mehr weiter hin, er ließ die Hose runter und rammelte die Hure.

Iallorenzi und Marangola gingen gemeinsam mit Melluso hinein. Sie hatten beschlossen, es zu dritt zu machen, achtzehn Minuten statt einundzwanzig. »Also gewinnt ihr dabei drei Minuten.« Aber irgendetwas ging wohl schief, Iallorenzi kam herausgelaufen und schleifte den Stabsarzt ins Zelt, während das, was von der Schlange noch übrig war, in die andere eingegliedert wurde. Auf die Fragen des Stabsarztes antworteten sie, dass es ein Unfall gewesen sei, ein Streich, der böse endete, es wäre wirklich keine Absicht gewesen.

Sie kehrten drei Stunden nach Sonnenuntergang wieder zurück, gerade rechtzeitig für den Bombenangriff der Alliierten um zehn.

»Der Mond von Afrika ist größer als die Sonne von Palermo, Davidù.«

Wenn es einen Bombenangriff gab, sah es so aus, als wären die vom Mondschein erhellten Flugzeuge ganz aus Silber, sie glänzten und funkelten. Und über ihnen so viele Sterne, dass man sie wegen ihrer großen Zahl wirklich nicht zählen konnte. Man konnte ans Firmament jedes Bild zeichnen, das einem in den Sinn kam: einen Orangenbaum, eine von Pferden gezogene Kutsche, Nenès Lächeln. Das Licht der Sterne hörte nur dann auf zu leuchten, wenn die Explosion einer Bombe auf der Erde aufschien.

»Woran hast du während dieser Bombenangriffe gedacht?«

»An Wasser.«

»Was heißt das?«

»Vielleicht ließ ja auch eine Bombe, was weiß ich, Wasser aus der Erde schießen.«

»Wie eine Quelle?«

»Ja.«

»Ist das schon vorgekommen?«

»Nein.«

Nicola Randazzo weinte. Rosario stand von seinem Feldbett auf und hockte sich neben ihn. Er beobachtete ihn, ohne Fragen zu stellen. Die Geduld der offen stehenden Türe. Randazzo bemerkte ihn, er trocknete sich die Augen und vertraute ihm alles an. Rosario hörte einfach nur schweigend zu. Als die Beichte vorüber war, kehrte er zu seinem Feldbett zurück, drehte sich auf die rechte

Seite und versuchte einzuschlafen, doch das war nicht einfach, Nicola schluchzte nämlich weiter, auch wenn es schwach und abgehackt war.

Kurz zuvor hatte Melluso vor den Latrinen zu ihm gesagt: »Randazzo, kommst du mit mir nach dahinten?«

Er hatte ihn dann mit dem Gesicht gegen die Wand geknallt.

Er hatte ihn mehrmals an den Schläfen getroffen, seine Fäuste waren in ein nasses Handtuch gewickelt, damit keine Spuren zurückblieben.

»Du hast also mit mir nicht zu der Hure reingehen wollen.«

Er hatte ihm einen Tritt in die Nieren verpasst.

Als Randazzo nach Luft ringend in die Knie gegangen war, hatte Melluso ihn von hinten genommen.

Die Befehle kamen in tiefer Nacht und endgültig. Vorbereitung zur Evakuierung des Lagers, die feindlichen Truppen hatten die Front durchbrochen. Drei Minuten nach sechs begann der Rückzug. Sie brachen zu Fuß auf, Rucksack auf dem Rücken, fernab von den Schotterwegen durch die Steinwüste. Sie mussten siebenundsechzig Kilometer in kürzester Zeit zurücklegen, bei einer Temperatur von annähernd fünfzig Grad in der Sonne. Das Wasser wurde rationiert, bevor sie sich auf den Marsch machten, eine halbe Feldflasche für jeden. Die Schlange bewegte sich still vorwärts, die Soldaten hatten die Ökonomie der Kräfte erlernt, Sprechen erforderte ein höheres Maß an Speichelung, und Speichel bedeutete Durst. Um zwölf Uhr war die Lage verzweifelt. Fünf waren ohnmächtig geworden, Iallorenzi hatte sich vor Anstrengung erbrochen, Randazzo verlor Blut aus dem After. Francesco D'Arpa blieb stehen, um beiden zu helfen. Er stellte Iallorenzi wieder auf die Beine und bot Nicola seine rechte Schulter als Stütze.

Um sie herum, in alle Richtungen, nur Wüste. Rosario fühlte, wie seine Oberlippe zersprang, die inzwischen ausgetrocknet war, doch nicht ein Tropfen Blut quoll hervor. Mit den Händen vor den

Augen, veränderte er seine Marschrichtung genau in dem Augenblick, in dem Melluso seine Feldflasche aufschraubte. Sie rempelten sich an. Die Flasche fiel, und das Wasser versickerte im Sand. Melluso stürzte sich auf Rosario. Es gelang ihm, ihn mit einem Schlag am Ohr zu treffen. D'Arpa trennte sie.

»Was machst du da für einen Scheiß, Melluso?«

»Er hat mein Wasser hinfallen lassen.«

Rosario war wieder aufgestanden. Er schüttelte den Sand ab.

Melluso hielt den Zeigefinger auf ihn gerichtet.

»Ich bring dich um, du nutzloser Dreck.«

Der Nutzlose war wieder zurück.

Fünfzehn Minuten später standen die Soldaten mit erhobenen Händen einer neben dem anderen aufgereiht. Der Feind hatte sie gestellt, mit Lastwagen und Maschinengewehren. Die Division meines Großvaters ergab sich ihm, ohne auch nur einen Schuss abzufeuern.

Die Schlange verlor Teile. Erschöpft von der Anstrengung oder von der Austrocknung, stürzte der eine und andere zur Erde. Die erste Aufforderung, wieder aufzustehen, war ein Tritt in die Seite. Danach keine Warnung mehr. Wer nicht aufstand, wurde erschossen. D'Arpa und Rosario hielten Nicola Randazzo auf den Beinen, indem sie ihn bei den Revers der Uniform packten. Das Zittern wurde stärker, der Zusammenbruch durch Sonnenstich war eine Möglichkeit, die immer konkreter wurde. Nach zwei Stunden stürzte Santìn, der die gewalttätigen Peitschenschläge der Sonne am wenigsten gewohnt war. Er fiel auf die Steine, ohne erst die Knie zu bemühen. Ein feindlicher Offizier brüllte irgendetwas, wahrscheinlich den Befehl, wieder aufzustehen. Er bekam keine Antwort. Ein Schuss aus der Pistole bestätigte, sofern das noch nötig war, dass man keine Zeit verlieren durfte. Der Körper wurde dort zurückgelassen, Fliegen und andere Insekten kümmerten sich darum, ihn zu entfleischen. Keiner der Soldaten bat darum, ihn zu begraben, keiner hatte mehr genügend Speichel, um auch nur ein Wort auszusprechen. Auf dem Marsch verloren sie noch weitere drei Kameraden. Spät in der Nacht erreichten sie das Ziel. Eine alte Oase, die zum Gefangenenlager umfunktioniert wurde. Wasser gab es keins, Betten gab es keine, Latrinen gab es auch keine. Ein Geviert, das aus einer Mauer und drei Seiten Stacheldraht bestand, viel zu hoch, viel zu dicht, als dass man sich der Hoffnung hätte hingeben mögen, ihn zu zerschneiden. Die Gefangenen waren eine Herde Ochsen, allerdings weniger begünstigt: Es fehlte eine Tränke. Gleich in der ersten Nacht gab es einen Ausbruchsversuch, ein nicht mal zwanzigjähriger Bursche aus Crotone. Er wurde sofort wieder eingefangen und in die Absperrung geworfen. Zum ersten Mal wandten sich die Wachsoldaten auf Italienisch an die Gefangenen. Sie sagten, eine Flucht sei unmöglich, außerdem würde jeder Versuch damit bestraft, dass zwei Tage lang kein Wasser ausgeteilt würde. Diese Bestrafung begann mit diesem Augenblick. D'Arpa ging zu dem Kalabrier und ließ ihn neben sich hinsetzen. Die Kerkermeister spielten mit ihnen, sie wollten, dass die Gefangenen sich gegenseitig zerfleischten. Keiner erhob die Hand gegen den Jungen, keiner machte ihm einen Vorwurf. In der darauffolgenden Nacht versuchte der Kalabrier erneut die Flucht, wurde aber von vier Gefangenen gestoppt, drei hielten ihn fest, doch es war D'Arpa, der ihn mit einem gewaltigen Schlag in die Hoden in die Knie zwang.

»Wenn du noch einmal die Flucht wagst, und sie geben uns dann für zwei weitere Tage kein Wasser, dann bring ich dich um, mit meinen eigenen Händen.«

»Halt die Hände zusammen wie ein kleines Gefäß und lass bitte ja nichts durchsickern. Danach mache ich das Gleiche auch für dich.«

D'Arpa ließ sich von Randazzo helfen, den eigenen Urin zu sammeln. Wenn er das sagte und wenn er das machte, dann nicht, weil ihn die Sonne in den Wahnsinn getrieben hatte. Es musste richtig sein. Er hatte schließlich studiert. Alle beobachteten aufmerksam den Ablauf: Beispiele helfen zu überleben. Als sie sahen, dass ihr Leutnant in die Hände seines Kameraden gepinkelt und das dann getrunken hatte, ohne sich zu übergeben oder das Bewusstsein zu verlieren, fiel jede Zurückhaltung. Einer hielt die Hände vor sein eigenes Geschlecht und versuchte hineinzupinkeln, aber schon unter normalen Umständen ist es schwer, den Strahl zu kontrollieren, was dann erst, wenn man es auf Kommando als Ausgetrockneter machen will. So kam es, dass sich bei einigen der erste Strahl über die Steine ergoss und augenblicklich zu nichts verdunstete. Beobachten, lernen, nachmachen. D'Arpa hatte in die Hände eines anderen gepinkelt. Sie konnten es sich nicht leisten, auch nur einen Tropfen trinkbarer Flüssigkeit zu verschwenden. Man musste nur einen Kameraden finden, dem man vertrauen konnte, einen, der nicht versucht hätte, selber die Pisse des anderen zu trinken. Rosario pinkelte in D'Arpas Hände, trank die Hälfte seines Urins, blickte zu Randazzo und gab ihm zu verstehen, dass er den Rest trinken konnte. Nicola hatte Fieber, er konnte nicht mehr stehen, die Wunde am After hatte sich entzündet. Rosario und D'Arpa hoben ihn hoch und lehnten ihn an die Mauer, dort gab es einen Streifen von Schatten, und sie machten ihm ein Kissen aus den eigenen Hemden.

Nachdem die beiden Tage vorüber waren, wurde die Wasserration gebracht. Das sei der Bedarf für drei Tage, teilten die Wachsoldaten mit. Francesco D'Arpa spürte den Blick der anderen Gefangenen auf sich. Die Soldaten erkannten ihm unabhängig von seinem Rang die Autorität zu, Entscheidungen für ihr Überleben zu treffen. Wenn man erschöpft ist, vertraut man die eigene Existenz einem anderen an, in der Hoffnung, dass er die notwendige Kraft haben möge, nicht zu fallen.

D'Arpa rechnete und sagte: »Einmal die Hand eintauchen pro Kopf.« Die Kehle brannte ihm. Er hätte nicht gedacht, dass es so schmerzhaft sein könnte, einen Ton herauszubringen.

»Und wenn was übrig bleibt?«, fragte Iallorenzi leise.

Sie waren wirklich zu viele, als dass sie allen hätten vertrauen können, und sie hatten doch so großen Durst. Besser also alles gleich auftrinken und versuchen durchzuhalten, indem man den eigenen Urin trinkt.

»Zweite Runde für alle.«

Der Wassertopf wurde zur Mauer getragen. Ohne Streitigkeiten, wortlos, bildete sich eine einzige Reihe.

Schon fünf Tage hatten sie nichts gegessen. Der Feind war dabei, sie zu zermürben, indem er ihnen viel zu wenig zu essen und viel zu wenig zu trinken gab. Mehrmals baten sie, dass ein Arzt diejenigen untersuche, die zusammengebrochen waren, doch die Bitten wurden systematisch ignoriert. Sieben hatten hohes Fieber und zitterten. Nicola Randazzo fing an, im Fieberwahn zu reden. Er sprach vom Fest seines heiligen Dorfpatrons und von Gigliola, der Tochter von Ina, die lange Zöpfe hatte und kleine Hände. Als endlich der Arzt erschien, redete er eine unbekannte Sprache, und keiner verstand ein Wort, dann ging er zum Ausgang. Rosario klammerte sich mit einem schnellen Satz an seinen linken Fuß. Er hielt seinen Kopf gesenkt und berührte fast schon den Boden. Die beiden Soldaten, die den Arzt eskortierten, fingen an, ihn mit Fußtritten in die Flanken und gegen die Schultern zu traktieren, doch er klammerte sich an den Fuß und nahm die Tritte hin, als wäre er ein Ding, ein Gegenstand. Der Stabsoffizier war dann auch mehr überrascht als erschrocken. Er unterbrach die Prügel durch einen Befehl. Genau in dem Augenblick, als die Militärstiefel nicht mehr auf ihn eintraten, ohne auch nur den Bruchteil einer Sekunde zu verlieren, hob Rosario den Kopf, schleuderte seine Augen in die Augen des Arztes, bog seine Arme nach hinten und deutete auf einen Punkt in der Mauer. Der Arzt beschloss, dort hinzugehen und zu kontrollieren, und so wurde Nicola Randazzo in die Krankenabteilung gebracht und mein Großvater in die Isolation.

Die Isolation war ein Kubus aus Eisen, gleich außerhalb der Stacheldrahtabzäunung, mit einem Loch von der Größe eines Fingers für Luft. Rosario sollte drei Tage da drinnen verbringen. Ohne Wasser, ohne Nahrung. Drei Tage in einem Glutofen. Die Soldaten hatten nicht die Kraft, dagegen zu protestieren, wie sollten sie da dem Kameraden Aufmunterungen zurufen können? Und doch war er dort, nur wenige Meter hinter dem Stacheldrahtzaun. Vielleicht wäre eine Stimme ja hilfreich gewesen. Oder vielleicht auch nicht. Vielleicht hätte sie nur das Elend vergrößert. Keiner wusste etwas. Es war das erste Mal, dass einer auf diese Weise bestraft wurde.

»Der wird durchgeschmort«, lachte Melluso höhnisch.

Von Nicola Randazzo keine Nachricht.

Es kam zu einer Schlägerei, einer hatte versucht, die Pisse des anderen zu trinken.

Fünf verloren das Bewusstsein, und keiner hatte das Erbarmen oder die Kraft, sie wieder aufzurichten.

Fliegen im Flug zu fangen, um sie zu essen, wurde immer schwieriger, die Reflexe waren getrübt, und die Fliegen kamen einem immer schneller vor. Irgendeiner begann damit, den Mund offen zu halten, in der Hoffnung, dass ein Insekt da drinnen landen würde. Tagsüber lag die Temperatur bei über fünfzig Grad, nachts um die dreißig. Vierundzwanzig Stunden waren vergangen, und Rosario war noch immer in dem Kubus.

Tags darauf wurde die neue Wasserration gebracht. Es bildete sich die Reihe, jeder trank den Schluck, der ihm rechtens zustand, dann geschah etwas. D'Arpa hatte die zweite Schicht blockiert.

»Das ist für Rosario«, sagte er und deutete auf das Wasser.

»Der ist doch tot«, erwiderte Melluso und baute sich vor ihm auf. Dann forderte er ihn auf: »Geh zur Seite, ich muss trinken.«

»Nein«, antwortete der Leutnant.

Vincenzo Melluso suchte mit dem Blick Unterstützung bei den anderen Soldaten, doch keiner war bereit, ihm beizustehen, sie alle hielten zu D'Arpa. Er wandte seinen Rücken der Mauer zu und setzte sich in den schmalen Streifen Schatten. Er starrte auf den Eisenkubus.

»Stirb schon, du unnützer Dreck.«

D'Arpa nahm den Topf und trug ihn in den Schatten der Mauer. Er wollte ihn bewachen.

In der Nacht ein weiterer Zusammenprall. D'Arpa war eingeschlafen. Nachdem Melluso ihm einen Tritt an den Kopf versetzt hatte, stürzte er sich auf den Topf. Das Wasser war zwar warm, aber es war wunderbar, die Hände da hinein zu tauchen. Er führte sie an den Mund, kam aber nicht dazu zu trinken. D'Arpa war schon über ihm.

»Dieses Wasser.«

Er traf sein Gesicht mit der Rechten.

»Ist.«

Die Linke traf seinen Kieferknochen.

»Für.«

Noch eine Rechte.

»Rosario.«

Die Linke, und letzte.

Vincenzo Melluso blieb liegen, die Arme weit geöffnet und die Beine ausgestreckt. Er sah aus wie Christus am Kreuz. Sein Mund war Matsch. Die anderen Gefangenen begriffen nur wenig von der Dynamik, doch ihnen wurde eindeutig klar, dass der Tenente eine mörderische Faust besaß. Der Topf war nicht umgestürzt, das Wasser war noch da. D'Arpa drehte sich zu dem Kubus um und rief mit aller Kraft, die er hatte.

»Rosà, halte durch, sobald du rauskommst, gibt's hier Wasser.«

Alle drehten sich zu dem Kubus um, und unter dem weißen Licht des Mondes sahen sie, was sie niemals für möglich gehalten hätten. Aus dem Loch für die Luft kam ein magerer Finger hervor, der sich auf und ab bewegte, dann wieder verschwand und nicht mehr gesehen wurde. Rosario lebte also noch. Das Wasseropfer war nicht umsonst. Die Gefangenen erlebten in ihren Körpern eine derartige Ausschüttung von Adrenalin, dass sie, ohne es wirklich zu merken, alle zusammen mit erhobenen Armen und geballten Fäusten in einen erlösenden Urschrei ausbrachen. Sie jubelten so, als hätte Italien ein Tor geschossen. Zwar waren sie Gefangene, aber sie lebten noch. Rosario musste wieder unter sie zurückkehren. Sein Überleben war das Motiv zum Durchhalten geworden.

Der dritte Tag wollte nie zu Ende gehen. Seit Tagesanbruch hatten die Gefangenen die Wachsoldaten gefragt, wann Rosario denn nun befreit würde, wie viel Zeit denn noch fehle, los, macht schon, er sitzt jetzt seit drei Tagen da drinnen. »Zwölf Stunden«, antworteten sie. »Zehneinhalb.« »Neun.« Der Eisenkubus war der Fluchtpunkt für jedes Auge. Halte durch, Rosario, dachten sie. Einigen gelang es, es sogar zu flüstern. Am liebsten hätten sie es geschrien, doch sie hatten nicht den Speichel, um einen Ton herauszubringen.

Noch fünf Stunden. Ein Offizier betrat die Abzäunung der Gefangenen. Er redete in seiner unverständlichen Sprache. Er bemerkte, dass alle den eisernen Kubus ansahen. Er lachte laut. Dann ließ er alle in perfektem Italienisch erstarren.

»Keiner hat die Isolation je überlebt.«

Er verließ die Abzäunung und verharrte neben dem Stacheldraht, während er beobachtete, wie die Barken ihrer Hoffnung eine nach der anderen untergingen.

Noch vier Stunden. Der Blick der Gefangenen schwang von dem eisernen Kubus zum Topf mit Wasser. D'Arpa verstand, dass der Wind aus einer anderen Richtung wehte. Er lud den Brustkorb mit Luft auf und ließ ihn in einem rauen, rostigen Schrei erbeben, während der Atem an seinen Stimmbändern kratzte. Am Ende dieses Schreis empfand er so viel Schmerz, dass er einen Brechreiz bekam und Blut spuckte. Irgendetwas war in seiner Kehle gesplissen. Francesco D'Arpa hatte geschrien: »Rosà, zeig uns, dass du noch lebst.« Aus dem Loch war kein Finger aufgetaucht, keine Bewegung. Ins Herz jedes einzelnen Gefangenen senkte sich blinde Verzweiflung.

Dario Tomasello war ein Bauer aus Bronte. Er ging zum Wassertopf, fest entschlossen, seinen Schluck Wasser zu trinken. D'Arpa ließ ihm nicht einmal die Zeit, sich mit Gesten verständlich zu machen. Ein Schlag direkt in die Magengrube sorgte dafür, dass er sich krümmte. Tomasello fiel auf die Knie und kauerte sich seitlich zusammen. Leutnant D'Arpa stellte sich vor dem Wassertopf auf und sah seine Kameraden scharf an. Der Sinn war für alle klar: Sie würden das Ende der Isolation abwarten, es wäre besser, wenn sie sich ruhig verhielten oder aber seine Hände würden sich auf jedem anderen austoben, nur um das Wasser für Rosario zu schützen.

Auf der anderen Seite des Stacheldrahts rauchten zwei Wachsoldaten. Keiner von ihnen kümmerte sich mehr um den Gefangenen in der Isolation. Man ging davon aus, dass er erledigt war. Und immer noch keine Nachricht von Nicola Randazzo.

Die Soldaten verbrachten die restliche Zeit mit den beiden einzigen Beschäftigungen, die ihnen verblieben waren: Überleben und nicht wahnsinnig werden. Die Hitze war unwirklich. Als sich zwei Wachsoldaten dem eisernen Kubus näherten, um ihn zu öffnen, standen alle auf und bewegten sich auf die Abzäunung zu.

Das Vorhängeschloss wurde mit Handschuhen abgenommen, es war glühend heiß. Kaum war der Kubus geöffnet, erschien Rosario, zusammengerollt in der Position eines Fötus. Er bewegte sich nicht. Ein Offizier kam dazu, und mit seinen Stiefeln trat er gegen Rosarios Beine. Keine Reaktion. Der Unterführer drehte sich zu den Gefangenen um: »Die Isolation überlebt man nicht.« Er deutete auf Rosario. Er hatte überall Verbrennungsspuren: am Rücken, an den Armen, an den Beinen. Francesco D'Arpa spürte, dass seine Lippen zitterten, und seine Augen füllten sich mit Tränen, doch blieb ihm keine Zeit sich zu fragen, wie es nur möglich war, dass sein Körper noch Flüssigkeit enthielt, denn er sah, was er sah. Da konnte er sich nicht mehr länger zurückhalten, hockte sich auf die Erde und weinte wie noch nie in seinem siebenundzwanzigjährigen Leben. Rosarios regungsloser Körper besiegelte die Niederlage der Gefangenen, sie hatten auf ihn gesetzt und verloren. Der Engländer nahm das zunehmende Pochen dieser Verzweiflung wahr, und ohne hinzuschauen, fügte er auf Italienisch hinzu: »Er ist tot.« Und in diesem Augenblick war es, dass von diesem mageren, diesem reglosen Fleisch unverhofft, unerwartet, gebenedeit ein Finger sich zum Himmel erhob, gestützt von Ellbogen und Handgelenk: Rosarios Zeigefinger hatte sich senkrecht ausgestreckt, gegen den Tod und gegen die Isolation, gegen den Feind und gegen Gott. Er lebte noch und fick dich doch, und alle Gefangenen schrien und D'Arpa weinte und die Soldaten fielen sich in die Arme und die Wachen beobachteten bewundernd diesen aufrecht stehenden Zeigefinger voller Leben.

Rosarios Körper, der wieder ins Lager getragen wurde, wurde auf ein Kissen von Kleidern gelegt, in den Schatten, neben die Mauer. D'Arpa befeuchtete einen Zipfel des Hemdes mit Wasser und begann, ihm die Lippen zu benetzen. Sie waren trocken, aufgesprungen, winzig klein. Seine Zunge war hart und die Kehle voll offener Wunden. Es gab keinen Grund zur Eile. Einen Tropfen nach dem anderen. Das war die einzige Art, ihm etwas zu trinken zu geben.

Die Stirn glühte und der ganze Körper brodelte.

Er hatte sehr hohes Fieber.

Francesco D'Arpa bedeckte Rosario mit drei Hemden. Er ging zum Zaun und begann zu schreien.

»Einen Arzt, einen Arzt.«

Er hustete zwar Blut dabei, doch er schrie weiter.

»Einen Arzt.«

Es war das erste Mal, dass ein Mensch den eisernen Kubus überlebt hatte. Auch der Feind hielt es für angemessen, ihm Ehre zu erweisen. Als die Bahre meinen Großvater aufnahm, um ihn in die Krankenabteilung zu bringen, begleiteten die Gefangenen seinen Abtransport damit, dass sie alle aufstanden, nur Melluso nicht.

Das Gepäck für die Abreise stand bereit und befand sich genau da, zwischen ihm und Nenè. Eine unüberwindliche Mauer. Nur noch wenige Minuten, danach sollte die Erzählung beider ganz unterschiedliche Worte bekommen. Nenè stand im Begriff, unter einem Padrone in einem fernen Land mit schwierigem Namen zu arbeiten. Diese Minuten waren die letzten Silben ihrer Geschichte. Sie drückten sich kräftig die Hand, wie Erwachsene. Orazio, Nenès Vater, streichelte Rosarios Kopf.

»Wir müssen jetzt los.«

Die Trennung beider Freunde wurde von den einzigen möglichen Worten unterstrichen.

»Ciao, Nenè.«

»Ciao, Rosà.«

Wenige Gesten, noch weniger Worte, doch alles klar und genau.

Nenè lächelte zum letzten Mal, nahm die Koffer und ging mit seinem Vater zum Bahnhof. Er verschwand hinter den Olivenbäumen.

Am Tag zuvor, als sie an einem Berghang von Capo Gallo saßen, hatten sie die vor ihnen liegende Zukunft hinter der Horizontlinie des Meeres betrachtet. Um sie herum herrschte Stille und September. Rosario saß links von seinem Freund und presste die Blüte eines Weizenhalms zwischen seinen Lippen.

Ohne ihn anzusehen, beichtete Nenè ihm: »Weißt du, was ich möchte? Die Kälte des Winters klauen.«

Still hörte Rosario dem kleinen Testament seines Freundes zu. Kaum waren die Worte verklungen, standen die beiden Freunde auf und produzierten sich, einer an der Seite des anderen, in einem behänden, bebenden Lauf, die Füße bissen in die Straße und die Arme begleiteten ihren Schwung, während die Augen ohne Vorwarnung weinten.

Zwölf Tage später kamen Militärlastwagen an. Die Gefangenen wurden darauf verfrachtet. Sie sollten an einen anderen Ort gebracht werden. Francesco D'Arpa umarmte Rosario und saß während der gesamten Fahrt neben ihm. D'Arpa versuchte, ihm alles zu erzählen, doch andere Soldaten mischten sich ein und vermehrten dabei die Anzahl der Einzelheiten. Sie fügten einzigartige und notwendige Blickwinkel hinzu, nämlich ihre.

»Warum?«, fragte mein Großvater den Leutnant.

»Du hast Wasser gebraucht, mehr als jeder andere.«

»Nicola geht's besser, sie haben ihn versorgt, er lag im Bett neben mir.«

»Ohne die Infektion am Hintern könnte man sagen, der hat es am besten erwischt.«

»Wie kommt es, dass du so stark bist?«

»Ich boxe.«

»Du bist Boxer?«

»In meiner Freizeit.«

»Du hast mir das Leben gerettet. Danke.«

»Wie hast du das angestellt, Rosà, da drinnen zu überleben?«

»Ich hab mich erinnert.«

»An was?«

»An meinen Freund Nenè, an die Augenblicke, die wir zusammen verbracht haben, an seine letzten Worte.«

Sie sahen eine lange Reihe von Elefanten, sie sahen, wie der Himmel sich rosa färbte, als die Flamingos vorbeiflogen. Eine Hyäne, die am Straßenrand saß, und das Gerippe eines Gnus, eingehüllt in eine Wolke von Insekten. Sternschnuppen und die niedrigen Bäume der Savanne. Nach zwei Tagen hielten die Lastwagen an. Sie waren am Gefangenenlager angekommen. Die Reise war zu Ende.

»Weißt du, was ich möchte? Die Kälte des Winters klauen. Dann würde ich, wenn Schirokko ist, immer ein kleines Prickeln des Windes auf der Haut und auf dem Herzen haben. Von einer Geschichte möchte ich mich dagegen nur an die kurzen Augenblicke davor erinnern. Den Augenblick vor dem Fang eines Fischs, den Augenblick vor dem Berühren der Titten, den Augenblick vor dem Kosten der Orange. Und wenn ich dann eines Tages lerne zu schreiben, will ich eine Geschichte mit lauter ›nicht‹ erfinden: als ich nicht abgereist bin, ich habe mich nicht von dir verabschiedet, ich bin nicht an andere Orte gegangen, ich habe nicht unter einem Padrone gearbeitet, und als das Fest auf der Piazza nicht stattfand, ich habe nicht mit einer ganz heißen Frau getanzt, ich legte ihr den Kuss nicht lange und schmackhaft in ihren Mund, und sie sagte mir nicht gleich: Küsse mich noch einmal, Amore mio. Und wie auch immer, ich bin schneller als du.«

»Das stimmt nicht.«

»Doch.«

»Ich häng dich ab, wann immer ich will.«

»Wettlauf, von hier bis da.«

»Dann los.«

Und sie rannten gemeinsam fort aus ihrer Kindheit, einer an der Seite des anderen, zum letzten Mal im Leben.

Nenè gewann.

Umbertino hatte den Kreis seiner Überlegung geschlossen. Die Brise dieser Märznacht machte sich jetzt bemerkbar. Es war besser, wenn er sich wieder anzog. Rosario, der neben ihm auf der Bank saß, hatte still zugehört, ohne auch nur ein Wort zu sagen.

»Jedenfalls und alles in allem verhält sich die Sache so: Angesichts der Tatsache, dass es in Palermo nichts Derartiges gibt, eröffne ich jetzt eine schicke Boxschule.«

Mein Großvater sagte auch da nichts. Das Mondlicht ließ einen sanften Widerschein auf seinem scharfkantigen, ausgemergelten

Gesicht entstehen. Einem Falken, ja, das war's, wem er glich. Einem Falken.

»Wohin blickst du eigentlich?«, fragte ihn Umbertino.

Rosario wandte den Kopf und sah meinem Onkel fest in die Augen. Ein leichter Ruck, der seine Brust schwellte, Kopf und Schultern hoben sich, dann sanken die Schulterblätter wieder herunter.

»Ich blicke zurück.«

ZWEITER TEIL
Das Schlachtfeld

»Ich dagegen will, wenn ich mal tot bin, als Wildschwein wiedergeboren werden.«

»Hast du endlich verstanden, dass du ein Tier bist, Gerruso?«

»Das Wildschwein ist glücklich.«

»Woher weißt du das?«

»Ist doch leicht, Wildschweine schreiben nicht.«

»Wer schreibt, ist unglücklich?«

»Sonst würde er ja nicht schreiben.«

»Was würde er sonst denn tun?«

»Er würde rausgehen, unter den Himmel, und sein ganzes Glück im Wald verschwenden. Das ist doch, was du mir erklärt hast, die Logik des Austauschs.«

»Du musst aufhören zu wiederholen, was ich dir beibringe.«

»Da hast du recht, entschuldige.«

»Jedenfalls, das stimmt: Alles hat einen Preis, nicht mal den Tod gibt's umsonst, denn den bezahlt man mit dem Leben.«

»Ja, richtig, darin besteht der Austausch der Tiere: Sie bezahlen das Glück mit der Tatsache, dass sie nicht schreiben können. Sie leben ohne einen Gedanken ans Morgen und betrachten den Tod als einen Unfall des Glücks.«

»Aber wieso ausgerechnet Wildschwein?«

»Das schmeckt ausgezeichnet mit Kartoffeln. Du dagegen bist kein Wildschwein, überhaupt keins. Gestern, während deines ersten Kampfs, habe ich versucht zu verstehen, was für ein Tier du wärst. Ganz sicher kein Wildschwein. Auch kein Kamel. Und Gecko nicht mal im Traum.«

Er hatte ein Funkeln im Auge. Er nannte mich bei meinem Spitznamen, er fragte mich, welchem Tier ich meinte zu gleichen, während ich boxte.

Ich antwortete nichts.

Unter Wasser redet man nicht.

Fische sind stumm.

Meine erster Kampf.

Marcello Brullera, aus Catania. Nachdem ich die Grundklassen der Grundschule abgeschlossen hatte, wurde er vom Cousin in die Boxschule gebracht, einem guten Dilettanten, dem der Qualitätssprung nie gelungen war. Er hatte einen ungewöhnlichen Körper, riesengroß für seine vierzehn Jahre, er war unangreifbar, wenn er die Deckung nicht aufgab. Seine Hebel hielten jeden auf Abstand.

Er war mein erster Gegner im Ring.

Während der dritten und letzten Runde traf mich eine seiner Fäuste in die linke, die verletzte Flanke.

Ich krümmte mich, ich biss in den Mundschutz, um nur ja nicht die Augen zu schließen.

Ich war vor der Ecke.

Ich fühlte, wie mein Herz in der Flanke schlug.

»Dieser Bluterguss an deiner Flanke ist so groß wie meine Hand, Junge.«

»Ich kann mich bewegen, Maestro Franco, er tut weniger weh als gestern, danke.«

»Wenn du's sagst … jedenfalls sind es nur noch fünf Tage, bis zu deinem ersten Kampf, Junge. Unsinn, meine ich, hast du schon genug gemacht, daher empfehle ich dir dringend: Trinke nicht, geh früh schlafen und vor allem fick nicht herum.«

»Schon, aber …«

»Aber was? Wie alt bist du?«

»Vierzehn.«

»Eben, in diesem Alter denkt man mit dem Schwanz, Junge. Höre und lerne eine große Wahrheit: Vor einem Kampf darf man niemals ficken. Ein Ratschlag aus tiefstem Herzen, aufgrund meiner Lebenserfahrung. Wenn die Begegnung vorüber ist, ist man gar nicht in der Lage, etwas anzustellen, man hat so viel Schmerzen, dass es besser ist, gleich zu verschwinden. Was denn sonst? Willst du denn wirklich vor einem Mädchen heulen? Nur das nicht! Hör mir lieber zu: Nach einem Kampf musst du allein bleiben, denn du musst auf deinen Körper hören, verstehst du? Auch wenn dein Schwanz schreit, macht nichts, lass ihn schreien. Du musst darauf achten lernen, wie du atmest, ob die Rippen sich schön dehnen, wie der Hals sich bewegt, ob die Augen zusammengezogen sind. Und vor allem musst du Gedächtnisübungen machen, um zu kontrollieren, ob das Gedächtnis so funktioniert, wie es funktionieren soll. Mach's wie ich, Junge, befolge diesen fabelhaften Rat, den mir dein Onkel erteilt hat: Denk an alle Mädchen, die du gefickt hast, an alle, die blonden, die braunen, die schwarzen, an die Schwestern deiner Freunde, an die eine oder andere Hure, die dir gelegentlich über den Weg läuft, an alle musst du denken. Und du musst dich an den Namen jeder einzelnen erinnern. Du musst ehrlich und genau sein, es gibt Wunden, die man nicht sieht, und das sind genau die Schläge, die du am Kopf abbekommen hast. Also, vergiss den Schwanz vor und nach einem Kampf. Mach mir mal zwanzig Liegestütze auf den Fäusten, anschließend ein bisschen Seilspringen bei Carlo. Und im Ring, bei deinem ersten Kampf, kommt's, wie's kommt, und davon wird man erzählen.«

»Maestro, darf ich Euch eine Frage stellen?«

»Bitte sehr.«

»War mein Vater nervös vor seinem ersten Kampf?«

»Wer? Der Paladin? Nie nervös gewesen, im Gegenteil.«

»Ich bin auch ruhig, dagegen scheint Ihr und Umbertino nervös zu sein.«

»Junge, es gibt ein ungeschriebenes Gesetz im Boxsport: Den ersten Kampf muss man verlieren.«

»Ach so?«

»Ja.«

»Habt Ihr verloren?«

»Klar. Der Paladin auch.«

»Entschuldigt, Maestro, aber ist das nicht auch die erste Begegnung für meinen Gegner?«

»Ja.«

»Wir können doch aber nicht beide verlieren.«

»Nimm den Mund nicht so voll.«

»Wie mein Vater?«

»Nein, wie dein Onkel. Und denk dran, dir einen feuchten Lappen auf die Flanke zu legen, wenn du zu Bett gehst.«

Onkel Umbertino in der ersten Reihe fuchtelte mit den Armen, damit ich aus der Ecke kommen sollte. Maestro Franco malträtierte seine Schiebermütze mit den Händen. Großvater, der hinten im Saal stand, rührte sich nicht. Gerruso zerdrückte eine Dose Bitterorangenlimonade und rief meinen Spitznamen.

Nina war nicht da.

Sie war nicht gekommen.

Wer weiß, was sie gerade tat, vielleicht suchte sie im Radio nach einem Lied oder unterstrich was in einem Buch oder malte einen Schwan auf eine beschlagene Fensterscheibe.

Irgendwo anders, nicht hier.

Ich öffnete einen Spalt vor dem Gesicht und ließ die Stirn erkennen.

Es war die dritte Runde.

Brullera strahlte.

Mein erster Kampf sollte gleich zu Ende sein.

Carlo, der als Sekundant neben Maestro Franco stand, blickte auf die Ausrichtung meiner Füße.

»Warum hast du die Bewegung eigentlich so genannt, Davidù?«

»Geschichten von Kopfsprüngen und Huren.«

Carlo war wie ein Blatt. Er war leicht, hatte abgefälschte Zehenspitzen, wie ich es ihm erklärt habe. Er schien sich gar nicht vom Boden zu lösen. Die einzigen Geräusche, die zu hören waren, waren die des Seils, das sich drehte, und der Schweiß, der heruntertropfte. Die Knie leicht herausgebogen, die kreisenden Ellbogen, der Blick geradeaus.

Carlo war jahrelang der stärkste Kämpfer der Boxschule. Zwei Mal hatte er um den italienischen Meistertitel gekämpft, traf aber auf stärkere Gegner, so einfach war das. Er war der Assistent von Maestro Franco geworden, genauso wie Franco Umbertinos Assistent geworden war. Carlo hatte mich wirklich gerne. Er war es, der mich zu Boden geschickt hatte, als ich neun war.

»Probieren wir das doch noch mal, dieser Absprung gefällt mir, dahinter sitzt Kraft«, sagte er mit ehrlicher Leidenschaft.

Und noch einmal und wieder, ein Sprung nach dem anderen, um die Bewegung zu perfektionieren, die mir im Sommer zuvor am Meer plötzlich offenbart worden war.

Die Beinbewegung der Hure.

Es fing mit einer Schrägstellung der Füße an.

Brullera hatte mich gerade auf die bereits in Mitleidenschaft gezogene Flanke getroffen. Ich war vornüber gekrümmt und wartete ab, dass er seine Aktion fortsetzte. Er verlor keine Zeit. Er zog den rechten Ellbogen nach hinten, um mir eine Gerade mitten ins Gesicht zu pflanzen, wo sich ein Spalt geöffnet hatte. Das dauerte keine Sekunde, doch bei der Ausführung dieser Bewegung vergaß er aufzupassen. Er war ein Junge von vierzehn Jahren bei seinem ersten Kampf, glücklich und stolz über seine Boxerfähigkeiten und überzeugt von seinem Sieg. Für einen Augenblick, einen einzigen, tat Brullera mir leid. Mein rechter Haken war schon an seinem Kinn gelandet. Er drückte mit gewaltiger Kraft. Der Boxhandschuh schob sich nach oben, bis er ihm das Nasenbein zertrümmerte. Es hatte genügt, dass seine Deckung ein einziges Mal offen war. Drei Runden, um zu diesem Spalt zu gelangen: Meine

Flanke musste ich treffen lassen, um mit der Beinbewegung der Hure einen Aufwärtshaken setzen zu können. Aus Brulleras Mund schoss ein Blutstrahl. Er versaute mir den Rücken des Boxhandschuhs, den Unterarm und die Brust. Der Mundschutz flog gegen das Hemd des Schiedsrichters. Brullera sank mit dem Rücken zu Boden.

Der Schiedsrichter brach den Kampf sofort ab.

Maestro Franco klatschte in die Hände.

Carlo war begeistert.

»Die Beinbewegung der Hure! Du hast's gemacht! Ich wusste es doch!«

Gerruso schrie meinen Spitznamen, er schüttelte die Dose mit der Orangina und bespritzte die, die in seiner Nähe standen. Wer ihm sagte, er solle sich doch beherrschen, dem antwortete er: »Ich kenne den doch, der gewonnen hat, ihr aber nicht, und mit solchen Verlierern rede ich gar nicht.«

Umbertino kletterte in den Ring. Seine Augen glänzten.

»Du hast mich an den Paladin erinnert, mein Herz.«

Dann wandte er sich an den Saal.

»Auf die Knie, ihr Schwulen.«

Auch Großvater kam in den Ring. Er sah sich meine verletzte Flanke an.

»Das ist nur Schmerz, Nonno, das geht vorbei.«

Er kam zu mir, und ohne dass es vorhersehbar gewesen wäre, umarmte er mich, er, dieser Spröde, Scheue, und forderte damit die Blicke aller heraus.

Ich dachte an meinen Vater.

Er wäre stolz auf mich gewesen.

Meine erste Begegnung.

K. o. in der dritten Runde.

»Ciao, Nonna.«

»Davidù! Du bist doch noch gekommen.«

»He, sonst hättest du doch von jetzt an bis zum Ende der Welt immer nur gejammert.«

»Trottel.«

»Ist Nonno da?«

»Draußen, im Garten, er kümmert sich um die Pflanzen.«

»Will er mir noch eine schenken?«

»Durchaus wahrscheinlich.«

»Die Sukkulente, die er mir zum Geburtstag geschenkt hat, betrachte ich manchmal, ich will's ja immer noch nicht glauben, dass sie erst nach so langer Zeit blühen soll.«

»Wie viele Jahre noch?«

»Dreizehn, Nonna. Sie wird erst in dreizehn Jahren für mich blühen.«

»Weißt du, dass deine Pflanze ein Ableger von der ist, die sein Freund Randazzo ihm geschenkt hat?«

»Die Pflanze, die Nonno mit nach Deutschland genommen hat?«

»Genau die.«

»Gibt es eigentlich verwandtschaftliche Beziehungen zwischen Pflanzen, Nonna?«

»In meiner Vorstellung schon. Dein Großvater hat einen Trieb von der Mutterpflanze genommen, hat sie umgepflanzt und dir geschenkt. Tochterpflanze.«

»Was hast du da in der Hand?«

»Aufsätze.«

»Korrigierst du sie?«

»Ist ja immer wieder lehrreich, die Gewalt, die meine Schüler der Sprache antun.«

»Wie Gerruso.«

»Nämlich?«

»Er erfindet einfach Ausdrucksweisen, er vertut sich mit intransitiven Verben, bricht systematisch die Regeln und sucht sich immer eine Rechtfertigung für seinen Fehler. Zum Beispiel sagt er oft: das ist fürs Wahnsinnigwerden, ein Film fürs Lachen, Bücher fürs Erschrecken. Er behauptet, das ginge schneller.«

»Er hat nicht unrecht.«

»Wie denn das?«

»Die Sache ist doch, dass man wissen muss, was man tut, wenn man die Sprache aus ihren Angeln heben will. Beherrscht Gerruso sie denn so gut, dass er es sich erlauben kann, ihr Gewalt anzutun?«

»Das glaube ich kaum.«

»Dann ist das ein blauer und ein roter Fehler zugleich, machen wir uns da nichts vor. Wenn man eine Regel brechen will, muss man sie vorher so kennen und beherrschen wie das Ave-Maria.«

»Du magst es doch, wenn die Sprache zertrümmert wird.«

»Das ist ein Zeichen dafür, dass die Sprache lebt und weiterarbeitet. Die Unmittelbarkeit deutet auf den Erwerb eines gemeinschaftlichen Kodex hin.«

»Die Herausbildung eines wendigen Vokabulars.«

»Die Zeiten ändern sich und die Ausdrucksformen folgen dem, was sich um uns herum ereignet. Früher hat man Latein geredet, jetzt ist das Italienische dran, und darüber hinaus sprechen wir Palermitanisch, einen schönen und tiefsinnigen Dialekt, der Schnelligkeit und Kraft zugleich besitzt. Ach ja, hast du überhaupt verstanden, warum ich dich gebeten habe herzukommen?«

Großmutters Stimme war dünn geworden. Und sie hatte auch ihre Hand zum Mund geführt.

»Geh in den Garten und lade Großvater für übermorgen ein.«

Ein Rat, ein Hinweis, Zeigefinger einer Strategie und gleichzeitig sozusagen eine Bitte.

Im kleinen Hausgarten stand Großvater zwischen Salbei und Rosmarin. Mit dem Rücken zu mir gewandt, kam er dem Gruß meiner Stimme zuvor, indem er die linke Hand hob. Der Rücken war sauber, die Finger voller Erde.

»Ciao, Nonno.«

Seine Hände machten sich wieder daran, Wildkräuter und Klee zu jäten, Zweige mit Kordel anzubinden und die Pflanzen zu gießen, die Durst hatten.

»Ich wollte dir etwas sagen.«

Großvater führte minimale, geordnete, grundsätzliche Bewegungen aus. Genauigkeit entsteht aus ständigem Training.

»Ich wollte dich zu meinem ersten Kampf einladen. Der ist übermorgen, in unserer Boxschule, hast du Lust zu kommen? Ich würde mich freuen.«

Großvater überließ die Pflanzen sich selbst und drehte sich zu mir um. Sein Kopf war leicht nach rechts geneigt, die Jochbeine standen über den hohlen Wangen hervor. Eine Bewegung mit dem Kopf nach vorne besiegelte, dass er kommen würde.

»Na gut, dann geh ich mal, bis morgen also.«

»Die Seite?«

»Besser, danke, na eigentlich schlecht, sie tut mir weh, ich hab immer noch alle Spuren von der Prügelei, sieh mal.«

Großvater öffnete den Wasserhahn, wusch sich sorgfältig die Hände und legte sie, ohne sie abzutrocknen, noch nass auf meine Flanke.

»Jeder Mann hat zwölf Rippen auf jeder Seite, hast du das gewusst?«

Die Hände, die den Paladin großgezogen hatten, streichelten meine Seite.

Großvater lächelte, bis das Wasser auf meiner Haut getrocknet war.

Rosario bot D'Arpa seinen Teller an. Bei der Verteilung der Aufgabenbereiche war er mit Nicola Randazzo in der Küche gelandet. Francesco D'Arpa und Marangola waren der Schreinerei zugewiesen worden, Melluso und Iallorenzi dem Putzdienst.

Mein Großvater hatte das große Los gezogen, in der Küche gab es Schatten, er redete wenig, man durchsuchte ihn zwar beim

Kommen und Gehen, aber sonst hatte er reichliche Bewegungsmöglichkeiten, Melluso begegnete er kaum.

Er hatte ein Rezept mit weißen Bohnen entwickelt und wollte unbedingt, dass Leutnant D'Arpa es als Erster probieren sollte. D'Arpa dankte ihm, nahm ihm den Teller aus der Hand und erklärte ihm weiter, mit welchem Eifer die Nationalfaschistische Partei gegen die Mafia vorging.

»Das ist im wahrsten Sinn ein Wettkampf, in dem es darum geht, wer den längeren Schwanz hat. In Sizilien darf die Mafia nicht gewinnen, das wäre das Ende, genauso wie die ehrlosen Gesellen von Kommunisten nicht gewinnen dürfen.«

Er hasste sie. Als Halbwüchsiger war er einmal von vier Kommunisten mit Knüppeln verdroschen worden. Seine Schuld bestand darin, der Sohn seines Vaters, eines Landbesitzers, zu sein.

»Deshalb habe ich mit dem Boxen angefangen, damit ich mich besser verteidigen kann, wenn das noch einmal vorkommen sollte.«

Einmal pro Woche wurden in unserem Gefangenenlager sportliche Wettkämpfe veranstaltet, darunter auch Boxkämpfe. D'Arpa hatte bis dahin aber noch nicht kämpfen wollen, er fühlte sich müde, er musste erst wieder zu Kräften kommen, bevor er die Schläge wegstecken konnte, die er unweigerlich abbekommen würde.

»Und bis jetzt hast du noch nie gekocht, Rosà? Nicht mal bei dir zu Hause?«

»Nein.«

»Und jetzt erfindest du auch schon Gerichte. Verstehst du jetzt, dass die Wechselfälle des Lebens gelegentlich dazu führen, unbekannte Talente bei sich zu entdecken?«

Er senkte den Löffel in die Suppe und probierte.

»Gut, tüchtig, das schmeckt mir. Was hast du eigentlich für eine Vorstellung als Junge gehabt, welchen Beruf du später einmal ausüben wolltest?«

Rosario zuckte mit den Schultern, mit seinem Freund Nenè hatte er nie darüber gesprochen. Er träumte von einem Beruf, bei dem man wenig sprechen müsste, das schon.

»Ich allerdings wusste immer schon, dass ich mich um die Ländereien meines Vaters kümmern würde, doch als Junge habe ich davon geträumt, ein Kaufmann zu werden: zu reisen, neue Sprachen zu hören, die Welt kennenzulernen, einen Hafen zu haben, zu dem ich zurückkehren könnte.«

»Wie gefällt es dir in der Schreinerei?«

»Weißt du, dass es da gar nicht schlecht ist? Das Holz zuschneiden, es schleifen, Nägel einschlagen, einen Stuhl zimmern, verstehen, wie man ein Möbel zusammenbaut, wie man eine Türe entwickelt, das alles ist überhaupt nicht schlecht.«

Er stellte den Teller auf den Tisch und fuchtelte wieder herum.

»Weißt du, wen ich beneide? Randazzo. Den Beruf des Bauern hat er schon von klein auf gelernt, er kennt die Pflanzen und weiß genau, zu welchen Zeiten gepflanzt und gesät werden muss. Hast du gesehen, wenn er die Hacke benutzt? Wenn er sie in den Boden schlägt, tut er das mit einer vollkommenen Bewegung. Sein Körper ist an bestimmte Bewegungen gewöhnt, die führt er seit jeher aus, seine Hände erkennen Bäume, Äste, Früchte. Man sollte schon als Kind anfangen, einen Beruf zu erlernen, Rosà. Wäre ich auf einem Boot aufgewachsen, könnte ich jetzt Winde, Strömungen und die Positionen der Sterne auf den Routen benennen und an der Stärke und Aufeinanderfolge der Wellen die genaue Stelle erkennen, an der ich die Netze auswerfen müsste. Stattdessen soll ich die Ländereien meiner Familie verwalten. Jetzt muss ich aber gehen, der Tisch für den Offizier, der vorgestern eingetroffen ist, muss noch fertig werden. Wir sehen uns dann später im Schlafsaal.«

Rosario hielt inne und beobachtete, wie Randazzo den Gemüsegarten pflegte. Jeden Morgen nach der Durchsuchung jätete Nicola das Unkraut, beseitigte die Steine und bedeckte die Pflanzen, die von der Sonne geschunden wurden. Er bewässerte sie, indem er das Wasser durch ein Hemd filterte.

»Da ist zu viel Salz drin, das ist nicht gut für die Pflanzen«, erklärte er.

Unter dem Schutz eines rudimentären Dachs aus Latten befanden sich seine Lieblingspflanzen: klein, grün, mit zarten Blättern. Nicola sparte sich das Wasser vom Mund ab, um sie damit zu gießen.

»Pflanzen pflegen ist, wie uns selbst pflegen«, vertraute er meinem Großvater an, während er ihm zeigte, wie tief die Knollen der Zwiebeln in die Erde gesteckt werden mussten. »Pflanzen sind ehrlich. Wenn du dich gut um sie kümmerst, geben sie dir Blumen und Früchte. Sie leisten dir Gesellschaft und beschweren sich nie.«

Ein Wachsoldat rief meinen Großvater. Er mussste wieder an die Arbeit. Rosario nahm den von D'Arpa auf dem Tisch zurückgelassenen Teller und begab sich in die Küche. Auf halbem Weg probierte er mit dem Finger das neue Rezept. Es war widerlich. Völlig versalzen. Er hatte vergessen, das Wasser zu filtern. Er schälte die Kartoffeln und führte dabei die Bewegung aus, die Nicola ihm beigebracht hatte, den Daumen auf dem Messerrücken, die Kartoffel, die sich in der anderen Hand dreht, die Schale, die in einem einzigen Ganzen fällt.

»Das hat überhaupt nichts mit Geduld zu tun, man muss nur die Spuren auf der Erde lesen, sonst bleiben die Kaninchenfallen immer leer.«

Mino Iallorenzi ging mit seinem Vater auf die Jagd, seit er klein war. Wild, Kaninchen, Hasen.

»Doch das beste Tier von allen ist auch das gefährlichste, nämlich das Wildschwein. Wenn es alleine ist, besteht gute Aussicht, es zu fangen. Wenn es aber in der Rotte ist, dann fängst du einen Dreck, sie rennen wie rasend herum und machen alles platt.«

»Wie Panzer.«

D'Arpa gelang es immer, den passenden Vergleich zu finden.

»Ich hab Hunger auf Fleisch«, sagte Marangola.

Seit wann hatten sie schon keins mehr geschmeckt? Viele Monate schon. Das Fleisch von den Tieren bekamen die Gefangenen nie.

»Das sacken doch diese Schwanzlutscher für sich ein, die in der Küche arbeiten.«

Für Melluso gab es keinen Zweifel. Rosario und Nicola aßen Fleisch, ohne es mit den Gefährten zu teilen.

»Das stimmt nicht, diese Küche hat noch kein Fleisch gesehen«, erwiderte ihm Randazzo.

»Achte gar nicht auf ihn«, riet D'Arpa ihm.

Melluso zog die Nase hoch und spuckte auf die Erde.

»Wenn ich zum Saubermachen in die Küche komme und es gibt Fleisch, dann gibst du's mir, klar?«

Rosario überging diese Drohung nicht. Ohne die Kontrollen hätte er Nicola gezwungen, ein Messer mitzunehmen. Melluso war wie das Unkraut. Seine Anwesenheit verdarb die Pflanzen.

Iallorenzi erklärte ein paar Jagdtechniken, die beste Art, die Fangeisen auszulegen, wie die Tiere an ihren Fußformen und an der Anzahl ihrer Schritte zu erkennen waren.

»Das Tier muss dahin flüchten, wo es der Jäger haben will, ein Großteil der Jagd besteht genau darin, es schnurstracks in die Falle zu treiben.«

Marangola schaltete sich ein, um ein paar Unterschiede zur Welt der Fischerei anzumerken. Seiner Erfahrung nach waren die einzigen Fische, die man wirklich jagen konnte, der Thun und der Schwertfisch. Fische von ungeahnter Kraft, geachtet von allen Fischern. Mitunter reichen die Harpunen nicht aus. Er erzählte, er habe Schwertfische gesehen, die mit einer einen halben Meter langen, ins Fleisch gebohrten Harpune lebten und Thune, denen es gelang, Boote in die Tiefe zu ziehen.

Iallorenzi verkündete seinen Standpunkt: »Im Meer verliert sich das Blut, auf dem Land wird es zur Fährte für die Jäger. An Land sind die Stunden eines verwundeten Tiers gezählt.«

Randazzo stimmte zu. Er kannte sich mit Tieren gut aus. Bei ihm auf dem Land wurden Kaninchen, Hühner und Schweine gehalten. Sie besaßen Wachhunde für das Geflügel. Nicola wusste dies: Ein verwundetes Wild stirbt unweigerlich schnell. Die Jäger folgen der Blutspur bis zum Letzten.

»Habt ihr jemals ein Tier geschlachtet?«, fragte Nicola.

Einzig Mino Iallorenzi bejahte und legte wieder los: »Einige Teile muss man noch warm herausnehmen.«

»Ja, die Leber und das Hirn, auch das Herz und die Nieren und die Hoden, außerdem muss man mit einem Eimer das noch warme Blut aus der Kehle auffangen, daraus wird *Sanguinaccio* hergestellt, Pfannekuchen aus Schweineblut, richtig lecker.«

Wenn Fleisch im Lager eintreffen sollte, wüsste Nicola, wie man es verarbeiten musste.

»Wie ist es, ein Tier zu schlachten?«, fragte D'Arpa.

»Der Gestank ist gewaltig, das Blut ist warm und du fühlst, wie das Leben entweicht.«

Das erste Schwein hatte Nicolas Vater ihn mit sieben Jahren schlachten lassen. Er sollte lernen, die Gurgel mit einem klaren Schnitt zu öffnen, damit dem Tier unnötige Schmerzen erspart blieben: Das Schwein würde schneller ausbluten, wenn das Blut heftig herausströmte. Und der Kopf musste hochgehalten werden, damit die Frauen das warme Blut in Eimern auffangen konnten.

»Jedes Tier hat einen ganz ihm eigenen Tod.«

Bei den Hühnern ist die Regel einfach: Eine Hand hält den Körper fest, die andere dreht ihm den Hals um. Beim ersten Mal hatte Nicola es falsch gemacht, er zog von beiden Seiten, und hielt den Hühnerkopf in der Hand. Erschreckt ließ er den Hühnerleib fallen. Der bewegte sich noch, lief noch ein paar Meter, dann wurde die Bewegung schwächer und versiegte in einem letzten Sturz.

»Wie geht es den Tieren bei dir auf dem Land?«

»Wir behandeln sie gut.«

»Geht es ihnen besser oder schlechter als uns?«

Nicola antwortete nicht.

Draußen heulte wieder die Sirene, die Flamme der Kerzen wurde gelöscht und innerhalb kürzester Zeit schnarchten einige schon wieder, gleichgültig gegen die Hitze, den Gestank und die Insekten.

»Nein, ich schwör's dir, sie hat nicht angerufen, ich bin doch immer zu Hause, meine Mutter lässt mich nicht vor die Tür, sie sagt, Palermo sei zu gefährlich geworden. Wenn du willst, rufe ich Nina an.«

»Ja … nein, ich weiß nicht … eigentlich schon, ja, ruf sie an, aber sag ihr nicht, dass …«

»Was?«

»Nichts, Gerruso, sag ihr nichts, frag sie nur, wie's ihr geht. Und ob sie Sonntag zum Kampf kommt. Und erinnere sie auch daran, dass es mein erster ist. Und frag sie auch, ob sie manchmal an mich denkt. Oder lieber nicht. Vergiss, was ich dir gesagt habe. Frag sie lediglich, wie es ihr geht. Oder lieber nicht, ruf sie überhaupt nicht an. Hör zu, machen wir Schluss mit diesem Telefonanruf, das ist besser.«

»In Ordnung, aber ich lege zuerst auf. Ciao, D…«

»Wage es ja nicht, diesen Spitznamen zu gebrauchen.«

»Wieso denn? Er ist doch schön.«

»Das kümmert mich einen Scheiß.«

Seit drei Tagen versuchte ich, Nina anzurufen. Als endlich jemand ans Telefon ging, war es ihre Mutter.

Sie holte sie nicht.

»Ruf nicht mehr an«, sagte sie gleich.

»Sie will nichts mehr von dir wissen«, fügte sie noch hinzu.

»Ich habe dich noch nie gemocht«, sagte sie abschließend.

»Verabschieden wir uns also?«

»Ich hab mich schon von dir verabschiedet, Gerruso.«

»Warum bist du nur so nervös?«

Ich erzählte ihm, was nachmittags in der Boxschule vorgefallen war.

Maestro Franco wollte die Schnelligkeit meiner Hände prüfen.

Die linke Flanke war ziemlich in Mitleidenschaft gezogen.

Er hatte seine Handflächen geöffnet und erwartete meine.

Schnelligkeitswettkampf.

Er schnellte drei Mal los und traf mich drei Mal.

Er zog mein Turnhemd aus, um sich meine Prellung anzusehen.

»Sorg dafür, dass du bald gesund wirst.«

»Dann kann ich also kämpfen, Maestro?«

Franco knallte sich die Schiebermütze auf den Kopf.

»Was meinst du, Umbè?«

»Natürlich kann er in den Ring klettern. Sein Gegner Brullera ist ja nur Catanese und er ist größer und stärker. Carlo, komm mal her, nimm diese zwanzigtausend Lire und setz auf Brullera, mein Neffe verliert ganz bestimmt.«

Er wartete darauf, dass ich reagieren würde, aber diese Genugtuung gönnte ich ihm nicht. Daraufhin sagte mein Onkel, dass ich auch dann verlieren würde, wenn ich ganz unverletzt wäre, zumal auch mein Vater seinen ersten Kampf verloren habe. In diesem Augenblick spürte ich einen Funken Hass ihm gegenüber.

Das habe ich kein bisschen bereut.

»Und überhaupt, Gerruso, du musst aufhören, mich ständig anzurufen.«

»Das bin doch nicht ich, der dich anruft.«

»Ach, wer ist es denn dann?«

»Mein Finger ist es, der wählt deine Nummer.«

»Sag bloß, du wählst meine Nummer mit deinem Stummelfinger.«

»Der passt genau in die Löcher der Wählscheibe, richtig bequem.«

»Hör zu, ich bin müde, ich komme eben vom Training, ich muss mir die Flanke noch mit Salbe einschmieren, ciao.«

»Soll ich kommen und sie einreiben?«

»Bist du verrückt geworden?«

»Vielleicht tut es dir ja gut, meine Hand ist nicht so schwer wie deine, und der Stummelfinger bewirkt ja vielleicht Wunder.«

»Nein, ganz bestimmt nicht, und hast du auch nur den blassesten Schimmer davon, wie sehr ich dich verachte?«

»Ich weiß nicht, einundneunzig?«

In der Questura trafen Mama, Onkel Umbertino und Großvater ein. Meine Mutter stürzte sich auf mich.

»Wie geht es dir, mein Engel? Wie geht es euch beiden? Was ist denn nur passiert?«

Gerruso war's, der ihr alles erzählte und damit auch die Version bestätigte, die ich gerade den Carabinieri erzählt hatte. Sobald er auf die Schlägerei zu sprechen kam, machte er das mit einer Genauigkeit der Einzelheiten, die ich bei meiner Darstellung ausgelassen hatte.

»Zieh mal dein Turnerhemd hoch, Davidù.«

Die Ausdehnung des Hämatoms erstaunte sogar die Soldaten.

»Signora, er hatte uns überhaupt nichts davon gesagt.«

Eine Anzeige kam nicht zustande. Die Festnahme war unvermeidlich gewesen. Jetzt, da die Verwandten gekommen waren, konnten wir gehen. Keiner sagte mir, ich hätte einen Fehler gemacht, indem ich auf diese Weise gehandelt hätte. Auch Gerrusos Mutter kam. Sie schrie. Statt zu fragen »Wie geht es dir?«, verpasste sie ihrem Sohn als Erstes eine Watsche, zog ihn an den Ohren mit und verschwand durch die Türe. Gerruso warf seinen Arm nach hinten und grüßte uns winkend mit der Stummelfingerhand. Umbertino schob eine Münze ins Telefon auf dem Korridor der Questura und rief Franco an.

»Wir haben ein Problem, er hat was abgekriegt.«

Auf der Rückfahrt redete ich kein Wort.

Zu Hause verarztete meine Mutter die Seite.

»Wenn es eine Salbe geben würde, die ich dir aufs Herz reiben könnte, damit es dir besser geht, mein Engel, würde ich sie sofort daraufreiben, auch wenn ich sie mit dem Leben bezahlen müsste.«

Die Blutergüsse an der Seite verschwanden am Ende. Die Wunde aber, Nina wiedergesehen und wieder verloren zu haben, würde so schnell nicht vernarben.

Gerruso hatte mich ein paar Tage zuvor angerufen.

»Kommenden Samstag geht meine Cousine Nina auf die Mittelmeer-Messe, meine Tante hat mich gebeten, mit dort hinzugehen, aber ich hab ihr gesagt, dass ich nur mit meinen Freunden da hingehe.«

»Du hast doch keine Freunde.«

»Gehst du mit mir dahin?«

»Weiß nicht.«

»Ach, komm.«

»Ich gehe. Aber geht deine Cousine denn alleine? Mit ihren Freundinnen? Nimmt sie denn nicht diese Blonde mit, die Kaiserhure?«

»Ooch, weiß nicht, wenn du willst, frag ich sie.«

»Fragen? Wieso denn? Du weißt doch, dass Nina mir scheißegal ist.«

Ich hatte sie seit zwei Monaten nicht gesehen, seit jenem Nachmittag auf dem Fest von Giusi. Und gehört hatte ich vom Tag darauf an nichts mehr von ihr, als das Telefon unerträglich, und der Klick beim Auflegen zur Erleichterung geworden war.

Zwei Monate zuvor waren Nina und mir die Worte ausgegangen und mit ihnen war unsere Geschichte in Ruh und Schweigen untergegangen.

»Wie siehst du denn aus, Gerruso?«

Er war in einem glänzenden Festtagsanzug vor unserer Haustüre aufgetaucht: schwarzes Jackett und schwarze Hose, weißes Hemd, Lackschuhe, fuchsiarote Krawatte.

»Wieso? Ich bin doch elegant.«

»Wir gehen aber nur zu den Karussells und nicht auf eine Hochzeit.«

»Meine Cousine mag's, wenn ich mich elegant anziehe.«

»Los, machen wir uns auf den Weg, ehe ich es mir anders überlege.«

Die Mittelmeer-Messe wimmelte nur so von Spaziergängern, von Zuckerwatte, von Pärchen, Spielen, bunten Lichtern, kreischenden Mädchen und heißhungrigen Wölfen, die sie anbaggerten, und auch von Karussells, die Musik aus niedrigen Lautsprechern herausdröhnten.

»Ich glaube nicht an Wunder.«

»Und doch geschehen sie.«

»Wieso bist du dir da so sicher?«

»Meine Mutter sagt das. Und jedenfalls bitte ich Jesus um ein Wunder, jeden Abend.«

»Hat er schon eins an dir gewirkt?«

»Noch nicht.«

»Und was für eine Schlussfolgerung ziehst du daraus?«

»Dass Jesus zu beschäftigt ist, obwohl das Wunder, um das ich Jesus bitte, klein ist.«

»Nämlich?«

»Dass er den Stummelfinger …«

»Nachwachsen lässt?«

»Auch ein Stückchen Fingernagel wäre schon gut.«

»Gerruso, dir wachsen die Fingernägel doch alle schon im Kopf.«

Gerruso blieb vor dem Punchingball stehen.

Diejenigen, die damit spielten, trafen ziemlich schlecht. Sie machten alle nur erdenklichen Fehler, indem sie gegen den Punchingball allein aus der Kraft ihrer Arme schlugen. Keiner bekam die Höchstpunktzahl.

»Wie viele machst du mit einer Faust?«

»Weiß nicht, noch nie ausprobiert.«

»Versuchen wir's?«

»In einer Woche kämpfe ich, Gerruso, ich will nichts tun, was mich außer Gefecht setzt.«

»Ja klar, aber du bist doch stark.«

»Das stimmt.«

»Zuerst schlage ich, dann kann ich dir sagen, ob es wehtut.«

Um uns herum versammelten sich Leute. Sie machten sich über Gerruso lustig, weil er so angezogen war. Sie grinsten und sie beleidigten ihn zu Recht. Ich war neidisch auf sie.

»Davidù, soll ich jetzt losschlagen?«

Ich senkte gerade den Kopf, als sich die Katastrophe ereignete. Ein Junge von fünfzehn, sechzehn Jahren äffte Gerruso nach, als er mit Mädchenstimme wiederholte: »Davidù, soll ich jetzt losschlagen?«

In sieben Tagen sollte der Kampf stattfinden.

Ich achtete nicht weiter auf die Provokation.

Aber der Junge machte weiter, und zwar mit Nachdruck: »Davidù, Liiiiiebliiing, jetzt schlage ich los.«

»Komm her, Gerruso, zieh dein Jackett aus, gib mir dein Taschentuch.«

Sobald er sich die Jacke auszog, riefen die Jungs, dass wir zwei Schwule wären.

»Mach dir nichts draus und hör mir zu: Das Jackett behindert die Bewegungsfreiheit der Schultern. Und dann denke nicht an den Arm, sondern an den Fuß, der sich dreht. Gib mir die heile Hand, bloß nicht die mit dem Stummelfinger, die will ich nicht einmal sehen.«

Mit dem Taschentuch verband ich seine Fingerknöchel. Ich stellte ihn genau an den Punkt, von dem aus er die Faust gegen den Ball schleudern konnte.

»Die Füße, Gerruso, dreh die Füße.«

Ich hatte die Säule mit den Punkten im Blick. Im Durchschnitt erreichten die Leute um die siebzig Punkte. Wenn Gerruso sechzig erreichen würde, wäre das schon ein halbes Wunder. Er sah mich an, als wäre ich sein Trainer oder, noch schlimmer, sein Freund.

Los, Gerruso, beweg dich, bringen wir das zu Ende.

Er konzentrierte sich, fixierte das Ziel und ballte seine Faust.

Die Jungs hörten auf zu schreien.

Gerruso schlug und traf mit aller Kraft.

Er drehte sich um und sah mich befriedigt an.

»Bin ich stark gewesen?«

Vierzig Punkte.

Noch nicht mal die Hälfte.

Gerruso.

Wie schwach bist du eigentlich?

Die Jungs legten wieder los.

»Schwule, Schwule.«

Mit noch umwickelter Hand ging Gerruso zu ihnen.

»Wetten, dass Davidù auf hundert kommt?«

»Wer ist denn Davidù?«

Die Vorübergehenden blieben stehen. Die Musik wurde leiser, und die bunten Glühbirnen hörten auf zu blinken. Die Szene hatte ihre ganz eigene Feierlichkeit. Es war ein Augenblick wie in einem Western. Und Gerruso sorgte dafür, dass er gründlich zerstört wurde.

Er streckte die Hand aus und zeigte auf mich.
Mit dem Fingerstumpf.
»Der da. Der zeigt's euch jetzt allen.«
Ein paar Töne können wirklich die Ohren verletzen: der Schuss aus einer Pistole, das Geräusch von Wirbeln, die zerbrechen, das Getöse von Hohn durch eine Gruppe Menschen. Gerruso, der nicht wusste, wie die Welt funktionierte, beharrte weiter.
»Wollen wir Wetten abschließen, dass er hundert schafft?«
»Wie viel?«
»Zweitausend Lire.«
»Ich bin dabei.«
Gerruso, zweitausend Lire ist eine Menge Geld, und wenn ich keine hundert schaffe und wir anschließend Nina treffen, wie kann ich ihr dann noch eine Karussellfahrt spendieren, wenn ich durch deine Schuld bettelarm geworden bin?
Nina.
Der Gedanke, dass sie irgendwo versteckt sein und mich beobachten könnte, veränderte radikal meine Art und Weise, diese Frage zu behandeln.
Ich ging schnurstracks auf den Anführer der Herde zu.
»Ohu, wetten wir fünftausend Lire. Oder hast du Schiss?«
»Einverstanden.«
Der Punchingball war rau, daher war es besser, die Fingerknöchel einzuwickeln.
»Gerruso, das Taschentuch.«
Ein neuer Gedanke überfiel mich. Und was, wenn Nina nicht da war? Dann war dieses ganze Schmierentheater hier sinnlos.
»Gerruso, schwör mir, dass Nina hier ist.«
»Aber du hast mir doch gesagt, dass es dir egal wäre.«
»Schwör's mir.«
»Meine Tante hat's mir gesagt.«
»Das ist nicht genug.«
»Ich schwör's dir, dass Nina da ist.«

Keiner hatte gesehen, wie die Faust losschnellte. Es folgte nur ein verblüfftes Schweigen, nachdem die Höchstpunktzahl aufgeleuchtet war. Ich hatte mir nicht einmal die Hand bandagiert.

Während der Suche nach Nina im Dschungel der Messe tauchte vor uns majestätisch das seit jeher atemberaubendste Karussell auf: die Galione.

Warum ist man von den extremsten Karussells nur so fasziniert, von denen, die Luftlöcher entstehen und den Blutdruck steigen lassen, denen, bei denen ich, wenn ich mich nicht festhalte, stürze und sterbe? Was ist nur diese Lust, den eigenen Körper an die äußerste Grenze des Ertragbaren zu drängen? Diese Begierde nach Ausschüttung von Adrenalin, das aus jeder Pore dringt? In der Boxschule absolvierten wir jeden Monat einmal eine Serie von Purzelbäumen: fünf vor, fünf zurück, je fünf zur Seite, nach rechts und nach links, dann mussten wir ruckartig aufstehen. Wände, Fußböden, die Decke, alles drehte sich schwindelerregend und nahm einem jeden Halt. Einige Boxer versuchten einen halben Stützschritt, doch weil sie das Gleichgewicht verloren hatten, fielen sie hin. Denen, die stehen geblieben waren, zitterten die Beine, die Augen auf der Suche nach einer Stütze, während im Mund die Magensäfte zusammenliefen. So konnte man im Training am ehesten nachbilden, was man – mit Ausnahme des Schmerzes – empfindet, wenn man einen Schlag gegen die Schläfe verpasst bekommt. Sobald der Körper wieder aufrecht stand, musste man die größtmögliche Zahl von Schlägen vor sich verabreichen, und zwar bei höchster Schnelligkeit, in alle Richtungen, um jeden noch so kleinen Bruchteil von verfügbarem Raum zu treffen.

»Wie bist du eigentlich auf diese Übung gekommen, Franco?«

»Ich saß in der Taverne und da war Pepuccio, der noch schlapper war als sonst. Er hatte eine Bierflasche in der Hand, stürzte zu Boden, ganz allein, und tat etwas Neues: Er stand blitzschnell auf, nahm die Flasche in die Hand und begann, sie hin und her zu bewegen, wie ein Schwert, als wollte er jedem einen Schnitt verpassen.«

»Angriff als Verteidigung. Und deshalb bringst du ihnen bei, wie sich das anfühlt.«

»Mehr als das, Umbè, ich will ihnen beibringen, mit dem Körper zu denken. Wenn der Verstand willenlos ist, dann muss der Körper das Richtige im richtigen Augenblick tun.«

Gerruso fragte mich, woran ich denken würde.

»An die Schläge, die ins Leere gegangen sind.«

»Wie gegen die eigenen Gespenster?«

»Mehr oder weniger.«

»Das ist doch sinnlos. Das Gespenst trifft man nie, es ist das Gespenst, das dich im Übergang packt und dein Herz erstarren lässt.«

»Was redest du denn da, Gerruso?«

»Von Gespenstern. Es gibt sie. Meine Mutter hat mir das gesagt. Manchmal erscheint ihr ihre Tante Concetta im Traum, die an gebrochenem Herzen gestorben ist. Meine Mutter bittet sie um Schutz für die Familie und um das große Los.«

»Habt ihr jemals was gewonnen?«

»Nein.«

»Sogar als Tote seid ihr noch so, wie ihr heißt, Gerruso, Schlappschwanz. Komm jetzt, leisten wir uns die Galione, aber wehe, du kreischst.«

Auf der Galione kreischten alle: Mädchen, Jungs, Erwachsene und Gerruso. Nur ich machte den Mund nicht auf. Ich beobachtete die Menschenmenge, die mal ganz nah, dann wieder weit weg war. Nina, wo bist du?

»Setzen wir uns ganz oben hin, Gerruso.«

Der beste Punkt, um den größten Teil der Welt zu betrachten. Meine Hände packten das Metallrohr vor mir. Die Galione wurde allmählich immer schneller. Sie stieg hoch, und die Erde entfernte sich, dann sauste sie herunter und ein Schauder lief einem über den Rücken. Sie sorgte für weitere Luftlöcher und kümmerte sich einen Scheiß um das Geschrei der Mitfahrer. Diese Haltung wusste ich zu schätzen. Sie hätte sich beim Boxen gut gehalten. Genau am anderen Ende der Galione, uns gegenüber, befand sich eine Gruppe kreischender Mädchen. Sie waren zu siebt: sieben gleiche Handtaschen und sieben gleiche Frisuren. Die, die in Luftlinie Gerruso gegenübersaß, war sehr appetitlich. Sie trug ein rotes Band um den Kopf gebunden. Eine Halskette aus bunten Perlen beschrieb einen kleinen Kreis zwischen Hals und Brust, den Punkt, den ich mich entschloss zu fixieren, um möglicher Übelkeit zuvorzukommen. Die Hände des Mädchens waren mit den Händen ihrer Freundinnen neben ihr verschränkt. Sie alle schrien und kreischten. Bevor die Galione sich in Bewegung setzte, hatten sie alle mit großer Vernünftigkeit begonnen, auf Gerruso in Jackett und Krawatte zu zeigen. Gerruso lachte mit den Augen und winkte mit der Stummelfingerhand. Ein bisschen wie ein Papst in Männerkleidung. Der Karussellbesitzer unterbrach diese Segnung mit dem Stumpf und ab ging die Post. Als die Geschwindigkeit spürbar zunahm, zerbrach die Zurückhaltung und das Schreien begann. Alle schrien, nur ich nicht. Wenn Nina mir zusah, würde ich eine Menge Punkte bekommen. Ich wandte die Augen von der Brust des appetitlichen Mädchens ab, um nachzuschauen, ob sie da unten stünde und mir zusah. Mein Gleichgewichtssinn erlebte jedoch eine kleine Schwankung, wie es vorkommt, wenn der Fuß eine leichte Unebenheit des Bodens wahrnimmt und für einen Augenblick alles – Welt, Körper und Verstand – aus der Achse gerät. Das dauerte nur einen Augenblick, es war mehr eine Ahnung als alles andere. Es genügte vollauf. Mein Körper empfand augenblicklich den Drang zu boxen. Ich verteilte in die Leere vor mir die größtmögliche Zahl von Schlägen. Ich lernte nicht nur eine Grammatik der Bewegung. Meine Hände hatten das Metallrohr losgelassen. Ich nahm autonome Denkstrukturen auf. Die

Finger hatten sich schon zusammengedrückt. Mein Fleisch dachte und handelte entsprechend einer genauen Absicht, der ersten und dringendsten, die man mir seit meinem neunten Lebensjahr beigebracht hatte: überleben. Die Rechte hatte angegriffen, sie hatte wieder ihre Haltung eingenommen und ließ sich die Linke austoben, sie war bereits mit einem Aufwärtshaken unterwegs.

Innerhalb kürzester Zeit schickte ich drei Schläge in die Leere.

Ohne dass ich es merkte.

Ich dachte mit dem Körper.

Aber zum größten Unglück war ich nicht der Einzige.

Auch Gerruso dachte mit dem Körper. Er kotzte. Ohne Vorzeichen. Ohne Warnung. Er kotzte direkt vor sich, und wen es traf, den traf's eben. Er kotzte gewaltig und traf das unglückliche Mädchen, das ihm gegenübersaß. Gesicht, Perlen, rotes Band. Alles war von Gerrusos Kotze verdreckt. So sehr, dass man ein Jahr lang in Desinfektionslösung hätte baden müssen. Das war der Anfang einer Katastrophe von biblischem Ausmaß. Als sie voll von dem Erbrochenen getroffen worden war, reagierte das Mädchen mit der einzigen Handlung, die es zustande bringen konnte, nämlich selber zu kotzen. Und auch sie hatte gegenüber den Mitfahrern im Karussell nicht die Freundlichkeit, sich zwischen ihre Beine zu erbrechen. Ihr Gesicht verzerrte sich zu einer wenig anmutigen Grimasse und ihr Erbrochenes schoss auf alles und jeden. Die Galione, die sich einen Dreck um dieses gastrische Inferno kümmerte, erhöhte die Rucke und nahm an Geschwindigkeit noch zu. In der Luft schwebend, entstand so eine bunte Galaxie von Erbrochenem. Jedes Mal, wenn wir in rasendem Tempo hinuntersausten, durchquerten neue Erforscher sie und bereicherten sie, denn sie wollten nicht nachstehen. Die Schreie waren verstummt. Alle kotzten sie. Die Demokratie der Karussells. Meine geschlossenen Hände bewachten mein Gesicht. Ich achtete auf vollkommene Deckung, hielt die Augen offen, den Oberkörper gespannt, bereit, um auszuweichen. Die ersten Stimmen drangen von unten herauf:

Kleine Säuremeteore hatten Vorübergehende getroffen. Auch da unten kotzte man inzwischen. Gerrusos Gesicht war durch die Krawatte in zwei Teile geteilt. Sein Hemd war in einem noch übleren Zustand als eine Tischdecke nach dem Mittagessen am zweiten Ostertag. Zu meiner Linken übergab sich ein hagerer Junge zwischen seine Beine. In einem Anfall weiblicher Solidarität kotzten die Freundinnen des vorher noch so hübschen Mädchens sich gegenseitig voll.

Ich befand mich in der letzten Reihe der Galione. Meine Schultern waren geschützt. Auf meiner Umlaufbahn: zwei Planeten von Erbrochenem. Noch hatte ich alles unter Kontrolle.

Der nächste Sturz in die Tiefe war heftig. Ich kreuzte eine rechte Gerade und einen linken, als Angriff ausgelegten Aufwärtshaken miteinander. Nach meinem Durchzug gab es die beiden Planeten nicht mehr, sie waren in viele Stückchen zersplittert, die auf die Menschenmenge hinunterspritzten. Dann wich ich mit einem einfachen Spiel der Flanken aus, rechts, links und wieder rechts. Von unten her baten sie inständig darum, das Karussell anzuhalten. Ich schlug noch vier Mal zu, die Ausführung war perfekt. Jedes Mal, wenn ich dazwischenfuhr, wurden neue Planeten von Erbrochenem zerstört. Mein Gesicht war noch sauber. Ich war bereit für meinen ersten Kampf. Fast tat es mir leid, als eine ebenso laute wie plötzliche Luftkompression die Galione langsamer werden ließ und schließlich zum Stillstand brachte. Die Karussellbetreiber halfen uns beim Aussteigen und versicherten uns mit ihrem slawischen Akzent, dass irgendwer schon zur Telefonzelle gelaufen wäre, um einen Krankenwagen zu holen. Viele konnten sich nicht mehr auf den Beinen halten. Sie gingen zu Boden, ohne ihren Fall mit den Händen abzufangen. Gerruso war zwar ein Waschlappen, aber auf dem Grund seiner Augen hatte er ein glückliches Leuchten, das hinter den Tränen stolz widerstand.

»Verdammt, Davidù, meine Mutter bringt mich um.«

Er erbrach sich noch einmal, dann hob sich sein Gesicht wieder. Er lachte. Er wischte sich die Kotze mit der fuchsiaroten Krawatte aus dem Gesicht. Sobald er glaubte, fertig zu sein, kam er zu mir, nahm meine Hände und begann, sie mit seiner schmutzigen Krawatte zu säubern.

Genau in diesem Augenblick, in dieser aus dem Ende einer Katastrophe geborenen Stille, tauchte Nina auf. Sie kam auf uns zugelaufen. Ihre Haare waren offen und frei, so wie ich es mag. Sie blieb vor Gerruso stehen.

»Wie geht es dir? Was ist denn passiert? Geht's dir gut?«

Sie kehrte mir ihren Rücken zu. Sie war vertieft in dieses Gespräch zwischen Cousine und Cousin, von dem ich ausgeschlossen war.

Gerruso, mach schon, sorg dafür, dass sie sich umdreht, ich hab ja verstanden, dass ich, um Frieden zu schließen, mich entschuldigen muss für das, was beim Fest ihrer Freundin Giusi vorgefallen ist, los, sorg dafür, dass sie sich umdreht, wenn du's schaffst, darfst du auch zu meinem ersten Kampf kommen, mach schon.

»Nina, Davidù ist da, mein bester Freund, hast du ihn schon begrüßt?«

Ein eisiger Schauder lief über mich. Kommunizieren wir jetzt denn schon telepathisch, Gerruso? Und was, wenn du meine Gedanken infizierst? Und außerdem sind wir zwei keine Freunde, ich breche mit dir nicht das Brot bei Tisch.

Auf Gerrusos Frage trat Stille ein, die alles war, nur nichts Stockendes. Sie war zerfranst und zerfasert. Sie dehnte sich von Sekunde zu Sekunde mehr aus.

Nina, jetzt mach schon, dreh dich um, klären wir die Sache, ich bin ja bereit zuzugeben, dass das mit Giusi ein Fehler war, dreh dich doch einfach nur um. Nina, ich bin hier, schau, ich habe nicht einen Tropfen Erbrochenes im Gesicht.

Stattdessen ereignete sich das Unvorstellbare.

Da tauchte einer auf, mächtig, riesig, schwerer Schritt, kurze Haare, weißes T-shirt, unbeschriftet, enge Jeans, einen Motorradhelm unter dem Arm. Einer von mindestens neunzehn Jahren. Er kam mit drei weiteren Motorradfahrern an, jeder mit seinem Helm unter dem Arm. Er kam, ohne sich vorzustellen, ohne etwas zu fragen, ohne die Bedeutung des Augenblicks zu erfassen. Er zerstörte die Feierlichkeit der zwischen Nina und mir gewonnenen Stille, er ignorierte mich und sagte mit einer Stimme ohne jeden Zauber: »Gehen wir, Süße?«

Und bedeckte mit seiner behaarten Hand die feingliedrige Hand von Nina.

Sie entzog ihre Finger nicht dieser brutalen Berührung, im Gegenteil, sie lächelte zu dem hühnenhaften Volljährigen hinauf.

Und so stieg auf der Zielgeraden, schon im Anblick des Zielbandes, ein Nichts mehr vom Ende entfernt, der Brechreiz auch in mir hoch.

Und doch sind wir nur zwei Monate zuvor noch gemeinsam hierher zu den Karussells gekommen, du und ich, Nina. Du, nicht Gerruso, hast auf der Galione neben mir gesessen, keiner hatte kotzen müssen, es gab keinen festen Freund mit behaarten Händen. Denn es ist nur zwei Monate her, Nina, da waren du und ich zusammen. Dann kam die verdammte Party bei deiner Freundin Giusi. Und ich habe die Wahrheit gesagt. Und du bist wütend geworden. Und dann kam der Abgrund, der sich zwischen uns aufgetan hat.

Zwei Monate.

Und jetzt hast du einen neuen festen Freund.

Du hast keine Zeit verloren, Nina.

Hast du dich deshalb nicht umgedreht?

Weil du nicht wolltest, dass ich die Scham in deinem Gesicht lese?

Was ist das? Wir haben uns getrennt, und du hast deine Keckheit verloren?

Kannst du mir nicht mehr in die Augen sehen?

Doch dann drehte sich Nina um.

Und sie legte ihren Blick in meinen.

»Ciao.«

Ihre Stimme gehörte nicht der Gegenwart an. Sie kam von vor zwei Monaten zuvor herüber. Wir hatten gerade am Telefon gestritten, und nach einer langen Stille hatte sie »Ciao« gesagt. Mehr ein Sichbeugen vor der Müdigkeit als vor der Niederlage. Kein Wort der Liebe, das die Leere zwischen uns ausfüllte.

Mit der Zeit sollte ich verstehen, wie die Bedeutung in der Kommunikation zwischen Menschen nur minimal durch Worte vom einen zum anderen vermittelt. Beim Sex, zum Beispiel, erzählen die Körper mehr und besser: der jeweilige Gesichtsausdruck, die Erregung, der Geschmack, das Stöhnen, der Schweiß. Oder auch, wann eine Beziehung zu Ende geht. Nur ganz wenige Erfahrungen sind so erzählerisch wie die Stille zwischen zwei Menschen, die sich gerade getrennt haben. Und dennoch hört man einander in der Zertifizierung des Verlassens endlich zu, und zwar in einer Stille, die rein ist, weil sie absolut ist. Und man versteht, dass man den Abgrund, den der andere darstellt, niemals ausgelotet hat.

Und doch, Nina, gab es kurz zuvor keine Schlucht zwischen uns beiden, kein Grat hoch über dem Abgrund. Es gab mich und es gab dich und es gab das rote Papier, in das das Geburtstagsgeschenk für Giusi eingewickelt war.

»Fünfzehn Jahre, das ist ein wichtiges Alter«, hast du gesagt.

»Das stimmt, das wird man nur einmal.«

»Blödmann.«

In diesem Vorher herrschte zwischen uns noch eine Stille, die uns einhüllte, sie war vertraut und beruhigend. Es ist schön, bei jemandem zu sein, ohne unbedingt reden zu müssen. Und dann gab es eine Reihe von scheinbar harmlosen Handlungen: über die Sprechanlage am Tor der Villa reden, den Garten durchschreiten, zwischen Wandteppichen und Gemälden die Treppen hinaufgehen, während man sich fragt, wie viel, ja wie viel, ach, wie viel

Geld diese Giusi eigentlich besaß. Dann ging die Türe auf, und da kamen zugleich das Licht des Nachmittags und Giusis fünfzehn Jahre auf uns zu. Und da erschien auf Absätzen, die höher waren als Stelzen, in einem schwarzen Schlauch mit hervorquellenden Fettpolstern unter den Achseln, unter zu dickem Make-up, mit dem die Akne kaschiert werden sollte, eingehüllt in einen süßlichen Orkan widerlichen Parfüms, mit zwei an den Ohren hängenden Kronleuchtern und zwei unregelmäßigen Rahmen anstelle der Augen … Giusi.

Sie quiekte.

Und du, Nina, hast leise zu mir gesagt: »Benimm dich.«

War ich grob? Ja, unbestreitbar.

War ich scheinheilig? Nein, auch das unbestreitbar.

Giusi war hässlich.

War es besser, weiterhin so wie die anderen zu tun als ob? Wozu? Nur weil sie reich ist, gelten die Regeln der Ästhetik für sie nicht? Und wenn sie aus dem Garten ihrer Villa ins wirkliche Leben gehen wird, hast du eine Vorstellung von dem Leid, das sie da erwartet? So eine, Nina, wird fertiggemacht. Da ist es besser, die Faustschläge gleich abzubekommen. Der Körper beginnt sich daran zu gewöhnen, bis er sie fast nicht mehr spürt.

Das war der Grund, weshalb ich, Nina, nachdem Giusi dich umarmt und mich gefragt hatte, wie sie aussehe, ihr geantwortet habe, was ich ihr geantwortet habe.

Darauf war ich nicht stolz, überhaupt nicht. Aber du standst da vor ihr, du standst neben mir. Eine ganz andere Klasse. Wie war es möglich, dass ihr das nicht klar war? War sie so blind? In diesem Dreieck war nicht ich und warst nicht du die zu kurze Seite, Nina.

Ich konnte nicht lügen.

»Du magst ja ein teures Kleid anhaben, pompöse Ohrringe tragen und eine modische Frisur haben, du bist reich und kannst es dir leisten, doch Anmut, Giusi, Anmut hat keinen Preis, und du kannst sie in keinem Geschäft kaufen.«

Du hast mich weggeschoben, hast Giusi gestützt und auf mich gezeigt wie auf »das übliche Arschloch, das einfach keine Ahnung hat«. Und die Tür, die sich schloss, und ich, der wieder nach Hause ging, und das Telefon, das während einiger unglaublich quälender Stunden nicht klingelte, und dann ein Dringling, das warst du, und dann nicht in der Lage zu sein zu reden, weil man schreit, ich ein bisschen, du dagegen gewaltig, und die Worte, die einem fehlen, die Sätze, die brüchig wurden, die Stille, die immer mehr Raum forderte, und während ich mich am Telefon festhielt, um nicht zu versinken, war am anderen Ende der Leitung deine Stimme, die »Ciao« sagte. Und in der Stille der Verlassenheit, sieh nur, da drifteten die Kontinente auseinander.

Vor zwei Monaten.

Und jetzt, wer war der, der deine Hand hielt?

War das die Scham, die du vor mir verbergen wolltest?

Wie wenn sie telepathisch gesteuert wäre, wandte Nina sich Gerruso zu und antwortete auf meine stille Frage. Nina war in der Lage, mein Inneres zu lesen. War das der Grund dafür, dass sie zu mir »Benimm dich« gesagt hatte? War das eine Warnung gewesen?

»Das ist Raul.«

Raul?

Was für ein Scheißname ist das denn?

Die drei Freunde von Raul stellten sich Gerruso vor, und die Lage wurde noch schlimmer.

Igor, Loris und Mattias.

Sie kamen zu mir und reichten mir die Rechte, während sie mit der Linken ihren Helm hielten. Ich machte ihre Hände zu Waisen. Ich drückte sie nicht. Ich wusste nicht, wer sie waren, sie hatten zwar mehr Jahre und mehr Zentimeter und Kilo als ich zu bieten, doch in meinen Augen waren sie nun wirklich niemand, die mich um diese Ehre bitten konnten.

In einer Blase von immer größer werdendem Unbehagen, und

im schneidenden Gestank von Erbrochenem, den unsere Kleidung weiter verströmte, begann Gerruso zu reden.

»Er da heißt Davidù, der hat einen normalen Namen, er ist ein Freund von mir, er da.«

Nina, die Einzige, die etwas hätte sagen können, etwas hätte sagen sollen, hielt es nicht für angebracht, auch nur ein einziges Wort zu äußern.

Raul war es, der sprach.

»Gehen wir.«

»Nein.«

Gerrusos Stimme wirkte so störend und irritierend, dass alle nervös wurden.

»Bübchen, wer bist du denn, dass du dich da einmischen könntest?«

»Raul, sei meinem Cousin gegenüber nicht so respektlos.«

»'n schönen Cousin hast du da, total vollgekotzt. Und der da, wer ist der denn? Etwa sein Liebhaber? Du hast mir gar nicht gesagt, dass dein Cousin und der da miteinander verlobt sind.«

Tüchtig, Raul, richtig tüchtig. Das hast du alles ganz alleine hingekriegt, und du hast es richtig gut gemacht.

»Scheißschwuli, wenn du das Karussell nicht verträgst, ist's besser, wenn du zu Hause bleibst und deinem Verlobten den Schwanz lutschst, hast du mich verstanden?«

»Hör auf damit, Raul!«

»Nein, erst müssen sich die beiden Bettnässer bei mir entschuldigen.«

»Was?«

»Sie gehen mir auf den Sack. Los, ihr Scheißkerle, entschuldigt euch.«

»Raul, ich habe dir gesagt, du sollst aufhören.«

Ninas Stimme war fest und unbeugsam, ohne jede Brüchigkeit.

Rauls Freunde entschieden sich für das Schlimmste.

Sie betrachteten mich geringschätzig.

Und um das Ganze noch komplizierter zu machen, mischte sich Gerruso ein.

»Na gut, wenn ihr das so macht, dann entschuldigt, ciao und geht dann mal.«

Nachdem er diese Entschuldigung kassiert hatte, kam sich Raul ganz wichtig vor.

»Und jetzt entschuldigst du dich auch, du Schlappschwanz.«

Dieser Augenblick der Stille, diese Stockung des Körpers schien unendlich lange zu dauern. Ich war jünger, kleiner, leichter. Sie waren zu viert. Meine Blicke wägten Optionen ab, prüften Möglichkeiten. Mein Körper war reglos. In meinem Kopf ein einziger, sperriger Gedanke: Der erste Kampf in sieben Tagen. Ich konnte mir den Luxus von so einem Scheißdreck nicht leisten. Nur kein Laut sollte aus meinem Mund kommen, ich würde mich nicht entschuldigen und alles bliebe, wie es war, unentschieden, unbestimmt, ohne Schmerz. Nichts wäre passiert, ich wäre ohne Riss- und Quetschwunden und mit heiler Flanke in den Ring geklettert. Wenn du nur, Raul, nicht alles zunichtegemacht hättest, als du die einzigen Worte gebraucht hast, deren Schwere nur mit Blut abgewaschen werden kann.

»Hurensohn.«

Nach langer, viel zu langer Zeit bemächtigte sich meiner eine wilde Ruhe.

Sie hatte mir gefehlt.

Nur darauf hatte ich gewartet.

Nina, ich weiß, dass du mich hörst, zwischen uns funktioniert das so, ich denke und du verstehst, daher bitte ich dich, geh nicht dazwischen, hau ab, lauf weg und nimm auch Gerruso mit, ich weiß, dass du mich hörst, Nina, ich bitte dich, geh weg, sofort, tu's für mich.

Nina stellte sich zwischen mich und Raul. Ihr Rücken blieb gerade und ihre Hand fest, als sie ihm eine klatschte.

»Das geht zu weit!«, sagte sie gleich nach der Ohrfeige.

Raul war in der Öffentlichkeit geschlagen worden und in seinem Stolz tief verletzt. Er entschloss sich zu reagieren. Er wollte die Ohrfeige zurückgeben. Nina blieb da stehen, sie rührte sich nicht vom Fleck, eine Kämpferin. Ich war zu weit weg, und die Ohrfeige hätte sie getroffen. Ich wäre gestorben.

Jetzt brauchte es ein Wunder.

Und es geschah.

Zwischen Nina und Rauls offener Hand erschien Gerrusos Gesicht. Mit vorgestreckten Armen und zusammengekniffenem Hintern fing er die Ohrfeige mit der Backe ab. Der Schlag dröhnte.

Er hätte sonst Nina getroffen!

Der Rücken wurde zur Flosse, die Welt zum Meer und die Hände zu Zähnen.

Raul hatte nicht einmal Zeit zu verstehen, was da eigentlich passierte. Meine Faust hatte ihm den Atem verschlagen. Der Vorteil, wenn man einen niedrigen Schwerpunkt hat: Die Eier kann man auch mit Fäusten treffen. Dann knallte ein senkrecht aufsteigender linker Haken auf seinen Kiefer und schloss ihn. Raul sank auf die Knie. So war er praktisch so groß wie ich im Stehen.

Nina, wie hast du dich nur mit einem zusammentun können, der so groß ist?

Ein Feuer entbrannte längs der Schulterblätter. Sie hatten mich mit einem Sturzhelm geschlagen. In einer Woche hatte ich meine Begegnung. Sie waren zu viele. Ich hatte keine Chance. Ich warf das Handtuch, hob die Arme zum Zeichen der Aufgabe, während Raul auf der Erde zusammenbrach und beide Hände fest auf die Leiste presste. Er winselte.

Gerruso lag der Länge nach auf dem Asphalt und rieb sich die brennende Wange.

Ninas Augen waren auf mich gerichtet.

Nina.

So hast du mich angesehen, bevor Giusi uns entgegenkam und du mir zugeflüstert hast: »Benimm dich.«

Und jetzt wieder dieser Blick.

Willst du, dass ich so bin?

In ständiger Auseinandersetzung?

Sie stürzten sich auf mich. Igor, Loris, Mattias. Älter, größer und stärker. Da war Nina, Flucht war keine durchführbare Möglichkeit. Also einstecken, in der Hoffnung, dass es so kurz wie möglich dauert, irgendwer wird ja wohl dazwischengehen. Ich rollte mich zusammen wie ein Igel und verbarg meinen Kopf unter den Vorderarmen. Ein Tritt traf mich mitten in die rechte Wade, ein Helm an der linken Schulter, sodass ich auf die Seite fiel. Amen, so funktioniert das, alles hat seinen Preis, irgendetwas muss man immer opfern. Die Motorradfahrer taten Nina nichts. Bei nüchterner Betrachtung der Wahrscheinlichkeiten ein akzeptabler Tausch. Eine Unzahl von Tritten, die mit den Stiefelabsätzen ausgeteilt wurden, gingen auf meine linke Flanke nieder. Der Fluch der ersten Begegnung, dachte ich, ich werde verlieren wegen Aufgabe. Ein Schrei war zu hören. Unerwartet ergab sich eine Pause zwischen den Prügeln. Gerruso hatte sich auf Loris gestürzt. Und nach ihm hatte sich auch Nina eingemischt.

Gerruso, du Arsch, wenn Nina irgendetwas passiert, bring ich dich mit eigenen Händen um.

Die Menge schaute zu, führte die Hand vor den Mund, hielt sich aber fern.

Ich musste schnell sein und den größtmöglichen Schaden in kürzester Zeit anrichten.

Nina, ich bitte dich, tu dir nicht weh.

Ich komme.

Ein Zucken der Bauchmuskeln, und schon stand ich auf den Beinen. Ich wehrte einen Helm mit dem rechten Unterarm ab und mit einem Haken riss ich die Augenbraue von Mattias auf.

Nina.

Igor versuchte, sie sich vom Rücken zu schütteln und griff hinter sich. Ein Satz vor, und meine Faust brach ihm das Nasenbein.

Er verlor an Wucht und fiel zur Seite in eine Lache aus Blut und Schleim. Nina sah mich an. Sie keuchte. Warte, Nina, warte. Der Kampf des Hais ist noch nicht zu Ende.

Gerruso.

Er hatte sich immer noch an Loris geklammert. So nicht, Gerruso, nein, Bisse zählen nicht, nur kleine Jungs beißen. Der Motorradfahrer schrie. Mein Schlag in seinen Magen, und Stimme und Atem versagten ihm.

»Gerruso, hör auf zu beißen.«

Und da erst, als alles zu Ende und es kein Risiko mehr gab, entschlossen sich die Vorübergehenden, dass es wohl ziviler war, auf uns aufmerksam zu werden.

Sie würden Fragen stellen und Barrieren aufbauen.

Ich hatte wenig, äußerst wenig Zeit.

»Nina.«

In ihren Augen standen Tränen.

»Tut mir leid wegen Giusi. Es war nicht richtig, das zu sagen, was ich gesagt habe. Ich habe mich ihr gegenüber unanständig benommen.«

Sie zitterte.

»Du verstehst aber auch gar nichts.«

»Was versteh ich denn nicht, Nina?«

»Du hast dich ja nicht ihr gegenüber unanständig benommen.«

»Nicht?«

Ihre Augen hielten die Tränen zurück.

»Du hast dich mir gegenüber unanständig benommen. Du hättest meinetwegen lügen müssen. Du hättest dich meinetwegen ihr gegenüber höflich verhalten müssen. Aber du bist eben von einem so großen Egoismus, dass dir das nicht einmal bewusst wird. Und ich hatte dich doch extra darum gebeten.«

Benimm dich.

Das war kein Befehl gewesen.

Das war eine Bitte.

Fremde kamen herbei. Sie fragten mich jetzt besorgt, wie es mir gehe.

Wenig, äußerst wenig Zeit für eine letzte, verzweifelte Attacke.

»Kommst du nächsten Sonntag zu meinem ersten Kampf?«

Ihre Augen konnten sich nicht mehr länger zurückhalten und die Tränen brachen heraus.

Die Menschenmenge schuf einen Strudel zwischen uns, der mich von ihr trennte.

Sie verschwand.

Die Carabinieri kamen an, sie nahmen Gerruso und mich mit und führten uns ab.

Wir haben uns zwei Monate lang nicht getroffen, Nina.

Da gibt es nicht viel zu sagen, wirklich.

Den ersten Kampf verliert man immer.

Franco kam nach einer Reihe immer schneller werdender Spurts in die Boxschule zurück, er bandagierte seine Hände, zog die Handschuhe über und begann mit seinem Sparringspartner zu boxen. Er schlug mit einer Gewalt zu, die ihm gar nicht bewusst war, ein, zwei, drei Mal. Er hatte geglaubt, er würde Livia richtig gefallen, doch stattdessen hatte diese Nutte ihre Titten von Pino dem Mechaniker anfassen lassen. Er war so wütend, dass er instinktiv die vorgegebene Abfolge veränderte und beinahe seinen Sparringspartner ins Gesicht traf. Beinahe. Umbertino genügte ein kleiner Satz zurück, um dem Schlag auszuweichen. Dann handelte er entsprechend. Er streckte ihn, eins-zwei, mit einem Treffer ins Gesicht zu Boden. Franco hatte ihn nicht einmal kommen sehen. Während das Blut ihm ein neues Gesicht malte, hörte er vom Boden aus: »Du Sackgesicht, nach oben mit der Deckung.« Er wollte in Gelächter ausbrechen, aber das ging nicht: Sein Maestro hatte ihm gerade die Nase gebrochen. Er würgte und zum ersten Mal in seinem Leben erbrach er Blut. Er schleppte sich in die Umkleide, füllte eine Schüssel mit Wasser und tauchte sein Gesicht ein und wusch sich. Eine halbe Stunde später lag er bäuchlings auf der Holzbank dort, auf der Nase ein Handtuch mit Eis drin und in den Ohren die Vorwürfe von Umbertino.

»Ohu, zwei Lire hab ich für das Eis bezahlt, Franco, du machst mich noch arm.«

Ein anderer Schüler kam, Ugo Moscato, sechsundzwanzig Jahre, aus dem Noce-Viertel.

»Und was ist nun mit der Begegnung in zehn Tagen?«

»Was ist damit?«

»Kämpf ich, Maestro?«

»Wie viel setzt man auf dich?«

»Wenig, ich bin der Favorit.«

»Dann nicht. Stattdessen kämpft Franco.«

»Dieses Jüngelchen?«

»Ja.«

»Aber der hat doch 'ne gebrochene Nase.«

»Schicke ich deiner Meinung nach denn einen meiner Boxer ohne gebrochene Nase in den Kampf?«

»Hattet ihr die Entscheidung schon getroffen, Maestro?«

»Kümmere dich mal um deinen eigenen Scheiß. Und außerdem, in zehn Tagen wird Francos Nase wieder prima in Ordnung sein. Geh zu Halbkilo und sag ihm, dass wir einen neuen Boxer von fünfzehn Jahren in den Ring schicken. Mach aber unzweideutig klar, dass dies sein erster Kampf ist.«

»In Ordnung. Wetten wir auf Franco als Sieger?«

»Ich hab dir immer gesagt, Moscato, dass du ein guter Junge bist, aber vom Leben hast du wirklich keine Ahnung. Wir wetten gegen Franco. Das ist sein erster Kampf. Und der wird verloren.«

»Ganz wie Sie sagen, Maestro.«

»Ja, ganz wie ich sage, Moscato, und jetzt geh mir nicht mehr auf die Eier. Was macht die Nase, Franco? Schlimm? Ganz ruhig, den Duft von 'ner Fuffi, den kannst du immer noch riechen.«

Er hatte es Ende 43 von den Amerikanern gelernt. Der Preis bestand in einem Riegel Schokolade oder in Kaugummi oder in einer Zigarette. »*Fight! Fight!*«, trieb der Soldat sie an, und die kleinen Jungs droschen mit Stöcken aufeinander ein. Wer am Ende noch aufrecht stand, gewann das, was als Preis ausgesetzt worden war.

Auf der Piazza Zisa, gleich vor ihm, war eine Schlägerei von zwölf Jungs in Gang, unübersichtlich, wenig harmonisch. Sie stritten miteinander, weil irgendeiner von ihnen irgendetwas über die Mutter eines anderen gesagt hatte und weil Keilereien mitten auf der Straße schön sind und weil man außerdem in Palermo nichts Besseres zu tun hatte. Nach zehn Jahren war die Stadt immer noch zerstört, genau der richtige Ort, um mit dem Knüppel aufeinander einzuschlagen. Nach einigen Minuten entschloss er sich dazwischenzutreten. Er mischte sich in die Schlägerei ein und lähmte sie durch seine Anwesenheit. Die aufgeweckten Jungs strömten sofort auseinander, sie rochen gleich die Gefahr, die der Riese barg. Doch dann kam die Überraschung: Dieser gewaltige Mann zog aus seiner Hosentasche ein Päckchen Kaugummi.

»Das hier sind die besten Kaugummis der Welt, es sind amerikanische. Wollt ihr sie?«

Die Jungs senkten ihre Köpfe.

»Dann weiter, Fàit.«

Zuerst sahen sie ihn neugierig an, dann mit dem Siegel des Zweifels, am Ende mit dem Ausdruck des Nicht-verstanden-Habens.

»Fàit«, wiederholte er, doch noch bewegte sich nichts.

Einer mit Lockenkopf nahm allen Mut zusammen.

»Was heißt das?«

»Dass ihr euch zerfleischen sollt, Mann gegen Mann, doch nur mit den Fäusten, keine Tritte und keine Messer. Der Gewinner bekommt das ganze Päckchen.«

Eine Stunde blieb er bei ihnen und beobachtete, wie sich die Jungs schlugen.

Drei Tage später kam er wieder an der Zisa vorbei. Ein paar Jungs erkannten ihn, sie hörten auf, die Eidechse zu misshandeln, und liefen zu ihm.

»Hast du Kaugummis?«

Er ging weiter und schenkte ihnen die gleiche Aufmerksamkeit, die man einem Fliegenschwarm schenkt. Ein Junge pflanzte sich vor ihm auf, die Stirn in Falten gelegt, in den Augen den harten Blick.

»Gib mir ein Kaugummi.«

»Wie alt bist du?«

»Zehn. Ich will ein Kaugummi.«

»Geh mir nicht auf die Eier.«

»Erst das Kaugummi.«

Der Riese zog die Hände aus den Hosentaschen und zeigte dem Jungen seine Handflächen. Mit Blicken forderte er ihn auf, seine eigenen Hände daraufzulegen. Der Junge tat es und wartete auf Anweisungen, um sich das Kaugummi zu verdienen.

»Wenn du dem Schlag ausweichen kannst, geb ich dir das Kaugummi, einverstanden?«

»Ja.«

Ihm klatschte eine so gewaltige Backpfeife mitten ins Gesicht, dass sich die Augen des Jungen mit Tränen füllten. Er hatte einen Schlag auf den Handrücken erwartet, doch stattdessen … Scheißkerl. Er sah ihn voller Hass an. Er versuchte, die Tränen zurückzuhalten, doch es gelang ihm nicht. Der Riese blickte ganz ruhig: »Du Sackgesicht, hoch mit der Deckung.« Dann fügte er mit Ernst hinzu: »Ach ja, ein Rat fürs Leben: Geh mir nie wieder auf die Eier.« Der war kein Riese. Der war ein Untier. Er ging weiter.

Auf der rechten Wange des Jungen glühte das Brandmal der fünf Finger weiter. Seine Freunde riefen ihn, doch er antwortete nicht. Einer kam zu ihm und nahm ihn bei der Hand.

»Franco, los, gehen wir nach Hause, es ist spät.«

Franco rührte sich nicht. Er wiederholte weiterhin und leise:

»Ich bring dich um«, bis der breite Rücken des Untiers hinter den Trümmern links vom Kastell Zisa verschwunden war.

Er lief rasch nach Hause, auf dem Kopf trug er eine brandneue Schiebermütze, ein Geschenk seines Maestro.

»In einer Woche findet dein erster Kampf statt, Franco, und weil du ja schon jetzt nur noch wenig Haare hast und bald völlig kahl sein wirst, wird dich wenigstens diese Schiebermütze vor einer Lungenentzündung der Gedanken schützen.«

Franco war so glücklich, dass er ihm nicht einmal danken konnte. In seinem Kopf aber blühten immer wieder triumphale Bilder auf: Er würde siegen, Maestro Umberto sollte stolz auf ihn sein, Livia würde Pino den Automechaniker verlassen, und er würde sie an der Mole von Mondello spazieren führen.

Etwas Unvorhergesehenes an der Piazza Ingastona: zwei Typen, größer, dicker und auch älter als er.

»Du da«, sagten sie.

Franco begriff auf der Stelle, dass es sinnlos wäre, mit ihnen reden zu wollen.

»Gib mir dein Geld und die Mütze«, befahl der größere der beiden.

In der nächsten Woche sollte sein erster Kampf stattfinden. Er musste Ruhe bewahren, eine reife Reaktion zeigen, die seiner fünfzehn Jahre würdig war.

»Nein.«

Sobald die Hände dieses Drecksacks sich nach ihm ausstreckten, schossen Francos Füße los und er stieß ihn zurück. Er schickte ihm eine linke Gerade ins Gesicht, dann sorgte er mit einem Haken in den Magen dafür, dass der andere sich vornüber krümmte. Die beiden fielen auf die Erde, und keiner von ihnen machte Anstalten wieder aufzustehen. Franco untersuchte seine Hände. Nichts zu sehen. Er knallte sich die Schiebermütze wieder auf den Kopf und lief weiter nach Hause.

Beim Zuschlagen waren ihm wieder die Worte eingefallen, die Maestro Umberto genau an diesem Nachmittag während des Trainings für die unteren Bauchmuskeln gesagt hatte.

»Auf dem Papier stehen die Gesetze, etwa von der Art: Wenn es regnet, wird man nass. Lauter Mist. Die Gesetze machst du. Wenn's regnet, nimmst du dir einen schönen Schirm, und dann kann dich die Nässe doch mal kreuzweise ... Es kommt immer der Augenblick, wo man zuschlagen muss, ohne sich darum zu kümmern, ob der Gegner stärker ist. Im Leben kämpft man niemals in der gleichen Gewichtsklasse. Daher im Zweifelsfall, wie das Evangelium sagt: Erst zuschlagen, und dann fragen.«

Er war erregt und zugleich ängstlich. Die Angst steigert zwar das Adrenalin, doch das Messer, das er in der Tasche hatte, beruhigte ihn. Eine große, breite Klinge, es war ein *»liccasapuni«*, ein Springmesser, das so genannt wurde, weil in früherer Zeit die Seife mit ihm geglättet wurde. Nun hatte sich sein Anwendungsgebiet geändert, jetzt diente es dazu, die Arschlöcher kaltzumachen, die kleinen Jungs beweisen wollten, wie stark sie sind. Das Untier. Er hatte drei unendlich lange Wochen jeden Tag auf ihn gewartet, genau da, wo die stärkste Abreibung in der Geschichte seine Wange sechs Tage lang mit dem Brandmal gezeichnet hatte. Das Untier. Es würde dafür bezahlen. Als der Typ schließlich an der Zisa vorbeikam, folgte er ihm versteckt, ohne sich blicken zu lassen. Und so kam es, dass er die Höhle entdeckte: ein Rollladen, der eine Türe verbarg, durch die Typen hinein- und herausgingen, die, wenn sie erst einmal draußen waren, anfingen zu laufen und dann verschwanden. Der Plan, den er ausgeheckt hatte, konnte nicht schiefgehen. Er wollte warten, bis das Untier alleine wäre, dann wollte er in die Höhle gehen und die Türe fest zuschlagen. Ein tollkühner, waghalsiger Eintritt. Dann würde er das Springmesser herausziehen und keine Gnade walten lassen. Er würde ihn niederstechen, wie Gott es befiehlt. Danach würde er ihm eine mit offener Hand mitten ins Gesicht klatschen. Und um die Sache professionell durchzuziehen, würde er ihm am Ende drei, genau drei Kaugummis ins Gesicht spucken. Perfekt.

Seit ein paar Minuten kam niemand mehr heraus. Es konnte losgehen.

Wie vorgesehen begann er mit dem gleichzeitigen Kauen dreier Kaugummis. Es hatte ihn unendliche Mühe gekostet, sie von den reichen Freunden zu bekommen, von denen, die es sich erlauben konnten, so was zu kaufen. Für das erste hatte er tatsächlich zwölf lebendige Eidechsen mit Schwanz fangen müssen: schwer, er hatte dafür einen ganzen Nachmittag gebraucht, denn die verdammten Schwänze gingen immer ab. Für das zweite hatte er einen gewissen Pasquale Mistretta mit einem Stock verprügeln müssen: leicht. Für das dritte hatte er eine lebendige Fliege in einem Glas fangen müssen, der Sohn des Rechtsanwalts wollte einem lebendigen Insekt die Flügel ausreißen: sehr schwer, dafür hatte er zwei ganze Tage gebraucht.

Franco kam sich wichtig und unbesiegbar vor. Er konnte gar nicht verlieren. Er atmete tief ein, machte sich auf den Weg und betrat die Höhle, um sich Genugtuung zu verschaffen. Ohne zu zögern, stieß er die Türe weit auf und, verdammtes Glück, traf die Bestie auf einem Stuhl sitzend an, schön bequem, mit ausgestreckten Beinen und die Hände im Nacken verschränkt.

»Ohu, wie lange brauchst du denn noch? Seit einem halben Leben warte ich schon auf dich.«

Der unvergessliche Eintritt war versaut. Franco entschloss sich, den Spieleinsatz zu erhöhen. Er biss die Zähne zusammen und starrte das Untier an, so wie es die Großen machen, bevor sie aufeinander losgehen. Um diesen furchterregenden Effekt zu verstärken, schluckte er mit demonstrativer Unbeugsamkeit. Dabei vergaß er, dass er drei Kaugummis im Mund hatte. Die verschluckte er heil und unberührt und bekam gleich darauf einen Erstickungsanfall. Er hustete und krümmte sich vornüber. So ging das doch nicht, das war im Drehbuch so nicht vorgesehen, Angst sollte herrschen, Tränen sollten fließen, und das Untier sollte zum Welpen werden, einer von denen, die man so schön mit Tritten traktieren kann und die kein bisschen zurücktreten. Das Untier dagegen, das saß bequem da und machte sich über ihn lustig. Er musste wieder Boden gewinnen. Mit einem heftigen Hustenanfall konnte er die Kaugummis endlich in den Magen befördern. Mit dem rechten Zeigefinger kontrollierte er, ob die Augen sich mit Tränen gefüllt hatten, er würde nicht überzeugend aussehen, wenn er sich mit einem verheulten Gesicht vor ihm aufbauen würde. Sie kamen ihm trocken vor. Er war ein Hartgesottener, er war aus der Zisa. Der Stolz auf sein Herkunftsviertel ließ ihn wieder aufstehen. Jetzt konnte er den Grund für seine Anwesenheit erklären und damit dem Untier einen Wahnsinnsschrecken einjagen. Mit noch größerer Verachtung als der, die sein Vater hatte, wenn er von den Bullen redete, sagte er: »Ich bring dich um.« Und blieb so stehen, finster, mit gesenktem Kopf und Schmollmund. Er fühlte sich als Krieger. Diese Haltung verlieh Kraft und Respekt. Alles war, wie er es sich vorgestellt hatte. Daher war es wirklich eine Schande, dass ein letzter, unerwarteter, verdammt heimtückischer Hustenanfall diese dramatische Haltung zerstörte und ihn zwang, sich nach hinten zu beugen und sich dann wieder zu krümmen. Verdammte Kaugummis. Diese Arschlöcher haben mir irgendwelche falschen gegeben, sobald ich sie in der Zisa treffe, reiß ich sie einen nach dem anderen in Stücke. Als er wieder aufrecht stand, Augen nach oben und Körper gerade, stellte er verblüfft fest, dass der Stuhl leer war. Er blickte sich um und sah, dass das Untier neben ihm stand. Wie hatte es das gemacht? Es war riesig, und er hatte nicht gehört, dass es sich bewegte. Er durfte sich nicht einschüchtern lassen. Er hatte ja noch den Liccasapuni in der Tasche.

»Ja, du bringst mich um, was auch sonst, irgendwann vielleicht, aber nicht heute, ganz sicher nicht, und weißt du, warum?«

Er ging zum Sack und massakrierte ihn vor diesem zehnjährigen Jungen mit bloßen Händen. Franco wurde kalt. Die Arme waren so schnell, dass man ihre vollständige Bewegung nicht sehen konnte, man hörte nur, wie die Faust in den Sandsack drang, und noch mal, und noch mal.

Mein Onkel kam zu ihm zurück. War das der richtige Augenblick, um ihn abzustechen? Der Plan kam ihm jetzt nicht mehr so perfekt vor. Vielleicht zerbrach das Messer sogar, das Untier musste aus Marmor sein. Franco wich aber nicht zurück, er stand da und rannte nicht weg. Eine Frage der Ehre.

Fast war es wie eine Befreiung, als Umbertino anfing zu reden.

Er deutete auf den Sandsack.

»Wenn du willst, bring ich dir das bei.«

»Ja.«

»Ja, ein Scheiß, wenn du willst, dass ich dir das beibringe, musst du zuerst dem Schlag ausweichen können.«

»Ich bin dabei.«

Einer dem anderen gegenüber, Francos kleine Hände in Umbertinos erwachsenen Händen. Der erste Schlag traf seinen linken Handrücken. Gewaltig. Franco hatte die Hand noch nicht einmal bewegt, instinktiv hatte er das Gesicht abgewandt. Mein Onkel wartete, bis der Schmerz richtig zu spüren war.

»Machen wir weiter, oder willst du nach Hause gehen und heulen?«

»Machen wir weiter.«

Er zermahlte seine Hände zwanzig Tage hintereinander, jeden Tag eine Stunde lang, zerstörte Kapillargefäße und Adern und schlug trotzdem weiter, erbarmungslos, und sobald Franco anfing, seine Hände so zu bewegen, wie es sein sollte, wechselte er und versetzte ihm mit viel Rauschen und Getöse einen heftigen Schlag ins Gesicht.

»Sackgesicht, nach oben mit der Deckung.«

Und das Martyrium begann von Neuem.

»Warum eigentlich, Maestro?«

»Meine Hände waren langsam, Davidù, und weißt du, warum?«

»Nein.«

»Meine Augen waren langsam.«

Plötzlich strahlte er, er hatte eine Idee.

»Junge, machen wir es doch so, schließen wir eine Wette ab: Wenn es dir gelingt, mir eine lebendige Fliege in einem Glas zu bringen, darfst du morgen auf den Jahrmarkt gehen.«

»Ist das Euer Ernst, Maestro?«

»Ja.«

»Kann ich sie auch jetzt schon fangen?«

Der Maestro brach in Gelächter aus. Mit einer Hand hielt er sich den Bauch und mit der anderen klatschte er sich die Schiebermütze auf den Kopf. Er sah aus wie eine Karikatur der Freude.

»Jetzt willst du sie fangen? Du hast doch noch den ganzen morgigen Tag, um dir die Erlaubnis zu verdienen, zu den Karussells zu gehen.«

»Darf ich in Euer Büro kommen?«

»Bitte sehr.«

Ich trat ein, holte mir ein Trinkglas, ging zu den Umkleideräumen und kam kaum eine Minute später wieder heraus. Das Glas beherbergte eine lebende Fliege.

»Wie … wie … wie das denn?«

»Ich habe ein Stückchen Brot ins Glas getan.«

»Und die Fliege ist da reingeflogen?«

»Ja.«

Der Maestro sah zuerst die Fliege an, danach mich. Er streichelte mir mit seinen plumpen Händen über den Kopf.

»Du bist ganz dein Vater.«

Ich lächelte, auch wenn ich nichts verstand.

»Warum bist du nur so darauf versessen, zum Jahrmarkt zu gehen? Lüg mich aber nicht an, Junge.«

»Nichts, Maestro, es gibt da eine, die …«

»Weiber, wusst ich's doch. Ich muss mich korrigieren, Junge: Du bist nicht ganz dein Vater, du bist haargenau dein Onkel Umberto.«

»Warum wolltest du uns also alle drei sehen?«

Franco antwortete nicht, die Sonne stand so hoch über der Zisa und die Stille war so schön um drei an diesem Nachmittag, warum also mit Worten den Augenblick vor dem Massaker zerstören? Der Sohn des Rechtsanwalts, der Sohn des Arztes und der Sohn des Professors schienen nicht der Meinung zu sein, auf eine Frage antworte man. Ungeduldig warfen sie sich einen einvernehmlichen Blick zu und taten so, als wollten sie gehen.

»Eure Kaugummis«, sagte Franco mit düsterer Stimme.

»Was ist mit unseren Kaugummis?«

Die Hände taten ihm nicht mehr weh. Das Untier hatte vor zehn Tagen aufgehört, ihn zu schlagen. Jetzt ließ er ihn laufen und springen, das war alles.

»Die waren verdorben.«

Und er hatte Lust, seine Hände zu gebrauchen.

Die drei sahen sich verblüfft an, dann brachen sie in ein immer lauter werdendes schallendes Gelächter aus, eines von der Art, bei dem man sich den Bauch halten muss vor Krämpfen. Sie konnten nicht wissen, dass sie drauf und dran waren, einen jener unvergesslichen Nachmittage zu erleben, einen von denen, an die man sich ein Leben lang erinnert, einen Nachmittag, an dem alle Prügel zusammen auf sie niedergehen würde, die sie wegen der Angst, die sie vor ihren Vätern hatten, nie bekommen hatten.

Franco entschloss sich, dem Rat der Bestie zu folgen.

Im Grunde war der ja jetzt sein Maestro.

»Los, ihr Schwulis, kommt schon her.«

Er wandte sich ihnen frontal zu und erfasste dabei zum ersten Mal ganz bewusst die Erwartung des Kampfs.

Er fühlte sich frei und glücklich.

Mein Großvater sah seinen zweiten Boxkampf in Passau. In einer von Neonlicht erleuchteten Halle rauchte das Publikum und trank Bier. Die Boxer trugen professionelle Handschuhe und Schuhe, der Ringrichter trug ein weißes Hemd und eine schwarze Hose. In Afrika war das anders gewesen. Als mein Großvater den ersten Boxkampf seines Lebens sah, hatte Leutnant D'Arpa nackte Hände, trug zerschlissene Schuhe und es gab keinen Ringrichter: Er und der andere würden sich bis aufs Äußerste prügeln, bis einer von ihnen zu Boden ging oder aufgab.

Rosario beobachtete die Boxer, während er ein Bier trank. Unter dem Arm hielt er das Holz, das er gekauft hatte, um ein Schaukelpferd zu zimmern. Sein Sohn war gerade ein Jahr alt geworden. Er hatte ihn nicht mehr gesehen, seit er nach Deutschland gefahren war. Die beiden Boxer wichen einander nur wenig aus und schlugen viel zu. Rosario brachte es nicht fertig, sich für einen zu begeistern. Er war ein Ausländer in beiden Lagern.

Zwei Tage vor seiner Abreise nach Deutschland war Rosario zu Nicola Randazzo auf dessen Stück Land gleich außerhalb von Palermo gefahren.

»Ich schwöre dir, ich komm wieder.«

»Wann?«

Mein Großvater antwortete nicht.

Nicola sagte, er wolle dableiben und sich weiterhin um die Pflanzen auf dem Land kümmern, er wolle nicht aufhören, seine Hände in die Erde zu senken, und wenn die Dinge nicht so liefen, wie es sein sollte, amen, dann würde er eben an die glücklichen Augenblicke denken. Bücher hatte er nie gelesen. Er kannte nur den Sinn seiner Arbeit, der darin lag, das bestellte Feld zu beobachten, in dem Bewusstsein, dass weder heute noch morgen, sondern erst nach einiger Zeit die Pflanzen, wenn sie gepflegt und gehegt würden, zu blühen begännen und Früchte hervorbrächten. Und dann, bei Einbruch der Dämmerung, die Schuhe aufschnüren, die Hände waschen, sich auf dem guten Stuhl ausruhen, sich ein Glas Wein einschenken und ihn langsam trinken.

Er bückte sich, um eine Sukkulente aufzuheben. Sie war so klein, dass der Blumentopf in der Handfläche Platz hatte.

»Die schenke ich dir. Sie wird in zweiundzwanzig Jahren blühen. Sie ist stark, sie gleicht dir, sie braucht nichts, nicht einmal Wasser, ein Schlückchen alle drei Wochen im Sommer, wenn du sie gut pflegst. Das ist's schon.«

Zweiundzwanzig Jahre für einen Schössling.

Er verdonnerte einen, hinter den Horizont der Ereignisse zu blicken.

Rosario streichelte sie.

Die Pflanze stach ihn nicht.

Nach dem Boxkampf wollte D'Arpa von Schlafen nichts wissen. Er lag auf der Pritsche, eine nasse Binde auf dem linken Auge. Er erzählte, wie ein Automobil funktionierte, ein Pedal beschleunigt, eines bremst. Er erzählte vom belichteten Film, der zur Fotografie wird. Von den Flüssen Kemonia und Papireto, die unter Palermo herfließen und von den Arabern zugeschüttet wurden.

»Du musst lesen und schreiben lernen, Rosà, das ist wichtig. Also, wenn wir erst wieder zu Hause sind, bring ich's dir bei, und du bezahlst mich, indem du für mich das eine oder andere verrückte Gericht kochst.«

Alle italienischen Gefangenen, Melluso ausgenommen, kamen zu ihm, wie in einer Prozession. Er hatte vor zwei Stunden einen deutschen Boxer besiegt, der ebenfalls ein Gefangener war. Die Italiener begrüßten diesen Sieg wie einen persönlichen Triumph. Sie kamen, um ihm die angemessene Ehre zu bezeugen. Ein kleiner Schwatz, ein schneller Gruß, die würdige Stille dessen, der mit seiner Anwesenheit Dank erweist. Der Sport schaffte es, Menschen unterschiedlicher Dialekte zusammenzubringen und damit die Vorstellung von einer Gruppe zu zementieren.

»Seien wir doch ehrlich, Rosà. Unsere Solidarität ist die von Sklaven. Hast du gesehen, wie sie alle auch den Deutschen beglückwünscht haben? Gegen einen Gefangenen zu siegen ist nicht das Gleiche, wie gegen einen Wachsoldaten zu siegen. Doch der Sieg als solcher ist wichtig, er schafft einen Sinn von Zugehörigkeit. Wie bei Spielen bin ich für diesen und du begeisterst dich für jenen. Das Spiel lehrt einen, dass man immer eine Position beziehen muss.«

»Man muss auch die Fähigkeit besitzen sich zusammenzuschließen.«

»Sicher. Doch das lernt man nur auf eine einzige Weise: indem man verliert.«

In Deutschland arbeitete mein Großvater vierundvierzig Tage als Maurer, sechzehn Tage als Lastenträger für Obst und Gemüse am Großmarkt, dann kochte er probeweise in einem pseudo-italienischen Restaurant und wurde am selben Tag noch angestellt. Das Lokal gehörte einem Kalabrier, der schon vor dem Krieg nach Passau ausgewandert war. Es zählte neunundfünfzig Gedecke. Das Gemüse war nicht gut. Das Fleisch war nicht gut. Das Mehl für den Teig war nicht gut. Die Bezahlung war gut. Rosario blieb dort und kochte dreizehn Monate. Das tun, was bestellt wird, gesenkter Kopf und Stille. Es war wie in Afrika. Die Gäste aßen einfach alles. Einmal hatte er ein Gericht des Menüs verändert und dadurch verbessert. Vom Eigentümer bekam er dafür eine Abfuhr, die er hinnahm, ohne mit der Wimper zu zucken. Der Kalabrier mochte keine Neuerungen. Der Eigentümer besaß ein deutsches Auto, es war lang und dunkel und hatte vier Türen. Wenn er über die Feiertage nach Italien fuhr, bewunderten alle seinen großen Wagen und fuhren die Hörner ein, weil sie sich eingestehen mussten, dass er es tatsächlich zu etwas gebracht hatte.

Sie arbeiteten zu zweit in der Küche. Der andere Koch kam aus einer Stadt im Norden, Brescia. Sein Name war Paolo Terenghi, aber er ließ sich nur Pol rufen, auf Amerikanisch, wie ein Filmstar. Wenn er redete, verstand man kein Wort, seine Aussprache klang hohl, und er brummte unbekannte Begriffe. Zumeist kommunizierten sie mit Gesten und kamen bestens damit klar. Pol war Experte für das Verarbeiten und Dämpfen von Gemüse. Rosario machte ihn nach, indem er genau die Art beobachtete, wie er es schnitt und durch Hitze veränderte. Das waren Monate stillen Unterrichts. Pol hatte einen mächtigen Brustkorb, und sein Bauch war nicht zu übersehen. Er kippte Liter von Bier in sich hinein und schmorte das Fleisch. Sie arbeiteten vormittags, nachmittags und abends, sechs Tage die Woche. An seinem freien Tag ging Rosario morgens in diesem kalten Deutschland herum, danach kehrte er wieder in sein Untermieter-Zimmer zurück, in dem er schlief und schnitzte. Das hätte seinem Freund Nenè nicht gefallen, dieses dunkle Deutschland. Wenn er müde war, betrachtete er die Sukkulente, die er aus Sizilien mitgebracht hatte, die Stacheln schienen aufrechter zu stehen, doch die Pflanze blieb stumm, sie beschwerte sich nicht über das Klima. Dann machte sich mein Großvater wieder an die Arbeit, das Schaukelpferd für meinen Vater nahm immer mehr Gestalt an. Er würde nicht mit leeren Händen nach Hause kommen.

Es geschah eine Woche vor dem Inferno. Aus der Schreinerei war ein Meißel verschwunden. Die gesamte Gruppe der Gefangenen wurde zusammengerufen. Entweder kam der Meißel wieder zum Vorschein, oder alle würden bestraft, indem sie die Nacht im Stehen verbrächten, bis das Werkzeug zurückgegeben würde.

Diejenigen, die Zutritt zur Schreinerei hatten, waren D'Arpa und Marangola, die arbeiteten dort, ebenso Melluso und Iallorenzi, wegen der täglichen Reinigungsschichten. Jeder von ihnen leugnete den Diebstahl, alle anderen Gefangenen sagten, sie wüssten nichts, rein gar nichts darüber. Den Wachsoldaten passte diese Solidarität unter Gefangenen natrülich nicht und sie drohten schmerzhafte Strafen an.

Melluso trat aus der Reihe und machte einen Schritt vor.

»Was bekomme ich, wenn ich's euch sage?«

»*Your life!*«

Die Zeichen des Kriegs hatten sich in den Gesichtern aller, der Wachsoldaten und der Gefangenen, zu Falten verwandelt. Die Gesichter waren angespannt, müde Masken, jeden Tag mehr, von diesem ständigen Verfolgungslauf ums Überleben. Der Blick der Opfer und der Henker war gleichermaßen erloschen.

»Schade, ich weiß nichts.«

Melluso trat wieder in die Reihe zurück.

Es begann nun eine rasche, angespannte Durchsuchung. Da man aber nichts fand, bekam die Suche eine gewalttätige Seite. Das Durchstöbern war anstrengend. Man schwitzte.

Der Meißel wurde in Iallorenzis Tasche gefunden.

Er warf sich auf die Knie, er schwor, er wisse von nichts, es sei nicht seine Schuld, ihm sei eine Falle gestellt worden.

Die Wachsoldaten waren unbeugsam. Obwohl Mino Iallorenzi weiterhin leugnete, wurde er weggeschleppt. Während man ihn aus dem Schlafsaal schleifte, weinte er und schwor, dass er unschuldig sei. Nicola erinnerte er an die Schreie eines Schweins, das zur Schlachtbank geführt wurde.

Das war das letzte Mal, dass sie ihn gesehen haben.

»Und weißt du, was das Absurdeste war, Davidù?«

Nicola Randazzo sah nicht mich an. Sein Blick war fest auf das Weinglas geheftet, das seine Hände, obwohl es voll war, nicht zum Mund führten.

»Iallorenzi hatte den Meißel wirklich gestohlen, das weiß ich von D'Arpa. Er hatte mit Melluso eine Wette abgeschlossen, einfach so, einfach, um irgendetwas anderes zu tun. Er wollte ihn am nächsten Tag in die Schreinerei zurückbringen. Melluso wusste zwar alles, hatte ihn aber nicht verpfiffen, Ehre sei ihm wenigstens für dieses Verdienst. Wenn du Sklave bist, ist der Hass auf den Kerkermeister größer als der auf deinesgleichen. Man hasst entweder weit drüber oder tief drunter, niemals aber auf gleicher Höhe.«

»Was passierte mit Iallorenzi?«

»Das Leben eines Gefangenen ist weniger wert als ein Meißel.«

Alle wurden bestraft. Im Stehen außerhalb der Schlafräume, ohne sich setzen oder abseits seine Bedürfnisse erledigen zu dürfen. Die Nacht verging unter Krämpfen und Gerüchen von Körperflüssigkeiten, die mehr aus Müdigkeit als aus wirklicher Notwendigkeit herausgelassen wurden. Bei Tagesanbruch waren sie völlig erschöpft, ausgetrocknet, schmutzig, demoralisiert und hatten einen neuen Arbeitstag vor sich. Doch hatten sie es sich in den Kopf gesetzt zu überleben. Sie waren Gewächse in der Wüste. Sie forderten einen regenlosen Himmel mit der Anmaßung ihrer bloßen Anwesenheit heraus.

Mit Deutschland schloss Rosario während einer Mittagsschicht ab. Zum zweiten Mal seit er dort arbeitete, wollte er etwas nach eigenem Gutdünken machen, indem er ein sizilianisches Gericht zubereitete, Pasta nach Trapaneser Art: rohe Tomaten mit Knoblauch, gerösteten Mandeln und einem Hauch Olivenöl. Der Süden in der Fülle seiner grundlegenden Geschmacksnoten. Ein Gast verlangte, dass die Tomaten gekocht werden müssten. Der Eigentümer kam in die Küche.

»Was ist das schon wieder für ein Dreck?«

Rosario ging schnurstracks zu dem Gast ins Restaurant.

»Probleme?«

»Die rohe Tomate auf der Pasta ist nur etwas für Schweine.«

Er redete wie Santìn, er musste ein Gastarbeiter aus dem Veneto sein.

»Das Rezept ist, wie es ist. Wenn du's nicht magst, bestell was anderes.«

Der Kalabrier war sofort auf hundertachtzig.

»Was erlaubst du dir eigentlich? Entschuldige dich bei dem Gast und geh jetzt in die Küche, auf der Stelle, und koch eine Soße nach allen Regeln der Kunst.«

»Nein. Das Rezept ist so.«

»Meinetwegen kannst du wieder auf die Straße gehen, wo du herkommst, du sizilianischer Hungerleider.«

Rosario sah ihn an, ohne auch nur einen Muskel in seinem Gesicht zu bewegen. Der Kalabrier hielt diesen Blick nicht aus und sah zu Boden. Da erst band mein Großvater sich die Schürze ab, faltete sie, legte sie über die Rückenlehne eines Stuhls, ging zur Kasse, öffnete sie, nahm den Lohn, der ihm zustand, schloss die Kasse wieder, betrat die Küche, zog seine Jacke an, ging quer durch das Restaurant und verließ das Lokal. Pol kam aus der Küche, lief ihm hinterher und wollte eine Erklärung.

»Pol, er hat mich rausgeschmissen.«

»Was heißt das?«

»Ich hab das Schaukelpferd fertig. Ich fahre wieder nach Hause.«

Tags darauf kündigte auch Pol. Sie reisten zusammen. Pol stieg in Mailand aus und fuhr nach Brescia weiter. Rosario fuhr den Stiefel hinunter bis zur Spitze, die so weit entfernt war, dass man meinte, der Zug würde niemals ankommen. Nach fünfzehn, in Deutschland verbrachten Monaten, hatte er ein bisschen Geld bei sich, um die Familie zu ernähren, einen Koffer voll schwerer, dicker Kleidung, eine Sukkulente und ein hölzernes Schaukelpferdchen.

Großmutter begann nach dem Mittagessen die Teller abzuwaschen.

»Wir haben am Gleis drei am Hauptbahnhof auf ihn gewartet. Ich, dein Vater und Großvaters Freund Randazzo, der uns begleitet hat, um uns bei den Koffern zu helfen. Dein Großvater hatte immerhin eine mehr als fünfzigstündige Reise hinter sich, aus Deutschland wieder hierher zurück. Wir hatten uns über ein

Jahr nicht gesehen. Sobald er aus dem Zug stieg, begann ich mit den Armen zu fuchteln.«

»Wie war Nonno?«

»Mager.«

»Das meine ich nicht, Nonna.«

»Müde, fünfzig Stunden Zugfahrt.«

»Komm schon, Nonna.«

»Ich hab durchaus verstanden, was du hören willst.«

»Eben. Habt ihr euch geküsst?«

»Nein.«

»Das glaub ich nicht.«

»Hör mir zu, damals …«

Ein Riss ging durch ihre Stimme, wie ein Blatt Papier, das man zerreißt. Ihre Augen blickten fest ins Abwaschbecken, die linke Hand drehte den Wasserstrahl zu.

»Ist alles in Ordnung, Nonna?«

»Wir hatten uns eine Ewigkeit nicht gesehen. Fünfzehn Monate sind eine sehr lange Zeit. Ich hatte ihm viele Briefe geschrieben. Er antwortete drei Mal. Er schrieb in Druckbuchstaben, das Schreiben machte ihm noch viel Mühe.«

»Was hat er geschrieben?«

»Impressionen über Passau: Der Schnee ist weiß und bei Sonne blendet er, sonntags nach der Messe isst man ein helles Würstchen, ich habe gelernt, wie man Kaninchen im Backrohr mit Äpfeln brät. So was eben.«

»Aquarelle.«

»Tja.«

»Und dann? Was geschah dann am Gleis?«

Großmutters Zeigefinger begann kleine Kreise in den Schaum des Abwaschwassers zu zeichnen. Bei jedem Kreis bohrte sich der Finger immer weiter in die Tiefe. Als er einen Teller berührte, wurde der Klang der Berührung durch das fließende Klarspülwasser gedämpft.

»Dein Vater brach in Tränen aus. Er hatte ihn nicht wiedererkannt. Das konnte er auch nicht. Ich habe geglaubt, ich müsste sterben.«

»Und Nonno?«

»Er machte gleich einen Schritt zurück, stellte Koffer und Topfpflanze auf die Erde und setzte, um das Kind zu beruhigen, das Geschenk vor ihm ab.«

»Und Papa?«

»Er stürzte sich auf das Geschenk, dieser kleine Prinz.«

»Und Nonno?«

»Er lachte, blieb aber auf Abstand.«

Ihr Finger hatte aufgehört, die kreisförmige Bewegung hatte inzwischen die Bedingungen geschaffen, durch den Schaum hindurchblicken zu können. Da waren die Teller. Die weißen Teller. Das hatte man zwar schon immer gewusst, aber man hatte es eben vergessen.

»Wir waren ja auf dem Bahnhof, da wimmelte es nur so von Menschen. Du weißt doch, wie dein Nonno ist, nie ein Wort, nie eine Geste vor anderen, nichts, aber auch gar nichts, stumm sogar bei seinen Zuneigungsbekundungen, so ist er. Doch da, am Bahnhof, nahm dein Nonno mein Gesicht in seine Hände.«

»Habt ihr euch geküsst?«

»Nein.«

»Ach, von wegen nein! Ihr habt euch geküsst! In aller Öffentlichkeit! Vor allen anderen! So'n bisschen was nach Frauenart.«

»Trottel, vor allem ist das Zeigen von Gefühlen nicht nur Frauensache. Und dann: Wir haben uns nicht geküsst.«

»Das glaube ich nicht.«

»Das Kind hatte wieder angefangen zu schreien.«

»Ach ja?«

»Vielleicht, weil es mein Gesicht zwischen Rosarios Händen gesehen hatte, ich weiß nicht. Dein Nonno zog sie sofort weg. Dann sah er seinen Freund und schüttelte ihm die Hand.«

»Haben sie sich nicht umarmt?«

»Er hat ja nicht einmal mich umarmt, sollte er da seinen Freund Randazzo umarmen?«

»Wieso denn nicht, das ist doch was anderes, du bist schließlich eine Frau.«

»Wie denkst du eigentlich? Na, jedenfalls, um die Sache abzuschließen: Sein Freund Randazzo begleitete uns hierher, nach Hause, er wollte unbedingt den Koffer tragen, und das Erste, was dein Nonno tat, weißt du, was das war?«

»Er hat dich geküsst.«

»Nein. Er topfte die Sukkulente um.«

»Und mein Vater?«

»Der spielte mit dem Schaukelpferd.«

»Er war schon damals ein Paladin.«

»Tja.«

Am Bahnhof hielt Provvidenza meinen noch in Windeln gewickelten Vater im Arm. Das Kind beobachtete alles, eingetaucht in eine aufmerksame Stille. Der Zug würde übers Meer fahren und sich dann auf dem Festland bis Deutschland hinaufschlängeln. Rosario dachte an seinen Freund Nenè.

»Man sagt, es regne ständig in Deutschland, Rosà. Wenn es sterbenskalt ist, zieh dir den Pyjama unter der Hose an. Und noch ein Rat: Pinkle nicht im Freien, denn dann friert dir der Schwanz ein, der fällt dann ab und zerbricht und dann hast du für den Rest deines Lebens keinen Schwanz mehr.«

So würde Nenè reden.

Dieser Gedanke brachte ihn zum Lachen.

Man redete ja so viel über dieses Deutschland, wo es Arbeit für alle gab.

Es hieß, dass es leichter war, in diesem Deutschland da oben Arbeit zu finden, da gäbe es keine Mafia so wie hier.

Auf die eine oder andere Weise würde er es schaffen.

Er schaffte es ja immer.

Nur dass die, die in Palermo zurückblieben, ihm das Herz schwer machten. Seine Frau und sein Sohn. Er würde nicht dabei sein, was immer sich auch ereignete, ein plötzliches Gewitter, die Ankunft des Schirokkos, die ersten Schritte seines Söhnchens.

Er stand reglos da am Gleis, mitten in einem Kommen und Gehen von Fremden: Rosario stand im Begriff, sich ein weiteres Mal von seinem Leben zu verabschieden.

»Ich werde dir schreiben, Rosario, oft. Und wenn du Zeit hast, dann schreib auch du mir, ja?«

Mein Großvater hatte einen Koffer mit den wärmsten Anziehsachen, die er sich erlauben konnte, die Zugfahrkarte in der Tasche und eine Sukkulente in einem Jutebeutel. Provvidenza hielt die Tränen zwar zurück, doch es war klar, dass sie es nicht lange durchhalten würde. Der Augenblick der Abfahrt war gekommen. Der Zugleiter schrie sich die Kehle heiser, als er alle aufforderte einzusteigen. Rosario stellte den Koffer und den Jutebeutel ab.

»Umarme mich.«

»Da sind doch Leute.«

»Das weiß ich.«

Sie umarmten sich vor aller Welt, während sich in die Erinnerung ein Körperkontakt eingrub, der nur ein anderes Mal noch so warm und so verzweifelt sein sollte.

Auch Maestro Franco wanderte nach Deutschland aus.

»Das war, als ich nach dem Kampf mit D'Angelo, dem Boxer, der halb aus den Marken, halb dem Neapolitanischen stammte, Streit mit deinem Onkel hatte.«

Nach den Regionalmeisterschaften versuchten sie, die italienische Meisterschaft anzugehen. Die Möglichkeiten, dass Franco den Titel gewinnen konnte, standen nicht schlecht. Die ersten Kämpfe zeigten bestes Boxen, wenig kassiertes Leiden, viel ausgeteilten Schmerz. Dann kam es gegen Roberto D'Angelo zu einem Unentschieden. Der war ein Boxer, der ganz einfach stärker war als er. In den Umkleideräumen am Ende des Boxkampfs kam es zwischen Franco und Umbertino zu einer riesigen Auseinandersetzung. Schlimme Worte flogen. Franco behauptete, die Taktik sei falsch gewesen, Umbertino schrie zurück, dass das alles nur Scheißgründe wären, dass die Taktik perfekt und er nur nicht in der Lage gewesen sei, sie umzusetzen, und damit habe er, Franco, seine Arbeit und seinen guten Namen lächerlich gemacht. Der Streit wurde nicht beigelegt. Franco verließ die Boxschule und Palermo. Er war etwas über zwanzig und fing an, vom Boxen zu leben. Er wurde Profi. Ging es bei einem Kampf ums Geld? Dann trug er sich ein. Er setzte seinen Körper größten Strapazen aus, weil er von einer Gewichtsklasse zur anderen wechselte. Auf diese Weise boxte Franco sich Schlag auf Schlag das Festland hinauf und gelangte schließlich nach Deutschland. Dort kämpfte er zwar fünf Mal, aber nur von den beiden letzten Kämpfen erzählte er mit Leidenschaft. Um ein gewaltiges Preisgeld in D-Mark zu gewinnen, wagte er sich in die Kategorie der Schwergewichtler hinein. Das war der vorletzte Kampf auf ausländischem Boden. Um auf das notwendige Mindestgewicht für den Kampf zu kommen, aß er Brot und Käse, sechs Mal am Tag, zwanzig Tage in Folge. Er musste fünfzehn Kilo zulegen. Der Herausforderer war ein gedrungener, knallharter Spanier. Der Kampf war brutal, doch mit seiner Behändigkeit hatte Franco der Kraft des Spaniers etwas entgegenzusetzen. Umbertinos Lektionen waren nützlich gewesen, und zwar sehr! Es kam zu einem Unentschieden. Sie teilten sich das Preisgeld und dann ging jeder seiner Wege.

In Heidelberg gab es weniger Preisgeld in Mark, es ging hier um eine niedrigere Gewichtsklasse. Er musste fünfzehn Kilo in zwanzig Tagen abnehmen. Er ging in die Sauna und trainierte mit allen Kleidungsstücken am Körper: zwei Unterhemden, zwei Oberhemden, zwei Hosen. Schwitzen, Flüssigkeit verlieren, kein Wasser trinken. Um das Geld zu bekommen, das ihm auch bei einer Niederlage garantiert war, musste er mit dem Regelgewicht antreten. Wenn er dann in der Lage war, auf den Beinen zu bleiben und zu kämpfen, na ja, wen kümmert dann schon das Später. Abends kaufte er sich einen Pfirsich. Er durchbohrte ihn mit einem Strohhalm. Was er dann heraussaugen konnte, war sein Abendessen.

»Ich hatte nur eine Runde in den Beinen. Eine einzige. Danach wäre ich von ganz alleine zu Boden gegangen. Mir blieb nur eine Möglichkeit, um das ganze Geld einzusacken: ein Sieg in der ersten Runde.«

Und einen K. o. gab es. Technischer K. o. innerhalb von zwei Minuten und siebenunddreißig Sekunden. Er hatte die Augenbraue des Herausforderers aufgerissen, wodurch die Fortführung des Matches unmöglich wurde. Wenn er davon erzählte, fügte Franco jedes Mal eine neue Einzelheit hinzu. Ein unglaublich schmerzhafter Schlag, ein Scheinhieb, aus dem Tänzer ein ganzes Ballett gemacht hätten, die Choreografie eines so schnellen Angriffs, dass er nicht einmal vom Ringrichter wahrgenommen wurde. Mithilfe seines hervorragenden fotografischen Gedächtnisses versenkte Franco in die Brühe der Geschichte immer wieder minutiöse Einzelheiten. Die Farbe der Schuhe des Gegners, sein Haaransatz, die Art, wie er durch die Nase einatmete. Das Ende der Geschichte dagegen war gleich: »Wenn nur Livia da gewesen wäre, um mir zuzuschauen! Doch sie war's nicht.« Es war der Höhepunkt seines Ruhms. Dann folgten eine Reihe von Niederlagen, die ihm klarmachten, dass es an der Zeit war, nach Hause zurückzukehren. Er musste in Palermo nur eine Arbeit finden, die es ihm erlaubte, eine Familie zu gründen.

»Die Wahrheit ist, dass Prügel-Einstecken mitunter eine gute Wirkung haben kann.«

Vom Bahnhof aus ging er gleich in die Boxschule und hatte dabei noch seinen Koffer in der Hand.

Umbertino quälte wie immer seine Schüler.

»Buongiorno, Maestro.«

»Für mich bist du gestorben.«

»Ich bin zurück.«

»Das interessiert mich einen Scheißdreck, kapiert?«

Franco schluckte den letzten Stolz, der ihm verblieben war.

»Maestro, ich bitte Euch um Entschuldigung, ich habe einen Fehler gemacht, verzeiht mir und lasst mich für Euch arbeiten.«

»Geh und stoß dir die Hörner ab, wo immer du willst, zum Teufel noch mal. Aber hier verschwindest du.«

»Nein.«

Zwei Sätze und Umbertino stand vor ihm.

»Nenne mir einen Grund, Franco, nur einen einzigen, warum ich dich nicht zu Tode prügeln soll, hier, jetzt, vor aller Augen.«

»Ihr macht Fehler beim Training, Maestro.«

Er hatte sich von der Last befreit, die ihn innerlich zermürbte. Dass er bei den italienischen Meisterschaftskämpfen verloren hatte, war auch die Schuld seines Maestro.

Umbertino beendete den Unterricht, schickte alle Boxer nach Hause, gab Franco ein Paar Boxhandschuhe und kletterte mit ihm in den Ring.

Umbertino mit bloßen Händen.

»Darf ich Euch vorher etwas sagen, Maestro?«

Franco fühlte sich verpflichtet, alle Karten auf den Tisch zu legen, über die er verfügte. Er sprach über den Aufwärtshaken mit zurückgestelltem Fuß. Bei der Erklärung zerlegte er die Dynamik des Schlags: die Aufwärtsbewegung des zuschlagenden Arms, der Schub der Beine und vor allem die Drehung des entgegengesetzten Fußes. Diese Bewegung unterrichtete Umbertino nicht, weil er sie nie bewusst wahrgenommen hatte, sein Körper führte sie ganz von allein aus. Er zeigte neue Angriffs- und Verteidigungsmuster. Er beschrieb die anderswo erlernten Trainingsmethoden: die gesonderte Beanspruchung der unteren Bauchmuskeln, das Hüpfen mit dem Tennisball bei geschlossenen Füßen, die Abfolge der Gewichte und der Spurte. Alles Übungen, die dem Neger gefallen hätten.

»Du bekommst eine Runde, um mich zu überzeugen, Franco, eine einzige.«

Doch das stimmte nicht. Umbertino hatte seine Entscheidung bereits getroffen. Francos Bewegungen waren umsichtiger, bewusster, vertiefter, durchdachter. Das hatte er gleich bemerkt, schon, als Franco durch die Türe der Boxschule gekommen war. Er brach ihm drei Rippen, nur um ihm eine Lektion zu erteilen. Ihn durfte man schließlich nicht einfach so Knall auf Fall im Stich lassen, ohne dafür zu bezahlen.

Franco begann, als sein Vize zu arbeiten. Zwei Monate später erlaubte Umbertino ihm, ihn zu duzen. Franco hatte ein außergewöhnlich gutes Auge. Er verweilte bei Einzelheiten, denen mein Onkel nie Bedeutung beigemessen hatte. Er hatte die nationale Meisterschaft aus einem banalen Grund verloren: Er war nicht Umbertino, und die Kampftaktik war ganz auf die Eigenheiten meines Onkel ausgerichtet gewesen. Auf seiner Wanderung durch Italien und Deutschland hatte Franco ein tiefes und anspruchsvolles Wissen über das Boxen erworben. Er bemerkte Eigentümlichkeiten, die er sich so lange einzuordnen bemühte, bis er ihre Notwendigkeit verstanden hatte und – was noch wichtiger war – in der Lage war, es auch selbst zu erklären. Von den beiden war Franco derjenige, der die Berufung zum Unterrichten hatte.

Meine Mutter war siebzehn, als sie Waise wurde. Meine Großeltern mütterlicherseits, die ich niemals kennengelernt habe, starben nacheinander innerhalb eines Jahres. So etwas kommt vor.

»Damals zog ich zu euch, denn eure Wohnung war die Wohnung meiner Schwester, deiner Großmutter, die Mutter deiner Mutter, verflixt, diese ganze Verwandtschaft krieg ich immer durcheinander. Deine Mutter war ein Fels. Sie schaffte den Schulabschluss und die Ausbildung zur Krankenschwester und fing gleich an zu arbeiten.«

In ihrem Krankenhaus sagte man, sie habe ein unglaubliches Talent für Adern, niemand sei so geschickt wie meine Mutter, Spritzen zu setzen. Wenn sie einen kleinen Jungen piksen musste, zeigte sie ihm zuerst die Spritze und beruhigte ihn dabei.

»Das macht überhaupt nichts, glaub's mir.«

Dann drehte sie ihn um und desinfizierte seine Pobacke.

»Soll ich die Spritze lieber auf der anderen Seite geben?«

Während sie mit Alkohol und Watte über die andere Pobacke rieb, setzte sie die Spritze an der vorher desinfizierten Stelle.

»Fertig.«

Die Kleinen rissen ungläubig die Augen auf und schworen, sie hätten überhaupt keinen Schmerz gefühlt. Mich hatte sie unzählige Male so hereingelegt.

»Hast du damals noch in der Boxschule gewohnt, Onkel?«

»Das war bequem, Wohnung und Laden. Damit sparte ich Geld.«

Meine Mutter war die einzige Verwandte, die ihm geblieben war. Nur um in ihrer Nähe zu sein, machte er die Boxschule für einige Wochen zu.

»Den Umzug meiner Sachen habe ich die Boxer durchführen lassen. Das war leicht: Wer will eine neue Übung machen? Herrje, die Jungs lassen sich immer wieder aufs Kreuz legen.«

Es war Juni. Onkel Umbertino ging auf den Wunsch meiner Mutter ein und begleitete sie zu ihrem Lieblingsstrand, der Addaura.

»Dort gab es nur Sand, so was kann sich nur eine Frau aussuchen, Jesses, war es da langweilig.«

Als sie ankamen, sahen sie, dass der Strand mit Schutt übersät war. Eine ungenehmigte kleine Villa war einige hundert Meter weiter gebaut worden. Die Überreste der Bauarbeiten hatte man einfach ringsherum abgeladen.

»Wenn es etwas gibt, das die Mafia nicht hat – und das wird ihr früher oder später noch zum Verhängnis –, dann ist es die Fähigkeit, Schönheit zu begreifen.«

Dieser Ort war wirklich schön. Dort gab es zwar nur Sand, das ist richtig, und keine Felsen, von denen man ins Wasser springen konnte, doch hatte er etwas, eine ruhige Faszination. Jetzt aber war er zum Schuttabladeplatz verkommen.

Meine Mutter bückte sich still und nahm zwei Steine in die Hand.

»Fahren wir doch wieder nach Hause.«

Am folgenden Tag bat sie Onkel Umbertino, sie wieder an denselben Strand zu begleiten. Dieses Mal zog sie Rock und Bluse aus und saß im Badeanzug da, tauchte kurz ins Meer ein, kam wieder heraus, nahm ihre Kleider und zwei weitere Steine. Und das ging den ganzen Sommer lang so, ein Bad im Meer und zwei Steine, die sie mitnahm. Ein sehr langfristig angelegtes Säuberungsprojekt.

»Ist es ihr gelungen, den Strand zu säubern?«

»Ihr nicht. Meine Boxer, 'n halben Tag, und der Strand war wieder das Juwel von einst.«

»Wann haben sie ihn denn gesäubert?«

»Im Oktober.«

»Aber da war der Sommer doch schon zu Ende!«

»Deine Mutter brauchte diese Aktion.«

Sobald sie die Schule beendet und sich für ihren Lehrgang eingeschrieben hatte, ließ Umbertino ihr die Privatsphäre, die sie brauchte, und mietete sich eine Wohnung, die ein paar Häuser von unserem entfernt war.

»Nachdem ich mich wieder an eine Wohnung gewöhnt hatte, hatte ich keine Lust mehr, wieder in die Boxschule zu ziehen. Deine Mutter war in der Lage, ihr Leben alleine wieder auf die Reihe zu bekommen, und dann, Davidù, war da ja auch immer und ständig der Paladin. Und wenn sie es tun wollten, konnten sie das wenigstens in aller Ruhe auf dem Bett machen, statt wer weiß wo draußen, verdammt unbequem und im Freien.«

Umbertino hatte sich niemals an die Stelle des Vaters meiner Mutter gesetzt.

Das war nicht seine Rolle.

Er hat es ihr nie an etwas fehlen lassen.

Einmal, noch bevor ich angefangen hatte zu boxen, spielte ich mit einem Elfenbeinkreuz, ein Andenken an den Vater meiner Mutter. Ich warf es von einer Hand in die andere. Meine Mutter forderte mich auf, es sofort hinzulegen, weil es zerbrechen könnte. Noch wusste ich nicht, mit welchem und mit wie viel Gefühl wir Gegenstände befrachten können. Wir übergeben ihnen schlicht und einfach unser ganzes Leben. Ich ließ die Aufforderung unbeachtet und spielte weiter. Ich wagte einen besonders schnellen Wurf und fing nicht wieder. Das Kreuz fiel zu Boden und zerbrach. Meine Mutter fuhr von ihrem Stuhl hoch, ihre Wangen glühten. Sie fing an, sich selbst zu schlagen, mit zusammengebissenen Zähnen, zuerst die Rechte, dann die Linke, eine Backpfeife nach der anderen. Und ich saß vor ihr da, reglos.

Umbertino verlangte und erreichte, dass der Hochzeitsempfang für meine Eltern in der Boxschule stattfinden sollte.

»Mit dem geschenkten Geld macht ihr eine weite Reise, vielleicht ja nach Rom.«

Eine Woche vor der Hochzeit rief er abends alle Boxer der unterschiedlichen Trainingsstufen zusammen.

»Der Paladin wird heiraten, machen wir uns an die Arbeit.«

Die Boxer malten die Wände neu an, sie reinigten den Fußboden von fettigem Dreck, sie brachten Vasen mit Blumen, fanden die Musiker für den Tanz und brachten ihre eigenen Mütter auf Trab. Die Boxschule quoll nur so über vor Essen, alles hausgemacht, und Wein im Überfluss, allein Freund Randazzo hatte zwölf Flaschen mitgebracht.

Umbertino war bereits am Tag vor dem Fest sturzbetrunken, seine Zina heiratete den Paladin, da musste Rotwein her, das stimmte.

»Ich trug einen wunderschönen Anzug mit einer Mordskrawatte, gelb und violett. Es sah aus, als wäre ich der Bräutigam, so toll wirkte ich. Doch die Schönste von allen war deine Mutter.«

Er war's, der sie zum Altar führte.

Zum ersten Mal in seinem Leben fühlte er seine Knie zittern.

Gemeinsam mit Franco wurde auch Livia eingeladen, damals waren sie noch nicht verheiratet, wohl aber verlobt.

»Und schon ging Livia ihm so gewaltig auf die Eier, als wären sie bereits seit dreißig Jahren Mann und Frau. Immer zog sie ein Gesicht. Franco war ebenfalls hochelegant in die Kirche gekommen, vom Feinsten. Wir hatten uns gemeinsam unsere Anzüge beim Schneider machen lassen. Der hieß Pisciotta, der Vater eines unserer Boxer, er gab uns einen mehr als beachtlichen Preisnachlass, wir waren zwei richtig schmucke Kerle. Livia aber, es war nicht zu fassen, sie kam ganz in Rosa, gütiger Himmel, sie sah aus wie ein Bonbon.«

Nach der Trauung warf meine Mutter draußen vor der Kirche unter auffliegenden Tauben und auf das junge Brautpaar herabregnendem Reis ihren Hochzeitsstrauß in die Luft.

Um ihn zu fangen, machte Livia einen ungestümen Sprung.

Neben ihr stand Franco mit beiden Füßen auf dem rosa Kleid.

»Livias blanker Hintern hing in der Luft, der Rock war unter Francos Schuhen zerrissen.«

Livia fing an, mit dem Hochzeitsstrauß auf ihn einzuschlagen, sie wollte nur noch weg, verschwinden, nicht mehr leben.

Sie schämte sich zu Tode, war den Tränen nahe.

Franco stand still da, bekam Schläge mit den Blumen auf seinen Kopf und reagierte nicht. Zina lief zu Livia und umarmte sie fest, während Provvidenza, nachdem sie den immer noch unter Francos Schuhen festgehaltenen Rock an sich genommen hatte,

Livias Hinterteil bedeckte. Livia zitterte vor Aufregung. Sterben hätte ihr weniger ausgemacht. Meine Mutter, die Livias Gesicht mit ihren Händen einrahmte, sagte zu ihr, dass ohne sie die Feier überhaupt nicht schön sein würde: »Ich bitte dich, geh nach Hause, ziehe dich um und dann komm zu uns in die Boxschule.«

Livia mochte ihr das nicht abschlagen. Franco bot sich an, sie zum Umziehen nach Hause zu begleiten. Die Antwort duldete keine Widerrede.

»Ich hasse dich und will dich nie wiedersehen.«

In der Boxschule war ein riesenlanger Tisch aufgestellt worden. Es gab so viel zu essen, dass es, statt weniger zu werden, immer noch mehr wurde.

»Es war ein Wunder, ganz wie in der Bibel.«

Die Musiker machten Musik, legten eine Pause ein, tranken und machten dann wieder Musik.

Der Wein von Freund Randazzo ging hinunter wie Wasser und stieg hoch wie Feuer.

»Wir alle waren unglaublich voll, auweia, eine Veranstaltung, die wir nie vergessen.«

Livia war noch nicht wieder aufgetaucht.

Von Schuldgefühlen zerfressen, hatte Franco sich mit vollem Einsatz auf Essen und Alkohol gestürzt und sich wahllos den Bauch vollgeschlagen: Brot, Pasta, Fleisch, Fisch, Wein. Er aß und trank und trank und aß ohne Unterbrechung.

Umbertino rief eine Wette aus.

»Wer sich die meisten Cannoli heil in den Mund stopft, hat gewonnen.«

Die ersten Versuche waren plump: Die Hülle zerbrach, die Ricotta klatschte zu Boden, nichts, womit man in Zukunft hätte angeben können und was man ausschmücken, dann einen Eid darauf leisten und bekräftigen konnte, dass es wirklich geschehen wäre. Den ersten wirklichen Rekord ohne Wenn und Aber verzeichnete Freund Randazzo, dem es gelang, sich vier Cannoli heil in den

Mund zu stopfen. Spontan brandete ehrlicher Applaus auf. Umbertino verfinsterte sich. Dass der Sieger dieses Wettkampfs ein Gast des Bräutigams war, konnte er nicht auf sich sitzen lassen. Er stellte sich aufrecht hin, lockerte den Gürtel, atmete tief ein und leerte seinen Mund bis auf den letzten Bissen. Dann steckte er sechs heile Cannoli hinein. In der Boxschule brach ein Sturm los, Fäuste trommelten auf den Tisch, Füße schurrten auf dem Boden, gebt mir Wein, denn ich hab Durst.

»Bei diesem persönlichen Triumph von mir, den ich mir völlig zu Recht verdient hatte, stieg in Franco mit einem Schlag die ganze an diesem Tag angestaute Verbitterung herauf. Er nahm das Tablett mit den Cannoli, machte den Mund weit auf und eins, zwei, drei, vier, fünf, sechs, sieben, acht. Er stopfte sich acht heile Cannoli in den Mund. Und der weitete sich dadurch zu einem Tunnel.«

Umbertino sprang auf und zeigte die Zahl acht mit den Fingern an. Alle schrien. Der Applaus brandete und rauschte und es herrschte ausgelassene Freude, eine Begeisterung wie bei einem Finale. Umbertino war tief zufrieden, Franco gehörte zu ihm, er war ein Gast der Braut, alles lief, wie es sich gehörte.

Genau in diesem Augenblick höchsten Jubels ging die Türe auf, und Livia kam herein. Sie hatte das Kleid gewechselt, eine neue Frisur und neues Make-up, alles Ton in Ton mit der Farbe ihres neuen Kleides: grün.

»Sie sah aus wie eine Olive.«

Als Franco sie sah, lief er auf sie zu, um sich zu entschuldigen. Er nahm ihre Hand, um ihr all die zerknirschten Worte zu sagen, die er sich während ihrer Abwesenheit wieder und wieder vorgesagt hatte, Worte der Entschuldigung und der Bitte um Vergebung. Worte des Friedens.

»Livia«, begann er, uneingedenk der acht Cannoli, die er in seinem Mund hatte. Und so schoss ein ganzer Strahl Ricotta, Waffel und kandierte Früchte auf Livias neues Kleid. Nach einer Stille der Ratlosigkeit bogen sich die anderen Gäste vor Lachen. Livia starrte auf das Desaster auf ihrem Kleid, das auch dieses Mal von Franco verursacht worden war, gefangen in dem Höllenlärm des allgemeinen Gelächters. Sie war zum zweiten Mal an diesem Tag vor den gleichen Leuten zum Gespött geworden, sie fühlte, wie ihre Augen sich mit Tränen füllten, und mit einem von Scham zerfressenen Herzen machte sie den ersten Schritt, um sich in den Abgrund eines hysterischen Anfalls zu stürzen. Etwas Unerwartetes verhinderte den Zusammenbruch: Mein Vater hatte sie bei der Hand genommen. Er hatte sich wie ein Schild zwischen sie und das Gelächter gestellt. Er bat die Musiker zu spielen, führte sie in den Ring und tanzte mit ihr so lange, wie sie brauchte, bis die Unbeschwertheit in ihren Blick und auf ihre Wangen zurückkehrte.

Sie tanzten fürchterlich.

»Livia war ganz angespannt und verschüchtert, und der Paladin war sturzbetrunken. Jesses, was für ein denkwürdiges Vergnügen.«

Ich hatte sie auf der Straße wiedergesehen.

Fünf Jahre nach dem letzten Mal im Krankenhaus.

Sie hatte mich wiedererkannt.

Drei Freundinnen begleiteten sie.

»Wie geht's dir?«

Ich wollte ihr antworten, dass es mir jetzt, wo ich sie sah, bestens gehe, ich war wirklich überglücklich, doch es gelang mir nicht, die Worte zu artikulieren, die Gedanken zu ordnen. Ich hätte gern mehr über sie erfahren, was machst du, wo lebst du, was lernst du gerade, hast du an mich gedacht. Meine Kehle war ausgetrocknet, die Welt eine Schaukel. Ich sagte nichts.

»Na, dann geh ich mal.«

Und sie ging wirklich. Doch nach drei Schritten drehte Nina sich um.

»War schön, dich wiederzusehen, Davidù.«

Sie erinnerte sich an meinen Namen! Ich konnte nur eine Karte ausspielen. Ich tötete meinen Stolz, hob den Hörer auf und telefonierte.

– Hör zu, machen wir's kurz: Ich nehm dich mit ans Meer.
– Nein, wir sind ja keine Freunde, das gilt nur unter der Bedingung, dass du deine Cousine mitbringst.
– Was heißt das: deine Cousine? Wer? Verdammt, Gerruso, ich hasse dich, wie viele Cousinen hast du denn?
– Ach ja? Zwölf?
– Und wie sind die?
– Schwör's mir.
– Sieh an.
– Einverstanden, darüber sprechen wir noch mal. Ich meinte deine Cousine Nina.
– Sie.
– Lad sie ans Meer ein.
– Du rufst sie an.
– Ja, du kannst ihr ruhig sagen, dass ich auch da wäre, im Gegenteil, du musst es ihr sogar sagen.
– Ja, wenn sie kommt, kommst du auch mit.
– Nein, mit dir allein fahr ich nicht ans Meer.
– Ich mag's nicht, wenn man uns zusammen sieht.
– Das kommt überhaupt nicht infrage.
– Das schaffst du nicht.
– Erpresst du mich gerade, Gerruso?
– Was heißt ja?
– Na gut, dann bring ich dir eben den Kopfsprung bei.
– Warte, Gerruso, noch etwas zum Schluss.
– Ruf sie jetzt gleich an.

»Ich mag solche Daten: siebter September, achter Oktober, eben solche Daten.«

»Verstanden.«

»Nein, hast du nicht, du verstehst nie was.«

»Diesmal aber doch … Siebenunddreißig.«

»Gib mir ein Beispiel.«

»Du magst … Achtunddreißig!«

»Hör auf zu zählen.«

»Du magst … den siebenundzwanzigsten Dezember!«

»Gerruso.«

»Hab ich's erraten?«

»Du hast überhaupt keine Vorstellung davon, wie sehr ich dich verabscheue.«

»Aber was hab ich denn falsch gemacht? Ist doch ein schönes Datum, der siebenundzwanzigste Dezember.«

»Das hat überhaupt nichts mit dem zu tun, was ich gesagt habe! Siebter September, verstehst du? Achter Oktober, neunter November und …«

»Das ist doch Ninas Geburtstag, der siebenundzwanzigste Dezember.«

»Ach ja?«

»Ja. Neununddreißig!«

»Gerruso, hör jetzt auf, die Nutten zu zählen.«

»Vierzig! Wie viele sind's eigentlich?«

»Viele.«

»Wie kommt das?«

»Das Bedürfnis nach Liebe ist groß.«

»Mir gefällt Mondello besser als Capo Gallo, da gibt's Sand.«

»Ich wusste ja, du bist ein Weichei. Mädchen mögen Sand, ein richtiger Kerl liebt Felsen und felsigen Grund. Wann willst du eigentlich erwachsen werden?«

»Bald, wenn du's mir beibringst.«

»Wieso sollte ich's dir beibringen?«

»Wir sind doch Freunde, Davidù.«

»Gerruso, wir sind keine Freunde. Hast du verstanden?«

»Ja.«

»Wiederhol es für mich.«

»Wir sind keine Freunde … Einundvierzig!«

»Was ist los, Gerruso? Was glotzt du mich so an?«

»Nina.«

»Was hat Nina damit zu tun?«

»Magst du sie?«

»Wen? Was? Was hast du ihr am Telefon gesagt, Gerruso? Erzähl mir sofort das ganze Gespräch, jede Einzelheit! Jetzt gleich! Was hast du zu ihr gesagt? Dass sie mir gefällt? Hat sie dir das gesagt? Gefalle ich Nina? Was hat sie zu dir gesagt? Hast du sie nach Capo Gallo eingeladen und aus, wie ich dir befohlen habe, oder hast du wieder gemacht, was du willst? Was habt ihr euch gesagt? Gefalle ich ihr? Antworte mir, Gerruso, herrje noch mal!«

»Ich hab's genauso gemacht, wie du gesagt hast.«

»Ganz sicher?«

»Ja.«

»Todsicher?«

Ich sprang auf den Zehenspitzen herum und entdeckte dabei, wie schwer es war, sich dabei in einem fahrenden Bus genau im Gleichgewicht zu halten.

»Nein.«

»Nein? Wie nein? Nein?«

»Nein.«

»Gerruso. Was. Verdammt noch mal. Hast. Du. Zu. Nina. Gesagt.«

»Ich hab sie ans Meer eingeladen und … Zweiundvierzig!«

»Hör auf, die Nutten zu zählen, und antworte mir.«

»Ich hab ihr gesagt, sie soll ruhig eine Freundin mitbringen, weil ich ja da sein würde, aber auch du, damit du nicht alleine bleibst, weil Nina ja meine Cousine ist und mich mag und daher vielleicht die ganze Zeit mit mir verbringt, und da habe ich sie gebeten, eine Freundin mitzubringen, für dich, so langweilst du dich vielleicht ja nicht, ja, genau das.«

Das Licht drang durch das verschlungene Geäst außerhalb der Busfenster und zeichnete ein Helldunkel auf Gerrusos Gesicht.

»Und warum hast du mir nichts gesagt?«

»Ich wollte dich überraschen.«

»Nina kommt doch, oder?«

»Ja.«

»Sicher?«

»Ja.«

»Wieso kannst du dir da so sicher sein?«

»Sie ist meine Cousine, sie mag mich wirklich gerne, aber wieso interessiert sie dich so?«

»Wer denn? Sie mich? Mann, ich erinnere mich doch nicht einmal mehr, wie sie überhaupt aussieht.«

»Du hast mir versprochen, dass du mir den Kopfsprung beibringst.«

»Der ist alles andere als einfach, Gerruso.«

»Du hast es versprochen. Dreiundvierzig!«

Nach weiteren zwölf Nutten, die wir auf dem Weg gezählt hatten, kamen wir um Viertel nach neun an der Endhaltestelle an. Das Treffen war um elf.

»Und jetzt? Was machen wir jetzt?«

»Was du willst, Hauptsache, du hältst die Klappe.«

»Und du? Was machst du?«

»Ich bin still und schau aufs Meer.«

»Und was siehst du?«

»Wasser.«

»Kann ich dir was sagen?«

»Nein.«

»Schade, es ist nur, dass letzte Nacht …«

»Gerruso, welchen Teil von ›nein‹ kannst du nicht begreifen?«

»Wenn Nina da ist, darf ich dann reden?«

»Nur das Allernotwendigste.«

»Danke.«

»Bitte.«

»Nein, ich wollte dir nur erzählen …«

»Jetzt sei endlich still, bis Nina auftaucht.«

»Na gut.«

»Amen.«

»Es ist nur, dass ich von dir geträumt habe.«

»Wer?«

»Ich.«

»Wann?«

»Letzte Nacht.«

»Ach ja?«

»Ja.«

»Von mir?«

»Von dir.«

Warum misst man jemandem eigentlich so viel Bedeutung bei, wenn er einem mitteilt, dass er von einem geträumt hat?

Warum diese Verehrung für die Welt des Traums, die gar nicht die unsere ist?

»Ich hab als Salzfischer gearbeitet, im Meer gab es einen Streifen Salz, hart und weiß.«

»Und wo war ich?«

»Du bist über den Streifen gegangen, allerdings erst hinterher.«

»Und vorher?«

»Ich hab das Salz mit der Hand eingesammelt, es blieb zwischen meinen Fingern hängen, da bist du aufgetaucht und hast dir die Boxhandschuhe gewaschen, die waren schwarz. In dem Handschuh war ein Schnipsel. Den hattest du beschrieben. Es war ein Gedicht.«

»Ein Gedicht?«

»Ja.«

»Von mir geschrieben?«

»Ja.«

»Ach du meine Güte, was für 'n dämlicher Traum.«

»Weiß ich doch.«

»Wie war das Gedicht?«

»Wunderschön.«

»Igitt.«

»Ich mein es ernst. Nach dem Aufwachen hab ich's mir gleich aufgeschrieben, sonst hätte ich's vergessen. Ich hab's mit blauer Tinte aufs Blatt geschrieben. Es ist schön. Es handelt von Schwalben.«

»Ich mag Schwalben.«

»Soll ich's dir vorlesen?«

»Hast du's mitgebracht?«

»Ja.«

»Dann los.«

»Gedicht: ›Ich sah die Schwalbe, sie fliegt sich herbei und davon, fernhin, eine Windböhe, eine Kehre und eine weitere noch, ein Flügelschlag, ein Wimpernschlag, in umgekehrter Richtung des Lebens.‹«

»Es ist voller Fehler.«

»Das weiß ich doch.«

»Du verschreibst dich sogar noch im Traum.«

»Jedenfalls ging der Traum weiter, du bist ins Meer gegangen und über den Salzstreifen gelaufen. Du warst sehr schön.«

»Warte mal, Gerruso, sag mir die Wahrheit, schwör mir, dass du die Wahrheit sagst.«

»Ich schwöre.«

»Bist du schwul?«

»Nein, wieso?«

»Versuchst du's gerade bei mir?«

»Nein, wieso?«

»Der Traum, das Gedicht, ich, du.«

»Ich verstehe nicht.«

»Wann denn überhaupt?«

»Wenn du's mir erklärst.«

»Nein, ich will dir gar nichts erklären.«

»Würdest du mich lieber mögen, wenn ich schwul wäre?«

»Bist du irre? Lass uns nie mehr darüber reden, Gerruso.«

»Einverstanden.«

»Genauer gesagt, halt die Klappe, ist besser so.«

»Einverstanden.«

»Nein, warte, der Traum? Ging der noch weiter?«

»Ja.«

»Den Teil, in dem ich vorkam, meine ich.«

»Ja.«

»Dann erzähl weiter, ich geb dir die Erlaubnis.«

»Danke. Du hast zum Horizont geblickt und etwas Blödes gemacht.«

»Was?«

»Du hast Haken ins Leere verteilt, in die Luft vor dir.«

»Das ist nicht blöd, das mache ich jeden Tag beim Training. Und dann?«

»Mein Traum ging noch weiter, aber du kamst nicht mehr darin vor.«

»Hört meine Rolle so auf?«

»Ja.«

»Als der Traum weiterging, kam darin deine Cousine Nina vor?«

»Nein.«

»Dann kannst du von jetzt an die Klappe halten und mich in aller Ruhe das Meer anblicken lassen.«

»Verdammt, wir sind ganz schön darauf hereingefallen. Ich wusste es ja, Gerruso, du bist 'ne Katastrophe.«

»Sie hat mir gesagt, sie würde kommen, und wenn sie gesagt hat, sie kommt, dann kommt sie auch.«

»Jaja, was denn sonst. Nie im Leben kommt sie.«

»So sind die Weiber eben.«

»Was soll das denn heißen?«

»Sagt dein Onkel denn nicht immer, dass die Weiber bei allem spät dran sind, außer wenn es darum geht, einem gewaltig auf die Eier zu gehen?«

»Das ist eine schlechte Angewohnheit, Gerruso, mich oder meine Verwandten zu erwähnen. Lass das.«

»'tschuldigung.«

»Verdammt, schon eine halbe Stunde Verspätung. Noch fünf Minuten, danach geh ich.«

»Nein, jetzt reicht's, jetzt hau ich ab.«

»Wohin gehst du denn?«

»Das geht dich einen Scheißdreck an.«

»Vielleicht willst du ja, dass ich mitkomme.«

»Dich will ich überhaupt nie mehr sehen.«

»Sie kommen schon noch, keine Sorge.«

»Hör zu, ich bleibe nur noch, um ihr, sobald sie aus dem Bus steigt, zu sagen, sie soll es sich sonst wohin stecken. Man merkt, dass sie deine Cousine ist. Ihr habt krankes Blut in eurer Familie.«

»Sieh mal, der Bus.«

»Wetten, dass sie wieder nicht aussteigt?«

»Wetten!«

»Ja. Wenn sie nicht aussteigt, versetz ich dir jeden Tag einen Schlag auf den Rücken, du Stummelfinger, du.«

»Aber wenn ich gewinne, dann nennst du mich nicht mehr Stummelfinger … zumindest für heute … abgemacht?«

Nina und ihre Freundin stiegen Hand in Hand aus dem Bus. Ninas Gruß erklang rein durch diese palermitanische Mittagsstunde. Gerruso lief ihr entgegen. Nina ließ die Hand der Freundin los und umarmte ihn. Sie blieben dort stehen, reglos auf dem kleinen Platz an der Endhaltestelle des Autobusses. Früher oder später wären sie zu mir gekommen. Wenn sich Ninas Freundin nicht da eingemischt hätte.

»Wer ist der da?«, fragte sie und zeigte dabei auf mich.

Sofort war sie mir unsympathisch.

»Davidù«, antwortete Nina.

Es wäre alles so perfekt gewesen. Ein Traum. Ich hatte einen unfehlbaren Plan entworfen. Doch Gerruso hatte typischerweise alles kaputt gemacht, indem er die Idee gehabt hatte, Nina zu sagen, sie solle doch noch eine Freundin mitbringen. Nina allein, nur sie war wichtig. Doch stattdessen war da jetzt auch noch ihre Freundin, blond und dürr, die, nachdem sie meinen Namen gehört hatte, nur sagte: »Aber warum kommt er denn nicht her und stellt sich vor?«

Und die Antipathie verwandelte sich in Hass.

Sie beobachtete mich auf dem gesamten Weg.

Ich grüßte sie, indem ich ihre Hand nahm.

»Angenehm, Davide.«

Die Blonde ließ die Hand in halber Höhe.

»Er ist kleiner als du, Nina.«

Du wirst so leiden, dass du dein Ende herbeisehnst.

Eliana Dumas. Blond. Dürr. Vierzehn Jahre alt. Die Kaiserhure.

Wir kamen in der zweiten kleinen Bucht an, ohne dass ich Gelegenheit gehabt hätte, mit Nina zu reden. Den ganzen Weg lang hatte die Blonde gejammert, dass die Sonne gelb, der Juni heiß und der Weg weit war. Als die Badetücher ausgebreitet waren, rief Nina: »Hier ist es schön.« Vielleicht hätte ich schon damals, während unseres ersten Beieinanderseins, begreifen können, wie gut Nina meine Gedanken lesen konnte, wie sie meine abgerissenen Gedankenfäden aufnehmen und da wieder verknoten konnte, wo die Angst dunkel war und ich nichts mehr sah.

Wieder mischte sich Gerruso ein, ungelegen wie immer.

»Nina, kannst du Kopfsprung?«

Sie schüttelte die Schultern, wobei sie eine kleine Grube am Halsansatz formte. Ich fühlte mich schon wieder unwohl. Gerruso richtete dieselbe Frage auch an die verabscheuungswürdigste Vierzehnjährige von der Welt.

»Kopfsprung ist doch blöd.«

Ich vervielfachte die Verwünschungen über sie und ihre Familie, doch erst, als die Dumas hinzufügte: »Und wer Kopfsprung macht, ist bescheuert«, handelte mein Körper von allein und begann zu laufen, um sich in einem waghalsigen Kopfsprung ins Meer zu produzieren. Blonde, schau her, was sich hier tut, schweig und bewundere. Im Flug fühlte ich mich schön wie ein schneidendes Messer. Der Wettkampf zwischen mir und der Kaiserhure hatte begonnen. Sicher, es wäre zumindest klug gewesen, sich den Meeresgrund vor dem Kopfsprung genauer anzusehen. Im gesamten Meer gab es einen Felsen, einen einzigen, und ich flog mit dem Kopf direkt darauf zu. Ich schraubte mich mit einer Krümmung nach rechts und schrammte den Felsen mit der linken Seite. Es blutete und brannte höllisch, doch der Schnitt war nichts im Vergleich zur Verletzung meines Stolzes. Ich schwamm voller Wut. Ich spürte mein Herz in der Flanke pochen. Mein zertrümmertes Selbstwertgefühl trat wild um sich.

Als ich aus dem Wasser kam, merkte Gerruso sofort, dass ich verletzt war.

»Du blutest.«

Die Dumas blieb ungerührt.

»Ich hatte ja gesagt, Kopfsprung tut weh.«

Nina war's, die alles andere ausblendete: »Ich mag es, kopfüber ins Meer einzutauchen.«

Dann erzählte Nina von ihrem Vater Emerico und von ihrer Mutter Lia, der Schwester von Gerrusos Mutter.

»Ach, dann heißt du also gar nicht Gerruso mit Nachnamen?«

»Nein.«

Ihr Vater arbeitete bei Fiat in Termini Imerese. Ihre Mutter betrieb ein Papierwarengeschäft. Nina hatte keine Geschwister, genau wie ich. Das sagte ich ihr. Gerruso machte deutlich, dass ich Halbwaise durch meinen Vater wäre. Diese unerwartete Wendung ließ die Blonde wieder aus ihrer trägen Gefühllosigkeit hervortreten.

»Wie habt ihr das geschafft?«

»Wieso geschafft? Wer? Was denn?«

»Ohne deinen Vater.«

»So eben.«

»So eben wie?«

»Tag für Tag.«

»Ohne einen Mann im Haus?«

»Oh, was das angeht, Männer hat es bei mir Zuhause immer gegeben.«

»Ach ja?«

»Ja.«

»Wie wer?«

»Onkel Umbertino.«

»Wer ist denn der?«

»Der Cousin meiner Mutter.«

»Der Cousin oder ...?«

»Oder was?«

»Nina, wann gehen wir denn endlich? Ich langweile mich.«

Ohne irgendwem irgendetwas zu sagen, stand Nina auf, machte einen Kopfsprung und schwamm zum Horizont. Sie machte lauter Fehler bei ihren Bewegungen. Einen Augenblick später befand ich mich bereits im Flug, diesmal dahin, wo der einzig aufragende Felsen nicht war. Mit großen Armschlägen erreichte ich Nina. In ihrer Nähe, mit Sizilien als Hintergrund und dem Meer ringsum, empfand ich nicht mehr so viel Scham. Ich war sogar in der Lage, etwas zu sagen.

»Ciao.«

Sie lächelte mir zu.

Nina, du hast riesengroße Augen, die sind sogar imstande, über mich zu wachen, wenn ich weit weg bin. Das hätte ich ihr gerne sagen wollen. Stattdessen kamen die Worte heraus, ohne dass es mir gelang, sie zu wägen.

»Wenn du den Kopfsprung machst, machst du einen Fehler beim Abheben. Und beim Schwimmen ist die Bewegung des linken Arms fehlerhaft. Und das Schlagen der Füße ist nicht koordiniert. Und Atem holt man auf beiden Seiten. Und so wie du die Hände hältst, ja, da machst du auch Fehler.«

Das Herz in der Brust blieb mir stehen.

Scheiße. Was. Sagte. Ich. Da. Bloß?

Nina riss die Augen auf. In ihren Worten lag Erstaunen.

»Mache ich wirklich so viele Fehler?«

Dem Mund vertraute ich nicht mehr. Ich antwortete wie Großvater, indem ich den Kopf senkte. Nina riss die Augen noch weiter auf, und wahrhaftig, das war gar kein Gerede: Sie war viel schöner als Sizilien da im Hintergrund.

»Und das alles hast du gemerkt, obwohl du mir doch nur für wenige Sekunden zugesehen hast?«

Wieder senkte ich den Kopf.

»Mein Cousin hat mir gesagt, dass du boxt. Bist du denn nicht noch zu jung, um Boxer zu sein? Ich dachte, man würde erst mit achtzehn damit anfangen. Wie alt warst du denn, als du damit angefangen hast?«

Einen Augenblick lang wurde alles wieder scharf und klar.

Der Schuss, die berstenden Scheiben, Gerruso, der ohnmächtig und ohne Zeigefinder auf der Erde liegt, Pullàra, der verrückt geworden ist, der Onkel, der herbeistürzt, und Nina, die dasteht, unbeweglich, ohne Angst.

»Neun.«

»War das an dem Tag?«

»Ja.«

»Der, der auf die Piazza kam und dich dann ins Krankenhaus begleitet hat, ist das dein Onkel Umbertino?«

»Ja.«

»Der ist sympathisch, er hat mich ›*piccirì*‹ genannt … Kleines.«

»Ja.«

»Also, bringst du's mir bei?«

»Was?«

»Richtig zu schwimmen.«

Das Meer war spiegelglatt. In diesem samtenen Wasser fühlte ich mich beschützt.

»Schau mal, die Bewegung geht nicht vom Arm aus, sondern von der Körpermitte, so, siehst du? Du musst dich auf das Becken konzentrieren, Nina … Warum lachst du? Hab ich irgendwas Albernes gesagt?«

»Es ist das erste Mal, dass du Nina zu mir sagst.«

Und sie schwamm davon. Und ich sah sie, während sie alle Bewegungen falsch machte, als das, was sie war.

Perfekt.

Gerruso und die Blonde lagen auf den Badetüchern und diskutierten angeregt miteinander.

»Ich habe trotzdem recht. Man kann sagen ›ein Film fürs Lachen‹.«

»Nein, das kann man nicht, du kannst ja noch nicht mal die Präpositionen.«

»Kann man eben doch sagen, das ist so etwas wie eine lateinische Ausdrucksweise.«

»Was weißt du denn über Latein?«

»Er da weiß es.«

Ich fühlte die Blicke aller auf mir. Sie erwarteten eine Antwort. Aber ich war noch nicht ganz trocken, ich konnte noch nicht reden. Ich senkte den Kopf, zeigte meine Handflächen, wiegte den Kopf vor und zurück, ja, stimmt, was wollt ihr denn, ich kann Latein.

»Das glaube ich nicht«, sagte die Dumas gereizt.

»Wie kommt es denn, dass du es kannst?«, fragte mich Nina. Nicht ein Gran Zweifel, sie war einfach nur neugierig. Ich dachte nicht, dass es so leicht sein würde, meine Lähmung zu überwinden. Ich antwortete leise, damit ihre Freundin mich nicht hören konnte.

»Großmutter hat's mir beigebracht.«

Das sagte ich im palermitanischen Dialekt zu ihr, also wie mit Blut.

»Im Italienischen kann man das jedenfalls nicht sagen«, sagte die Dumas entschieden.

Gerruso war aufrichtig überrascht.

»Das kann man nicht? Was heißt denn: ›Das kann man nicht‹? Ich hab es doch gerade gesagt! Und ich sage auch: ein Film fürs Weinen, ein Film fürs Erschrecken, ein Film fürs Langweilen. Man kann's, und wie man's kann.«

»Du hast keine Ahnung. Aber der da, woher sollte der Latein können?«

»Seine Großmutter.«

Nina hatte ihr geantwortet.

»Ach, ist sie Gymnasiallehrerin? Meine Mutter ist eine. Daher kann ich auch Latein. Ich kenne alle fünf Deklinationen und das Verb *sum*.«

Mit einem Schleier von Entsetzen auf dem Grund seiner Pupille blickte Gerruso mich an. Ich beruhigte ihn durch Zunicken. Ich konnte das Verb *sum* konjugieren, in allen Zeiten und in allen Arten. Meine Großmutter ist eben eine sehr, sehr, sehr hartnäckige Frau.

»Ach, dann sind meine Mutter und deine Großmutter ja Kolleginnen. Wo unterrichtet sie denn?«

»In der Tomaselli-Schule.«

»Tomaselli? Was soll das sein? Ein neues Gymnasium? Ein altsprachliches? Hier in der Stadt? Wo ist es? Ich kenn es gar nicht.«

»Es ist eine Grundschule.«

»Eine Grundschule?«

»Ja, wieso?«

»Lernt man denn Latein jetzt schon in der Grundschule?«

»Nein.«

»Also?«

»Sie hat ihr Staatsexamen in Altphilologie gemacht.«

»Und ist dann als Lehrerin in der Grundschule gelandet.«

»Was heißt ›gelandet‹?«

»Wenn sie Karriere gemacht hätte, wäre sie jetzt im altsprachlichen Gymnasium wie meine Mutter. Wenn sie aber am Ende bei denen gelandet ist, die nicht mal lesen und schreiben können, dann konnte sie vielleicht doch nicht so gut Latein und Griechisch.«

»Eliana.«

Ninas Stimme war streng, aber nicht hart.

»Sei nicht so unhöflich.«

Die Dumas hörte nicht oder tat so, als würde sie nicht hören.

»Das also ist der Grund«, fuhr sie fort und zeigte auf Gerruso, »weshalb er andauernd über die Bezahlung des Lehrpersonals gelabert hat.«

Gerruso wurde knallrot.

Die Erörterung der Bezahlung des Lehrpersonals.

Das war mein Schlachtross.

Das hatte ich mir als Thema des Aufsatzes bei der Abschlussprüfung nach der Terzia vor ein paar Wochen ausgesucht. Gerruso wollte damals wissen, wie meine Prüfung gelaufen wäre. Gut, hab ich ihm geantwortet, und nein, seine Prüfungsarbeit interessierte mich kein bisschen, jedenfalls nicht, worüber er seinen Aufsatz geschrieben hatte. Über den Wert der Freundschaft? Was soll das denn für ein Aufsatzthema sein? Eins für die Quinta, höchstens!

Dann hatte es mich eiskalt überlaufen.

»Du hast mich doch wohl nicht genannt in deinem Aufsatz, oder?«

Sein Schweigen war das deutlichste Eingeständnis. Mein Name kam in Gerrusos Aufsatz vor und würde in den Archiven der italienischen Schule bis in alle Ewigkeit verbleiben, und jeder, der ihn las, würde völlig zu Unrecht den Eindruck haben, dass er und ich Freunde seien.

Ich war drauf und dran, ins Telefon zu brüllen, als Gerruso mich fragte, worüber ich denn geschrieben hätte. »Du hast überhaupt keine Antwort verdient«, sagte ich. Doch er bohrte und bohrte, bis ich schließlich aufgab. Ich erklärte ihm, dass ich mich über die unangemessene Bezahlung der Lehrer ausgebreitet habe. Dieser Diskurs war bei einem Sonntagsessen in der Familie entwickelt worden. Vor einer Portion Ziegenlamm vertraten ich und mein Onkel die Ansicht, dass die Lehrerinnen an den Grundschulen ein höheres Gehalt als die Mittelschullehrerinnen und Gymnasialprofessorinnen verdient hätten.

»Denn sie treten am Beginn des Bildungs- und Entwicklungsprozesses auf«, fasste Großmutter die Sache zusammen.

»Der Wuchs der Bäume entscheidet sich, wenn sie noch jung sind«, bekräftigte Umbertino.

Wir waren ganz einveranden, wir wussten, dass die Grundlagen dafür, in den Ring zu klettern, nicht die Arme sind, sondern die Beine.

Gerruso hatte meine Theorie übernommen und sie benutzt, um sich mit der Dumas zu streiten. Ich wusste nicht, ob ich mich über ihn ärgern oder ihn beglückwünschen sollte. Eine Idee von mir zu übernehmen bedeutete schließlich, ihre Vortrefflichkeit anzuerkennen. Andererseits stimmte es aber auch, dass jede Idee, auch die beste, wenn sie aus seinem Mund kam, endgültig erledigt war. Er war ein Stummelfinger auch in seinen Gedankengängen und Argumentationen.

Die unerträgliche Blonde wollte gerade noch irgendeine andere Unverschämtheit von sich geben, als Nina entschlossen dazwischenfunkte.

»Gehen wir doch jetzt alle zusammen schwimmen.«

Sie vertat sich beim Absprung, bei der Krümmung des Rückens, bei der Haltung des Halses. Und doch hatte ihre Bewegung eine gewisse Anmut, die sie einzigartig und unwiederholbar machte. Nina hatte eine eigene Grammatik der Bewegung. Die konnte korrigiert werden, das ja, doch sie einfach durchzustreichen wäre unverzeihlich gewesen.

Gerruso war Zweiter. Es war ein schrecklicher Anblick. Er brachte es fertig, die Arschbombe falsch zu machen, verursachte nur wenige Spritzer, ruinierte sich dafür aber die Innenseite seiner Arme, weil er nicht mit den Ellbogen zuerst ins Wasser schoss.

Er wollte gerade einen Fluch ausstoßen.

Ich kam ihm zuvor.

Ein Engelsflug, den Körper in Kreuzform, offene Arme wie eine Schwalbe, die Fäuste geschlossen, die Hände kommen zusammen, am Ende breiten sich die Finger gerade aus, um den Übergang des Körpers für ein rasches diagonales Eintauchen zu öffnen.

»Wer hat dir diesen Kopfsprung eigentlich beigebracht?«

Ninas Augen leuchteten.

»Mein Onkel.«

Wir waren zwar arm, aber voller Talent.

»Ach, jetzt kommt Eliana dran, sieh sie dir an, Davidù.«

Ich drehte mich nur um, weil Nina mich darum gebeten hatte, anderenfalls hätte ich mich um nichts in der Welt von ihren Augen gelöst.

Und was ich sah, tat mir weh.

Die Dumas löste sich mit Genauigkeit und Maß ab, sie zeichnete eine richtige, ausgeglichene Vertikale, elegant und schnell teilte sie sich in zwei, ohne Spritzer tauchte sie ins Wasser ein. Ein angewinkelter Kopfsprung mit vorgestreckten Armen, an dem technisch nichts auszusetzen war. Als sie auftauchte, begann sie zu schwimmen. Sie beherrschte einen untadeligen Stil.

»Sie geht zum Schwimmtraining. Sie ist Regionalmeisterin im Rückenschwimmen und im Springen vom Drei-Meter-Brett gewesen.«

Sie war eine wesentlich gefährlichere Feindin, als ich dachte. Dass sie versuchen würde, mich anzugreifen, das hatte ich zwar bereits an der Haltestelle an der Piazza mit Sicherheit gewusst. Aber dass sie auch in der Lage wäre, mir wehzutun, das begriff ich, als ich von der Schönheit ihrer Bewegung gefangen genommen wurde.

Gerruso mischte sich wieder ein, und das verschlechterte das empfindliche Gleichgewicht der Gefühle.

»Bringst du mir den Kopfsprung bei?«

»Jetzt?«

»Ja.«

»Klettere schon mal auf den Felsen da, ich komme gleich nach.«

Nina betrachtete ihn erstaunt, dann lenkte sie ihre Augen wieder in meine. Sie hatte einen Blick voller Verständnis, wenn du ihm das abschlägst, verstehe ich dich, und zwar bestens.

Ich hatte es versprochen.

»Bringst du's ihm wirklich bei?«

»Ja. Wenigstens ist deine Freundin jetzt weit weg.«

»Sag so was nicht. Eliana ist zwar etwas eigen, aber sie ist eine gute Freundin. Und sie ist auf ihre Weise sogar bescheiden.«

»Die und bescheiden?«

»Ja. Denk an den Kopfsprung: Sie ist eine Meisterin, aber erzählt das nicht herum, mehr noch, sie redet immer geringschätzig von den Dingen, in denen sie brilliert.«

»Sind das viele?«

»In der Schule ist sie Klassenbeste, nächstes Jahr wird sie sich für das altsprachliche Gymnasium einschreiben.«

Ein Wettkampf war im Gang.

Ich hatte nicht die Absicht zu verlieren.

»Ich mich auch.«

»Vielleicht kommt ihr in dieselbe Klasse.«

»Ich schreibe mich wohl in die Seefahrtsschule ein.«

Während sie sprach, bewegte sich Nina, um an der Oberfläche zu bleiben.

Die Sonne zeichnete ihr immer neue Schatten aufs Gesicht.

»Ich dagegen werde mich ins neusprachliche Gymnasium einschreiben, ich reise nämlich gerne.«

»Reisen ist etwas Schönes.«

»Bist du viel herumgereist?«

»Ein bisschen.«

»Bist du schon in Rom gewesen?«

»Nein.«

»In Venedig?«

»Nein.«

»In Mailand?«

»Nein.«

»Wo bist du denn überhaupt schon gewesen, mit Verlaub?«

»An vielen Orten.«

»Welchen?«

»Bei der *Libertas* in Milazzo, bei der *Invicta* in Catania, bei der *Forza e Costanza* in Barcellona Pozzo di Gotto, bei der *Virtus* in Sciacca.«

»Bist du nie außerhalb von Sizilien gewesen?«

»Nein.«

»Und doch bist du viel gereist?«

»Ich glaube schon. Oder? Stimmt das nicht?«

Nina brach in ein leuchtendes Lächeln aus, das ich nicht in der Lage war, ganz zu deuten. Aber sie war da, sie lächelte mir zu, alles andere interessierte mich nicht.

»Was sind das für Namen, die du da aufgezählt hast?«

»Sportvereine.«

»Fürs Boxen?«

»Ja.«

»Willst du Boxer werden?«

»Mein Vater war Boxer.«

»War er stark?«

»Der Beste.«

»Willst du werden wie dein Vater?«

»Das weiß ich nicht, ich habe ihn nie gekannt. Was willst du werden?«

»Übersetzerin, das ist eine Arbeit, die mir gefallen würde. Eliana dagegen wird Musikerin, sie lernt Cello.«

Mein Herz blieb stehen. Die Dumas spielte ein Instrument. Sie lernte die Fingerbewegungen auf einem Musikinstrument. Leichte Finger, in der Lage feinfühlig zu sein. Finger, die Töne hervorbrachten.

»Sie wohnt in einem großen Haus in der Via Libertà.«

Und sie ist auch noch maßlos reich.

»Ihr Haus ist sehr schön, es würde dir gefallen, es hat zwei richtige Etagen. Sie hat ein riesiges Schlafzimmer mit Bildern an den Wänden. Wie ist dein Zuhause?«

Ich konnte nicht gewinnen. Allenfalls konnte ich ehrenvoll verlieren.

»Meine Familie ist nicht reich, Nina, doch meine Mutter hält das Haus picobello sauber, und jeden Sonntag kommt mein Onkel zum Essen zu uns, mein Großvater hat einen kleinen Gemüsegarten, und meine Großmutter hat mir das Lesen und Schreiben mit vier Jahren beigebracht.«

Und mit einem Purzelbaum rückwärts tauchte ich unter, und zwar sowohl in die salzigen Gewässer des Meeres als auch in die Tiefen der Scham. Ich schwamm ohne Atem zu holen bis an den Felsen. Die Schürfwunde an der Seite blutete nicht mehr, sie war lediglich noch ein bisschen rot. Ich atmete tief ein und konzentrierte mich auf die nächste Wette, die ich verlieren würde: Gerruso. Was die Anspannung steigen ließ, war die unliebsame Rückkehr der Cellistin.

»Gerruso, vertrau mir, tu genau, was ich dir sage.«

Im Meer teilte Nina der Dumas mit, dass ich Gerruso das Kopfspringen beibringen würde.

»Was? Wer? Der da bringt deinem Cousin das Kopfspringen bei? Das schafft der doch nie.«

Der Fehdehandschuh war hingeworfen worden.

»Gerruso, das ist nicht schwer, das kannst du schaffen.«

»Stimmt das auch, Davidù?«

Gerruso musste gehegt werden wie eine Pflanze, nicht angefallen, wie er es verdient hätte.

»Ja, ich sage die Wahrheit. Tu einfach nur, was ich dir sage. Denk an den Hintern, Gerruso. Nur an ihn. Kneif ihn zusammen und streck die Arme nach vorne, ja, so, von unten nach oben, so wie Superman.«

Gerruso probierte die Bewegung drei Mal. Er war ungeschickt, doch die Dynamik war genau.

»Zeigst du mir mal einen?«

»Natürlich. Schau mir genau zu, denn danach wirst du unter meiner Anleitung deinen Sprung genauso machen.«

Ich löste mich mit einem hohen, weiten Sprung.

Meine Beine sind Boxerbeine, Blonde.

Das Meer nahm mich auf, ohne dass Schaum von meinem Eintauchen kündete.

Nina applaudierte lebhaft.

Die Dumas: »Ja, nicht schlecht.«

Das Undenkbare geschah.

Wie von heiliger Raserei gepackt, schrie Gerruso vom Felsen.

»Nicht schlecht?«

»Lehrerhaft«, urteilte die Dumas kurz und knapp.

Gerruso riss die Augen auf.

»Was soll das heißen?«

»Dass es ein Kopfsprung war, wie er sein muss«, versicherte ich ihm.

»Lehrerhaft«, wiederholte die Hure.

»Ich habe ihm gerade erklärt, was das ist, ein perfekt ausgeführter Kopfsprung.«

»Ach richtig, in den Grundschulen wird ja die Anwendung der Wörter unterrichtet.«

Die Blonde entfernte sich mit großen Armschlägen auf dem Rücken, und, Jesus, auch das wurde mit Anmut und Genauigkeit ausgeführt.

Gerruso war außer sich.

»Hör gefälligst damit auf.«

Seine Stimme gellte.

Dieser Wutanfall überraschte mich und Nina total.

Die Dumas schenkte Gerruso nicht die geringste Beachtung.

»Hast du mich verstanden? Ich rede mit dir. Hör ja damit auf.«

Ich und Nina sahen uns an, ohne dass uns irgendeine Antwort eingefallen wäre.

»Du musst damit aufhören! Wag' es ja nicht mehr! Davidù ist ein Poet.«

Und vor der ganzen Welt zeigte er auf mich, mitten im Meer.

Mit dem Stummelfinger.

In diesem Augenblick wirkte Gerruso anders. Wie wenn er mit diesem Frontalangriff einen Veränderungsprozess in Gang gebracht hätte, unmittelbar vor unseren Augen, unter jener Nachmittagssonne um zwei Uhr, auf jenem Felsen am Kap Gallo.

Nach dreizehn Jahren der Würdelosigkeit und Schmach brach Gerruso wahrscheinlich gerade zu einer würdevollen Existenz auf.

Erblühen nach dreizehn Jahren.

Um mich herum war jede Einzelheit wie eingemeißelt: Ninas rote Haare, festgeklebt hinter den Ohren. Ihr vor Staunen offen stehender Mund. Gerrusos zum Himmel gereckte Arme. Der auf mich deutende Stummelfinger. Die Stimme der Kaiserhure, die diesen weißen Augenblick zertrümmerte. Sie lachte ausgelassen und sagte wieder und wieder nur ein einziges Wort.

»Poet.«

Unerwartet fing auch Nina an zu lachen und warf ihren Kopf zurück. Die Haare lösten sich im Meer wie die Blume, deren Blütenblätter sich bei Tagesanbruch öffnen. Und ohne jeden logischen Sinn fing auch Gerruso an zu lachen. In dieser allgemeinen Ansteckung des Gelächters war ich der Einzige, der sich nicht amüsierte. Sie lachten über mich.

»Ja, wenn er ein Poet ist, wird er dir einen perfekten Kopfsprung beibringen, einen Kopfsprung in Reimen.«

Der Blick der Dumas war wie der Lauf eines Gewehrs.

Nina fragte mich, ob ich ihrem Cousin wirklich den Kopfsprung beibringen könne. Die Karten für den finalen Zweikampf lagen nun auf dem Tisch. Meine Zukunft mit Nina hing ganz und gar von diesem Kopfsprung ab.

Ich sah Gerruso, und ich sah eine Sukkulente und hatte die hauchzarte Hoffnung, dass die Blüte sich vielleicht, gegen jede Wahrscheinlichkeit, dazu entschlossen hätte, sich genau an diesem Tag zum ersten Mal, nach dreizehn sinnlosen Jahren, der Welt zu zeigen.

»Gerruso, hör auf herumzualbern und hör mir zu. Kneif den Hintern zusammen und schwing die Handgelenke, so, ein bisschen langsamer. Dann gehst du leicht in die Knie, eine schnelle Bewegung der Arme, du springst mit aller Kraft ab, und den Rest besorgt der Körper. Los, mach mir einen schönen lehrerhaften Kopfsprung, und dann reden wir nicht mehr darüber.«

»Hast du Vertrauen zu mir?«

Die Münze war hingeworfen worden.

»Ja, Gerruso, ich vertraue dir. Du wirst einen wunderbaren Kopfsprung machen.«

Die Dumas sah nur mich an, und zwar mit Kannibalenaugen. Ninas Mund stand weit offen.

Gerruso schwang seine Handgelenke vor und zurück. Er krümmte den Rücken und beugte die Knie an.

Los, Gerruso, los.

Seine Handgelenke flogen davon, die Knie zogen sich zurück und lösten die Füße ab, ließen den Körper springen, versteiften den Oberkörper und ließen den Flug beginnen.

Erblühe jetzt.

Bitte.

Einen Augenblick lang wurde die Sonne von seinem Körper verdunkelt. Er flog horizontal über das Elend der Welt, die Augen weit geöffnet, um nichts von diesen Augenblicken zu verpassen. Er wirkte glücklich, eine Sukkulente mitten in der Wüste.

Wollen wir wetten, dass.

Aber nein. Er klatschte mit dem Bauch feist und brutal auf das Wasser. Ein erschütternder, schmerzvoller Laut erscholl in den palermitanischen Juni. Gerruso hatte vergessen, sich in der Luft zu krümmen. Er landete weit geöffnet, Hände, Arme, Bauch, Beine, Gesicht. Er trieb ein paar Augenblicke an der Meeresoberfläche, bevor er langsam versank wie ein Blatt auf dem See. Sobald er wieder auftauchte, sahen wir, dass ihm Blut aus der Nase rann.

»Ich bin doch gut eingetaucht, oder?«

Ich schwamm schweigend zu ihm hinüber. Ich legte seinen Arm um meinen Hals und brachte ihn zum Ufer.

»Hast du's gesehen, Nina? Ich habe gelernt, einen Kopfsprung zu machen, Davidù ist ein hervorragender Lehrer, er ist eben in allem ein Poet.«

Wir legten ihn auf den Rücken.

Seine ganze Vorderseite war feuerrot, wie wenn er sich verbrannt hätte.

»Ruh dich jetzt ein bisschen aus, das ist besser.«

Eliana flüsterte Nina etwas ins Ohr. Ich hatte auf Gerruso gewettet und verdiente die Niederlage gerade deshalb. Die Dumas schickte mir einen letzten, schmerzhaften Peitschenhieb mit ihren

Augen herüber, sie wandte mir den Rücken zu und machte sich zum Kopfsprung bereit.

Und da sah ich etwas, das ich niemals für möglich gehalten hätte.

Beim Ausführen der gleichen Bewegung, die ich versucht hatte, Gerruso beizubringen, vertat sie sich bei der Ausrichtung der Füße. Eine kaum wahrnehmbare Verlagerung, doch der rechte Fuß stand weiter hinten als der linke. Sie erhob sich auf die Zehenspitzen und sprang ab. Ihre Beine zeichneten den Flug einer Libelle nach.

Eine unvorhersehbare, untadelige, todbringende Beinbewegung.

Kraftvoller als meine.

Die Beinbewegung der Hure.

»Woran denkst du?«, fragte Nina.

»Sie hat ein prachtvolles Beinspiel.«

»Wie geht es meinem Cousin?«

»Er hat einen mörderischen Bauchklatscher gemacht, aber das wird schon wieder, der Schmerz kommt und geht, lassen wir ihn ausruhen.«

»Begleite mich.«

»Wer?«

»Du.«

»Ich?«

»Ja.«

»Wohin?«

»Da hin.«

Wir setzten uns auf den Felsen, unsere Füße tauchten wir ins Wasser.

»Ich freue mich über diesen Tag, den wir gemeinsam am Meer verbracht haben.«

»Wirklich?«

»Ich habe mich schon gefreut, als mein Cousin mich vorgestern angerufen hat.«

»Oh!«

»Machen wir's doch so: Da die Einladung ans Meer von dir gekommen ist, denn ich weiß, dass sie von dir gekommen ist, darfst du mich jetzt um alles bitten, was du willst, und ich werd's dir geben.«

Die Verlegenheit explodierte in einem Erröten, das so intensiv war, dass ich die Augen niederschlagen musste. Ich sah ihren Fuß mit dem Meerwasser spielen.

»Was also?«

Ich klammerte mich an dieses Bild.

»Ichwilleinenschnürsenkeldeinerschuhe.«

»Der Schnürsenkel gehört dir.«

Sie verschwand und ließ mich auf dem Felsen von Kap Gallo zurück, auf einer reglosen Drift. Ich war nur noch Krempel, nicht einmal mehr in der Lage, Schiffbruch zu erleiden. Die Scham grillte mein Fleisch. Ich würde sterben. Lasst mich alleine. Meer, verschlucke mich, lass mich untergehen und Schluss und aus. Ich starb nur deshalb nicht, weil Nina zurückkehrte und sich wieder neben mich setzte.

»Nimm.«

»Wer? Was?«

»Den Schnürsenkel, hast du denn nicht gesagt, dass du den haben wolltest?«

Sie sprang ins Meer und im Wasser band sie mir mit Sorgfalt und Aufmerksamkeit den Schnürsenkel am linken Fußknöchel fest.

»So dürfte er nicht aufgehen.«

»Ich werde immer etwas von dir an mir tragen«, sagte ich leise, ohne nachzudenken.

»Genau«, kicherte sie und setzte sich wieder neben mich.

Ich biss mir auf die Innenseite meiner Lippen. Ich war mit Sandalen ans Meer gekommen. Wenn nun auch sie mich um einen Schnürsenkel bat, war ich erledigt. Warum musste das Leben nur so schwierig sein?

»Also, was gibst du mir?«

»Ich?«

»Ja, du.«

»Ich dir?«

»Ja.«

»Ich hab Sandalen, Nina, verflixt noch mal, ich habe hier keinen einzigen Schnürsenkel.«

»Ich will aber mein Geschenk.«

»Jetzt?«

»Ja.«

»Und was?«

»Küss mich. Auf den Mund. Jetzt.«

Und so fand ich mich in ihrem Mund wieder.

Es war ein langer, leidenschaftlicher Kuss, ein Kuss wie im Film.

Gerruso applaudierte, er stand auf dem Felsen.

»Was für ein schöner Kuss, du bist ein richtiger Poet!«

Das Meer war spiegelglatt, die Dumas weit weg, ich schaltete meinen Kopf aus und genoss den Klang des Wassers, wie es den Felsen heraufspülte, sich dort kräuselt, zwischen den Algen versinkt und in einem unendlichen Anlauf zurückkehrt.

»Woran denkst du, Davidù?«

Es ist schon überraschend, mit welcher Beharrlichkeit Frauen die Männer fragen, was sie denken. Die Antwort ist zumeist einfach, so wie der Mann grundlegend einfach ist: an nichts. Manchmal betrachtet er nur einen Fleck an einer Mauer. Manchmal hört er nur ein wunderbares E-Gitarren-Solo, und das nimmt seine ganze Aufmerksamkeit in Anspruch. Es wird dabei überhaupt nicht gedacht. Noch viel erstaunlicher ist es, wie sehr der Mann sich verpflichtet fühlt, eine scharfsinnige, tiefgründige Antwort zu geben, die seine geheimnisvolle Faszination nur noch vergrößert.

Ich wollte eigentlich eine schöne und konkrete Antwort geben, doch stattdessen stellte ich eine Frage.

»Dann sind wir jetzt also zusammen?«

Entweder war ich verrückt geworden oder das Genialische äußert sich auf diese Weise, ungefiltert, unkalkuliert.

»Was meinst du denn?«

Immer noch diese fixe Idee, was ich denke, was ich meine? Nina, ich bin ein Mann, wir Männer denken weitaus, weitaus weniger, als ihr glauben wollt. Männer, du weißt schon! Ihr verbringt doch Stunden und Stunden damit, Männer in Turnhosen zu sehen, die einem Ball nachlaufen, die vor ihren Freunden herumprahlen, die auf ihren Fäusten Liegestütz machen. Männer eben, Nina. Welcher Gedanke soll denn deiner Meinung nach hinter all dem verborgen sein? Es ist doch ein Wunder, dass wir in der Lage sind zu gehen und dabei zu pfeifen, ohne alle drei Schritt lang hinzufliegen.

Nina erhöhte den Wetteinsatz.

»Nenn mir einen guten Grund, weshalb wir zusammen sein sollten.«

Ich war so sehr damit beschäftigt, nicht zu sterben, dass ich schon wieder ohne zu denken antwortete.

»Ich habe eine Sukkulente, die in dreizehn Jahren blühen wird, und es wäre schön, wenn wir sie gemeinsam aufblühen sehen könnten.«

Sie gebrauchte keine Worte.

Sie antwortete auf die bestmögliche Weise.

Ein weiterer Kuss auf den Mund, feucht und leidenschaftlich, ein Zungenkuss, bei geschlossenen Augen und mit Schauder über den Rücken. Als wir uns voneinander lösten, blieben unsere Stirnen beisammen.

»Das ist schön, ›Poet‹, das gefällt mir.«

»Hör auf.«

»Ich meine es wirklich, es gefällt mir. Haben Boxer denn keine Spitznamen?«

»Doch.«

»Dein Vater?«

»Der Paladin.«

»Schön.«

»Ja, richtig.«

»Mir gefällt ›Poet‹.«

»Meinst du das wirklich?«

»Ja. Für mich wirst du ›der Poet‹ sein. Der steht dir gut, der ist perfekt.«

»Doch das hat Gerruso gesagt!«

»Na und?«

»Nein, nichts, einverstanden.«

Ich betrachtete das Meer. Ich dachte über die eben zurückliegenden Dinge meines Lebens nach: Ich hatte einen Schnürsenkel um den Fußknöchel, einen Spitznamen, mit dem ich im Ring protzen könnte, und eine feste Freundin, mit der ich im Autobus nach Palermo zurückkehren würde. Wenn sie mich in diesem kurzen Augenblick gefragt hätte, woran ich dächte, wäre das eine fabelhafte Antwort gewesen. Doch Nina, die durch und durch ein weibliches Wesen war, fragte mich nichts mehr.

Was damals geschehen war, hatte mir meine Mutter viele Male erzählt. Wie wenn sie mir unbewusst mitteilen wollte, dass sie ruhig war, dass sie inzwischen in der Lage war, darüber zu sprechen, »Davidù, siehst du meine Augen? Sie weinen nicht mehr, mein Engel.«

An jenem Tag war sie früh aufgestanden, so wie immer. Sie war zur Arbeit ins Krankenhaus gegangen. Auf ihrer Station verlief der Tag ruhig. Auf dem Heimweg hatte sie auf dem Markt von Ballarò Meerbarben gekauft. Sie wollte sie abends nach einem Rezept von Großvater zubereiten: eine Marinade aus Orangenmarmelade, eine Panade aus Brösel, Mandeln und Pistazien und dann ab ins Backrohr für zwei Minuten. Es war ein warmer September. Sie trug ein weißes T-Shirt, das am Bauch herum ein bisschen spannte. Sie begann, fülliger zu werden. Gegen siebzehn Uhr kam sie nach Hause. Im Esszimmer zog eine Illustrierte ihre Aufmerksamkeit auf sich. Darin war ein Artikel über Schach. Er erzählte von einem General aus der Armee Napoleons, der ein hervorragender Stratege war. Vor den Schlachten folgte er einem einzigartigen Ritual: Er forderte den Sieger eines Schachturniers heraus, das uneingeschränkt allen Rängen der Armee offenstand. Er bewirtete ihn in seinem Quartier, und sie spielten. Gelegentlich war der Herausforderer derart geschickt, dass er, der General, sich gezwungen sah, neue Angriffsstrategien zu ersinnen. Doch der General war unschlagbar. Der Artikel konzentrierte sich auf eine Eigentümlichkeit: Mehrere Züge vor dem Schachmatt teilte er mit, dass die Begegnung zu Ende war, und nahm dann den gegnerischen König in die Hand. Angesichts der mehr als gerechtfertigten Verblüffung seines Herausforderers beschrieb er die Züge, die er ausführen würde und ebenso die notwendigen Gegenzüge, bis zum endgültigen Ergebnis. Zuletzt schleuderte er das Schachbrett ungestüm auf den Boden. Auf die Frage nach dem Grund für diese Handlung antwortete er: »Damit meine Gegner meinen Winkelzügen nicht auf die Spur kommen, die es mir ermöglicht haben, sie zu besiegen.«

Meine Mutter war keine große Schachspielerin, doch diese Geschichte beeindruckte sie sehr. Sie legte die Illustrierte weg und nahm Stricknadeln und Wolle aus dem Korb. Sie begann zu stricken. Dann hatte sie Durst und ging in die Küche, goss sich Wasser ein und kam wieder ins Esszimmer zurück, um es dort zu trinken. Mittlerweile saß sie ganz gern. Genau in dem Augenblick, als sie das Glas auf den Tisch stellte, ging die Wohnungstüre auf und Umbertino kam herein.

Am neunten September 1973 um vier Uhr nachmittags war der Tag noch strahlend.

In der Boxschule erklärte Umbertino den Boxern gerade einen Bewegungsablauf: linke Gerade nach vorn, Satz nach hinten und rechte Gerade. Er führte diesen Doppelschlag mit einer Schnelligkeit, einer Genauigkeit, einer Beherrschung der Zeit aus, die alle sprachlos machte. In seinem Körper hatte er eine erneuerte Energie. Endlich war es so weit, dass die Boxschule den nationalen Meistertitel gewinnen konnte, dessen war er sich sicher.

Kurz nach vier Uhr nachmittags kam Franco mit völlig verstörtem Gesicht in die Boxschule, die Schiebermütze fest in der Hand.

Umbertino begriff sofort, dass er ihm gleich etwas Ungeheures offenbaren würde. Er lief ihm entgegen und zog ihn an den Schultern hoch.

Franco begann zu schluchzen.

»Der Paladin ist tot.«

Umbertino drückte ihn an die Brust.

»Raus mit euch«, rief er den Boxern zu.

Alle gingen.

Sobald sie alleine waren, machte Umbertino sich von Franco los und schlug alles mit bloßen Händen kurz und klein.

Seine Stimme war finster.

Sie kam nicht aus diesem Leben.

»Wie ist das passiert?«

Franco war nicht imstande zu sprechen. Er hob die Hände hoch, und beide zeigten Spuren tiefer Bisse. Dann drehte er sie in der Bewegung des Gasgebens.

Beim Motorrad.

Der Paladin war bei einem Unfall mit dem Motorrad gestorben.

»Wo?«

Franco brachte keinen Ton heraus.

»Franco, sieh mir in die Augen. Wo?«

Franco drehte seinen Kopf zu ihm und sah den Höllenblick.

»Tunnel«, konnte er gerade so jaulen.

Der Tunnel.

Die Autobahn.

»Franco.«

Diese Stimme war ein Knurren.

»Zina weiß es?«

Umbertinos Hände waren voll von Holz-, Glas- und Zementsplittern. Blut überall.

Franco schüttelte den Kopf, wies mit der rechten Hand auf diesen Kopf. Nur er wusste es. Sonst niemand.

Umbertino ging in die Umkleideräume und kam mit einem Päckchen Zigaretten wieder heraus. Er zündete zwei an und hielt eine Franco hin.

»Rauch.«

Das war keine Einladung.

Die Zigarette flammte auf, und er betrachtete die Mauer, die er mit Fäusten traktiert hatte.

Er musste derjenige sein, der ihr die Nachricht überbrachte.

Er ging wortlos hinaus und lief so schnell, wie er nur konnte.

Als sie ihn vor der Türe sah, erschrak Provvidenza zutiefst. Er war voller Blut und Schweiß.

»Was ist passiert, Umberto?«

»Wo ist Rosario?«

»Was ist denn passiert?«

Großvater kam gerade aus dem Garten, in der Hand hielt er noch die Hacke. Umbertino legte seine Hand auf Provvidenzas Schulter, doch sah er meinem Großvater in die Augen.

»Der Paladin ist bei einem Motorradunfall gestorben.«

Meine Großmutter sprang mit ihrem Blick von den Augen des einen zu denen des anderen, doch die beiden Männer bildeten ein abgeschlossenes Universum, und es war dann auch Umbertino, der sah, wie die Hacke aus Rosarios Händen fiel, die Kraft hatte ihn plötzlich verlassen. Provvidenza begann, im Zimmer auf und ab zu tigern, sie erahnte die Katastrophe, die sie gleich umwerfen würde und sie gab sich alle Mühe, ein letztes Mal rational zu sein.

»Weiß Zina es schon?«

»Noch nicht, ich gehe jetzt zu ihr.«

An der Türe war alles, was Umbertino imstande war zu sagen: »Es tut mir leid.« Noch immer herrschte Stille, als er hinausging, doch wenige Augenblicke später stieg hinter der Türe der Schrei einer Mutter auf, die gerade ihren Sohn verloren hat.

Meine Mutter verlor das Gleichgewicht und stieß gegen den Tisch, dabei fiel das Glas um. Sie stürzte, und sowohl das Glas als auch meine Mutter gingen zu Bruch. Während der folgenden Jahre kamen immer wieder Splitter zum Vorschein, die allen vorherigen Putzangriffen widerstanden hatten, wie wenn sie sich versteckt hätten oder wanderten und dann, da, noch einer, daran erinnerten, dass es diesen Augenblick gegeben hatte, dass er ein Massaker angerichtet hatte, dass man ihn allmählich irgendwie überwand, Tag für Tag.

Doch der Augenblick der Nachricht, das war die Zeit, als sie auf den Boden schlug.

Allerdings öffnete sich meine Mutter dem Schmerz nicht durch einen Schrei, sondern begann sich die Haare auszureißen und sich das Gesicht zu zerkratzen. In aller Stille.

»Sie war verlangsamt. In ihr gab es zwei Kräfte, die sich bekämpften. Die eine war, verrückt werden zu wollen und alles kurz und klein zu schlagen und vor nichts haltzumachen.«

»Und die andere, Onkel Umbertino?«

»Die andere warst du. Sie war ja schwanger mit dir. Und ihr Kopf, ihr mütterlicher Instinkt oder was auch immer, hielt sie davon ab zu explodieren.«

Umbertino hielt ihre Hände fest und zog sie an sich.

»Wir werden es schaffen, auch darüber hinwegzukommen, das schwör ich dir.«

Meine Mutter war ein verwundetes Tier. Sie stürzte sich mit ihrem Mund auf Umbertinos Schulter und biss bis aufs Blut zu. Gut so, Zinù, lass es raus, beiße, kratze, ich bin hier bei dir, erleichtere dein Herz von all dieser Finsternis. Sein Fleisch wurde von den Zähnen und den Fingernägeln meiner Mutter durchbohrt. Sein Blick ruhte regungslos auf dem Hochzeitsfoto. Er war auf dieser Hochzeitsfeier gewesen und hatte einen fabelhaften Anzug getragen. Den hatte er schon lange nicht mehr angehabt. Sein Blick wie auch seine Stimme beruhigten sich langsam wieder. Die Jagdsaison hatte wieder begonnen. Der Beutejäger war zurück.

»Ich hab alles unter Kontrolle, Kleines.«

Ein hartes Training wäre nötig gewesen, um nicht zu unterliegen.

Mein Onkel zog zum zweiten Mal bei uns ein. Er behütete meine Mutter jeden Tag, jede Nacht, solange er es für notwendig hielt, und kontrollierte, wie sich mit der Zeit und mit der Zuneigung alle Steinchen ihres Mosaiks wieder zusammenfügten und es ihr damit möglich wurde, auch diese Trauer zu überleben. Umbertino wusste. Er hatte das schon durchgemacht. Und war lebendig daraus hervorgegangen. Man überlebt alles, ja, man kann sich sogar noch einmal verlieben. Und als er begriff, als er die Gewissheit hatte, dass meine Mutter neu verliebt war, da erst kehrte er in seine Wohnung zurück und sorgte so dafür, dass Zinas Herz in ihrer neuen Liebe aufgehen konnte. Mir.

Er kam aus dem Schlafzimmer, nachdem Provvidenza, vom Schmerz vernichtet, endlich eingeschlafen war. Rosario hatte noch keine Träne vergossen. Das war bei ihm keine Verdrängung. Er war vollkommen verwirrt und musste den Schlag erst langsam herausdistillieren, ihn in kleinen Schlucken ganz trinken, um sich ihm stellen zu können. Das Problem war nicht die Hinnahme der Nachricht, sondern der Augenblick, in dem er anfangen würde zu kämpfen, um ihrer Last nicht zu erliegen. Er ging schlurfend in die Küche. Mit dem Fußknöchel schlug er gegen die Hacke. Sie war dort liegen geblieben. Er bückte sich, um sie aufzuheben, und da erst wurde ihm alles klar: Sein Sohn war bei einem Unfall mit seinem Motorrad gestorben, er würde ihn nie mehr wiedersehen.

Er nahm die Hacke, öffnete die Glastüre, die zum Garten führte, und schloss sie wieder hinter sich. Er wandte sich nach links, wo die Minze stand. Mit gekonnten kleinen Schlägen drang er bis zu den Wurzeln vor, er krümmte sich und brauchte nur die Hand in die Erde zu stecken und die Pflanze herauszureißen. Er legte sie auf den Kies. Er schlug die Hacke zwischen Glyzinie und Mauer und durchschnitt mit großer Präzision die tragenden Äste. Die Glyzinie fiel von selbst herunter. Er pflückte eine Zitrone nach der anderen vom Baum. Er fühlte sich genau so wie an jenem Morgen der Bombardierung in Afrika im Gefangenenlager: zwar noch am Leben, doch ohne Grund weiterzuleben. Er holte das Basilikum aus dem Boden, auch den Salbei und das Rosmarin. Er schnitt mit der Schere die Rosenknospen ab. Er legte sie auf den Steinen ab, wie er Jahre zuvor, in Afrika, Überreste menschlicher Körper abgelegt hatte. Von der Mauer löste er Efeu und Jasmin. Er war gerade dabei, alle Blätter der Magnolie abzuschneiden, als ein Anblick ihn innehalten ließ.

Die Sukkulente.

Ein Schössling war ausgetrieben.

Zweiundzwanzig Jahre waren vergangen.

Er war in Deutschland gewesen, dann war er wieder nach Palermo zurückgekehrt, er hatte eine Familie gegründet und einen Sohn verloren.

Und die Pflanze hatte ihr Versprechen gehalten.

Es war keine richtige Blüte, sondern ein Schössling, doch er war ausgetrieben, er war da. Rosario kniete sich hin. Er nahm die Pflanze in seine Hände, gab jeden Widerstand auf, und seine Augen weinten endlich wieder, ein untröstliches Weinen, das wohl aufgehört hatte, von Afrika an bis Palermo.

Auf dem Rückweg vom Meer war der Bus gerade in den Park der Favorita eingefahren, da verließ Nina die Dumas, kam zu mir und setzte sich neben mich. Gerruso hatte sich ganz nach hinten gesetzt. Er zählte wieder die Huren.

»Woran denkst du, Davidù?«

Ausgerechnet jetzt, wo ich an nichts dachte. Hätte ich geantwortet »An nichts«, hätte das falsch geklungen, Nina hätte schließlich meinen können, ich wäre armselig. Ich antwortete mit einer Frage. Erst als ich sie ausgesprochen hatte, erwog ich ihre Bedeutungsvielfalt.

»Warum hast du mich geküsst?«

Ich machte den Versuch, in Gedanken jede Option durchzuspielen. Es war unbestreitbar, dass in der Schlacht zwischen mir und der Dumas ich der Verlierer war, und zwar in jeder Hinsicht. Ich hatte Gerruso nicht den Kopfsprung beigebracht, und noch demütigender war, dass sie den Kopfsprung besser gemacht hatte als ich. Warum also hatte Nina ihre Zeit mit mir auf dem Felsen verbracht und mich sogar geküsst? Das verstand ich nicht. Aus diesem Grund war ihre Antwort für mich eine kopernikanische Revolution. Den ganzen Tag lang hatte ich Nina wie ein Schlachtfeld betrachtet. Oder besser gesagt, als eine Trophäe, die man ersiegte und zur Schau stellte. Als ich die Antwort gehört hatte, begriff ich, wie sehr ich mich getäuscht hatte. Ich war so beschämt, wie noch nie zuvor.

»Ich bin's, die entscheidet, wen sie küsst und wen nicht. In dem bewussten Augenblick wollte ich in deiner Nähe sein, weil ich Lust hatte, einen Kuss von dir zu bekommen. Wir haben uns geküsst, das hat mir gefallen, warum also sollten wir uns weitere versagen? Willst du wissen, warum ich Lust hatte, dich zu küssen? Wegen der Art, wie du dich verhalten hast. Du warst nett zu meinem Cousin, du hast dich um ihn gekümmert. Du erweckst Zuversicht, bist bereit, dich einer aussichtslosen Sache anzunehmen. Dabei setzt du dich mit deiner ganzen Person ein, damit sie gegen alle

Vernunft und Wahrscheinlichkeit gewonnen werden kann. Und außerdem hast du zwei wunderschöne grüne Augen. Du bist ja ganz rot geworden, Davidù.«

»Ich weiß.«

»Du bist schön.«

Sie legte ihren Kopf an meine Schulter.

»Mein Poet.«

Ihre Hände waren feingliedrig. Ich hätte gerne ihre Haare gestreichelt, doch ich dachte an die Unzulänglichkeit meiner Finger. Ich war dreizehn Jahre alt, und meine Hände waren bereits die eines Boxers. Ich wandte mich ab und schaute aus dem Fenster. Im Park der Favorita wechselten sich Helligkeit und Schatten durch die wilden Intarsien der Zweige und Äste ab, die unseren Weg bekrönten.

»Was betrachtest du, Davidù?«

Die Stimme war zart, sie versuchte, Vertrautheit herzustellen. Dieser Versuch verdiente Respekt und Wertschätzung. Ich antwortete so aufrichtig wie nur möglich.

»Die Zukunft.«

»Und was willst du von der Zukunft?«

Ich legte die Hand ans Fenster, ihre chiffregleichen Schwielen, Zeichen der in Boxerhandschuhen verschlossenen Stunden. Ninas Finger streichelten über meine Brust. Ich schloss die Augen und gab mich dieser Berührung hin.

»Den Titel gewinnen.«

DRITTER TEIL

Willkommen zurück, wilde Grausamkeit

Die Türe der Boxschule öffnete sich mit dem üblichen müden Quietschen.

Umbertino versteinerte.

Hereingekommen waren Rosario und ein kleiner Junge mit blauen Augen.

Franco ging ihnen entgegen.

»Buongiorno, ich bin der Assistent des Maestro. Ihr wünscht?«

Mein Großvater legte seine Hand auf den Kopf meines Vaters.

»Ist das Ihr Sohn? Wie heißt er?«

»Francesco.«

»Wie alt ist er?«

»Zwölf.«

Mein Vater sah sich die Boxschule genau an: den Ring, der rechts aufgebaut war, die an der Wand aufgeschichteten Decken, die vom Plafond herunterhängenden Säcke, die Tennisbälle in den Ecken, die Körper der Boxer, die herumsprangen, sich duckten und zuschlugen.

»Papa, ist das Boxen?«

Mein Großvater antwortete ihm und neigte dafür den Kopf nach vorne. Dann reichte er meinem Onkel die Hand.

»Freut mich, Rosario.«

»Freut mich, Umberto. Viel Zeit ist vergangen.«

»Ja. Bring ihm das Boxen bei.«

»Nach allem, was ich dir erzählt habe, kommst du zu mir?«

»Ja.«

»Wieso?«

»Wenn du etwas zusagst, tust du's auch.«

Umbertino erinnerte sich an die Schnelligkeit dieser Hände. Der Kleine war sein Sohn. Einen Versuch bekommt jeder.

»Franco, spiel mit ihm mal Handschlagen.«

Einweihung in die Mysterien durch ein Massaker. Mein Vater legte seine Handflächen auf die von Franco. Er hatte feingliedrige Hände, schlanke Finger, ein kleines Handgelenk. Keine Boxerhände.

»Fertig? Fangen wir an.«

Franco legte los und streifte ihn.

Sieben Mal von sieben Malen.

»Was ist?«, fragte Rosario.

»Zum Unterricht hier hereinzukommen kostet Geld.«

»Geld ist kein Problem.«

»Außer sonntags täglich zwei Stunden, schick ihn mir entweder um zwei oder auch um vier oder um sechs. Ein Monat zur Probe, gegen Bezahlung, danach entscheide ich, ob er weitermachen darf. Jetzt könnt ihr dableiben, wenn ihr wollt, und zuschauen, was wir hier drinnen so machen.«

Rosario nahm sich einen Stuhl. Seit Deutschland hatte er keinen Boxkampf mehr gesehen. Sein Sohn, der auf einer Bank neben dem Ring saß, baumelte mit den Beinen vor und zurück, wie ein junger König, der neugierig das beobachtet, was eines Tages sein Reich sein würde.

»Jeder hat seinen Schutzengel, auch ich, auch du, auch die, die von der Mafia erschossen worden sind, auch wenn deren Schutzengel ein bisschen ungenügend sind und nicht einmal ein Projektil ablenken können.«

»Ich glaube nicht an so was.«

»Das macht nichts, wichtig ist nur, dass der Engel an dich glaubt, so funktioniert das. Mein Schutzengel glaubt fest an mich. Der heißt Caterino Gerruso.«

»Mit Familiennamen?«

»Klar, ist meiner. An Caterino Gerruso denke ich, wenn ich nachts nicht einschlafen kann, weil mir so viel durch den Kopf geht.«

»Was denn so?«

»Wenn ihr mir Schläge in den Bauch gegeben habt, wenn ihr mir auf die Eier geht, wenn der Lehrer mich ›Blödmann‹ nennt, solche Gedanken eben, die Tage des Lebens. Wo sind dein Onkel und Maestro Franco?«

»Sie müssen Papiere unterschreiben, sie kommen gleich zurück.«

»Ist ein Umkleideraum immer so ärmlich?«

»Er ist spartanisch, nicht ärmlich.«

Eine Holzbank, ein Kleiderständer, eine Dusche, ein türkisches Bad, ein Waschbecken mit einem grünen Schlauchstück anstelle eines Wasserhahns. Eine dem Gebrauch angepasste funktionelle Wesentlichkeit. Kein Schnickschnack. Schnörkel sind nutzlos, wenn man zum Ring hinaufsteigt und sich mit Schlägen vermöbelt.

»Es gibt ja nicht mal 'n Getränkeautomat hier.«

»Vor einem Kampf trinkt man nicht.«

»Du liebe Zeit, seid ihr Boxer oder Pfaffen? Du wirst mir ja noch ganz zum Priester. Jedenfalls, mach schon, los, denn heute holen wir uns wirklich den Regionalmeisterschaftstitel.«

»Wir?«

In den beiden Jahren 1988/89 war ich sechzehn Mal in den Ring geklettert.

Ich hatte alle Kämpfe gewonnen, sieben davon durch K. o.

Man sprach mit wachsendem Interesse über mich.

Ich stand im Finale der Regionalmeisterschaften.

Mein Gegner war Gaetano Licata, siebzehn Jahre, aus Villabate, ein Linkshänder, genannt »Ziccùso«, die »lahme Ente«.

Als ich auf die Waage stieg, um mich zu wiegen, rempelte er mich provozierend mit seiner linken Schulter.

»Du da, wer bist du schon? Wen stellst du eigentlich dar?«

Ich sah durch ihn hindurch.

Großvater trank einen Espresso.

Umbertino stand mit dem Rücken an der Wand und rauchte,

er hing seinen Gedanken nach und war nervös, wie vor jedem Finale. Kaum war er in den Umkleideraum gekommen, genügte ein Zeichen mit dem Kopf, und Gerruso stand auf, um zu gehen.

»Poet, ich gehe jetzt und setz mich in die Halle neben deinen Großvater. Schau zu mir, während du kämpfst, ich bringe dir immer Glück.«

Maestro Franco begleitete ihn hinaus und schloss die Türe, danach kam er zu mir zurück.

»Junge, kämpfe ganz genauso wie beim letzten Kampf, nicht mehr und nicht weniger. Sauberes Boxen, schnell, ohne zu übertreiben, Abstand und Ausfall, fahr den Punkt ein und nimm deine Position wieder ein.«

Er begann, die Bandagen auszurollen.

Umbertino saß auf der Bank und rauchte in aller Stille.

»Na ja, es ist schon wichtig, Junge, eine Frau an seiner Seite zu haben, das Problem dabei ist nur, dass die Weiber absurd sind, es ist, als würden sie ganz allein die Schläge einstecken, das ist echt zum Wahnsinnigwerden.«

Maestro Franco bandagierte die Hände der Boxer direkt vor dem Kampf. Er kannte jede Schwiele, jede Krümmung, jede Linie. Er machte das mit ruhigen Bewegungen, mit ritueller Hingabe. Die Bandagen waren weiß und dufteten frisch gewaschen.

»Du hast keine Ahnung, wie oft ich das an meiner Frau Livia geübt habe, jeden Abend, über ein Jahr lang. Livia hat schlanke Hände. Für deinen Onkel bräuchte man allerdings ein Betttuch, stimmt's, Umbè?«

Wüstenstille. Er rauchte gedankenverloren. Er kontrollierte die Bandagen nicht, er sprach nicht über Taktik, er wünschte einem nichts.

In den ersten beiden Jahren stieg mein Vater nur wenige Male in den Ring, gerade so oft, wie nötig war, um die Angst vor den Schlägen loszuwerden und dem Körper die Dimensionen der Kampfzone beizubringen. Er war der einzige Junge seines Alters in der Boxschule, doch auch er musste die strengen Unterrichtseinheiten des Negers absolvieren: laufen und springen, Bauchmuskeln und Liegestütze, strukturierte und geduckte Abfolgen.

Er war wahnsinnig schnell, gut erzogen und gut in der Schule.

Ein paar Mal in der Woche spielten sie Handschlagen.

Umbertino schaffte es nicht, ihn im Gesicht zu treffen.

Er und Franco gaben sich Mühe wie noch nie, ihn zu trainieren. Sie wechselten sich als seine Sparringspartner ab, sie begleiteten ihn nach Hause, indem sie neben ihm herliefen, korrigierten die Unvollkommenheiten in den Bewegungen, dabei unterdrückten sie ihren Instinkt zum Fluchen auf alle Heiligen am Kreuz, sie fragten nach, ob er in der Schule war, und zu Weihnachten schenkten sie ihm ein Paar Boxhandschuhe, die teuer waren und schwarz.

»Von denen können wir dann nämlich, wenn du deinen Gegnern die Hörner vom Kopf schlägst, all das Blut wieder abwischen, das da runtertropft.«

Als er zu seinem ersten Kampf antrat, wussten Umbertino und Franco, dass er ihn verlieren würde. Doch es war genau während dieses Matches, dass sie begriffen, warum dieser Junge sie so nachhaltig bestrickte. Während dieses ersten und so unglücklichen Kampfs war mein Vater ein Soldat gegen tausend Feinde, und gleichwohl bewahrte er die Fassung, die Ruhe, die Eleganz. Ein Ritter in der Schlacht, der sich nicht besudelt.

»Ein Paladin.«

Er verlor nach Punkten, zwei Runden gegen eine, und gewann einen Spitznamen.

Dieser Name gefiel meinen Großeltern sehr.

Und am Tag, an dem sie sich kennenlernten, auch meiner Mutter, und zwar über alle Maßen gut.

»Wartest du auf jemand?«

»Diese Boxschule gehört meinem Onkel.«

»Musst du hinein?«

»Nein, danke, ich bleib lieber hier draußen.«

»Das versteh ich, das ist kein schöner Anblick. Wenn du in Eile bist, kann ich ihn dir holen.«

»Nein, wirklich nicht.«

»Na, jedenfalls ist das Training beendet, Maestro Umberto kommt gleich raus.«

»Du nennst ihn Maestro?«

»Er ist doch einer.«

»Bist du auch Boxer?«

»Ja.«

»Wie heißt du?«

»Francesco.«

»Angenehm, Zina. Du siehst gar nicht aus wie ein Boxer … Hast du Francesco gesagt?«

»Ja, wieso?«

»Mein Onkel nennt euch beim Erzählen nur bei euren Spitznamen, die Fliege, der Korkenzieher, der Träge Bauch, der Tote im Ei. Hast du auch einen?«

»Ja.«

Umbertino wirkte ungewöhnlich durcheinander. Er hatte angefangen mit »Was tust du denn hier?«, gab meiner Mutter aber keine Gelegenheit, ihm zu antworten, der eine Reihe von Dingen vorschob, die am besten noch eher als sofort zu erledigen wären, Essen einkaufen, Leute besuchen, lästige Angelegenheiten zu Hause erledigen, jetzt gleich, unbedingt, alles viel zu wichtig, nur du kannst mich noch retten.

Er machte zwei Schritte und blieb plötzlich stehen.

»Zina, entschuldige, ich habe etwas in der Schule vergessen, fang du schon mit all dem an, worum ich dich gebeten habe, und warte da auf mich, ich bin dann gleich bei dir, jetzt aber geh, geh, geh.«

Sobald Zina sich umdrehte, machte mein Onkel einen Satz nach hinten und pflanzte sich vor dem Paladin auf.

»Du bewegst dich nicht von hier weg.«

Zina war zur Ecke gelangt.

Ihr Lächeln leuchtete.

Sie grüßte beide.

Sobald sie um die Ecke war, begann Umbertino auf den Fußspitzen zu tänzeln.

»Paladin, ich weiß ja nicht, was für ein Scheiß da in der Luft liegt, diese kommunistischen Hurereien, freier Sex und Frischfleisch und was auch immer noch so alles, um also deutlich zu werden, sag ich's dir mit den Worten des Evangeliums: Wenn du meine Zina auch nur in Gedanken streifst, mach ich Frikassee aus dir, verstanden? Und jetzt hau ab, bevor ich anfange, dich zu hassen.«

Franco zog das Rollgitter der Boxschule herunter, steckte die Schlösser auf, schloss sie ab und ging zu Umbertino hinüber.

»Verdammtes Hurenelend elendiger Huren.«

»Was ist denn los, Umbè?«

»Zina.«

»Und was?«

»Das Unglück ist eingetreten.«

»Was redest du denn für einen Unsinn? Zina? Wie alt ist sie denn?«

»Siebzehn.«

»Aber sie ist doch noch ein Mädchen.«

»Eben.«

»Und wer ist der Schweinehund, der es sich unterstanden hat? Kennen wir ihn?«

»Ja.«

»Sag mir, wer's ist, und ich hau ihm blitzschnell die Hörner vom Kopf.«

»Der Paladin.«

»Nein.«

»Doch.«

»Mit Zina.«

»Tja.«

»Wann haben sie sich denn kennengelernt?«

»Jetzt.«

»Jetzt gerade?«

»Vor fünf Minuten.«

»Und du bist sicher, dass …«

»Ein halber Meter Schwanz, darauf kann ich wetten.«

»Dann wird's ernst.«

»Dieses Jahr fängt verdammt schlecht an.«

»Zina und der Paladin, absurd. Das kann ich nicht glauben. Auch wenn ich tatsächlich jetzt, wo ich einen Augenblick dran denke, wenn ich mir erlauben darf …«

»Nein, das darfst du nicht, Franco.«

»Wo ist Zina jetzt?«

»Zu Hause, sie wartet auf mich.«

»Gehst du zu ihr?«

»Zuerst gehen wir bei der Taverne vorbei.«

Auf dem Weg dorthin machten sie sich Gedanken über die nächste Aufgabe, in der kommenden Woche würde ein Kampf stattfinden, einer ihrer Boxer, Michele Lo Quarto, genannt »Ciaca«, »Kiesel«, würde gegen einen vom Kontinent antreten.

»Umbè, geistert dir irgendeine im Kopf herum?«

»Entweder Moira oder Nenzi.«

»Wer ist denn Nenzi?«

»Nenzi, Nunziatella, die, die ihre Sauereien immer mit ausländischem Akzent sagt.«

»Wer? ›Die Amerikanerin‹?«

»Genau die.«

»Das wäre ihre erste Aufgabe.«

»Weiß ich.«

»›Die Amerikanerin‹, ja, die Idee gefällt mir, das kann funktionieren.«

Umbertino sagte nichts weiter zu diesem Vorschlag. Er zeigte nicht die gewohnte Begeisterung bei der Planung dieser Mission. Er war leer und käute immer denselben Gedanken wieder. Am Ende kam er immer wieder zur selben Einsicht: Es war nichts mehr zu machen. In allernächster Zeit würden Zina und der Paladin sich verloben. Meine Mutter wurde erwachsen, und daran konnte er nichts ändern. Er konnte keine Ruhe finden. Er betrank sich wie der Neger in alten Zeiten.

Im Umkleideraum fielen die Fragen, die Franco an ihn richtete, systematisch ins Leere. Onkel Umbertino hing seinen Gedanken nach. Die Schlusskämpfe hatten für ihn den Beigeschmack der Niederlage.

»Als der Paladin die Regionalmeisterschaft gewann, Junge, da war er fünfzehn Jahre alt, so wie du. K. o. in der dritten Runde. Doch dass er gewinnen würde, war vorher schon klar. Dafür gibt es keine logische Erklärung, das ist etwas, das in der Luft liegt, eine Ahnung. Von diesem Augenblick an weiß man, wie das Ganze ausgeht und Punkt. Es passierte beim Wiegen: Der Paladin stieg auf die Waage, und da war allen klar, dass er gewinnen würde. Das wussten wir, Punkt und Schluss. Sicher, er legte sogar eine letzte Runde hin, die legendär war, stimmt's nicht, Umbè?«

Franco prallte wieder gegen diese Mauer aus Schweigen.

Umbertino fuhr sich mit den Fingern durch die Haare, zündete seine soundsovielte Zigarette an, ging grußlos fort und schloss die Türe hinter sich.

»Er ist angespannt.«

»Ich weiß, Maestro.«

»Wie steht's mit deinen Fingern, spürst du sie?«

»Die Bandage ist perfekt, danke.«

»Das war leicht, du hast so schlanke Hände wie Livia. Mach

dir nichts aus deinem Onkel, vor den Schlusskämpfen ist er immer ruhelos. Er war auch nervös, als der Paladin gekämpft hat. Wenn dein Onkel nicht alles unter Kontrolle hat, steht er Höllenqualen durch. Heute, zum Beispiel, gab es noch nicht mal eine Mission, mit der er seinen Kopf hätte beschäftigen können.«

»Gibt es die Mission nicht, weil ich kämpfe?«

»Nicht alleine das. Bei den Schlusskämpfen sind die Missionen verboten. Ich und dein Onkel, wir haben unsere Ehre, ohne Wenn und Aber. Und außerdem gibt es da noch einen anderen Aspekt.«

»Welchen?«

»Dein Gegner ist minderjährig.«

Die Zigarettenasche flog durch den blauen Fiat 126. Umbertino am Steuer, den Sitz ganz nach hinten geknallt, den Ellbogen zum Fenster raus. Franco beugte sich über die aufgeschriebenen Notizen. Umbertino ließ ihn gewähren und wandte sich an die Mitfahrerin, die hinten saß.

»Gibt es deiner Meinung nach denn überhaupt keine Möglichkeit?«

»Fragst du mich gerade, ob er schwul ist?«

»Ja.«

Im Rückspiegel sah Umbertino, wie sich eine Zigarette zwischen zwei butterweichen Lippen entzündete.

»Er ist nicht schwul.«

»Nicht einmal ein bisschen? Wie soll ich sagen? An jedem dreizehnten eines Monats?«

Franco kicherte.

»Scheiße, Mann, ein Schwuler auf Raten.«

Salvo Gurgone aus Messina, »der Stier der Meerenge«, war nicht schwul. Ein äußerst ernstes Problem, denn er war ein wirklich draufgängerischer Boxer, der ein paar hundert Kämpfe weniger auf dem Buckel hatte.

»Franco, dir ist doch wohl klar, mit wem wir es zu tun haben, oder?«

»Der Paladin muss gegen einen Mönch antreten.«

»Verdammt, ja.«

»Verdammt und amen.«

Die Mission war genauestens durchgeplant gewesen. Sie hatten sogar Lazara mitgebracht. Sie war nicht wie die anderen, sie war wirklich schön, von einer Schönheit, bei der einem das Blut in Wallung geriet. Ihre Haut war dunkel, ihr schwarzes Haar strich über den fleischigen Bogen ihrer Lippen und verlieh ihr einen Ausdruck leidvoller Erfahrung, der einen dazu brachte, sie beschützen zu wollen. Ihr Blick dagegen war frech und lebhaft. Lazara stand eine Stufe über der Sinnlichkeit. Sie war eine Königin der Eroberung.

»Lazara«, sagte Umbertino zu ihr, »wenn dich ein Priester sieht, wird seine Kutte ganz dreieckig: Kopf, Füße und Schwanz.«

Sie hatten die Sportschule *La Trionfale* in Noto betreten, Platz genommen und den Kampf verfolgt. Wie vorausgesehen, gewann Salvo Gurgone, »der Stier der Meerenge«, die Begegnung. Während der Preisverleihung knöpfte Lazara einen Knopf ihrer Bluse auf. Und gleich brach ein unerwarteter, brausender Hormonsturm los. Alle männlichen Besucher waren wie von Sinnen wegen dieses so verlockenden Mädchens. Alle. Außer einem. Gurgone, »der Stier der Meerenge«.

»Mädchen, bist du dir da sicher?«

»Ja.«

»Wie kannst du dir so sicher sein?«

»Ich weiß es.«

Aber auch Umbertino wusste es. Gurgone war kein Schwuler. Er war ein Mönch.

Franco arbeitete wie besessen alle Notizen durch. Eine Lücke finden, einen Fehler, irgendetwas, an das man sich festklammern konnte.

Lazara war still. Und gekränkt. Sie hatte nicht erwartet, dass Umbertino sie einmal bitten könnte, an einer Mission teilzunehmen. Sicher, er hatte sie so bezahlt wie sonst auch, aber sie hatte es eben nicht erwartet, das war alles. Sie fieberte dem Augenblick entgegen, wo von den Bergen aus das Meer vor Palermo sichtbar würde, es war spät und sie hatte Hunger.

Franco hatte eine hervorragende Begabung als Trainer bewiesen. Als er glaubte, Ideen und Eindrücke notieren zu müssen, um die Kampfstrategien besser planen zu können, schrieb er sich an der Abendschule ein, um die Mittelschulreife zu erlangen. Er war sechsundzwanzig. Umbertino respektierte Francos Entscheidung so sehr, dass er ihm die Schulbücher aus eigener Tasche zahlte.

Franco hatte das Talent, die Boxer lesen zu können, er begriff ihre Möglichkeiten und ihre Schwächen. In der ersten Hälfte der siebziger Jahre trainierten er und Umbertino unter anderem Bruno Salatino, einen eifrigen Jungen, aber mittelmäßig als Kämpfer. Er sollte gegen einen gewissen Hernandez antreten, einen Argentinier, der seit ein paar Jahren durch Italien tourte. Sie fuhren bis nach Neapel, um ihn sich genau anzuschauen, Freitagnacht gingen sie an Bord der Fähre. Franco erbrach sich während der gesamten Überfahrt, Umbertino versuchte schamlos, eine aus Enna anzubaggern, ging aber leer aus, sie gingen von Bord, schauten sich den Kampf an, wussten nach dreißig Sekunden, dass Salatino erledigt sein würde, aßen jeder drei Blätterteigteilchen, bestiegen wieder die Fähre, Franco übergab sich, Umbertino schleppte eine willfährige Blonde aus dem Norden ab, sie legten an, gingen zur Bar am Hafen, um einen schönen, bitteren Espresso zu trinken.

»Setzen wir also nicht auf Salatino?«

»Scheint mir das einzig Vernünftige zu sein, der Kampf geht verloren, Salatino ist als Boxer doch eine Null, wenigstens sammelt er so Erfahrung und wir, die ja keine beschissenen Blödmänner sind, wetten gegen ihn, um ein bisschen Geld zu scheffeln.«

»Ja … schon gut … ja … das heißt … schon gut.«

»Was ist denn los, Franco?«

»Erstens bringt der Sieg von Hernandez so gut wie nichts ein.«

»Das stimmt.«

»Zweitens ist Salatino immer noch einer unserer Boxer.«

»Mir doch scheißegal. Was zählt, ist ein ganz anderer Scheiß.«

»Das meine ich nicht.«

»Was denn dann?«

»Unser Name steht im Ring. Ehrlich gesagt, macht es mich fertig, dass unser Name verliert, du weißt, dass Salatino mich einen Scheißdreck kümmert, doch dass unser Name verliert, das will ich nicht auf mich nehmen.«

»Red weiter.«

»Umbè, dieser Hernandez ist wirklich stark, ein Techniker mit guter Deckung, er ist schnell. Der einzige Weg, sowohl den Kampf als auch das schöne Geld bei den Wetten zu gewinnen, ist, wie soll ich sagen … dafür zu sorgen, dass Hernandez todmüde zum Kampf antritt.«

Diese Worte bohrten sich meinem Onkel ins Gehirn.

»Todmüde!«, rief er.

Er fing an, auf den Zehenspitzen zu tänzeln und öffnete dabei die Arme zu einer Reihe von Haken vor sich.

»Erzähl mir alles, was du so über Hernandez denkst.«

Franco erzählte ihm jede Einzelheit, die er im Gedächtnis bewahrt hatte: die Art seiner Bewegungen, die gelungensten Schläge, die Farbe der Hose und der Schuhe, das Gesicht ohne einen Schatten von Bart. Je mehr er versuchte, die persönlichen Vorlieben von Hernandez zu rekonstruieren, umso mehr entzündete sich die Flamme in Umbertinos Blick.

Er erinnerte sich daran, dass die Haare schwarz, lang und mit Brillantine nach hinten gekämmt waren.

»Der ist einer, der sich gerne herausputzt. Aber so richtig.«

Auf den Unterarm hatte er eine Frau tätowiert, vielleicht die Madonna, gekrönt von einer Messerklinge. Eine kleine Narbe auf der linken Wange und vier größere auf dem Rücken.

»Und er prügelt sich auf der Straße. Sehr gut.«

Er hatte bemerkt, wie Hernandez, gleich nachdem er den Kampf mit einer furchterregenden rechten Geraden ins Gesicht des Gegners gewonnen hatte und die Zählung bis zehn gekommen war, auf die Seile des Rings kletterte und die Arme hochreckte.

Umbertino war es, der den Satz zu Ende sprach.

»Und mit den Augen zog er alle Weiber aus, die da drinnen waren.«

»Ja.«

»Herrlich.«

»Woran denkst du?«

»Lob und Preis sei der guten alten Fuffi.«

»Amen.«

»Endlich begreifst sogar du, Franco, dass wir jetzt eine Menge Geld auf Hernandez als Verlierer und Salatino als Sieger wetten?«

Franco erwartete nichts anderes.

»Weißt du, wie wir es anstellen, Hernandez müde zum Kampf kommen zu lassen?«

»Sogar noch mehr. Ich weiß, wie er hier zermalmt ankommen wird.«

Franco hielt es nicht mehr aus.

»Wie denn? Wie? Das fehlt mir nämlich noch bei meinen Überlegungen.«

Das Raubtier lächelte mit wissender Wildheit.

»La Porca, die Sau.«

Franco brach in ein Freudengeheul aus und umarmte meinen Onkel mit aufrichtiger Hingabe.

Die Missionen waren geboren.

La Porca, die Sau.

Zwei Brüste aus Stein. Der Hintern, voll, fest, Triumph des Lebens. Und der Mund, vollbemalt mit Lippenstift, betont, fleischig, eine Einladung zur Sünde. Wenn sie durch die Straße wogte, gingen die Männer mit einem verrenktem Hals in ihre Häuser zurück. Zwar stimmte es, dass sie nicht der klassischen Schönheit zugeschrieben werden konnte, doch es war nicht zu leugnen, dass sie ohne Zweifel auf der obersten Stufe im Wettstreit um Schweinereien stand. Sie versprühte Sex. Sie zwinkerte jedem zu, der ihren Blick kreuzte, sie gab zu verstehen, sie genoss die verstohlenen Blicke, die sich längs ihrer Kurven anhefteten. Sie nährte ihre Eitelkeit mit unaufhörlichen, nicht zu verheimlichenden Peinlichkeiten, die sie provozierte. Familienväter verloren den Kopf für sie. Zwischen ihren Schenkeln versanken die Ersparnisse von Monaten. In den Tälern ihrer Brüste verbrannten Hypotheken. An ihren Lippen zerschellten Heiratsversprechen.

»Du hast sie angesehen, und das Einzige, was man machen konnte, war, sich vor ihr auf die Knie zu werfen und sie anzuflehen, sie einmal schön beißen zu dürfen, überall, Hintern, Brüste, Schenkel, Arme, alles wunderbares, hochgesegnetes Fleisch. Das war La Porca, als sie jung war. Sie hat mich glatte dreizehn Kämpfe gewinnen lassen. Reines Feuer. Wenn du sie nur angesehen hast, waren deine Augen schon versengt.«

Es war durch die Sau, dass sie entdeckten, wie es auch in der ausgeklügeltsten Strategie noch einen verborgenen Riss, eine verborgene Schrunde gab, die alles zu Bruch gehen ließ.

Eines Nachmittags ging die Türe der Boxschule auf, und die Boxer drehten sich allesamt um, angezogen von etwas Unerklärlichem, aber auch Unwiderstehlichem. Der Klang des Aufmachens war anders als das gewohnte Quietschen. Etwas Unwiederholbares sollte sich ereignen. In der schweißfeuchten Luft nahm man einen stechenden Geruch wahr. Dann, mit einem Foulard auf dem Kopf, Sonnenbrille, Lippen voller Lippenstift, erschien La Porca, die Sau. Eng anliegendes schwarzes Kleid, nackte Beine, hohe Absätze. Am Hals ein Anhänger mit einem Fischchen, das sich im weichesten der Meere aus Fleisch tummelte. Die Blicke hefteten sich auf sie. La Porca ging zu Umbertino, stellte sich vor ihn hin, hob den linken Fuß, wiegte lustvoll ihren Hintern und versenkte ihre Zunge im Mund meines Onkels.

In der Boxschule atmete niemand.

Der Neid auf Umbertino war auf ein historisches Maximum geschossen.

Und dann war er es, der redete.

»Ohu, gehen wir raus, denn hier drinnen stinkt's, abgesehen von Franco, nach Schwulen.«

La Porca folgte ihm. Zehn Schritte, zehn Mal Geklapper der Absätze auf dem Boden, zehn Nägel eingetrieben ins Herz der Anwesenden. La Porca, von absoluter Superklasse, gelang es, den Blick jedes einzelnen Boxers aufzufangen, um ihn anschließend wieder fallen zu lassen, allein, in dem Elend seiner einsamen Anstrengung. Die Türe schloss sich wieder hinter ihr. Die Boxer waren völlig verwirrt. Im Ring hatten sie zwar schon reichlich Schläge vor den Kopf bekommen, doch eine Benommenheit dieses Kalibers war ihnen völlig neu und unbekannt. Auf diese sexuelle Salve waren sie nicht vorbereitet.

Gegen jede Logik kam Umbertino plötzlich zurück. Doch das Wort ergriff Maestro Franco. Er verpasste den immer noch verhexten Boxern strenge Worte.

»Kommt jetzt mal alle her, ihr Faulpelze, in eine Reihe. Hier drinnen, was machen wir hier, Jungs? Wir boxen. Und wenn einer Bockmist anstellen will, ist das hier dann der Ort, um Bockmist anzustellen?«

Die Boxer waren verlegen, eingeschüchtert, erschüttert.

Franco blieb vor einem aus Trabia stehen, einem Bäcker.

»Antworte mir.«

»Nein, Maestro, das hier is nich der Ort für Bockmist.«

»Genau. Keinen Scheißbockmist hier. Wollt ihr mir dann mal erklären, wieso ihr alle zusammen so geil geworden seid? Antwortet! Benimmt man sich etwa so?«

Gulì ergriff das Wort, ein anständiger Junge, Sohn einer früh verwitweten Schneiderin, ihr Mann war bei den Bauarbeiten für eine Brücke gestorben; die Brücke war zusammengebrochen, ihr Mann war verschüttet und völlig zerquetscht worden. Gulì war Mittelgewichtler, er konnte fabelhaft einstecken, nicht so gut für Wettkämpfe, aber ein fabelhafter Sparringspartner: Bei ihm brauchte man nicht zu simulieren, man konnte hart auf ihn losgehen. Er stand immer wieder auf. Sein Spitzname war »Coerenza«, der »Konsequente«.

»Maestro, ich hab überhaupt nich verstanden, wieso Ihr sagt, wir hätten was falsch gemacht.«

Franco knurrte.

»Ach, du hast überhaupt nicht verstanden, Coerenza? Und keiner von euch anderen hat verstanden? Nicht? Dann zieht euch jetzt auf der Stelle nackt aus.«

Unter den Boxern war die Verwirrung größer als der Zweifel.

»Habt ihr nicht gehört, Jungs? Zieht euch nackt aus, und zwar schleunigst.«

Coerenza war der, der loslegte. Er war einer, der keine Angst hatte, sich wehzutun und stand schon ohne Turnhemd da. Und nun erst entschloss sich Umbertino, seine Ladung abzufeuern.

»Ohu, Porca, komm rein.«

In ihm loderte die unkontrollierbare Lust auf, sie wiederzusehen, noch ein Mal, ein einziges Mal, sie und all das wunderbare Fleisch zum Reinbeißen. Und von der Türe her kam La Porca, mit der Zigarette im Mund, den Schlitz bis zur Leiste offen, das heilige Fischchen zwischen ihren Brüsten, wieder herein.

»Klar hat sie's uns ermöglicht, eine Unmenge von Kämpfen zu gewinnen. Man konnte es gar nicht glauben, das Herzklopfen von jedem war zu hören, tu-tumm, tu-tumm, tu-tumm. Junge, das war ein Konzert von Tamburinen.«

»Und dann?«

»Und dann redete dein Onkel Umbertino.«

»Zieht euch also aus. Zieht euch auf der Stelle aus oder ich werde fuchsteufelswild, aber richtig.«

T-Shirts, Schuhe, Hosen, Strümpfe, Unterhosen: Alles flog fort.

Zwischen den Schenkeln der Boxer herrschte tyrannisch die Erektion.

»Sieh sie dir an, Franco, sieht aus, als wollten sie explodieren, hahah, sieh sie dir an, sie stehen alle aufrecht da, gut so, Porca, alle haben einen Ständer, wie geplant, hahah, du bist eindeutig die Nummer … was sagst du? Da ist einer, der …?«

Palazzolo.

Scheiße, der war immer schon so komisch, dieser Palazzolo.

Umbertino schoss mit der Sorge auf ihn zu, die kommt, wenn das Vögelchen aus dem Nest gefallen ist. Er nahm Palazzolos Kopf zwischen seine Hände.

»Bist du krank?«

»Nein.«

»Sagst du die Wahrheit?«

»Ja.«

Umbertino bewegte seine Finger langsam über die Schläfen des Schülers, fast schon wie ein Streicheln. Palazzolo spürte die Wärme einer endgültigen Ruhe.

»Palazzolo, mein Junge, sieh mir in die Augen, ich bin dein Maestro, du musst mir alles anvertrauen und dann antworte mir, doch vorher schwörst du mir, dass du die Wahrheit sagst.«

»Ich schwöre es, Maestro.«

»Bei deiner Mutter.«

»Ich schwör's bei meiner Mutter, Maestro.«

»Bist du schwul?«

»Nein.«

»Ganz sicher?«

»Ja.«

»Du bist nicht schwul?«

»Bei meiner Mutter schwör ich's, Maestro.«

»Dreckmist.«

Umbertino bewegte die Finger nicht mehr über Palazzolos Schläfen. Die Bewegung lag jetzt in der Stimme. Der Sturm braute sich in den Silben zusammen.

»Dann erklär mir doch mal, Palazzolo, was zum Teufel das zu bedeuten hat? Wie kommt es, dass die fünfundzwanzig hier einen Ständer haben, während du zwischen deinen Schenkeln Not leidest? Erklärst du mir das? Denn wenn du nicht krank und auch nicht schwul bist, dann werd' ich verrückt.«

Palazzolo konnte nirgendwohin ausweichen. Nackt wie er war, war er der Einzige, der nicht aufgegeilt war, und sein Kopf war zwischen Umbertinos Händen gefangen. Und da er also nicht ausweichen konnte, spielte er die Karte der Wahrheit aus, der ganzen Wahrheit, nichts als der Wahrheit.

»Maestro, ich kämpfe in zwei Wochen, und Ihr selbst habt mir befohlen, keinen Bockmist zu machen, und seit Ihr mir das befohlen habt, denke ich an keine Frau mehr, das ist alles.«

»Warte, Palazzolo, warte mal. Langsam. Ganz ruhig. Fangen wir noch mal an. Sagst du mir gerade, dass du, statt einen Ständer zu kriegen wie jeder brave Christenmensch, in der Lage bist, die Erektion zurückzuhalten?«

»Ja.«

»Und du bist auch in der Lage, auf Kommando einen Ständer zu kriegen?«

»Nein. Aber ich kann den Schwanz auf Kommando schlaff werden lassen. Das habt Ihr mir doch befohlen.«

Umbertino gab Palazzolos Kopf frei. Er schwieg mit unergründlicher Miene. Er machte zwei Schritte auf Franco zu, ein Dolchstoß in den Fluss seiner Gedanken, und Palazzolo fand seinen Kopf wieder in Umbertinos Händen.

»Palazzolo, antworte mir ganz ehrlich: Würdest du denn vor meiner Freundin da, vor der Fuffi da, würdest du vor ihr denn nicht einen halben Meter Schwanz kriegen?«

»Maestro, nein, heute nicht.«

»Warum?«

»Ihr habt es mir befohlen. Ich kämpfe doch in zwei Wochen.«

»Du sagst mir also, dass du nach dem Kampf …«

»Nach dem Kampf, wenn Ihr mir erlaubt, steck ich ihn in Eure Freundin hinein wie der Blitz.«

»Gefällt sie dir?«

»Wenn Ihr noch einmal erlaubt, sie ist einfach eine Wahnsinns-Sau.«

Umbertino entließ Palazzolos Kopf langsam aus seinen Händen und hob den Zeige- und den Mittelfinger der rechten Hand.

»Zwei Dinge, Jungs. Erstens: Dass keiner von euch auch nur davon träumt, meine Freundin anzurühren. Ist das klar oder sind eure Ohren alle in der Werkstatt?«

»Völlig klar, Maestro.«

»Zweitens: Franco, wir haben ein Problem.«

Franco hatte sich auf die Holzbank gesetzt. Umbertino gab ihm zu verstehen, er solle sich auf diese Nachricht gefasst machen.

»Da ist etwas, was wir nie in Betracht gezogen haben. Es gibt noch eine dritte Kategorie von Boxern außer den bekannten, den unersättlich weibergeilen, und den bedauernswerten Schwulen.«

»Welche?«

Umbertino deutete auf Palazzolo, den Fehler im System.

»Den Klosterbruder.«

»Verdammt, das stimmt.«

Wie hatten sie das nur vorher außer Acht lassen können? Es gibt auch solche, die für die Freuden des Fleisches weniger empfänglich sind. Die Existenz eines Klosterbruders setzte den guten

Ausgang der Missionen aufs Spiel. Umbertino fühlte, wie eine unendliche Traurigkeit ihn durchdrang. Es gibt Boxer, die den Verführungen einer schönen Scheibe vom Kernstück des Filets nicht erliegen. Und unversehens kam die Welt ihm zutiefst ungerecht vor.

Franco stand von der Bank auf und knallte sich die Mütze auf den Kopf.

»Zieht euch wieder an, Jungs.«

»Aber ohne Hast«, fügte La Porca hinzu, die an der Türe lehnte und sich auf die Unterlippe biss.

Die Art, wie ein Boxer im Ring stand, wie er auf der Straße ging, gab Umbertino und Franco Anlass, miteinander zu diskutieren. Sie überlegten und schlossen aus, argumentierten und waren einverstanden, zerbrachen sich den Kopf, um das Charakterprofil, die Neigungen, die Art von Leckerbissen zu verstehen, das ihm an der fröhlichen Tafel des Vögelns am meisten schmecken könnte.

Hernandez war die erste Mission. Da er sehnig, hager, schlaksig und prahlerisch war, hielt Umbertino es für möglich, dass er der Typ von Mann sein konnte, der sich einen Arm ausreißen würde, nur um eine feurige Nacht mit einem Teufelsweib zu verbringen, das Sex aus jeder Pore ihres Fleisches schwitzte. Hernandez war ein Halbindio und von dunkler Hautfarbe, da war eine Blonde wohl das Beste, das Gesetz von der Anziehung der Gegensätze würde die Fantasie beflügeln. Hernandez war ein Rowdy, der vor nichts Angst hatte, daher kam wohl am ehesten eine infrage, die die Männer allein schon mit den Blicken auszogen, unanständig, blühend, fest und reichlich. Hernandez würde es genießen, sich von allen Männern der Welt beneidet zu fühlen. Zuerst eine robuste Erektion seines Egos, danach würde sie sich um alles kümmern: ein leichtes Streicheln der Hand über den Ellbogen, »Bietest du mir einen Whiskey an, schöner Mann?«, dann alles, was er sagte, mit einem Lachen begleiten, seinem Blick für den Bruchteil einer Sekunde standhalten, nicht länger, während die Hand, »Oh, ich bin ja ganz zerstreut«, sich auf seine Brust legt und sie schmachtend streichelt, »Genehmigen wir uns noch einen, mein Meisterboxer?« und lachen, bis die Stirn sich auf seinen Hals senkt. An diesem Punkt hat dann die unerbittliche Mathematik der Anziehung ihren Auftritt: Er würde ihr über die Haare streichen, und sie würde ihm einen Schlag versetzen, der den K. o. ankündigt, das Reiben der Brüste über den Brustkorb. Danach, während sie sich auf die Lippen beißt und der Funken zwischen den Schenkeln des Mannes zur lodernden Flamme wird, würde sie sich seinem Ohr nähern und Benzin ins Feuer gießen: »Ich bin ganz feucht«.

»Kann ich mich darauf verlassen?«

»Du kannst auf sämtliche Heiligen wetten.«

»Bravo, Porca, du bist die Beste.«

»Du hingegen bist das übliche Arschloch, Umbertino.«

»Aber ich bin attraktiv und gefalle dir.«

»Das stimmt.«

»Also weißt du bereits, wie du vorgehst.«

»Sei beruhigt, wenn die Gefahr besteht, dass er einschläft, blas ich ihm einen so gewaltig, dass es in ganz Palermo gehört wird.«

»Ich hab's ja gesagt, du bist die Beste.«

»Ach ja, apropos.«

»Spuck's aus.«

»Vorauskasse.«

»Hast du kein Vertrauen?«

»Nein.«

»Du bist wirklich 'ne Sau, Porca.«

»Aber die Beste, tja.«

Hernandez verlor gegen den mittelmäßigen Salatino in der zweiten Runde. Sein Trainer warf das Handtuch. Die Zeitungen berichteten, dass der argentinische Boxer nicht er selbst gewesen zu sein schien, irgendwer stellte die Vermutung auf, er habe sich wohl eine merkwürdige Krankheit zugezogen, er sei ausgelaugt gewesen und habe deutliche Kratzspuren an Armen und auf dem Rücken aufgewiesen, und gleich von der ersten Runde an habe er schlapp gewirkt, wie wenn er sich gerade aus einer Schlacht gerettet habe.

Die Mission verzeichnete ihren ersten ruhmreichen Triumph.

Die Boxer kamen und gingen, die Jahre flogen dahin und die Fähigkeit, die menschlichen Typen und deren Vorlieben zu verstehen, verfeinerte sich.

Angelo Morello, Schwergewichtler aus Avellino, trainiert von seinem Bruder Marzio, ein gescheiterter Großkotz. Die Wahl fiel auf Pina, genannt »'a Trimmutùra«, die »Dreimotorige«, wegen ihrer Fähigkeit, gleichzeitig mit mehreren Männern rumzuvögeln. »'a Trimmutùra« wollte den doppelten Preis und war die ganze Summe wert, denn sie erwies sich als das, was man seit Jahren schon von ihr sagte: eine gnadenlose Fickmaschine, in der Lage, auf einer Drecksmatratze in der Via Firenze die Siegeshoffnungen der Brüder Morello zunichtezumachen.

Technischer K. o. in der dritten Runde.

Morgantini aus Perugia, ein Halbschwergewichtler. Seine Vorlieben waren schwer zu entziffern. Sie ließen eine Blonde, eine Braune und eine Rothaarige um ihn herumscharwänzeln, und er sah sie regungslos an, kein einziger Funke. Francos Scharfblick erwies sich als Segen: Er entdeckte, dass Morgantini für den Bruchteil einer Sekunde mit dem Blick ein Haut-und-Knochen-Bündel von Mädchen verschlang.

»Und was, wenn Morgantini auf Zahnstocher steht?«

Er sank in die knochigen Arme von Santa, genannt »Chiodo«, »Nagel«, nach nicht einmal einer halben Stunde ihres Tandaradeis.

K. o. in der vierten Runde.

Luca Paolantonio, Federgewichtler.

»Es ist, wie ich es dir sage, Franco, glaub mir.«

»Aber wie willst du das denn wissen?«

»Ich kenne die Welt.«

Er verlor nach einer Nacht, die er gemeinsam mit einer Flasche Gin und Anna und Cira verbracht hatte.

»Wie konntest du nur wissen, dass der einer für ein Doppel war?«

»Der doppelte Familienname ist wie ein Brandmal.«

Cesare Galluzzo, »il Portento di Misilmeri«, »das Genie von Misilmeri«. Schwergewichtler, ein roher Mensch, eiserner Familienvater.

Umbertino investierte in Mariana, eine brasilianische Nutte auf der Durchreise zum Kontinent in Palermo, Mulattin, robust, mit ernsthaftem Hinterngeschaukel. Der eiserne Galluzzo hatte sie kaum an sich vorbeigehen gesehen, da fickte er sie fünf Minuten später bereits in einem Stundenhotel.

»Mariana tanzte sieben Stunden lang Samba auf seinem Schwanz, Junge.«

»Das Genie von Misilmeri« fiel durch K. o. in der zweiten Runde.

Gaetano Bruno aus Rom, »il Bello«, »der Schöne«. Mittelgewichtler, ebenso hochgewachsen wie mager. Praktizierender Katholik, warf sich Rosalia Maggio zu Füßen, genannt »Chiagni e fotti«, »Heule und ficke«. Sie brach vor ihm bewusstlos zusammen, er eilte ihr zu Hilfe. Die »Chiagni e fotti« fing mit einer Waisengeschichte an, mit Schlägen, Demütigungen, Gewalttaten und Sehnsucht nach Wärme und mit was für schöne Augen du hast. Um wieder aufzustehen, kniete sie sich genau in Höhe seines Schwanzes hin.

»Il Bello« wurde nach Punkten besiegt, zwei Runden gegen eine.

»Im Grunde, Franco, halten wir die Wirtschaft am Laufen. Erstens geben wir den Freundinnen Arbeit. Zweitens haben auch die Buchmacher dank uns mehr zu tun. Und vor allem, vergessen wir das nicht, verliert unser Name nie. Ist ja schließlich nicht unsere Schuld, wenn die, jedes Mal, wenn vor ihnen eine Fuffi auftaucht, gleich anfangen mit dem Schwanz zu denken. Das machen sie schließlich ganz allein. Wenn mir kalt ist, werf ich mich doch nicht ins Feuer.«

Sie vervollkommneten die Technik der Deduktion, indem sie sich darin übten, die Leute auf der Straße zu beobachten. Sie entwickelten eine experimentelle Methode und begriffen die Bedeutung der Statistik.

Der elegante Mann wird von einer nicht so schönen, eher verschlagenen Frau angezogen, von einer, die trotz ihrer schludrigen, ungepflegten Erscheinung auf der Matratze das Kommando in der Hand halten will. Der elegante Mann genießt zuerst seine Überlegenheit. Aber wenn er dann nackt ist und von seiner Bekleidung nicht mehr geschützt wird, wünscht er sich heiß und dringend, dass die Frau das Spiel führen soll.

Der Schüler geht mehr nach dem Motto: Was ich krieg, das nehm ich, und so wird jeder Fick begrüßt wie eine Gnade, die vom Himmel herabregnet.

Der, der wenig redet, mag Frauen, die wenig Worte machen, und bei einer Expertin für Mundarbeit ist der leichteste der Siege mathematisch gesichert.

Für den, der wenig Zeit mit der Familie verbringt, ein tolles Weibsbild, nur Brüste und Hintern, viel beruhigendes Fleisch, das es ihm auch erlauben soll, auf ihm einzuschlafen.

In der Abteilung Angelhaken gab es unter den vielen Typen von Frauen, jede mit ihrer ureigenen unverzichtbaren Qualität, eine geheimnisvolle Nische. Das waren die äußerst seltenen Frauen, die Umbertino »Killerinnen« nannte. Sie gefielen unterschiedslos allen. Funken und Brände überall. Die »Killerinnen« gingen vorbei, brachten die Lust zum Aufblühen und verschwanden.

Lazara war eine von ihnen.

Sie hieß Meri, wurde im Mai 45 in Palermo geboren, Großmutter Hure, Mutter Hure, die sie mit fünfzehn zur Welt brachte, und sie auch Hure. Ihr Vater war wohl ein Amerikaner, einer, den man, wenn er redete, jedenfalls nicht verstand. Die Mutter starb 1951 an Tetanusvergiftung. Meri wurde von anderen Nutten aufgezogen. Sie ließen es ihr an nichts fehlen. Sie sparten sich für sie das Brot vom Mund ab, Tante Gnazia, Tante Santuzza und Tante Miriam. Sie bürsteten ihr Haar und brachten ihr das Sticken bei. Jeden Mai wuschen sie sie mit Rosenblättern. Während ihrer Kindheit fühlte sie sich nie alleine. Mit zwölf bemerkte sie, dass die Männer, alle Männer auf der Erde eine Sabberspur hinterließen, wenn sie an ihnen vorbeiging. Mit vierzehn war sie bereits die höchstbezahlte Hure von Ballarò.

Meri gab Tante Gnazia und Tante Santuzza einen Teil ihres Einkommens und sorgte so für deren Unterhalt. Miriam, die Arme, hatte an einem Novemberabend ihr Laken für den Falschen beiseite geschlagen – der Mann hatte so schüchtern gewirkt, doch er war ein Tier – und hinterließ auf ihrem Körper so viele Blutergüsse, dass sie Weihnachten nicht mehr erlebte. Er, das Tier, wurde niemals verhaftet.

Sie lernte Umbertino an einem Vormittag im Februar kennen.

»He, du.«

»Ohu.«

»Was machst du so?«

»Kümmere mich um meinen Scheiß.«

»Auch ich würde mich gerne um deinen Scheiß kümmern.«

Lazara war durch und durch schön, von einer schmerzenden Schönheit. Eine Orchidee: gleiche Kostbarkeit, gleiche augenscheinliche Zerbrechlichkeit.

Mein Onkel war es, der sie umtaufte.

»Warum denn gerade Lazara?«

»Weil sie in der Lage war, den Schwanz auch noch von Toten wieder auferstehen zu lassen.«

»Was hältst du von mir?«

»Du bist schön.«

»Das sagen mir alle.«

»Nein, sie sagen dir alle, dass du toll bist, das ist etwas anderes.«

»Sag's mir noch mal.«

»Du bist schön, Lazara.«

»Hörst du vielleicht auf, mich so zu nennen? Ich heiße Meri.«

»Für alle anderen. Aber ich bin nicht alle anderen, und für mich bist du daher Lazara. Und wenn du dich dann in einem Raum voller Weibsbilder aufhältst, die sich alle Meri nennen, und ich komme und dich dringend brauche und dich ›Meri‹ rufe, kommt es zu einem wahnsinnigen Durcheinander, alle drehen sich um, und das Chaos bricht aus. Bei ›Lazara‹ dagegen drehst nur du dich um.«

»Ach, dann ist es nur deswegen.«

»Ja.«

»Sag's mir noch mal.«

»Lazara.«

»Nicht das, du Blödmann, mach schon.«

»Du.«

»…«

»Bist.«

»…«

»Sehr.«

»…«

»Lazara.«

Sie stürzte sich auf ihn und versuchte, ihn zu verprügeln. Er war ja so groß, dass der eine oder andere Schlag ihn schon irgendwo treffen würde, sagte sie sich. Doch so kam es nicht. Umbertinos große, raue Hände, die mit ihr so zart und feinfühlig umgingen – Hände, die sie niemals kratzen würden, dessen war sie sich gewiss –, hielten jeden ihrer Angriffe auf. Da überließ sie sich ihm, hörte ihm zu und machte eine Anstrengung, ihm zu glauben, bis zum Äußersten, bis es ihr wehtat, denn er schloss sie in seine Arme und hatte finstere Augen.

»Du bist schön, Lazara.«

Einen Augenblick lang war sie glücklich gewesen.

»Wie lange kennen wir uns jetzt? Zwei Jahre?«

»Vier.«

»Verflixt, wie die Zeit dahinfliegt.«

»Doch manchmal … ich meine … was meinst du …?«

»Lazara, fragst du mich gerade, ob wir ein Paar sind?«

Und da ist er, der Augenblick, in dem die Wahrheit zum Vorschein kommt und alles kaputt macht. Wirklich alles.

»Nein, nein, nein, das wollte ich dich nicht fragen, überhaupt nicht, es ist nur …«

»Was?«

»Nein, nichts.«

»Nichts was?«

»Hör zu, geh jetzt, du kannst nicht länger hierbleiben, ich muss arbeiten.«

»Jetzt?«

»Ja.«

»Jetzt gleich?«

»Ja.«

»Aber du hast mir doch gesagt, du hättest dir den ganzen Tag freigenommen.«

»Du kannst jetzt nicht hierbleiben, du musst gehen.«

»Na gut.«

»Ach ja, Umberto, wenn du rausgehst, dann lass deine fünfhundert Lire in der Diele.«

Erst als diese breiten Schultern die Wohnung verlassen hatten, stand Lazara aus dem Bett auf und lief in die Diele, nahm die fünfhundert Lire und küsste sie spontan. Das führte dazu, dass sie sich töricht und verletzlich fühlte, und sie durfte doch nicht schwach sein, schwache Frauen endeten wie Miriam.

Die Flamme des Geldscheins, der verbrannte, sandte ein intensives Gefunkel aus, die Beweise für seine Anwesenheit verschwanden schnell, nur der Qualm, der die Gedanken betäubte, blieb noch eine Weile.

Und erst als der Geruch des Qualms nicht mehr vorhanden war, glitt Umberto hinaus und die Treppen hinunter. Er begegnete niemandem.

Der Paladin kämpfte im Januar 71 gegen den Klosterbruder, Salvo Gurgone aus Messina. Der Kampf begann um fünf Uhr nachmittags und war eine Minute und siebenunddreißig Sekunden später zu Ende, durch K. o. Der Paladin war wesentlich stärker, wesentlich tödlicher, als Umbertino und Franco es sich je hätten vorstellen können. Er war ein prächtiger Boxer.

»Einundsiebzig Begegnungen, siebzig Siege. Die Zahlen sprechen für sich.«

»Wann habt ihr gewusst, dass mein Vater so stark war?«

»Vom ersten Kampf an, das war der einzige, den er je verloren hat. Die Geschichte kennst du ja: Der Paladin kämpfte mit gebrochenem rechten Daumen. Er hatte den Sack beim Training dumm erwischt, so was kommt vor. Ich und Umberto hatten eigentlich erwartet, dass er absagt, doch der Paladin wollte in den Ring steigen. Wir machten uns auf ein Massaker gefasst, aber er hat die Begegnung bis zum Ende durchgestanden und konnte sogar eine Runde gewinnen, bei der er nur die eine Hand für Angriff und Verteidigung benutzte. Junge, der Paladin war eine endlose Überraschung. Bei jeder Begegnung verrückte er die Grenze ein bisschen mehr. Er hätte die nationale Meisterschaft gewonnen, das war so sicher wie der Tod und der Hunger zusammengenommen. Bei ihm stimmte einfach alles. Ein Boxer muss zu seinen wichtigen Siegen alleine gelangen, das heißt, ich und dein Onkel bringen ihn bis dahin, wohin wir können, aber dann gibt es das Stück Weg, das jeder Boxer mit den eigenen Füßen zurücklegen muss. Der Paladin konnte es mit geschlossenen Augen gehen. Aus diesem Grund versuchen wir die Psychologie der Boxer zu verstehen. Erinnerst du dich, als dein Onkel dir vor deinem ersten Kampf einen Peitschenhieb versetzte, indem er dich daran erinnerte, dass sogar der Paladin seinen ersten Kampf verloren hätte? Das hat er absichtlich getan.«

»Wart ihr einer Meinung?«

»Wir mussten verstehen, wie du tickst, Junge. Um das Maximum aus einem Boxer herauszuholen, muss man herausfinden, wie man ihn am besten auf Touren bringt, das heißt, ob man ihn wütend auf die Welt machen muss oder ob es genügt, ihm zu sagen: ›Du bist der Beste.‹ Ein Trainer muss verstehen, ob sein Schützling das gewisse Etwas hat, das ihn über Schlappheit und Benommenheit hinauswachsen lässt.«

»Wie macht man das?«

»Nur im Ring entdeckst du, ob der Boxer nur Talent hat oder ob er zum Boxen geboren ist. Kraft, Stärke haben damit gar nichts zu tun. Beine, Mut und Kopf, diese drei Dinge machen einen Boxer aus. Doch während du Beine und Mut trainieren kannst, sind Kopf, Nervenstärke, Denkfähigkeit im Augenblick, wenn dich ein Schlag trifft, allein die Sache des Einzelnen. Durch Versuche kommt man vorwärts. Jeder Boxer ist eine Welt für sich, ein Experiment.«

»War mein Vater ein Experiment?«

»Nein. Der Paladin war eine Lektion für alle. Er sah die Dinge früher, so als würde er eine andere Zeit erleben, die Welt war verlangsamt, und er sah die Bewegungen voraus. Es war schön, ihn kämpfen zu sehen. Wenn ich ihm zusah, begriff ich, dass ich ein mittelmäßiger Boxer gewesen war, ich hatte nicht dieses Leuchten, dieses gewisse Etwas, das beim Paladin so deutlich sichtbar war oder auch bei Umberto. Und jetzt gehen wir und kämpfen dieses Finale um den Regionaltitel, Junge. Sehen wir mal, aus welchem Stoff du gemacht bist.«

Franco ging neben mir her. Carlo war schon in der Ecke und kümmerte sich um die Handtücher. Großvater und Umbertino, die in der Halle saßen, hüllten sich in Schweigen. Gerruso übte sich unter Applaus und Pfiffen in einer Direktansage.

»Da ist er, der Poet, meine Herrschaften, er ist zwar klein, aber er hat eine tödliche Faust, sehen Sie ihn an, erkennen Sie ihn, respektieren Sie ihn.«

Der Lärm in der Halle schwoll ab, die Leute begannen ihm zuzuhören.

»Das ist der Poet und so heißt er nicht umsonst – glattes Haar und wunderschöne, schwarzglänzende Handschuhe.«

Jetzt kam Gaetano Licata herein, »lo Ziccùso«, »die lahme Ente«.

»Ich mag ihn schon nicht wegen seines Spitznamens, auch er trägt schwarze Handschuhe, doch die haben ein anderes Schwarz, tot, ein armseliges Schwarz, die Boxhandschuhe des Poeten sind besser, er ist zwar kleiner, dafür aber schöner.«

Ein alter Mann sprang auf, weißer Schnauzbart, bordeauxfarbener Pullover, nach hinten gekämmtes Haar.

»Was soll das? Ist das hier ein Schönheitswettbewerb? Ist dein Freund denn ein Boxer oder ist er schwul?«

Alle lachten. Die Zuschauer. Die Kampfrichter. Gaetano Licata. Der Ringrichter. Gerruso. Umbertino nicht. Er rauchte und blickte anderswo hin.

»Der Poet steht schon im Ring, jetzt klettert auch diese lahme Ente von Ziccùso aus Villabate herauf, somit ein Bauerntrampel gegen einen aus der Hauptstadt Palermo. Da spielt sich nichts ab. Der Regionaltitel ist praktisch schon gewonnen. Ergebt euch in euer Schicksal, ihr Bauern, ihr tut mir überhaupt nicht leid, ja, ihr langweilt mich.«

Gaetano Licatas Haare, die kastanienbraun waren wie seine Augen, hatten einen Bürstenschnitt. Die Lippen bewegten sich über dem Mundschutz. Er neigte seinen Hals hin und her, um die Muskulatur zu entspannen. Als der Ringrichter uns in die Mitte rief, sah er mich schräg an.

»Also? Du hast mir immer noch nicht geantwortet: Wer zum Henker bist du eigentlich?«

In der ersten Runde hielt mein Vater dauernd Abstand zwischen sich und seinem Gegner. Onkel Umbertino und Franco verglichen ihn mit einer Wespe, schwer zu fangen, ungeheuerlich, wenn sie sticht. In den ersten beiden Minuten entfesselte sich ein Tanz, ein Drehen und Wenden, zermürbend, entnervend, das die Erwartung nur noch steigerte. Der Paladin schlug nicht zu, doch verhinderte er zugleich auch jeden gegnerischen Angriff. In diesem Wirbel unaufhörlicher Bewegung war sein Blick ruhig und ausgeglichen. Ein Gärtner vor dem Strudel ineinander verschlungener Pflanzen. Das Temperament eines Boxers liegt nicht in der Raserei, mit der er zuschlägt. Es liegt in der Klugheit des Abwartens, in der Art, wie der Gegner sich ihm stellt, in der vom eigenen Willen geschaffenen und wieder aufgehobenen Distanz. Das Chaos verrät nur fiebrige Erwartung. Während der Phase der Beobachtung testen die Boxer nicht den anderen, sondern sich selbst. Kann mein Schlag ins Schwarze treffen? Bin ich in der Lage, dem Gegenangriff auszuweichen? Wie weh wird er tun? Sich einen Garten ausmalen, in dem Unkräuter und Dornen triumphieren. Zwei Minuten Ringelreihen. Danach senkten sich die Hände meines Vaters in das Gestrüpp.

»Omeingott, meine Herrschaften, ein Links-rechts-Haken ins absurde Gesicht, ein Scheißschmerz, der Bauerntrampel hat sie nicht einmal losschnellen gesehn, zwei totale Klatscher ins Gesicht, ungeheurer Schmerz, der Poet tritt zurück, der Dorfklotz scheint sich erholt zu haben, sie setzen ihre Drehungen im Ring fort, der Bauerntrampel greift an, der Poet macht einen gewaltigen Satz zur Seite, pack ihn dir, aber was macht er da? Hat er gefederte Füße? Die erste Runde ist zu Ende, meine Herrschaften, los, Poet, reiß dem Bauerntrampel endlich den Arsch auf.«

Einer von Gaetano Licatas Fans stand auf.

»Bürschchen, Bauerntrampel, das kannst du zu deiner Schwester sagen.«

»Wieso? Sonst tust du was? Lässt du mich in Erdkunde sitzen?«

Zu fünft traten andere dazwischen und zwangen sie beide sich hinzusetzen.

Einer sagte: »Die Palermitaner sind eben so, sie fühlen sich alle ganz grundlos überlegen.«

Mein Großvater regte sich nicht.

Umbertino auch nicht.

»Zweite Runde, meine Herrschaften und ihr ignoranten Provinzler! Ziccùso begreift nichts mehr, da seht ihr's, sie umarmen sich, der Ringrichter trennt sie, aber ekelt es die Boxer nicht, sich so aneinander zu reiben? Widerlich, sie sind alle beide schweißgebadet, Achtung! Oh Mist, ein Schlag ans Kinn, der Provinzler hat ihn voll kassiert, los, Poet, da, der Gegenangriff, so was von daneben, und noch mal daneben, das ist doch sinnlos, das ist doch kein Kampf, seid ganz still, ihr Provinzler, und blast uns einen.«

In der zweiten Runde beim Finale der Regionalmeisterschaft traf mein Vater den Gegner nur ein Mal und gewann die Runde mit diesem einen Punkt. Er war dabei, die Logik des Boxkampfs zu filetieren, sie auf das Wesentliche zurückzuführen: Nur dann angreifen, wenn du sicher bist, den Gegner voll zu treffen. Die Eleganz, die durch Reduktion erreicht wird. Umbertino und Franco sahen den Paladin in Aktion, dann sahen sie sich selbst an. In ihren Gesichtern war das Staunen größer als ihre Befriedigung.

In der Ecke wischte mir Carlo mit einem Handtuch den Schweiß ab. Auf der anderen Seite zeigte Gaetano Licata mit dem rechten Handschuh auf mich. Bevor er sich wieder den Mundschutz einsetzte, schwor er mir, dass die Farce ein Ende hatte und er mich in dieser letzten Runde innerhalb kürzester Zeit ermorden würde. In der Halle setzte Gerruso seine Schmähungen fort.

»Ich hab dir gesagt, du sollst die Klappe halten, du Null«, antwortete ein Fan von Licata. Er knüllte eine Zeitungsseite zusammen und schleuderte sie auf Gerruso, der langsam wie die Langeweile dem nicht auszuweichen verstand. Der Provinzler war zufrieden und forderte ihn auf, still zu sein, andernfalls würde er ihm Zunge und Zähne in voller Raserei austreten.

»Ihr seid doch nur Provinzler, die von Poesie keine Ahnung haben.«

Der Fan der lahmen Ente schäumte vor Wut.

»Du dummes Arschloch, ich massakrier dich jetzt.«

Zu siebt hielten sie ihn zurück.

Gerruso blieb hartnäckig: »Glaubst du etwa, ich hätte Angst vor einem Provinzler?«

Inzwischen hörte man nur noch sie. Alle blickten auf sie, außer Umbertino, der in Gedanken einer Vergangenheit nachhing, die man für verloren hielt.

Weil der Provinzler nun aber nicht über die Mauer aus achtzig Körpern klettern konnte, entschied er sich, Gerruso auf indirekte Art zu verletzen. Er beleidigte mich: »Du, Poet dieser dicken Wichseichel! Schreib mir doch 'n Gedicht auf mein Arschloch! Das Gedicht über deine ausgepumpten Eier!«

Gerruso richtete den Stummelfinger auf ihn.

»Wag es ja nicht! Lass ihn in Ruhe!«

Licatas Fan, tollwütig wie ein Hund, fluchte zuerst auf die Madonna, dann versetzte er dem Stuhl einen Faustschlag, am Ende redete er seinem Augapfel wieder gut zu.

»Los, Gaetano, versohl dem Schwulen da den Arsch.«

Dann wieder an mich gewandt.

»Du sollst Blut spritzen! Was für 'n Wichser bist du eigentlich?«

Er zeigte mir den Mittelfinger.

Umbertino hatte sich auf seinem Stuhl die wer weiß wievielte Zigarette angezündet.

Die dritte Runde begann.

Rosario war aufgestanden.

Er hatte seine Augen geschärft und die Zähne zusammengebissen.

Die Wespe flog hier hin und da hin, der Stier versuchte, sie auf die Hörner zu nehmen, das schlug aber fehl. Es schien alles unverändert, doch dann, ganz plötzlich, eine Änderung im Text: Beim Angriff rückte der Paladin einen halben Meter vor und beugte dabei auch seinen Körper vor.

Die Zigarette fiel Umbertino aus der Hand.

Der Gegner war in die Ecke gedrängt worden.

Und endlich kam die Raserei frei zum Vorschein.

Ein Hagel von Schlägen ging nieder, eins zwei drei vier fünf sechs.

Der Gegner versuchte, sich aus diesem Strudel herauszuwinden, doch als die Ellbogen sich von seinem Körper lösten, machte ein neuer Schlag sein Fleisch mürbe, sieben acht neun zehn Mal, immer schneller, immer stärker als der vorherige.

Er versuchte einen rechten Haken, um die Tortur zu unterbrechen.

Es ging schief.

Er kassierte einen Aufwärtshaken am Backenknochen und fühlte, dass seine Beine nachgaben.

Er musste die Ellbogen auf die Seile stützen, um nicht hinunterzufallen.

Francos Mund stand weit offen.

Umbertino war von seinem Stuhl zum Ring geflogen.

Identisch in der Zeitabfolge und in der Gestaltung wiederholte sich die Angriffsaktion, mit der der Paladin Jahre zuvor bei den Regionalmeisterschaften triumphiert hatte.

Wie sehr mein Vater ihnen gefehlt hatte, begriffen sie eigentlich erst in diesem Augenblick.

Gaetano Licatas Knie gaben nach.

Er nahm die Linke von den Seilen, um Abstand zu schaffen, doch der Arm reagierte nicht mit der erhofften Schnelligkeit.

Er war langsam und schwer.

Seine Fans waren verstummt.

Ihr Boxer war zerbrochen.

Willst du wissen, wer ich bin?

Ich öffnete die Schultern und schwang die Rechte in die Luft.

Ich bin der Poet.

Ich traf ihn voll ins Gesicht.

Der Mundschutz flog heraus.

Gefallen dir meine Gedichte?

Gaetano Licata begann, auf die Seite zu fallen.

Nein, nicht so.

Der Hai ist noch nicht fertig.

Ein weiterer Haken schlug gegen seine Schläfe.

Ein so dringlicher Schlag, der nicht einmal gedacht war.

Er stürzte zusammen wie eine Mauer.

Willkommen zurück, wilde Grausamkeit.

Du hast mir gefehlt.

Die einzigen Stimmen in der Halle: der Ringrichter, der bis zehn zählte, und Gerruso, der trällerte: »Ihr Provinzler, ihr, nuckelt mal schön!«

Mellusos Schrei zerschnitt die Schwüle des Nachmittags.

Er kam aus der Schreinerei.

Rosario bat die Wachsoldaten um die Erlaubnis, auf die Latrine gehen zu dürfen, und erhielt sie. Er verließ die Küche, und als er außerhalb ihres Sichtfelds war, lief er hinüber, um herauszufinden, was geschehen war. Er sah Melluso am Boden liegen, wie er beide Hände vor den Mund hielt. Er spuckte Blut. D'Arpa ging es gut. Seine Fäuste waren noch geballt.

»Der hat einen Hammer stehlen wollen, um ihn bei einem von uns im Bett zu verstecken. Er will, dass wir bestraft werden.«

Melluso wischte sich das Blut mit dem Handrücken von seinem Mund.

»Ich bring euch um«, prophezeite er.

Er spuckte Blut und Speichel und ging aus der Schreinerei.

»Rosà«, sagte D'Arpa.

»Ich weiß«, antwortete er ihm.

Auch Nicola musste verständigt werden.

Sie würden sich von jetzt an alle in Acht nehmen müssen.

Was mit Iallorenzi geschehen war, hatte Angst und Verfolgungswahn gesteigert. Das Klima war unerträglich für alle. Die Wachsoldaten hatten jedes Maß verloren. Die Kontrollen der Gefangenen hatten sich vervielfacht. In einem Klima ununterbrochener Spannung nahmen die Bestrafungen zu. Domenico Musso wurde in die Isolation gesteckt, weil er gestolpert war und dabei den Stapel Blechnäpfe hatte fallen lassen. Alessio Panechiaro wurde mit Trinkwasserentzug für drei Tage bestraft. Seine Schuhe waren bei einer Überraschungsinspektion im Zimmer nicht zugeschnürt gewesen. Ernesto Corabbio wurde getötet, weil er versucht hatte auszubrechen. Er war am Ende seiner Kräfte und delirierte, denn er hatte seit zwei Tagen nicht geschlafen. Beim morgendlichen Zählappell trat er weg, kletterte über die eiserne Abzäunung und lief, unter Anfeuerungen, doch schneller zu laufen, und Bitten, doch sofort wieder zurückzukommen, außer Atem irgendwohin in die Weite der Wüste. Eine Kugel streckte ihn nieder.

Die Nerven lagen blank.

Jeden Tag ein neuer Zusammenbruch.

Eines Abends hörte man einen Gewehrschuss.

Der Soldat, der Corabbio erschossen hatte, hatte sich das Leben genommen.

Jede Nacht im Zwei-Stunden-Turnus zwischen D'Arpa, meinem Großvater und Randazzo blieb einer wach und beaufsichtigte die Kameraden.

Melluso war in der Küche erschienen.

Seine Augen waren Nadeln.

»Ich will Fleisch.«

Nicola öffnete seine Arme.

»Siehst du denn nicht, dass es von Fleisch hier drinnen nicht einmal einen Schimmer gibt?«

»Ihr habt's versteckt, du und dieser Nichtskönner.«

Rosario hatte schon mit dem Kartoffelschälen aufgehört.

»Ich will Fleisch. Wo, verdammt, habt ihr das Fleisch?«

Melluso klatschte die Mücken auf seinem Unterarm mit wilden Schlägen tot.

Sobald er eine erwischt hatte, nahm er sie auf seine Fingerspitze.

»Ist das denn kein Fleisch? Ist das kein Fleisch? Jede Mückenleber ist Substanz.«

Er leckte sie geräuschvoll ab und schluckte sie, ohne zu kauen.

»Ich will Fleisch.«

Mit seinen Blicken suchte er nach Anzeichen, Indizien, Farben von Fleisch.

»Dem geht's schlecht«, sagte Nicola zu meinem Großvater.

Ohne weitere Vorwarnung stürzte sich Melluso auf Randazzo und packte ihn an der Gurgel. Nicola sank auf die Knie. Melluso drückte mit beiden Händen zu.

»Fleisch, Fleisch.«

Rosario versuchte, die Finger dieses Würgegriffs zu öffnen, aber

Melluso ließ seine Beute nicht los. Mein Großvater rammte Melluso Zeige-und Mittelfinger ins linke Auge. Brüllend ließ Melluso von Randazzo ab. Rosario stieß ihn zur Seite und beugte sich über Nicola, der hustete. Die Wachsoldaten kamen und fragten, was hier los sei.

»Wir sind wegen der Hitze umgekippt.«

Randazzo und Melluso bestätigten diese Version.

Melluso ging weg, die Soldaten verließen die Küche, Rosario blickte auf die Messerklinge, schälte aber nicht weiter Kartoffeln.

»Der ist im Delirium«, sagte Randazzo.

»Von heute an gehst du nicht mal mehr alleine pinkeln«, antwortete mein Großvater.

Lucio La Mantìa aus Enna hatte den Stachel einer Sukkulente verwendet, um damit die vier Farben für ein Kartenspiel auf zweiundvierzig Spiral-Aloeblätter einzukerben. Dafür hatte er zwölf Tage gebraucht. Es begann ein Kartenspiel-Turnier. Marangola war unschlagbar.

»In Neapel lernen wir die Farben der Karten noch vor den Zahlen.«

Er kannte sämtliche Kartenspiele, Briscola, Rubamazzetto, Tivìtti, Tressette …

Im Verlauf einer Partie erinnerte er sich an jede ausgespielte Karte. Sein Gedächtnis war durch beständige Praxis geformt worden.

»Bei schönem Wetter spielen wir auf dem Boot gute zwei Stunden Karten, wir verbringen damit auch die Nacht und lauschen dabei dem Meer.«

Der größte Teil der Gefangenen sah bei den Spielen zu.

Marangola spielte gegen einen aus Potenza um die Schuhe Briscola und gewann.

»Kann ich sie bei dir lassen?«

D'Arpa war einverstanden. Nach dem Sieg beim Boxkampf

mochten ihn alle gern. Niemand würde es wagen, seine Sachen zu klauen.

Marangola ging zu D'Arpas Pritsche, hob vom Boden die Decke hoch, um die Schuhe darunter zu stellen, und stieß einen verzweifelten Schrei aus. Er war von einem Skorpion in den Daumen gestochen worden.

»Was ist denn?«

»Ein Skorpion.«

»Tretet alle zurück«, befahl D'Arpa, der versuchte zu begreifen, wohin das Tier verschwunden war. Rosario war losgerannt. »Wo willst du hin?«, rief Nicola, doch er war schon weg. Er lief durch das Lager, blieb auf den Halt!-Ruf der Wachsoldaten nicht stehen, stürzte in die Küche, zum Schneidebrett, nahm das größte Messer, durchbrach die Mauer der Soldaten und rannte zurück. Erneut ignorierte er den Befehl stehen zu bleiben, dafür war keine Zeit, er musste noch schneller sein; um zu zielen und ihm in den Rücken zu schießen, brauchten die Soldaten doch wenigstens einen Augenblick. Er gelangte wieder in den Schlafsaal, ohne dass auch nur ein Schuss gefallen wäre, und zwar genau in dem Moment, als D'Arpa den Skorpion unter dem Absatz seines hohen, schweren Schuhs zerquetschte.

»Nicola.«

Randazzo sah, dass ihm das Messer hingehalten wurde und begriff zuerst nicht.

Die Wachsoldaten drangen brüllend herein, sie hielten ihre Gewehre im Anschlag, doch sobald sie sahen, wie Marangolas Körper geschüttelt wurde, verstanden sie.

»Los, schneide.«

Rosarios Stimme war fest.

Es war der einzige Weg, Marangola zu retten.

»Den Daumen?«, fragte Nicola.

»Die Hand«, gab D'Arpa zur Antwort.

»Schließlich ist sie ja zu nichts nütze«, kicherte Melluso.

Rosario und D'Arpa hielten den Arm. Drei weitere hielten Marangola fest.

»Los, mach schon.«

Nicola tastete Marangolas Handgelenk mit dem Daumen ab. Er hielt das Messer senkrecht und stieß es ins Fleisch, wobei er die Wucht mit seinem Körper noch verstärkte. Ein Schwein schlachten war schwieriger, dachte er. Zwei kurze Stöße, und die Hand war ab.

Die Soldaten begleiteten sie in die Krankenabteilung, dann vor die Offiziere.

Rosario wurde nicht dafür bestraft, dass er das Messer geholt hatte, Nicola wurde nicht dafür bestraft, dass er es benutzt hatte. Die Notwendigkeit dieser sofortigen Aktion wurde anerkannt.

Der Arzt brachte Marangolas Blutung zum Stillstand, indem er die Wundstelle ausbrannte, doch das Gift des Skorpions war schon im Kreislauf.

Marangola starb kurz vor Mittag.

Wir fuhren in Francos Fiat Ritmo gepfercht nach Palermo zurück.

Umbertino saß am Steuer.

Das Autoradio wurde ausgeschaltet, als in den Regionalnachrichten der x-te Mafiamord in der Stadt mitgeteilt wurde.

»Schlimme Zeichen«, sagte Franco.

»Es wird Blut regnen«, fuhr Umbertino fort.

»Bald schon«, sagte mein Großvater abschließend.

Gerruso zwang uns zu einer Pause: »Ich muss dringend pinkeln.«

Wir hielten bei einer Café-Bar an. Umbertino nahm eine frittierte Reiskugel mit Fleisch und forderte mich auf, ihn hinauszubegleiten. Vor uns, hinter dem Feld mit Kaktusfeigen, lag das Meer.

»Diese Reiskugel schmeckt eklig.«

»Warum isst du sie dann?«

»Das Mädchen hinter dem Tresen ist einfach zu geil.«

»Wie konnte es auch anders sein.«

»Davidù, die Schönheit muss gefeiert werden, und zwar immer. Und daher ist es nur richtig, dass ich's dir sage: Du hast fabelhaft gekämpft, mein Herz. Mitunter warst du wie der Paladin, weißt du das?«

»Das hat mir auch Maestro Franco gesagt.«

»Das hat einen umgehauen, du hast deinen Vater bis aufs Haar geglichen. Aber dann …«

Er schob sich das in den Mund, was von der Reiskugel übrig war und zündete dann eine Zigarette an, während er noch kaute.

»Was war denn am Ende los, Davidù? Du hattest doch schon gewonnen. Die lahme Ente von Ziccùso fegte doch schon den Boden. Was hast du dir da gedacht? Warum hast du ihm da noch einen Schlag an den Kopf verpasst?«

»Hätte mein Vater das nicht getan?«

»Er nicht, aber ich schon.«

Umbertino zog die Luft ein und atmete sie dann gute zwölf Sekunden lang wieder aus.

»Der Paladin«, sagte er und setzte damit der momentanen Stille ein Ende.

»Mehr als der Neger?«

Seine Zigarette, die zwischen Zeige- und Mittelfinger klemmte, war zu Ende.

»Das wäre eine verdammt schöne Begegnung gewesen.«

Er vertraute mir an, dass sie, er und mein Vater, zwei Jahre vor der Hochzeit mit meiner Mutter alleine in der Boxschule geblieben waren. Onkel Umbertino hatte auch Franco weggeschickt.

»Ich wollte etwas rausfinden, aber alleine.«

»Habt ihr miteinander gekämpft?«

»Das war zwar nicht das Ziel, aber ja, wir haben gekämpft.«

Der Paladin war müde und wollte noch bei seiner Verlobten vorbeischauen und ihr Guten Tag sagen. Unter anderen Umständen hätte Umbertino anzügliche Bemerkungen gemacht, aber es ging um Zina, wer immer es auch gewagt hätte, sich ihr gegenüber etwas herauszunehmen, den hätte er bis in alle Ewigkeit zusammengeknüppelt.

Sie stiegen mit Handschuhen in den Ring.

»Du hast eine Runde, Paladin, eine einzige, um mich im Gesicht zu treffen.«

Seine Haken waren denen des Paladins überlegen, die Linke würde ihn auf Abstand halten, sein Beinspiel war immer noch wunderbar.

»Und trotzdem gelang es ihm, mich zu treffen, am Kinn. Seit den Zeiten des Negers … nein, seit den Zeiten des verlorenen Finales hatte mich niemand mehr im Gesicht getroffen. Es war kein K.-o.-Schlag, dass wir uns recht verstehen. Aber es war das, was ich von ihm verlangt hatte: mich im Gesicht zu treffen. Das gelang ihm in weniger als einer Minute. An jenem Tag sagte ich's ihm: Du wirst den italienischen Meistertitel gewinnen. Es gab keinen Boxer wie den Paladin, es gab einfach keinen, Punkt und Schluss.«

Dieser Schlag war des Negers würdig, er war so anders als die, die er im Finale abbekommen hatte.

»Ich erinnere mich an alle. An jeden einzelnen. Sie brennen noch immer.«

»War das deine dunkelste Stunde?«

»Zusammen mit denen, als Giovanella und der Paladin starben. Nur dass sie gestorben waren und ich gar nichts tun konnte. Am Abend des Finales allerdings bin auch ich gestorben und nur aus eigener Schuld.«

Onkel Umbertino kniff die Augenlider zusammen und legte mir seine Hand auf die Schulter.

Seine Finger gruben sich in mein Fleisch.

»Du dagegen, Davidù.«

In seinem Blick tobte nicht mehr der Sturm.

Gerruso kam aus der Café-Bar. Er trank einen Chinotto mit dem Strohhalm. Er erzählte Franco, wie viel Dreck es in seiner

Straße gebe: Müll, Spritzen, Kühlschränke, Ratten. Er hatte einen »Scippo« mit angesehen, einen blitzschnellen Raubüberfall mit dem Motorroller, direkt vor der Haustüre. Die alte Frau war auf die Erde gestürzt und mit dem Kopf aufgeschlagen.

»Aus ihrer Stirn floss viel Blut. Der Motorroller dagegen schoss mörderisch auf dem Hinterrad davon.«

Ich ging wieder hinein, bestellte eine Maulbeer-Granita und setzte mich zu meinem Großvater.

»Nonno, ich hab die Regionalmeisterschaft gewonnen. Jetzt aber geht es um den italienischen Meistertitel, unsere Familie hat ihn noch nie gewonnen.«

»Dann musst du noch schneller werden.«

»Wie mein Vater.«

»Noch schneller.«

»Wie du?«

»Noch schneller.«

»Wer ist denn noch schneller als du?«

»Mein Freund Nenè.«

Gerruso setzte sich zwischen uns.

»Hoffentlich haben wir keinen Unfall auf dem Heimweg, denn wenn du sterben würdest, Poet, Scheiße, der Fluch des italienischen Meistertitels, das wäre wirklich zu viel echtes Unglück für deine Familie.«

Wie sie verschwunden war, so tauchte sie wieder auf.

Zwei Jahre, ohne sie zu sehen.

Seit dem bewussten Nachmittag auf dem Jahrmarkt.

Ich hatte drei Schulkameradinnen geküsst: Eva, Annalisa und Silvia.

Vor allem Eva.

Sie küsste einmalig gut.

Annalisa war ein Jahr älter als ich und hatte Wahnsinnsbrüste.

Silvia war sonnig und amüsant.

Wir kannten uns, wir trafen uns regelmäßig, wir beschnupperten uns, wir gefielen einander, wir unterhielten uns.

Keine von ihnen war Nina.

Mehr gab es dazu nicht zu sagen.

Ich begegnete ihr in der Via Notarbartolo, Ecke Via Libertà.

Ich war sechzehn.

Ich wollte gerade ins Kino Fiamma gehen, und sie kam heraus.

»Nina.«

»Ciao.«

Und zwischen uns noch immer die Chinesische Mauer.

»Du bist alleine.«

»Ja.«

»Ich bin mit …«

»Seh schon.«

Da erschien sie, hochmütig und eingebildet, wie schon zwei Sommer zuvor.

Eliana Dumas.

Die Kaiserhure.

Sie schlang ihren Arm um Ninas Hals.

Sie hatte sich kein bisschen verändert.

Sie fragte mit geheucheltem Interesse, was ich denn hier machte, sie glaubte nicht, dass dies meine Art von Film wäre. Mit wem war ich denn da? Alleine? Na ja, es gibt viel Einsamkeit in der Welt. Boxte ich immer noch? Ja? Dann war ich wohl sitzen geblieben? Nicht? Da sieht man, dass mein Gymnasium leichter war als ihres. Wann wäre der nächste Kampf? Am einundzwanzigsten Januar hier in Palermo? Wo? Wie heißt der Gegner? Fabio Rizzo? Ganz sicher würde der mich schlagen, jedenfalls würde sie für ihn sein. Jetzt müssten sie aber wirklich gehen. Sie könnte nicht sagen, dass es ein Vergnügen gewesen sei. Ciao.

»Wirst du kommen, Nina?«, fragte ich, doch so leise, dass nicht einmal ich mich hörte.

Eine Stadt ist ein Labyrinth. Straßen, die sich zu Plätzen weiten, Gassen, die diagonale Einschnitte bilden. Gewohnte Strecken und niemals begangene Straßen. Eine Stadt verbirgt die Menschen – Begegnungen platzen um Sekunden, weil man sich gerade die Schuhe zugebunden hat oder falsch eingebogen ist. Die Strategien des Labyrinths sind für den menschlichen Geist unbegreiflich.

Zwei Jahre, ohne dir zu begegnen.

Du bist gewachsen, Nina.

Deine Haare sind länger.

Die Brust ist größer.

Deine Haltung ist noch eleganter.

Das Bewusstsein deiner Faszination ist stärker.

Maulbeerlippen und unergründliche Augen.

Nina kam nicht zu dem Kampf am einundzwanzigsten Januar gegen Fabio Rizzo.

Gerruso wohl.

Er stritt sich mit allen.

Er schrie, wie üblich, »Poet«.

Inzwischen wurde ich in diesem Umfeld allgemein so genannt.

Mit dem Spitznamen, den Gerruso mir gegeben hatte.

Nina gefiel er.

Nina kam nie.

Nach dem Kampf, nach der Dusche in den Umkleideräumen, vor der Boxschule fand ich mich der Dumas gegenüber: auf dem Sattel einer Vespa Sì, schwarzer Helm unter dem Ellbogen und Tasche auf den Schenkeln.

»Ist Nina da?«

»Nein.«

»Was hast du hier zu suchen?«

»Ich kam vorbei.«

»Unter allen Plätzen der Welt bist du ausgerechnet hier vorbeigekommen?«

»Ja.«

»Ausgerechnet heute, wo ich gekämpft habe?«

»Zufall.«

»Natürlich, was sonst, ich hab's dir doch gesagt, vor dem Kino.«

»Die Zufälle des Lebens.«

»Wo ist Nina?«

»Weiß ich nicht, ich bin ja nicht ihre Mutter. Hast du verloren?«

»Schert dich das einen Dreck?«

»Weniger als gar nicht. Ich gehe nicht zu solchen tierischen Darbietungen.«

»Ach ja, stimmt schon, du spielst ja Cello.«

»Wer hat dir das denn gesagt?«

»Nina.«

»Und daran erinnerst du dich noch.«

»Ich erinnere mich an alles, was Nina zu mir gesagt hat.«

»Erinnern heißt ja nicht verstehen.«

»Wo ist sie?«

»Vergiss sie, sie will dich nicht, sie ist mit einem anderen zusammen.«

»Riesenscheiß.«

In diesem Augenblick kam Gerruso dazu.

»Dein Beutel ist schwer, es hat ein bisschen länger gedauert, hier, nimm. Ciao, Eliana.«

»Siehst du, dass ich gekommen bin? Jetzt muss ich aber los, ciao. Und ciao auch dir, Boxer.«

Sie stieg auf die Pedale, schob dann mit den Füßen an, beugte sich vor, zündete das Moped, fuhr los und verschwand.

»Hast du sie hergebeten, Gerruso?«

»Schon, aber ich habe nicht geglaubt, dass sie kommen würde.«

»Wie bist du nur darauf verfallen?«

»Nina hat mich angerufen.«

»Nina ruft dich an?«

»Nicht mich, sondern meine Mutter.«

»Warum sollte sie denn deine Mutter anrufen?«

»Na, um Guten Tag zu sagen und dann an meine Tante weiterzureichen. Typisch Weiber eben.«

»Und was weiter?«

»Ich hab ihr das von deinem Kampf gesagt, ob sie kommen und dich kämpfen sehen wollte. Eliana war bei ihr zu Hause und sie hat mich an sie weitergereicht, ich hab ihr Hallo gesagt und auch sie eingeladen, das ist alles.«

»Gerruso, wir hassen die Dumas doch.«

»...«

»Gerruso.«

»...«

»Oh, Scheiße, ich fasse es nicht: Dir gefällt die Blonde.«

»Nein.«

»Gerruso, schau mir in die Augen und sag mir die Wahrheit.«

»Ich liebe sie nicht.«

»Gerruso.«

»Ein bisschen.«

»Du bist durch und durch ein Judas.«

»Ich weiß, entschuldige.«

»Entschuldige 'n Scheißdreck. Mit dir rede ich nicht mehr.«

»Darf ich dich was fragen?«

»Nein.«

Er fragte mich trotzdem. Am folgenden Samstag hätte die Kaiserhure ein Vorspielen im Konservatorium. Könnte ich ihn begleiten? Ohne zu zögern sagte ich sofort zu. Nina würde nämlich auch da sein.

Die Boxhandschuhe waren auf den Boden des Umkleideraums gefallen und ich hatte sie nicht wieder aufgehoben. Die Müdigkeit, die sich nach dem Kampf einstellt, hatte mich genau in diesem Augenblick übermannt.

»Holst du sie mir?«

»Nur wenn du mir antwortest.«

»Aber es muss doch mal ein Ende haben mit diesen Engeln, es gibt sie nicht.«

»Wenn du mir nicht antwortest, hol ich sie nicht.«

»Erpresst du mich jetzt, Gerruso?«

»Ja. Also, sind nun die Menschen stärker oder die Engel?«

»Die Menschen. Einen Menschen kann man zerbrechen, einen Engel nicht.«

»Danach wäre aber der Engel stärker, oder?«

»Stark ist das, was man zerbrechen kann, aber trotzdem nicht zerbricht.«

Ich hielt die Augen geschlossen. Ich hörte darauf, wie die Rippen sich dehnten, wie sie sich spannten und wieder zusammenzogen. Ich spürte keinen Schmerz.

»Wer bringt dir diese Sachen bei?«

»Meine Großmutter. Und das Boxen.«

»Kann eigentlich auch ich boxen?«

»Nein.«

»Ich würde das nur tun, um so denken zu lernen.«

»Du müsstest zu viele Schläge einstecken und wärst nicht in der Lage, an irgendwas zu denken, du bist langsam.«

»Schade, wäre ich ein Engel, würden mich die Schläge niemals treffen. Schläge tun weh. Genau wie Ohrfeigen. Und Tritte. Doch am meisten tut das Spucken weh. Wer wüsste das besser als du.«

Fabio Rizzo.

Der Kampf war gerade beendet.

»Bis zu der Spuckerei hatte man den Eindruck, der Kampf wäre ein Ringelreihen. Ihr seid nur so herumgeschwirrt.«

»Wir sind nicht herumgeschwirrt, er verfolgte mich.«

»Bist du weggelaufen?«

»Nein.«

»Doch als er dir ins Gesicht gespuckt hatte, bist du auf die Palme gegangen.«

»Ach woher, ich war ruhig.«

»Ruhig? So wie du ihn zugerichtet hast! Du warst außer dir vor Wut!«

Wenn sich Boxer gegenüberstehen, gibt es einen, der zielgerichteter ist und angreift, und den anderen, der sich der Auseinandersetzung entzieht, wenigstens zu Beginn. Meist kommt es einfach durch ihr unterschiedliches Können dazu. Der Aggressivere will den Kampf bestimmen und entschließt sich, ihn von Anfang an zu beherrschen. Und wenn nicht irgendein Scheiß passiert, wird er ihn auch gewinnen. Aber manchmal kommt es auch vor, dass der Boxer, der sich auf Abstand hält, den Kampf einfach nur hinauszögern will. Er spielt wie die Katze mit der Maus. Er weiß, dass er den Gegner brechen kann, wann er will. Er muss nur die Maske fallen lassen und angreifen. Das ist lediglich eine Frage von Zeit. Früher oder später wird der Haifisch wieder zu dem, der er ist.

Bei dem Vorspielen im Konservatorium war Nina nicht da.

»Was machen wir hier eigentlich, Gerruso, gehen wir wieder.«

Die Musiker traten auf. Die Dumas trug ein langes Kleid aus schwarzem Samt. Ihre blonden Haare waren offen und fielen ihr auf die Schultern. Sie nahm Platz, sie und die anderen Musiker sahen sich an und begannen.

Die Finger ihrer linken Hand drückten mit energischer Anmut auf die Saiten, sie öffneten sich und überwanden unvorstellbare Entfernungen. Das Handgelenk der Rechten bestimmte den Rhythmus des Bogens, während die fest aufgesetzten Füße sich auf die Spitze drängten.

Sie hielt ihre Augen geschlossen.

Als die Darbietung zu Ende war, vertraute sie ihrer Mutter das Instrument an. Sie schüttelte die Hände einer ganzen Armee von Menschen und verteilte ihr Lächeln.

»Gehen wir, Gerruso.«

»Sollen wir sie nicht begrüßen?«

»Nein.«

Gerruso fing an, mit den Armen zu fuchteln, sprang in die Höhe, sein Hemd war halb in der Hose und halb draußen. Die Dumas gab uns zu verstehen, dass wir auf sie warten sollten, kam aber erst zwölf Minuten später.

»Ich habe nicht geglaubt, ich würde dich hier sehen.«

»Ich hab nur Gerruso herbegleitet, denk dir halt nix Falsches nich.«

»Ohu, Mundart aus dem Mund des Poeten, da zittere ich ja am ganzen Leib.«

»Versuch, dir das zu bewahren, es ist das einzig Menschliche, das dir geblieben ist.«

»Hat dir das Konzert gefallen?«

»Die Wahrheit?«

»Natürlich.«

»Ja.«

»Gut, eins zu eins.«

»Eins zu eins was?«

Die Blonde kam näher.

Ihre Fingerkuppen einer Cellistin lagen alle zehn auf meiner Brust. Ihr Kopf neben meinem. Ihr Mund an meinem Ohr. Kein Zögern in der Stimme.

»Du gefällst mir, Boxer.«

Mund, Haare und Finger entfernten sich.

Im Rückwärtsgehen deutete sie ein Lächeln an.

»Ich hatte es dir gesagt, eins zu eins.«

Sie drehte sich um und ging fort.

Gerruso legte die Hand mit dem Stummelfinger auf meine rechte Schulter.

»Hilfst du mir, Poet, mich wieder zusammenzusetzen?«

Gleich nachdem er die Räumlichkeit gekauft hatte, in der die Boxschule eingerichtet werden sollte, nämlich das Kellergeschoss eines gerade errichteten Neubaus neben dem Jugendgefängnis, wanderte Umbertino durch ganz Palermo, um Schüler aufzutreiben. Er sprach jeden an, ohne sich darum zu scheren, ob der die körperlichen Voraussetzungen mitbrachte, um in der Welt des Boxens etwas zu werden. Er brauchte Geld und musste deshalb Jungs finden, die Mitglieder wurden. Wie erwartet hatte er mit diesem Kauf seine Finanzen erschöpft. Einen Monat nach Eröffnung hatte er noch keinen Schüler, der ihm mit seinem Monatsbeitrag das Überleben garantierte. Die Nachricht musste sich noch mehr verbreiten. Er ging zu den Baustellen neuer Häuser, in die Café-Bars der Via Libertà, ins Stadion, nach Mondello, auf den Markt von Ballarò, auf die Märkte des Kaps und der Vuccirìa, er ging an den Hafen und zu den Obst- und Gemüsemärkten, bis er begriff, dass es nicht darum ging zu erklären, was es nützen würde, in eine Boxschule zu gehen. Es ging nur darum, bekannt zu machen, dass es in Palermo eine Boxschule gab, und ihre Existenz in der Vorstellung der Menschen zu verankern. Nach der natürlich kostenlosen ersten Unterrichtsstunde würde er ihnen begreiflich machen, dass dort der Körper so wunderbar herausgebildet wird, dass die Weiber Schlange stehen, um einem Schweiß von der Brust zu lecken. Er musste die Werbetrommel rühren. Nach dem verlorenen Finale hatte er sich geschworen, nicht mehr bei offiziellen Begegnungen zu kämpfen. Er fing wieder mit den illegalen Kämpfen an, um an seinem Körper zu zeigen, was man aus sich machen konnte, wenn man trainierte. Doch was der Strategie zum Sieg verhalf, war die Nutzung der beiden wirkungsvollsten Kommunikationskanäle für die Überzeugungsarbeit der männlichen Jugend: der Priester und der Huren.

»Hör mir gut zu, Priester, so vergeuden wir nämlich keine Zeit. Für jeden, der aus deiner Pfarrei zu mir kommt, lass ich dir jeden

Sonntag, von ihm höchstpersönlich, eine Spende zukommen, für die du mir die Hände küssen müsstest, Priester. Wenn du also die Messe liest, sollst du bei der Predigt den Gläubigen anraten, in meine Boxschule zu kommen, den Grund dafür erfindest du selber, du bist ja gut im Reden, Priester. Warum sie in die Boxschule kommen sollten? Ja, was denn? Na, um ein tödliches Glaubensheer aufzustellen, bei all den Kommunisten, durch die jeden Tag alles immer schlimmer wird. Ich bin ein anständiger Christ. Ich kenne die ganze Religion, die ganze. Da ist Jesus, der Sohn von Josef und Maria. Sein Wort ist Evangelium. Nicht morden, nicht stehlen, nicht fälschen, zehn Dinge dieser Art, frei nach Moses. Dann noch die Wunder: die Brote, die Fische, die Lepra und das spektakulärste, nämlich Wasser zu Wein. Doch das bösartige Volk wählt Barabbas, und unser Herr stirbt am Kreuz, und das scheint's dann gewesen zu sein, doch nein: Drei Tage und er steht wieder auf, flammend, er wandelt über das Wasser, Tauben fliegen auf, Hähne krähen.«

»Eine Riesenmenge von Jugendlichen kam, Davidù, alle sagten mir hier: Ich komme im Namen von Rosa, ›der Blume aller Blumen‹, mich schickt Carmelina, genannt ›schöne Mutter‹, ich habe von euch durch Piera erfahren, der ›Spanierin‹. Wir hatten folgende Absprache: Wenn ein Junge zu den Huren ging, schmierten ihm meine Freundinnen Honig ums Maul: ›Wie schön du bist, wie stark du bist.‹ Sie pflanzten in ihm ein Samenkorn des Zweifels ein, ›sicher, wenn du ein bisschen boxen würdest …‹, dann sprachen sie nicht mehr davon, sie vögelten, und dann sprachen sie doch wieder davon: ›Nein, es ist nur, weil ich einen Kunden habe, der Boxer ist, und der, na ja, dir kann ich's ja sagen, der fickt mich so fabelhaft, dass ich manchmal nicht mal Geld von ihm nehme: Du gefällst mir wirklich sehr, wenn du willst, sag ich dir, wo die Boxschule ist, sie gehört einem, den ich kenne, sag ihm meinen Namen, und der macht dir einen günstigen Preis.‹«

»Du hast Preisnachlässe gegeben?«

»Aber woher denn! Die, die sich auf Empfehlung von irgendeiner vorstellten, ließ ich eine etwas höhere Aufnahmegebühr bezahlen und gab meinen Freundinnen einen Vermittlungsbonus.«

»Eine Abgabe.«

»Geschäft ist Geschäft.«

»Hast du sie immer bezahlt?«

»In den ersten Zeiten schon. Dann wollten sie nicht mehr bezahlt werden. Die arme Gina ist von einem Rechtsanwalt massakriert worden, ein Schwein, das sich für unantastbar hielt.«

»Und da haben sie dich gerufen. Was ist mit dem Rechtsanwalt passiert?«

»Was weiß denn ich, er wechselte die Stadt, er ging woanders hin, auf den Kontinent, weit weg von Palermo.«

»Weit weg von dir.«

»Aus den Augen, aus dem Sinn.«

»Sag mal, Onkel, was ist denn mit Schutzgeld? Hat man es je von dir gefordert?«

»Weißt du, was die Mafia aufrecht hält, Davidù? Die Angst, die Tatsache, dass vier Schlächter dich durch Fußtritte in den Gaumen alle Zähne ausspucken lassen können und du dem schutzlos ausgeliefert bist.«

»Dann ist also niemals jemand an dich herangetreten.«

»Selbst wenn sie zu fünfzehnt gekommen wären, hätten sie so viel Dresche eingesteckt, dass nicht mal das Wort ›genug‹ noch in ihrem Mund Platz gehabt hätte. Das wissen die Mafiosi genau. Wer von der Angst lebt, weiß am besten, was es heißt, Angst zu haben.«

Das Adrenalin über den Sieg war verflogen. Kein Knochen tat mir weh. Am Oberkörper hatte ich keine Blutergüsse. Von dem gerade hinter mir liegenden Kampf blieben mir nur der Geschmack des Mundschutzes auf der Zunge, die Abschürfungen an den Fingerknöcheln und das Blut auf den Fingernägeln.

Kein Trillerfinger am Hals.

Das Wasser der Dusche war heiß. Ich rieb und schrubbte mein Gesicht. Ich spürte immer noch die Spucke auf mir. Die zweite Runde war zu Ende. Ich war für den Gruß auf Fabio Rizzo zugegangen, um seine Handschuhe zu berühren, dann wollte ich wieder in die Ecke zurückkehren. Er ließ den Mundschutz in den rechten Handschuh fallen und spuckte mir ins Gesicht. Die Spucke traf mich völlig unvorbereitet, mein Körper hatte keine Gefahr gewittert, ich hatte die Deckung sinken lassen. Meine Arme blieben unten. Der Ringrichter zog ihn weg und verpasste ihm eine förmliche Ermahnung. Umbertino fluchte. Carlo trocknete mein Gesicht ab, während der Maestro mich anwies, ruhig zu bleiben. Gerruso spuckte in Richtung Fabio Rizzo, doch weil er vor lauter Wut den Mund nicht geschickt genug mit der Spucke koordinierte, lief alles an ihm selbst herunter. Großvater blieb seelenruhig, mit verschränkten Armen und übereinandergeschlagenen Beinen, sitzen, den Blick auf den Ring gerichtet.

Eine Horde von fünf Halunken hatte bei Schulschluss meinen Vater ins Visier genommen.

»Er war irrsinnig angespannt, Davidù. Er sagte, dass er nicht wusste, weshalb sie ihn auf dem Kieker hatten, aber er hatte auf ihre Provokationen nicht reagiert.«

Er war damals vierzehn Jahre alt. Seit zwei Jahren ging er in die Boxschule zum Onkel. Er war sehning, nicht mager. Das Hemd verbarg breitere Schultern, als man vermuten konnte. Seine Hände waren feingliedrig und seine Finger lang. Er hatte sich in ein naturwissenschaftliches Gymnasium eingeschrieben. Die Großeltern waren stolz auf seine schulischen Erfolge.

»Natürlich war er angespannt, Nonna, sie waren schließlich zu fünft gegen einen, und nebenbei hatten sie ja auch dich beleidigt, indem sie dich … du weißt ja, wie sie dich genannt haben, das ist eine unerhörte Beleidigung, man darf sich niemals erlauben, schlecht über die Mütter zu reden.«

»Sie waren doch jung.«

»Sie waren Flegel. Wenigstens bekam man durch Prügel noch eine Erziehung. Bei einigen helfen Worte doch gar nicht.«

»Worte helfen immer, es müssen nur die richtigen sein. Wenn eine Botschaft nicht rüberkommt, liegt es daran, dass der Wortschatz des Gesprächspartners diese Worte nicht kennt.«

»Nonna, jetzt verwechsele mal Unerzogenheit nicht mit dem Wortschatz.«

»Mit den Fäusten auf diese kleinen Jungs wegen der Beleidigung einzugehen war sinnlos.«

Tags darauf die gleiche Szene: Die fünf warteten am Schultor auf ihn, sie schubsten ihn hin und her und nannten dabei meine Großmutter wieder eine Hure und meinen Großvater einen Schwulen. Meinem Vater gelang es sich herauszuwinden und er lief nach Hause.

»So einer Auseinandersetzung weicht man besser aus.«

Großmutters Ermahnung schien die vernünftigste Lösung zu sein, Rosario war nicht in Palermo, er arbeitete gerade die letzten Wochen der Saison in der Küche eines Hotels bei Messina, bis zu seiner Rückkehr dauerte es noch vierzehn Tage. Am folgenden Tag gingen die Halunken noch weiter. Sie holten die Bücher aus dem Ranzen meines Vaters und pinkelten darauf.

»Wie sehr hat mir dein Großvater in diesem Augenblick gefehlt. Ich wusste nicht mehr ein noch aus. Vielleicht hatte ich ja die falsche Strategie angewandt, ich war vollkommen durcheinander.«

Mein Vater hatte eine Mauer zwischen sich und der Welt errichtet, er hatte sich in eine undurchdringliche Stille verschlossen. Mit dem Tod im Herzen setzte sich Großmutter zu ihm und nahm seine Hände. Sie glichen Rosarios Händen.

»Wenn das noch einmal vorkommt, Francesco, dann reagiere. Du darfst nie jemandem erlauben, auf dir herumzutrampeln.«

Mein Vater blickte sie an. Das Blau seiner Augen war fest wie der Horizont über dem Meer.

»Mama, sie sind zu fünft und sie sind größer als ich.«

»Dann schlag eben fester zu.«

Vier Monate nach dem verlorenen Finale kämpfte Umbertino wieder bei einer illegalen Begegnung. Die Männer, die sich um die Wetten kümmerten, mochte er von Anfang an nicht. Sie quatschten zu viel, sie waren arrogant und aufbrausend. Wann immer Geld im Spiel ist, muss man die Ruhe bewahren.

In der Guadagna fehlte einfach alles: der Ring, die Seile, die Stühle fürs Publikum. Das war kein Kampf, sondern eine Viecherei. Die Regel war einfach: Wer stehen bleibt, gewinnt. Es gab da einen Anschein von Ringrichter, irgendjemand musste ja schließlich bis zehn zählen.

»Ich sprang eine ganze Minute lang herum, ohne einen nennenswerten Schlag auszuteilen, kannst du das glauben? Noch nie bin ich so lange vor einem herumgehüpft, ohne anzugreifen.«

»Warst du eingerostet?«

»'n Scheißdreck war ich. Ich habe nur gewartet.«

»Auf was?«

»Es hatte mir gefehlt, Davidù. Die Augen des Publikums, die Dynamik des Kampfs, den Schlägen durch Finten auszuweichen, zu verstehen, bis wohin ich mich vorwagen konnte. Das alles hat mir gefehlt, und zwar mächtig. Ich wollte es auskosten, solange ich's eben konnte.«

Der Aufwärtshaken wurde zwar durch den Unterarm des Gegners aufgehalten, doch das nutzte nur wenig. Umbertino durchdrang diesen Schild aus Fleisch, indem er Haken und Gerade freisetzte und den Kopf des Gegners schonte, ihm dafür aber den Brustkorb zertrümmerte.

Ein einziger Angriff genügte.

»Ich war zurück.«

Das stimmte nicht. Er war nicht zurück. Er war ja nie fortgegangen.

Sechs Monate nach der Eröffnung zählte die Boxschule sechsundzwanzig Mitglieder.

Umbertino trug nur noch drei weitere illegale Kämpfe aus.

Dann wollte niemand mehr gegen ihn kämpfen.

Kaum war Großvater nach Hause gekommen, wurde er über die Schlägerei vor der Schule in Kenntnis gesetzt.

»Ich hab ihm gesagt, dass er nicht länger einstecken dürfe.«

»Lass uns allein.«

Großmutter ging in die Küche und legte ihr Ohr an die geschlossene Türe. An der hölzernen Oberfläche hörte sie das Pochen ihres Herzens.

Mein Vater erzählte seinem Vater von den Beleidigungen, von den Schubsereien, von den vollgepissten Büchern. Als sie ihn sich geschnappt hatten, um ihn auszuziehen und ihm die Kleidung zu stehlen, hatte er sie alle fünf mit Schlägen niedergestreckt.

Als er mit seiner Erzählung fertig war, folgte eine lange Stille, unterbrochen nur vom Geräusch des Stuhls, der bewegt wurde. Rosario war aufgestanden.

»Das war falsch, Francesco.«

Großmutter verging vor Scham.

Wahrscheinlich empfand ihr Sohn genau das Gleiche.

»Was sollte ich denn tun, Papa? Sollte ich mich ausziehen lassen?«

»Nein, es war nicht falsch, dass du reagiert hast. Falsch war nur, dass du die Fäuste gebraucht hast.«

Großmutter fühlte, wie sich ihre Augen mit Tränen füllten.

»Du boxt, mit den Fäusten bist du besser als die da. Du darfst niemals deine Überlegenheit ausnutzen, sonst bist du ein Scheißkerl.«

Großmutter begann zu weinen, sie hielt sich die Hand vor den Mund, damit man es nicht hörte.

»Sie hatten einen Pakt geschlossen: Wenn dein Vater noch einmal auf sie treffen sollte, dürfte er nicht mehr seine Fäuste gegen sie einsetzen. Ein paar Tage später sah er sie wieder und hielt Wort.«

Nur einer aus der Horde wollte sich für das vergangene Mal rächen, das war derjenige, der offensichtlich am wenigsten abbekommen hatte. Mein Vater erwiderte nichts auf die Vorwürfe von »Gehörnter« und »Bulle«, mit denen er tituliert wurde, er gab die Schultertasche nicht her, er ging nicht vom Bürgersteig. Der andere, der von so viel Ruhe frustriert war, spuckte ihm mitten ins Gesicht. Mein Vater bekam die Spucke ab, er wischte sie mit dem Handrücken weg und ging weiter, ohne mit der Wimper zu zucken. Er wurde nie wieder belästigt.

Zu Hause hatte Großvater sich alleine mit ihm ins Esszimmer gesetzt.

»In Afrika erklärte mir mein Freund, dass der große General nicht der ist, der die Schlacht gewinnt, sondern der, der den Krieg gewinnt, ohne kämpfen zu müssen. Du darfst dich nicht vor den Menschen erschrecken, sondern davor, was du ihnen antun kannst. Vergiss das nie. Du, du bist ein Samen, der sich in die Erde einwurzelt.«

Durch die halb geschlossene Küchentüre sah Großmutter, wie er die Wangen seines Sohnes streichelte.

Fabio Rizzos Spucke verriet Anspannung, Wut, Unhöflichkeit, Grobschlächtigkeit.

Ich nahm es hin, wie man im November den Schirokko hinnimmt.

So was kommt vor.

»Wärst du ein Engel, würde es durch dich hindurchgehen.«

»Wäre ich ein Engel, könnte ich ihn nicht fertigmachen.«

Gleich zu Beginn der dritten Runde drehte Fabio Rizzo auf. Seine Linke streifte meine Schläfe. Gleichzeitig traf mein Haken, der absolute Freiheit genoss, voll auf sein Jochbein. Er stürzte sich auf mich wie eine tote Last und setzte seinen ganzen Körper als Schild ein, um mich daran zu hindern, mit meiner Attacke fortzufahren. Mein nächster Haken wurde durch seinen Arm gedämpft. Meine Rechte dagegen fand freien Zugang zu seinem Kinn. Der Schlag war hart. Fabio Rizzo krümmte sich. Ein Rechts-links-Schlag mitten ins Gesicht ließ ihn rückwärts an die Seile taumeln. Er kreuzte zwar die Arme vor seinem Gesicht, doch seine Beine hatten schon nachgegeben. Er torkelte zur Seite, drei Schritte, knickte an der linken Flanke ein.

Er fiel hin wie ein kaputtes Spielzeug.

Der Ringrichter zählte bis zehn.

Ich war bereit für den italienischen Titel.

Ich ging in den Umkleideraum, stellte mich unter die Dusche, übergab Gerruso meine Tasche, ging hinaus ins Freie und begegnete der Dumas.

»Was machst du denn hier?«

»Ich kam gerade vorbei.«

»Jaja, schon wieder ein Zufall.«

»Verrückt, nicht? Trägst du immer Trainingskleidung? Das Konservatorium ist da eleganter.«

»Hier trainiere ich.«

»Jeden Tag?«

»Ja.«

»Und hier kämpfst du auch?«

»Nur wenn meine Boxschule den Kampf organisiert.«

»Wirst du noch einmal kommen und mich spielen sehen?«

»Man soll der göttlichen Vorsehung keine Grenzen setzen.«

»Soll ich dich mitnehmen?«

»Nein.«

»Warum nicht?«

»Ich traue Mädchen nicht, die einen Motorroller fahren.«

»Dann fahr du.«

»Nein.«

»Kannst du Roller fahren?«

»Natürlich. Wie eine Eins.«

»Beweis es mir.«

»Beweis du es mir.«

»Dann steig auf.«

»Ich wohne gleich hier ums Eck.«

»Ich bringe dich danach nach Hause, ich will dir nur erst etwas zeigen.«

»Dann los, ich hoffe nur, es ist nicht auf der anderen Seite der Welt.«

»Und was wolltest du mir zeigen?«

»Bist du eigentlich wirklich so dämlich oder tust du nur so?«

»Ich versteh nicht ganz.«

»Komm her und sei mal ein bisschen still.«

Lippen, Zunge, Speichel.

Ein gestohlener Kuss.

Sie löste sich von meinem Mund.

Ein wunderbarer Kuss.

»Ich mag dich, weil du alleine ins Kino gegangen bist. Und weil du vorgestern in mein Konzert gekommen bist. Und weil du schöne Augen hast.«

Meine Augen.

Das gleiche Kompliment, das mir auch Nina gemacht hatte.

Sie küsste mich noch einmal.

Unsere Zungen verschlangen sich ineinander.

»Gegen Mitte der fünfziger Jahre, entweder 55 oder 56, glaube ich. Weißer Rock, offene Arme, schmaler Hals. Ungeheuer appetitlich.«

Sie hieß Chiara.

Er hatte ihr den Spitznamen Libera gegeben.

»Sie gehörte keinem, sie gehörte nur sich selbst.«

Die ovale Form des Gesichts, das Zucken der Blicke, die Art, die Nase zu kräuseln.

»Sie brachte mein Blut wirklich in Wallung.«

Sie ähnelte Giovanella.

Und studierte Jura. Und gehörte zu den besseren Kreisen von Palermo.

»Wir passten eigentlich gar nicht zueinander.«

»Aber wie kam es dann, dass sie mitmachte?«

»Bist du denn von einem Augenblick auf den anderen blind geworden, Davidù? Sieh dir einfach an, was für ein attraktiver Mann dein Onkel ist, und dann stell dir vor, wie ich vor dreißig Jahren war: einfach geil.«

Libera hatte einen Haarreif auf dem Kopf, sie war einundzwanzig und hielt eine Schachtel mit Gebäck in der Hand.

»Was sind das?«

»Josefsschwämme – Krapfen mit Ricotta gefüllt.«

»Sind die für mich?«

»Aber ich kenne Sie doch gar nicht.«

»›Sie‹? Was bin ich denn? Ein Weibsbild?«

Sie erwiderte, dass sie nicht zu Scherzen aufgelegt sei, dass sie sich beeilen müsse, man würde sie zum Sonntagsessen erwarten, sie müsse wirklich gehen. Doch dann rührte sie sich nicht.

»Ohu, sie nahm die Schachtel für die ganze Familie mit, und wir gingen zur Ruine von Santa Maria dello Spasimo.«

Onkel Umbertino aß das ganze Tablett voller Josefsschwämme auf. Sobald er damit fertig war, sagte sie zu ihm, dass sie nach Hause müsse. Er bat sie, doch noch ein bisschen zu bleiben, sie setzte dem ein freundliches, aber entschiedenes Nein entgegen, abends sollten nämlich die Eltern ihres Zukünftigen aus Ganci kommen.

»Du heiratest?«

»In zwei Monaten. Gratulierst du?«

»Nein. Du gehst einfach so? Ganz ohne Kuss?«

»Du hattest doch die Wahl zwischen mir und den Josefsschwämmen, du hast dich für sie entschieden.«

Er wartete eine ganze Woche auf sie, und zwar dort, wo er sie getroffen hatte, und am folgenden Sonntag sah er sie wieder, zur gleichen Zeit, gleiches Tablett mit Gebäck, dieselben unverschämten einundzwanzig Jahre.

»Noch mal Josefsschwämme?«

»Genueser.«

»Genueser mag ich viel lieber als Josefsschwämme.«

»Dann also auch heute keine Küsse?«

Sie blieben einen Monat zusammen.

Eine Woche vor ihrer Hochzeit fragte Libera ihn, warum er nicht wieder als Berufsboxer kämpfen würde.

Umbertino nahm sich lange Zeit, um die Antwort zu gebären.

»Alles hat seinen Preis.«

»Die Liebe hat keinen Preis.«

»Doch, wer sie hat, bezahlt sie mit dem Leben.«

Libera heiratete. Ihre Beziehung hörte auf, so wie sie begonnen hatte, ohne endgültige Worte, ohne Vorwürfe über gebrochene Versprechen.

Sie ähnelte Giovanella extrem.

»Du hast sie sehr gerngehabt.«

»Ich habe sie geliebt.«

»Wirklich.«

»Ich bin mit vielen Frauen zusammen gewesen, das weißt du, aber einige habe ich während der Zeit, in der wir zusammen waren, aufrichtig geliebt. Libera ist eine von ihnen.«

»Warum ist es dann zwischen euch zu Ende gegangen?«

»Es hatte ja nicht einmal angefangen.«

»Sie hätte doch nicht heiraten müssen.«

»Das ist nicht so einfach.«

»Erklär das mal.«

»Lieben und glücklich sein ist nicht dasselbe, und oftmals passt beides nicht zusammen.«

Das Barometer an der Wand zeigte 43 Grad an. Großmutter, im Morgenmantel, stand auf und verrückte den Stuhl, ohne Geräusche zu machen. Sie trocknete sich die Stirn mit einem Taschentuch.

»Hast du das Päckchen mit Zigaretten gesehen?«

»Du hast's in der Hand.«

Sie zündete eine an, inhalierte, legte sie auf dem Aschenbecher ab.

»Hast du die Schießerei gehört?«

»Ja, ich war in der Schule, die Schießerei fand gleich unter unserem Fenster statt.«

»Gefällt mir nicht, gefällt mir überhaupt nicht.«

»Palermo?«

»Man hat den gleichen Eindruck von Not und Armut wie zu meiner Kindheit. Damals allerdings herrschte Krieg, jetzt dagegen tun alle so, als wäre nichts, während man sich in der Stadt unter Brüdern umbringt. Die Mafia hat die Mattanza in die Familien getragen.«

»Habt ihr euch denn während des Kriegs nicht abgeschlachtet?«

»Nicht so.«

Sie drückte die Zigarette aus und begann, den Mokka zuzubereiten.

»Läuft in der Schule alles glatt?«

»Ja. In Latein bin ich unschlagbar.«

»Siehst du, dass es doch zu etwas nütze war, es dir beizubringen?«

»Tja, um mir drei Sommer zu vermasseln.«

»Blödmann.«

Sie setzte den Mokka aufs Feuer und kehrte dann wieder zu ihrem Stuhl zurück.

»Komm, mach schon, erzähl mir ein bisschen was von dir. Hast du eine feste Freundin?«

»Nonna!«

»Du triffst dich mit einer, stimmt's?«

»Nonna!«

»Ich weiß, ich weiß, ich wollte mich nicht in deine Angelegenheiten einmischen.«

»Natürlich, wie auch nicht.«

»Nein, ehrlich, es war nur ein Test. Da ist nichts zu machen, ihr seid euch gleich.«

»Bin ich so stumm wie Nonno?«

»Überhaupt nicht. Rosario ist nicht stumm, er redet wenig, aber er redet. Du dagegen redest viel, fast wie ein Wasserfall, und du versteckst dich ganz bewusst hinter dieser Mauer aus Worten. Du bist ganz anders als dein Vater, der war ganz zugeknöpft und ließ kein Wort durchsickern.«

»Ist das falsch?«

»Es ist sonderbar. Hast du irgendeinen Freund, mit dem du redest?«

»Ja.«

»Und dem vertraust du auch Dinge an?«

»Ja.«

»Was erzählst du ihm so?«

»Alles Mögliche.«

»Und mit deinem Onkel? Mit Großvater?«

»Auch mit denen rede ich.«

»Und auch denen vertraust du alles Mögliche an? Ich rede nicht über Worte, die man sagt, um die Stille auszufüllen, Davidù. Wenn man sich anvertraut, wenn man in Beziehung miteinander tritt, heißt das, man teilt die Last des Tages miteinander, jeden Tag, solange es geht. Über dich, darüber, was du wirklich empfindest, über die Freuden, die Ängste, redest du darüber jemals mit irgendwem? Weißt du, was mich am Spitznamen deines Vaters so beeindruckt hat? Er war perfekt, er traf den Nagel auf den Kopf. Er war wirklich ein Paladin, aber nicht wegen der Art, wie er gekämpft hat, was verstehe ich schon davon? Sondern wegen der Rüstung, die er trug, diese Brünne, diese ständige Kettenpanzerung, die er zwischen sich und die Welt setzte. Die legte er nie ab. Natürlich verstanden seine Gegner seine Bewegungen nie. Er war undurchdringlich. Im Ring genauso wie im Leben. Und trink jetzt den Kaffee, bevor er noch kalt wird, denn kalt ist er scheußlich.«

»Dann also wirklich das Finale in Palermo?«

»Ja.«

»Absurd.«

»Nicht wirklich.«

»Das ist ja ganz genau wie bei deinem Onkel! Aber du wirst ja wohl nicht verlieren und dann auch eine Boxschule eröffnen wie er?«

»Danke für das Vertrauen, Gerruso.«

»Bitte sehr. Macht es dich eigentlich niemals fertig?«

»Was?«

»Das Training, das Laufen, das frühe Aufstehen, mit dem du deine Träume unterbrichst, das Essen nur ganz bestimmter Sachen, Verben konjugieren. Ich esse viel, ich schlafe viel, und meine Träume sind nie verschwitzt.«

Keine Lust haben aufzustehen und schon fertig sein, draußen regnet es zwar, doch die Schuhe sind schon geschnürt, fünfzehn Konjugationen, *fio, fis, factus sum, fieri* und schon ist Zuhause weit weg, vorgetäuschter Aufwärtshaken, *tollo, tollis, sustuli, sublatum, tollere,* vorgetäuschte Gerade und noch einmal Gerade, jeden Tag, bis man abends ins Bett sinkt, bis zum nächsten Wecken um halb sechs.

»Das ist etwas, das ich kann.«

»Lässt du nie eines ausfallen?«

»Selten.«

»Und hast du ihm dann gesagt, weshalb du nicht gekommen bist oder hast du eine Notlüge erzählt?«

»Erstens: Wenn ich das Training ausfallen lasse, gibt es dafür immer einen wichtigen Grund, ich bereite mich schließlich auf die nationalen Meisterschaften vor, und daher nein, ich lasse das Training nicht ausfallen. Zweitens: Was soll denn eine Notlüge sein?«

»Im Katechismusunterricht hat man uns das beigebracht. Eine Notlüge ist, wenn man etwas sagt, weil man jemand anderen nicht wehtun will. Das hat uns Schwester Emilia erklärt. Sie war sympathisch, sie sagte mir immer, ich wäre sehr schön.«

»Notlüge.«

»Ach ja?«

»Gerruso, was denn sonst? Die Schwester hat dir das gesagt, damit du die Hoffnung nicht aufgibst.«

Ich erzählte ihm eine Geschichte über die Wahrheit.

Es war einmal ein König, der mit Eselsohren zur Welt kam. Nach der Geburt war der Einzige, der diese Wahrheit kannte, der Arzt. Die Mutter des Königs war während der Entbindung gestorben. Der Arzt erteilte folgende Anweisung: Sein Leben lang sollte der König Kopfbedeckungen bis über die Ohren tragen, das sei vorteilhaft sowohl für seine Gesundheit als auch für das Schicksal seines Reichs. Es sei besser, wenn die Wahrheit verschwiegen würde. Doch der Arzt wurde von der Last des Geheimnisses erdrückt, und so verließ er den Hof und das Königreich. Er floh über das Meer und erreichte ein fernes Land, wo Völker lebten, die ungesalzenes Brot aßen. Dort grub er ein tiefes Loch aus und flüsterte hinein: »Der König hat Eselsohren.« Endlich fühlte er sich befreit. Er füllte das Loch wieder mit Erde, und damit endet seine Rolle in dieser Geschichte. Doch das Feld wurde bestellt. Es wuchs ein einziger Baum, der war stark und robust. Sein Holz war unter allen Hölzern am besten geeignet, Flöten aus ihm zu machen. Überall verbreitete sich die Kunde vom sanften Klang seiner Flöten. Die Nachricht gelangte auch an den Königshof. Ein Konzert wurde veranstaltet, der beste Flötenspieler sollte die beste Flöte spielen, die aus dem Holz dieses Baums gefertigt worden war. Das Volk drängte sich um seinen König, um der wunderschönen Musik zu lauschen. Der Flötenspieler nahm die Flöte, setzte sie an die Lippen, blies hinein, und die Flöte sang: »Der König hat Eselsohren.«

»Willst du mir gerade sagen, dass Notlügen von der Flöte der Zeit gespielt werden? Wie die von Schwester Emilia?«

»Hättest du es lieber gehabt, wenn sie dir gesagt hätte, du wärst hässlich?«

»Die Wahrheit wäre mir lieber gewesen. Sie hätte mir sagen sollen, dass ich ihrer Meinung nach sehr schön bin. Vielleicht gefalle ich den Schwestern ja wahnsinnig gut, was verstehen wir denn schon davon. Jedenfalls, kann ich dir was sagen, das wahr ist?«

»Wenn's unbedingt nötig ist.«

»Ich hab mich heute ziemlich blamiert.«

»Vor wem?«

»Vor Eliana.«

Er war zu ihrer Schule gegangen, um sie bei Unterrichtsschluss zu treffen, und zwar mit einer Blume in der Hand. Die Dumas kam auf ihn zu, begleitet von einem ganzen Schwarm von Freundinnen. Sie hatte ihn gefragt, für wen die Blume sei und hatte ganz überrascht getan, als Gerruso sie ihr überreichen wollte. Sie war in schallendes Gelächter ausgebrochen und hatte die Blume nicht angenommen. Sie hatte sich auch nicht bedankt. Sie hatte nach mir gefragt.

Gerruso hatte ihr geantwortet, dass ich meine Kämpfe gewann und nun versuchte, die italienische Meisterschaft zu gewinnen, und dass ich in der Schule gute Noten hatte.

Unter dem Gekicher und Gefeixe ihrer Freundinnen hatte sie ihn unterbrochen, sich an eine furchtbar dringende Verabredung erinnert, war grußlos weggegangen, dann aber plötzlich stehen geblieben, hatte sich umgedreht und ihn angesehen. »Gib dem Boxer einen Kuss von mir«, hatte sie gesagt und ließ ihn mitten auf der Straße stehen, mit einer Blume in der Hand.

»Weißt du, wieso Eliana dir einen Kuss geschickt hat?«

»Nein.«

»Wenn du es gewusst hättest, hättest du's mir dann gesagt?«

»Ja.«

»Ist das eine Notlüge?«

»Nein.«

D'Arpa hatte angefangen, leiser zu sprechen.

»Also, sind wir einer Meinung?«

»Ja, aber Nicola sagen wir es nicht.«

Sie waren der gleichen Ansicht: Der Skorpion war von Vincenzo Melluso in D'Arpas Bettdecke versteckt worden.

Es wurde täglich schlimmer mit ihm.

Er hatte auf La Mantia von hinten mit einem Stein eingeschlagen. Wenn sie nicht zu viert dazwischengetreten wären, hätte er ihm den Schädel zertrümmert. Melluso beschuldigte ihn, ein Falschspieler zu sein, er habe die Karten gezinkt, daher habe er gegen ihn gewonnen.

»Randazzo behauptet, dass Melluso deliriert, weil er krank ist«, sagte D'Arpa.

»Nicola ist ein guter Mensch, Melluso ist ein Teufel«, antwortete Rosario.

»Wenn wir das Erbarmen verlieren, werden wir wie er.«

Rosario erwiderte nichts.

»Jedenfalls gehen wir so vor wie beschlossen«, sagte D'Arpa. Er war sich des Risikos bewusst, das er einging, doch die konkrete Gefahr, die Melluso darstellte, zwang zu extremen Maßnahmen. Das Stück Holz, das er sich in den Schuh gesteckt hatte, war steif und spitz. Man musste es wie einen Nagel verwenden, wenn es in der Tiefe verletzen sollte. Bevor er ging und damit das Risiko auf sich nahm, von den Soldaten durchsucht zu werden, zögerte er einen Augenblick. Wenn er erwischt würde, waren Rosario und Nicola einer noch größeren Gefahr ausgesetzt: Melluso würde verstehen und sich rächen, das war ganz sicher. D'Arpa wägte die Situation ab und entschloss sich, wie vereinbart zu handeln. Er ging zum Ausgang, und die Wachsoldaten, die die Gewehre kreuzten, forderten ihn auf, stehen zu bleiben.

»*Boxer*«, riefen sie ihn.

Seine Siege hatten ihn populär gemacht.

Sie befahlen ihm, seine Taschen zu leeren.

D'Arpa folgte ihnen.

»*The jacket.*«

D'Arpa stand mit nacktem Oberkörper da.

»*The shoes.*«

D'Arpa bückte sich langsam und begann, an dem Knoten zu hantieren, doch statt ihn aufzuschnüren, verknotete er ihn noch fester.

»*Help me*«, bat er die Soldaten und zeigte ihnen, dass der Knoten sich nicht aufschnüren lassen wollte.

Zuerst wurde er schief angesehen, dann wurde ihm gesagt, er könne gehen, ohne die Schuhe auszuziehen. D'Arpa näherte sich den Soldaten, er nahm die Haltung der vollen Deckung ein und mimte zwei Aufwärtshaken, einen für jeden Soldaten. Die Wachen brachen in Gelächter aus, dann grüßten sie ihn. D'Arpa kam zu Rosario, und gemeinsam baten sie Randazzo, mit ihnen zu den Latrinen zu kommen.

»Wenn Melluso dir nachts was tun will, verteidige dich mit dem hier.«

»Wo habt ihr das her?«

»Mach dir keine Gedanken, du musst es nur gut verstecken, aber in Reichweite.«

»Und ihr?«

»Mach dir Gedanken darüber, wo du das Holz versteckst, nicht über uns.«

Nicola ging alleine und beladen mit ungestellten Fragen zur Baracke zurück.

Rosario war es, der die Unschlüssigkeit durchbrach.

»Er schafft es nicht, es einzusetzen.«

»Ich weiß.«

Doch sie hatten es nicht für ihn gemacht. Das Wissen, dass er eine kleine Waffe besaß, um sich zu verteidigen, diente dazu, sie beide zu beruhigen.

Sie blieben ein paar Minuten stehen, um den Himmel zu betrachten.

Das Licht der Sterne ergoss sich überall hin.

»Wie schön der Himmel von Afrika ist«, sagte D'Arpa und legte eine Hand auf die Schulter meines Großvaters.

»Und unendlich.«

Sie kehrten in den Schlafsaal zurück.

Sie legten die Wachschichten fest, um nächtlichen Attacken Mellusos zuvorzukommen, und gaben sich die Hand, und das zum letzten Mal in ihrem Leben.

Das Stück Holz sollte niemals zum Einsatz kommen.

Am folgenden Tag brach die Hölle über das Lager herein.

Die Jugend verbrachte ich zwischen den Büchern, die ich für die Schule durcharbeiten musste, dem Training in der Boxschule und den Verwirrungen mit dem einen oder anderen Mädchen in dieser immer schmutziger und immer gewalttätiger werdenden Stadt Palermo.

Antonio Provenzani aus Lecce, genannt »Fritto misto«, »Frittiertes Fischallerlei«, wegen seiner großen Fähigkeit, seinen Stil während des Kampfes zu variieren. Technischer K. o. in der zweiten Runde.

Marco Dambrosio aus Formia, »il Polpo«, »der Krake«: Er klebte sich an den Gegner und schlüpfte dann plötzlich weg. Sieg nach Punkten 7 zu 0.

Mimmo Alba aus Genua, ein räudiger Typ und hart im Einstecken. Er traf selten, doch wenn er es tat, tat es weh. Sein Spitzname war »Beneficenza«, »Wohltat«. Ich gewann nach Punkten 5 zu 1.

Michelle, eine Engländerin, siebzehn Jahre, auf Klassenfahrt, getroffen beim Laufen am frühen Morgen, als sie nach einer durchschwelgten Nacht mit ihren Freundinnen ins Hotel zurückkam. Zungenberührungen und intensives Petting noch am selben Abend. Kein Sex, wir waren beide noch Jungfrauen. Ich nannte sie »Mabbèl«.

Duccio Tesori aus Lucca, »il Ladro«, »der Dieb«, wegen der Schnelligkeit, mit der er die gegnerische Verteidigung aus den Angeln hob. Sieg nach Punkten, drei Runden zu Null.

Luisa, die Cousine von einer, die mir eine andere bei irgendeinem Geburtstagsfest vorstellte. Sechzehn Jahr, lockiges Haar, kreischende Stimme, nasse Küsse. Ich gab ihr den Spitznamen »Mulinello«, »Strudel«.

Mizio Dal Collo aus Popiglio, Ortsteil von Piteglio, in der Provinz von Pistoia. »Lo Spaccaossa«, »der Knochenbrecher«. Sieg nach Punkten 15 zu 6.

Damiano Palano aus Mantua, bekannt unter dem Spitznamen »Tradimento«, »Verrat«. K. o. in der zweiten Runde.

Alessandro Coscia, Linksausleger aus Pozzolo Formigaro in der Provinz Alessandria, »la Locomotiva piemontese«, »die piemontesische Lokomotive«. Sieg nach Punkten 7 zu 4.

Letizia, achtzehn Jahre und dreist, umgetauft als »la Flautista«, »die Flötistin«. Und ihre Freundin Teresa, »Occhio Bello«, »Schönauge«, fast schon achtzehn Jahre und fast schon Sex.

Mauro Genovese aus Trápani, der Boxer ohne Spitznamen. Ich gewann nach Punkten, zwei Runden zu einer.

Massimiliano Biffi aus Rho, »il Bauscia«, »das Großmaul«. K. o. in der ersten Runde.

Ich verlor nie.

Mit fehlte ein einziger Kampf für den italienischen Meistertitel, nur noch ein einziger, als nach fünfzig Jahren die Bomben nach Palermo zurückkehrten.

Der Krieg war wieder in der Stadt.

Die Nachricht darüber erfuhren wir in der Boxschule durch Maestro Franco.

»Auf die Autobahn ist eine Bombe gelegt worden, ein Attentat der Mafia, viele Menschen sind dabei gestorben.«

Umbertino verkündete kategorisch: »Nur weil die Mafia jetzt ein so ungeheuerliches Unheil angerichtet hat, glaubt sie ja wohl nicht, dass ich das Training unterbreche.«

Doch etwas war wirklich zerbrochen. Den Krieg gab es vorher nur in den Geschichten der Überlebenden, in den Erinnerungen, die sonntagsnachmittags nach dem Mittagessen weitergegeben wurden. Die immer noch sichtbaren aufgerissenen, zerbombten Stellen in der Stadt erinnerten daran, dass es, ja, einen Krieg gegeben hatte, er hatte Zerstörung gebracht, doch er war zu Ende. Die Explosion einer Bombe dagegen brachte den Krieg wieder in die Gegenwart. Das war der Punkt ohne Wiederkehr, keineswegs mit Pistolenschüssen vergleichbar. Man konnte nicht mehr so tun, als sei da nichts. Die Alltäglichkeit wurde auf den Kopf gestellt, ebenso wie die Stadt, die eine massive Militarisierung erlebte. Die erste Konsequenz dieses Klimas der Spannung war die Steigerung der Achtsamkeit ins nahezu Paranoide. Einen anderen Weg nehmen, weil man plötzlich eine Ahnung hatte, fremden Gesichtern misstrauen, Furcht verspüren, weil man unten auf der Straße ein unbekanntes Auto parken sah. Die Sirenen der Streifenwagen ertönten überall, zu jeder Stunde des Tags, zu jeder Stunde der Nacht. Niemand hatte das Herz, es auszusprechen, aber man erwartete neue Attentate der Mafia. Anderthalb Monate brauchte es, bevor die Prophezeiung sich erfüllte. Eine weitere Bombe explodierte, und doch leerte Palermo sich nicht. Die einzige Gewissheit dieses

Kriegs war, dass allein schon die Tatsache, ihn unversehrt zu überleben, jedes Lob verdiente.

Gerruso rief mich an jenem Abend an, an dem die erste Bombe hochgegangen war.

»Hauen wir ab?«

»Wir hauen nicht ab.«

»Meinst du mit ›wir‹ dich und deine Familie?«

»Nicht nur.«

»Bin ich auch unter den ›wir‹?«

»Ja.«

»Verdammt, Poet, da muss ich ja sozusagen den Bomben danken, wenn du auch mich in die ›wir‹ einbeziehst.«

»Jetzt red mal nicht so viel, Gerruso.«

»Also hauen wir nicht ab.«

»Nein.«

Wo sollten wir denn auch hin? Die Schule musste noch zu Ende gemacht werden, das Finale stand noch aus, eine gemeinsame warme Mahlzeit abends am Tisch und ein Gesicht, das ich früher oder später wiederzusehen hoffte. Zwischen einer Bombe und der nächsten, da war das Leben.

Meine Mutter empfand unendlichen Kummer.

»Das ist nicht die Welt, die ich mir für dich gewünscht habe.«

Maestro Franco wollte wissen, welche Strecke ich morgens bei Tagesanbruch ablaufe. Die sah er sich mit größter Genauigkeit an.

»Die scheint mir sicher zu sein, da gibt es keine Wohnungen von Staatsanwälten.«

Umbertino und Rosario reagierten so, wie sie es gelernt hatten. Sie behielten ihre Gewohnheiten bei und gingen ihren Weg immer geradeaus. Mein Großvater beschränkte sich darauf zu sagen, dass er sich schon eine Weile fragte, wann es passieren würde.

»Seit wann?«

»Seit gut zehn Jahren.«

Umbertino bestätigte diese Analyse: »Nur Blinde oder Halunken konnten es für möglich halten, dass es nicht so enden würde, in diesem Mist. Palermo ist doch immer ein Pulverfass gewesen, eine Elendshure.«

Ihre Augen waren mit dem Tod groß geworden und waren daher geeigneter und schneller darin, die Zeichen des Unheils zu lesen.

Gerruso vertraute mir an, dass ihn ein Gedanke quälte.

»Hoffen wir nur, Poet, dass nicht eine Bombe neben dir explodiert, denn was für ein Unglück wäre dann das Finale für deine Familie, wenn du stirbst. Aber vielleicht passiert dir auch nichts und du verlierst den Kampf trotzdem, wer kann das schon wissen.«

Ich versuchte, Nina anzurufen.

Ich ging hinunter auf die Straße, ich wollte nicht, dass meine Mutter diesen Anruf mithörte.

Die Telefonkabine vor unserem Haus war meine Intimsphäre.

Ich stand da, den Hörer in der Hand, die Münze eingeworfen, das Freizeichen, den Kopf ans Telefon gelehnt. Es roch metallisch.

Ich wollte Nina fragen, wie es ihr ginge, ob der Tod des Richters und seiner Eskorte bei dem Mafiaattentat sie, so wie meine Freundinnen, zum Weinen gebracht hätte. Ob auch sie jetzt einen anderen Weg zur Schule nehme und ob ihre Eltern sie abends ausgehen ließen, meine Mutter ließe mich nämlich, auch weil mein Onkel darauf bestünde, man müsse gerade in dieser Situation weiterleben, denn würde man seine Gewohnheiten ändern, hieße das, vor der Macht der Mafia in die Knie zu gehen, und er würde nicht einmal vor Muhammad Ali niederknien, dem Größten von allen.

Ich wollte ihr erklären, dass ich nicht erschüttert sei, denn das Boxen diene dazu, ein dauerhaftes Gleichgewicht zu erhalten, weißt du, Nina, Boxen ist nicht nur das Austeilen und Einstecken von Schlägen, das Boxen ist eine Disziplin, die Respekt und Opfer lehrt, ja, hättest du das je geglaubt, Nina?, es siegt nicht der Boxer mit dem stärkeren Arm, sondern der, der sowohl mit dem Körper wie mit dem Kopf der Schnellere ist, denn dessen Bewegungsvokabular ist reichhaltiger.

Ich wollte sie damit überraschen, dass ich ihr enthüllte, dass, tatsächlich, Nina, mir nur noch ein Kampf fehle, ein einziger, und der Titel, der meiner Familie immer entgangen ist, dann endlich unserer sein könnte, ist das nicht eine tolle Nachricht?

Am Ende wollte ich dann den Streitpunkt zur Sprache bringen, vom letzten Mal, als wir uns gehört hatten; ein Anruf aus genau dieser Zelle vor ein paar Wochen, als ich sie vor dem Kampf gegen Mauro Genovese angerufen hatte, den Boxer ohne Spitznamen. Ich wollte darauf beharren, dass es richtig gewesen war, ihr alles zu gestehen, vielleicht war es ja ein Fehler gewesen, es in diesem Augenblick zu tun, doch ich habe richtig gehandelt, Nina, man muss sich von so einer Last befreien, Ballast macht nur langsamer, also lieber die unnachgiebige Härte der Ehrlichkeit.

Das wäre allerdings die x-te Lüge gewesen, die ich ihr in Liebe und Elend gesagt hätte.

Eine Viertelstunde blieb ich am Hörer kleben.

Das Telefon klingelte vergebens, ununterbrochen.

Nina antwortete nicht.

Als es klingelte, war es draußen dunkel. Das war kein normaler Klang. Es war ein besorgter Triller. Die Gegenstände lassen einen, wenn man ihnen aufmerksam zuhört, begreifen, was gleich geschieht. Sie sind von Gefühl durchzogen.

Ich sprang aus dem Bett. Am folgenden Tag sollte ich im Finale um die italienische Meisterschaft kämpfen. Mein Körper war bereit für den Kampf. Ich lief den Korridor hinunter, nahm den Hörer in die Hand, hörte ohne zu antworten, ich beendete die

Kommunikation und drückte mit zwei Fingern die weißen Knöpfe des Apparats.

Auch meine Mutter war aufgestanden. Sie beobachtete mich von der Schlafzimmertüre aus und band sich den Morgenmantel über der Hüfte zu.

Meine linke Hand hielt immer noch den Hörer fest.

»Mama, es ist etwas passiert.«

Großvater erzählte mir, dass es an dem Tag, an dem in Afrika die Hölle losbrach, keine besonderen Vorzeichen gegeben habe. Er hat mir die einzelnen Etappen dieses Tags immer genau beschrieben. Wenn etwas Unvergessliches geschieht und man heil da herauskommt, geht man methodisch die Augenblicke davor immer wieder durch, als seien es Landkarten, die es zu entziffern gelte, Landkarten, auf denen man ein Vorzeichen auf das Unglück herauslesen könnte.

»Es gab kein einziges Zeichen.«

Großvater hatte die Kartoffeln geschält und einen Topf aufs Feuer gestellt. Melluso hatte sich nicht blicken lassen. Die Tiere waren ruhig, kein Fall von Insubordination unter den Gefangenen, kein besonders ungewöhnlicher Missbrauch der Wachsoldaten, in der Küche befand sich jeder Gegenstand an seinem Platz.

Rosario drehte die Flamme aus, goss den Kaffee auf und reichte Nicola Randazzo eine Tasse.

»Trinken wir diesen schönen Kaffee«, sagte er, der sonst immer so schweigsam war.

Und da brach die Hölle los.

»Wie geht es dir?«

»Gut, Mama, mach dir keine Sorgen.«

»Wegen des Kampfs morgen? Anspannung?«

»Nein.«

»Hast du dich entschieden?«

»Ja, ich bleibe hier, du gehst ins Krankenhaus und schaust nach.«

»Gib mir einen Kuss.«

Nach den Wangen küsste meine Mutter mir auch den Handrücken.

»Du wirst sehen, es wird sich alles klären, versuche zu schlafen, mein Engel.«

Sie hauchte mir einen letzten Kuss zu und ich stieg aus dem Auto.

Die Straße war leer. Nachts ging in Palermo keiner mehr auf die Straße.

Die Wohnungstüre war angelehnt, das Licht im Zimmer eingeschaltet. Auf dem Boden verstreut Scherben von Tellern, zerbrochene Gläser, Besteck, Essensreste überall verspritzt und dazwischen, fast versteckt, ein kleiner Blutfleck.

Nichts war angerührt worden.

»Gerruso, erzähl mir, was passiert ist.«

Mit dem Stummelfinger streichelte er die Wand.

Sie hatten zu Abend gegessen, große Kalbfleischrouladen mit Tomatensoße und Erbsen.

Seine Mutter war aufgestanden, um den Tisch abzuräumen.

Sie hatte die Teller aufgestapelt, war in die Küche gegangen und ohne jede Vorankündigung zu Boden gestürzt.

Das Bewusstsein hatte sie nicht mehr erlangt.

Der Krankenwagen kam, der Vater fuhr mit ins Krankenhaus, er blieb zu Hause.

»Ich wusste nicht, wen ich sonst anrufen konnte, entschuldige.«

»Hast du denn keine Verwandten?«

»Mit ist nur deine Nummer eingefallen.«

»Weißt du denn nicht, dass ich morgen im Finale stehe?«

»Ich hatte es vergessen.«

»Na, jetzt ist es eh schon passiert.«

»Entschuldige.«

»Amen.«

»Danke, dass du gekommen bist.«

»Schon gut, reden wir nicht mehr darüber.«

»Sie ist gestürzt wie ... wie ...«

»Gerruso, denk nicht mehr daran, meine Mutter ist ins Krankenhaus gefahren, jetzt wird alles gut, sie kennt die Ärzte.«

»Erst stand sie ... und dann ...«

»Los, hör schon auf.«

»Sie stand zuerst und dann ...«

»Ich hab ja verstanden, und dann ist sie ohnmächtig geworden.«

»Nein, nein, nein, sie ist nicht ohnmächtig geworden. Sie ist zusammengebrochen wie ...«

»Ein Boxer?«

»Nein, wie ein Deich zusammenbricht.«

»Du hast doch noch nie gesehen, wie ein Deich bricht.«

»Aber ich habe gesehen, wie meine Mutter zusammenbricht.«

Der Stummelfinger strich noch immer über die Wand, Zentimeter für Zentimeter, mit der Sorgfalt eines Malers. Dieser Raum trug für Gerruso die Stigmata der Zerstörung.

Außer mir niemand, mit dem er die gegenwärtige Angst teilen konnte.

»Soll ich Nina anrufen? Sie ist doch deine Cousine. Soll ich?«

Er schien nicht gehört zu haben oder wollte mir nicht antworten. Unbeirrt fuhr er fort, imaginäre Figuren auf die Wand zu malen.

»Was ist nun? Ruf ich sie an?«

»Nein.«

»Warum?«

»Sie will dich nie mehr wiedersehen.«

»Es geht doch nicht um mich. Wenn du willst, sofern du willst, können wir sie immer anrufen, ich kenne ihre Nummer auswendig.«

Gerruso hielt auf der Wand seinen Stummelfinger in Höhe der Nase an.

Seine Stimme war ein dünner Hauch, der zu versiegen drohte.

»Sagst du mir, was ich tun kann? Sag's mir und ich tu's.«

»Ich? Was?«

»Du weißt, was ich tun kann.«

»Wieso?«

»Du bist schon einmal zusammengebrochen.«

Trapani, zweite Runde gegen Mauro Genovese, den Boxer ohne Spitznamen. Ein Haken von ihm traf mich direkt an der Schläfe. Gerruso war dabei. Ich ging zu Boden. Meine Augen waren geschlossen und ich schmeckte Blut im Mund. Außer dem Mal, als Carlo mich mit neun Jahren getroffen hatte, war ich nie zu Boden gegangen. Nie.

»Woran denkst du?«

»Mein Vater ist niemals zu Boden gegangen. Und mein Onkel auch nicht.«

»Du aber wohl. Dann bist du allerdings auch wieder aufgestanden.«

»Tja.«

»Bring mir bei, wieder aufzustehen.«

Als der Haken mich an der Schläfe traf, hatte die zweite Runde gerade begonnen. Alles wurde weiß, geruchlos, stumm. Dann der rote Geschmack des Bluts. Die augenblickliche Wahrnehmung der Müdigkeit. Lust, mich zu übergeben.

»Wie der Maulbeerbaum unter meinem Fenster, der den Brand überlebt hat und immer noch voller Blätter ist, so bin ich, wenn ich wieder aufstehe.«

Nägel kreuzigten meinen Stolz, im Herzen eine nie gekannte, untröstliche Verzweiflung.

»Die Blätter fallen ab, Gerruso.«

Das Schuldgefühl kann nicht ausgelöscht werden. Es kehrt zurück, wenn du es am wenigsten erwartest, ein Splitter im nackten Fuß. Es verletzt immer.

»Doch der Baum bleibt stehen.«

»Drei.«

Der Ringrichter zählte und hielt Mauro Genovese auf Abstand.

Er schaute in meine Ecke.

»Vier.«

Ich roch den Schweiß durch die Nase.

Ich biss auf den Mundschutz, um den Brechreiz zu unterdrücken.

»Fünf.«

In den Ohren ein Summen.

Warum denn wieder aufstehen? Warum denn weitere Schläge einstecken?

»Sechs.«

Besser, liegen bleiben, noch vier Zahlen und alles ist vorbei, oder?

Bei »Sieben« war ich auf den Knien.

Bei »Acht« stand ich wieder senkrecht.

Bei »Neun« hatte ich wieder die Deckungsstellung eingenommen.

Ich nickte zum Ringrichter.

Ich war bereit, mich noch einmal aufzureiben.

Der Lärm einer Explosion war es, der den Vorhang der Katastrophe zerriss. Das Lager wurde angegriffen. Ein Knall folgte auf dem anderen. Es mussten derart viele Flugzeuge sein, dass sie den Himmel verdunkelten. Randazzo wollte gerade losrennen, doch er sah, dass Rosario sich nicht regte, die Kaffetasse in der Hand, ohne jede Absicht, sich von der Stelle zu rühren.

Großvater schwor mir, dass es wirklich keine Vorahnung, keine Stimme gab, die diese Entscheidung beeinflusste.

»In diesem Augenblick war es das Wichtigste, meinen Kaffee zu trinken, und wenn es das Letzte gewesen wäre, das ich im Leben getan hätte.«

Randazzo war völlig aufgeregt.

»Los, schnell, zur Krankenstation, die wird niemals bombardiert.«

Rosario schüttelte den Kopf und schlürfte weiter seinen Kaffee.

Sonderbarerweise beruhigte sich Nicola.

»Rosà, los, wir haben nur wenig Zeit.«

»Das stimmt nicht.«

»Nicht?«

»Nein. Wir haben alle Zeit, die uns bleibt.«

Wenn Nicola Randazzo von diesem Tag erzählte, unterstrich er jedes heilige Mal diese Wendung.

Auch er trank also weiter seinen Kaffee.

Die Explosionen nahmen zu. Er dachte an sein Stück Land und hatte große Lust, den Apfelbaum zu beschneiden und den Mandelbaum zu veredeln. Ein letzter Schluck war noch in der Tasse, der Schluck, der notwendig war, um den Kaffeesatz sichtbar zu machen, als der gewaltigste Lärm über ihn hereindröhnte, den er je gehört hatte. Der nahm ihm das Gehör auf dem linken Ohr und das Licht der anderen Sinne. Als er wieder aufwachte, war er in der Hölle.

»Bisweilen denke ich an Geschichten und erzähle sie mir wieder.«

»Was für Geschichten?«

»Die, die du mir erzählst.«

»Warum meine?«

»Niemand sonst erzählt mir welche. Kennst du eine Geschichte, in der man wieder aufsteht?«

»Nein.«

»Wenn du eine kennen würdest, würdest du sie mir dann erzählen?«

»Oje, ich weiß nicht, vielleicht schon.«

»Erzählst du mir eine andere? Eine, die du willst.«

Ich erzählte ihm von dem Alten, einem Mystiker, einem Heiligen. Er lebte auf dem Rücken eines Esels, saß aber in umgekehrter Richtung auf ihm. Warum sitzt Ihr denn immer so?, wurde er gefragt. Die Zukunft liegt in Gottes Hand, antwortete der Asket, mir genügt es zu wissen, woher ich komme.

»Und weiter?«

»Die Geschichte ist zu Ende.«

»Das ist eine Geschichte vom Sehen.«

»Ja.«

»Und auch vom Reiten.«

»Ja.«

»Und auch vom Fragen und Antworten. Ich wäre allerdings in dieser Geschichte gerne der Esel. Wenn Gott nämlich vorne erscheint, sähe ich ihn als Erster.«

Er hatte Schmerzen im Rücken, also lebte er. Er versuchte, Finger und Zehen zu bewegen. Er spürte sie alle zwanzig, sie waren noch da.

Er öffnete die Augen und sah, dass er auf die Erde gedrückt dalag. Auf seinen Rücken war der hölzerne Küchenschrank gefallen. Mit einer nicht einmal übermäßigen Anstrengung gelang es ihm, ihn von sich zu schieben. Er war voll Splitter. Das Holz war wie ein Schild gewesen und hatte ihn gerettet.

Rosario.

Der Gedanke weckte ihn wie ein Peitschenschlag. Er ließ seinen Blick umherwandern. Unter einer Aschenschicht sah er sein Bein. Der Tisch und andere Möbel hatten ihn unter sich begraben. Er riss alles weg, Teller, Milch, Bretter. Rosario bewegte sich nicht.

Nicola Randazzo beugte sich über ihn und begann, zu Gott zu flehen, zur Madonna und zu Santa Rosalia, rettet, ich bitte euch, meinen Freund. Hustend öffnete mein Großvater die Augen. Nicola fragte ihn gleich, wie er sich denn fühle. Rosario versuchte eine Antwort, doch aus seinem Mund kam kein Ton. Nicola empfand für seinen Freund unendliches Erbarmen.

»Verstehst du, Davidù, ich war völlig davon überzeugt, dass dein Großvater stumm geworden war, aber in Wirklichkeit war ich es, der für immer taub auf dem linken Ohr geworden war. Er redete, aber ich hörte nicht und dachte nur: Armer Kerl.«

Randazzo, Großvaters Freund, machte eine Pause. Er durchlebte noch einmal die Augenblicke der verzweifelten Stille, als er und Rosario hinausgingen, um zu begreifen, was eigentlich geschehen war. Sie sahen Flammen, Rauch und Asche. Nichts war mehr da. Die Küche war die einzige Stelle, die nicht getroffen worden war. Es war die einzige Baracke, die noch stand.

»Gerettet wegen eines Kaffees, kannst du dir das vorstellen? So ist der Krieg, er kennt keine Logik.«

Sie suchten nach Stimmen von Überlebenden. Nicola Randazzo sah einen Arm, der da hervorschaute, wo vorher die Latrinen waren. Gemeinsam mit Rosario schoben sie Balken zur Seite, Erde und Steine, doch außer dem Arm war nichts mehr da. Randazzo fing an zu weinen.

Mein Blick hatte sich vernebelt, doch ich konnte Beine und Füße spüren, auch die Finger in den Boxhandschuhen. Ein bisschen Zeit gewinnen, volle Deckung halten, auf Abstand bleiben. Sobald der Ringrichter das Zeichen für die Fortsetzung gegeben hatte, stürzte Mauro Genovese sich auf mich. Ich machte einen Satz nach hinten, ein Fisch, der von einem anderen größeren gejagt wurde. Die Deckung senken und mich noch einmal am Kopf treffen lassen, zusammenbrechen und an nichts mehr denken. Ein Ausweichen nach links, eine Finte nach rechts, noch ein Satz nach hinten. Nur ein Schlag, und alles wäre vorbei. Ein Richtungswechsel, noch einmal rückwärts, immer weniger Raum im Ring, wohin ich flüchten konnte. Ich tat so, als würde ich noch weiter rückwarts gehen, doch die Füße sprangen nach vorne.

»Genau so«, rief Umbertino aus der Halle.

Ich schlug mit Eifer die Luft vor mir. So gewann ich Raum. Kleine, schnelle Schläge, Silben der Bewegung. Neue Worte schreiben, um die Angst zu stillen.

»Ciao, Boxer.«

»Ciao, Blonde.«

»Brauchst gar nicht rumzuschauen, sie ist nicht da.«

»Ich hab nicht nach ihr gesucht.«

»Ach, komm, du streifst auf diesem Fest rum wie eine gepeinigte Seele.«

»Ich suche das Badezimmer.«

»Fragst du mich gar nicht, wie es mir geht?«

»Viel Zeit ist vergangen.«

»Nur zwei Jahre. Ich habe auf einen Anruf von dir gewartet.«

»Du konntest doch anrufen. Spielst du noch Cello?«

»Ja, ich spiele noch Cello, und ja, du bist immer noch geschickt darin, das Thema zu wechseln.«

»Was wechsle ich denn?«

»Seit damals haben wir nichts mehr voneinander gehört, ganze zwei Jahre lang, daran erkennt man, dass keiner von uns besonders daran interessiert war. Und was machst du hier?«

»Ich bin eingeladen worden.«

»Woher kennst du Eva?«

»Willst du die elegante Version hören oder die raue?«

»Verschone mich mit der rauen.«

»Sie ist eine Schulfreundin von mir.«

»Du gehst noch weiter zur Schule? Du bist noch nicht geflogen?«

»Nein.«

»Nie sitzen geblieben?«

»Nie.«

»Die Lehrer sind auch nicht mehr, was sie mal waren.«

»Heilige Worte, die besten befinden sich in der Grundschule.«

»Lassen wir das. Die raue Version?«

»Schon anders überlegt?«

»Sie ist vielleicht weniger banal als die erste.«

»Eva und ich haben uns gegenseitig verschlungen.«

»Und sie hat dich eingeladen?«

»Wir verstehen uns bestens.«

»Habt ihr miteinander gevögelt?«

»Nein, das ist Jahre her.«

»Vor Jahren? Vor oder nach mir? Oder während? Oder aber du vögelst nicht, weil du noch Jungfrau bist?«

»Darüber rede ich nicht.«

»Du tust es gerade.«

»Ich habe aus Höflichkeit und Aufrichtigkeit geantwortet.«

»Du? Aufrichtig? Jetzt hör aber auf.«

»Ich bin aufrichtig.«

»Nein, das bist du nicht.«

»Ich bin's nicht?«

»Nein. Deshalb hast du mich auch immer fasziniert.«

»Das verstehe ich nicht.«

»Musst du auch nicht. Apropos, boxt du noch immer?«

»Natürlich.«

»Und verlierst du häufig?«

»Immer, ich verliere immer.«

»Wann ist dein nächster Kampf?«

»In ein paar Wochen, mein Gegner heißt Mauro Genovese und ist …«

»Boxer, glaubst du wirklich, dass mich irgendwas an deiner Welt interessiert? Zu viel Schweiß. Ach ja, darfst du trinken?«

»In Maßen schon.«

»Himmel, bist du langweilig.«

In dem Qualm konnte man keine zwei Meter weit sehen. Das Summen in den Ohren war nach und nach schwächer geworden, schließlich war es ganz verschwunden. Rosario war sicher, Stimmen gehört zu haben. Irgendwer war irgendwo unter den Trümmern noch lebendig. Er bückte sich zu seinem Freund hinunter und versuchte ihn hochzuheben, doch Randazzo war ein Fetzen, zerschlagen vom Schmerz.

»Los, Nicola, steh auf.«

Randazzo schüttelte langsam den Kopf.

»Ich kann dich nicht hören, Rosà, ich höre dich nicht mehr, ich bin taub.«

Rosario hielt Nicolas Gesicht fest und brachte seine Stirn so dicht an die eigene, bis er sie berührte. Als Nicola aufhörte zu zittern, lockerte er den Griff. Er war lebendig, weil Randazzo ihn gesehen hatte. Er brauchte dessen Augen.

Er streckte eine Hand nach ihm aus.

Los, Nicola.

Wir müssen weitersuchen.

Dazu brauchen wir deine Augen.

Wir müssen D'Arpa finden.

Rosarios Hand war fest.

Sie zitterte nicht.

Nicola packte sie und stand auf.

»Wo fangen wir an?«

Rosario deutete auf die Schreinerei. Es gab sie nicht mehr.

Sie gingen um sie herum, langsam, damit ihnen nur ja nichts entging – ein Schuh, ein Stöhnen, irgendein Lebenszeichen, bereit, ihre Fingernägel, Finger und Hände zu zerstören, wenn sie nur ja ihren Freund fänden. Rosario hörte ein Klagen, Nicola sah eine Bewegung im Schutt, sie gingen auf den Haufen los und räumten Steine und Mörtel und Erde mit rasender Geschwindigkeit beiseite.

Gerruso trug einen braunen Pyjama mit einer Brusttasche, auf der sein Name prangte.

»Hat deine Mutter das draufgestickt?«

»Ja.«

»Siehst gut aus. Woran denkst du gerade, Gerruso?«

»Gibt's etwas, das ich für meine Mutter tun kann?«

»Ja.«

»Was?«

»Machen wir hier sauber.«

»Das hilft? Das nützt?«

»Weißt du, wie man einen Kampf gewinnt?«

»Nein.«

»Ein Schlag nach dem anderen.«

»Bringst du mir gerade bei, wie man wieder aufsteht?«

»Ja.«

»Dann warte mal.«

Er ging in die Küche, und als er zurückkam, trug er eine weiße Schürze und rosa Gummihandschuhe.

»Meine Mutter zieht sich immer so an, wenn sie sauber macht.«

Ich kümmerte mich um das Wohnzimmer, Gerruso wusch in der Küche das Geschirr ab. Er erzählte mir von dem Maulbeerbaum vor seinem Fenster. Er hatte ihn Sergio getauft.

»Die Namen mit ›Rrr‹ sind stärker, sie knurren.«

»Jajaaa, wie zum Beispiel Gerruso.«

»Das stimmt, dein Onkel heißt Umbertino und dein Großvater Rosario, das sind Namen mit ›Rrr‹.«

»Ich mag's nicht, wenn du von meiner Familie sprichst.«

»Das sagst du nur, weil du einer ohne ›Rrr‹ bist, ein Rrrloser, genau wie dein Vater.«

»Diese Unterhaltung passt mir nicht, lass es.«

An Sergio war eine Schaukel angebracht worden, der Sitz war aus Holz, die Kette aus Eisen. Gerruso verbrachte ganze Nachmittage darauf, stehend, ohne zu schaukeln, seine Mutter wollte das nicht.

»Sie sagte, ich würde sonst schwitzen und schwitzen wäre nicht gut.«

Er beobachtete die Welt aus einer anderen Höhe. Von der Mauer gegenüber hatte er jeden Riss, jede Schmiererei kennengelernt. Sein Lieblingsschriftzug war: »Mensch, ohne Rock und ohne Perücke, was für eine Frau bist du dann?« Seine Mutter erschien am Fenster und rief ihn zum Abendessen. Das war der glücklichste Augenblick. Die Füße würden beim Herabsteigen die Schaukel in Bewegung setzen. Das dauerte nur kurz, und doch lag darin ein Zauber: Die Welt wurde zum Karussell, die Schaukel das Mittel, darüber zu staunen, doch war es Sergio, der Maulbeerbaum, der das alles möglich machte.

»Ich mag den Maulbeerbaum, er ist die Stütze für die Schaukel und hat an seinen Zweigen dunkle, weiche Früchte, die Finger und T-Shirts verdrecken, sodass die Mütter immer schimpfen, doch der Fleck bleibt, als Zeuge eines erlebten Glücks.«

Sergio wurde vom Blitz getroffen. Der Ast mit der Schaukel fing Feuer. Die Blätter verwandelten sich in der Nacht in flammende Falter. Dann kam die Feuerwehr mit Schläuchen und Sirenen. Gerruso trug zum Löschen des Brands bei, indem er Wasser vom Balkon hinunterschüttete.

»Ich habe das Zahnputzglas benutzt, es ist gelb und hoch.«

Am nächsten Morgen sah der Maulbeerbaum aus wie ein alter Mann, der nach langer Krankheit aus der Klinik entlassen worden ist. Eine Schaukel wurde nicht mehr angebracht. Er stand immer noch da, unter seinem Fenster.

»Poet, ich habe alle Gabeln abgewaschen, wo soll ich sie hintun?«

»Lass sie auf der Spüle.«

Ich suchte nach Scherben, die dem Besen entgangen waren, wie es bei jedem Bruch vorkommt, Glassplitter, bereit, in Zukunft wieder aufzutauchen und damit die Angst der Vergangenheit in die Gegenwart zu tragen.

»Meine Mutter lässt die Gabeln aber nie auf der Spüle.«

»Dann trockne sie ab und leg sie zu den anderen.«

So, wie sie verstreut waren, erzählten die Scherben etwas über einen vertikalen Zusammenbruch, wie wenn sie ein einziger Körper gewesen wären. Signora Gerruso mussten Geschirr und Besteck in nur einem einzigen Augenblick aus den Händen geglitten sein. Die Kräfte müssen sie schlagartig verlassen haben.

»Poet.«

»Hör auf, mich so zu nennen.«

»Was fühlt man, wenn man zusammenbricht? Tut's weh?«

»Du warst ja dabei.«

»Ich war erschrocken, ich dachte, du wärst tot.«

»Man bricht nicht erst zusammen, wenn man zu Boden geht, das ist dann nur das Ende. Der Fall, Gerruso, der eigentliche Fall beginnt früher, von der Spitze her.«

Ich fand die Scherbe eines Tellers unter einem Stuhlbein. Ich warf sie in den Beutel zu den anderen.

»Das Fest langweilt mich, Boxer, ich fahre nach Hause, was machst du?«

»Bist du mit dem Motorroller da?«

»Ja.«

»Du kannst nicht fahren, du bist betrunken.«

»Du bist betrunken.«

»Ich bin nicht betrunken.«

»Ach ja, der brave Junge.«

»Ich habe einen Kampf vor mir, in …«

»Interessiert mich nicht.«

»Lass dich doch von jemandem abholen.«

»Meine Eltern sind verreist, bei mir zu Hause ist niemand.«
»Ja, und jetzt?«
»Begleite du mich doch.«

Der Essbereich sah ordentlich aus. Ich hatte die Essensreste beseitigt, gefegt, aufgewischt, jede Ecke genauestens kontrolliert, um widerspenstige Scherben zu finden. Ich bat Gerruso um die Erlaubnis, einen Anruf machen zu dürfen, und er war einverstanden, ja, ich weiß, es ist spät, spül du die Teller klar.

»Onkel?«

»Ich hab mich schon gefragt, wann du wohl endlich anrufst.«

»Nein, es ist nur so, dass hier …«

»Sei beruhigt, deine Mutter hat mir alles erzählt. Hast du gut gemacht. Versuch aber, wenigstens sechs Stunden zu schlafen, verstanden? Davidù, mach dir keine Sorgen, morgen wird ganz Italien niederknien. Das Schlimmste ist überstanden.«

Wir gingen in Gerrusos Zimmer.

Ich ließ mir eine Decke von ihm geben und schickte ihn zu Bett.

»Jetzt keinen Mucks mehr. Lass uns schlafen.«

Ich legte mich aufs Sofa und schaltete das Licht aus.

Auch nicht ein Anflug von Schlaf.

»Du hast ein schönes Zuhause, Blonde. Ganz schön groß.«

»Meine Familie hat einen guten Geschmack, komm mit, ich zeig dir mein Zimmer.«

»Ganz ehrlich, ich …«

»Ich habe gesagt, komm mit.«

Ihre Cellohand verschränkte sich mit meiner Boxhandschuhhand.

Unsere Oberkörper streiften sich.

»Ist ganz schön viel Zeit vergangen seit dem letzten Mal, zwei Jahre«, sagte sie lächelnd.

Auf ihre Oberlippe fiel eine Locke ihres blonden Haars.

»Tja.«

Ich schob sie mit dem Zeigefinger weg. Sie nahm meinen Finger und hielt ihn fest in der Hand.

»Wo waren wir noch stehen geblieben?«

Gerruso war in einen bleiernen Schlaf gefallen. Er schnarchte ohne einen genauen, gleichmäßigen Rhythmus. Gelegentlich ein Röcheln. Ein nervöser Schlaf. Er kickte. Er stöhnte.

In meinem Kopf ging ich noch einmal die Angriffsschemata durch, die mit Maestro Franco für das Finale besprochen waren, die genaue Art, nach links auszuweichen und wieder draufloszugehen, die rechte Ausfallfinte, die Verdopplung des Hakens. Von Schlaf auch nicht ein Schatten.

Mein Sturz hatte eingesetzt, noch bevor ich die Deckung lockerte, noch bevor die zweite Runde begann, noch bevor ich gegen Mauro Genovese in den Ring kletterte. Meine Füße gaben am Tag zuvor schon nach, als die Münze in der Telefonzelle vor unserem Haus in den Schlitz fiel. Die Nummer wurde gewählt, und die Stimme, von der ich hoffte, dass sie nicht antworten würde, antwortete.

»Ja?«

»Nina.«

»Du rufst ja schon seit einem Menschenalter nicht mehr an.«

»Ich muss dir etwas sagen.«

Doch erst im Ring kam es zum Knall.

Er wachte plötzlich auf und fuhr hoch, gestört von seinem eigenen Geschnarche.

»Hast du mich gerufen?«

»Nein.«

»Ist das Sofa bequem? Soll ich dort schlafen?«

»Nein, sei ganz beruhigt.«

»Willst du zu mir ins Bett kommen?«

»Bist du verrückt geworden, Gerruso?«

»Wieso schläfst du nicht? Morgen hast du doch das Finale.«

»Du schnarchst wie ein Schwein.«

»Ach ja? Ich schnarche?«

»Irre laut.«

»Kann ich dir eine Frage stellen?«

»Eine einzige, danach wird geschlafen.«

»Tut's weh, wenn du stürzt?«

»In dem Augenblick, nein, da tut's nicht weh. Man ist viel zu durcheinander, um den Schmerz überhaupt wahrzunehmen, du hast gerade einen Schlag an den Kopf bekommen, alles ist wie vernebelt. Hinterher aber kommt alles.«

»Kommt das immer?«

»Ja.«

»Sicher?«

»Ja.«

»Ganz sicher?«

»Gerruso, wir haben gesagt: eine Frage.«

»Kann es sein, dass ich falsch gefallen bin?«

»Jeder Sturz ist ein Gleichgewichtsfehler.«

»Und wie steht man wieder auf?«

»Mit den Beinen. Das ist nicht nur eine Willensfrage, das hat auch viel mit dem Charakter des Körpers zu tun.«

»Ich hab gesehen, wie du gestürzt bist: Du warst ganz verdreht, bist zur Seite geflogen, wie beim Kopfsprung, du hattest die Arme vorne, du hast mich an damals erinnert, als wir am Meer waren. Wusstest du, dass du gleich zu Boden gehen würdest?«

Nach dem Kampf ließ Maestro Franco mich mit Onkel Umbertino im Umkleideraum alleine. Er hatte verstanden, dass es nicht ums Boxen ging, sondern dass es eine Familienangelegenheit war, etwas Persönliches. Das Boxen selbst hatte damit gar nichts zu tun. Umbertino hielt meinen Kopf in der linken Hand. Er bewegte ihn im Kreis und beobachtete meine Augen. Er schnippte mit den Fingern dreimal, weit von meinem Sichtfeld entfernt. Das hatte er vom Neger gelernt. Er kontrollierte so den Reflex der Pupillen.

»Der Kopf ist in Ordnung. Schön hart ist der, wie meiner. Aber jetzt sag mir den Grund.«

Umbertino wusste Bescheid.

Ich war zu Boden gegangen, weil ich mich mit voller Absicht hatte treffen lassen.

Zunge auf Zunge, der Geschmack der Lippen, die Hand knöpft auf, sie umschließt und drückt, gemeinsam nackt auf dem Bett liegend.

»Tun wir's?«

»Ja.«

»Weißt du, wie's geht?«

»Ja.«

»Bist du Jungfrau, Boxer?«

»Nein.«

Und zum ersten Mal in meinem Leben fand ich mich in einer Frau wieder.

Das Eindringen geschah ganz still, langsam, die Bewegungen waren zurückhaltend. Zuerst war die Neugier größer als das Geben und Empfangen von Lust. Und was, wenn es mir nicht gefiele? Und was, wenn es ihr nicht gefiele? Und was, wenn sich das Fädchen ablöst?

Die zunehmende Vielfalt der Fragen wurde durch den Überlebenswillen gebremst. Ich machte mir Umbertinos Rat zu eigen, der für alle Gelegenheiten im Leben bestens geeignet ist: »Im Zweifelsfall schlag zu.«

Ich vertraute mich dem Rhythmus an, den meine Hüften verlangten. Die Stöße nahmen zu, sowohl an Bewusstheit als auch an Tiefe. Das erste Stöhnen wurde hörbar, es konnte nicht unterdrückt werden. Der Schweiß machte das Gleiten der Körper leichter. Die Hände waren weniger ängstlich, fest zuzugreifen. Die Zähne versenkten sich ins Fleisch, die Zungen erforschten.

Es war süß, warm und feucht.

Als ich das erste Mal in der Blonden kam, nackt, mit keuchendem Atem, mit ihrem Geschmack im Mund, dachte ich an Nina.

Die Zimmerdecke über uns war weiß, die Zimmertüre war geschlossen. Ihr Schlafzimmer war so groß wie unsere ganze Wohnung.

»War's auch für dich das erste Mal, Boxer?«

»Ich hab's dir doch gesagt: Nein. Warte mal, was soll das bedeuten, ›auch für dich‹?«

»Ich weiß nicht, ob ich dir glauben soll, meiner Meinung nach warst du auch noch Jungfrau.«

»Wie: ›du auch‹?«

»Das bedeutet, dass ich auf dem Fest bei Eva noch Jungfrau war.«

»Du? Was?«

»Schau mal, ich hab sogar Blut verloren, zwar nur ganz wenig, ich hätte gedacht, es wäre mehr. Erinnere mich daran, dass ich die Laken in die Waschmaschine stecke.«

Ich hatte überhaupt nichts gemerkt.

»Was machst du denn da, Boxer?«

»Entschuldige, ich muss nach Hause.«

»Ach, macht Mutti sich Sorgen?«

Als ich mich über sie beugte, um sie zu küssen, drehte die Dumas sich weg.

»Keine verliebten Schmusereien.«

Ich lief nach Hause, ohne mich besonders zu verausgaben, kleine wohlgesetzte Schritte.

Auf den Straßen Polizei, Militär und Kontrollposten.

Onkel Umbertino rauchte die Zigarette still zu Ende. Ich hatte erwartet, dass er fluchen, mich unreif nennen, mir den Vorwurf machen würde, ich hätte keinen Respekt vor seiner und vor Francos Arbeit. Ich wartete auf den Augenblick, wo er mich mit meinem Vater vergleichen würde, in einer erbarmungslosen Gegenüberstellung, die mich niedergemacht und beschämt hätte. Doch seine Worte gingen in eine ganz andere Richtung.

»Jetzt hast du also endlich gefickt. Alles gut, alles schön. Aber die Sache ist eine ganz andere: Was willst du wirklich, Davidù? Nina? Die Blonde? Alleine sein und darüber flennen, wie sehr du leidest?«

»Ich weiß es nicht, Onkel. Vielleicht bin ich durcheinander, weil die beiden Freundinnen sind, ich weiß nur, dass ich dachte, ich würde sterben, und nach und nach hat mir das überhaupt nichts mehr ausgemacht, das weiß ich.«

»Liebes Herz, es geht gar nicht darum, was du weißt oder nicht weißt, sondern darum, was du willst. Es gibt kein Recht auf Eigentum an anderen Menschen. Wenn du mit einer zusammen bist, besteht ein Pakt. Wenn du nicht willst, dann sind wir frei. Die Verletzungen des Fleisches – Nadel und Faden, und schon bluten sie nicht mehr. Die Verletzungen der Seele dagegen sind wahre Blutfontänen. Du musst dir darüber klar werden, was du wirklich willst.«

»Und wenn's mir nicht klar wird? Was mache ich dann?«

»Das, was du heute gemacht hast. Wieder aufstehen und zuschlagen. Wenn man gestürzt ist, fängt man wieder unten an. Allerdings, Davidù, will ich dir aus tiefstem Herzen einen Rat geben: Wenn es dir wirklich um Nina geht, dann sage ihr niemals – niemals, hast du verstanden? –, dass du mit ihrer Freundin zusammen warst.«

Ein roter Vulkan brach auf meinem Gesicht aus. Onkel Umbertino sprang auf. Der Stuhl wurde von seinen Waden nach hinten geschleudert und landete drei Meter entfernt an der Wand.

»Bist du wahnsinnig? Du hast es ihr gesagt? Wann?«

»Gestern, ich hab sie von der Telefonzelle aus angerufen.«

»Ach du Scheiße! Du bist wirklich nicht mein Neffe! Wenn wir doch nur dasselbe Blut hätten! Hab ich dir denn überhaupt nichts beigebracht? Wenn du nicht in der Lage bist, die Last einer Handlung ganz alleine zu tragen, dann schließ dich besser in dein Zimmer ein und wirf den Schlüssel weg. Du hast's ihr gesagt! Warum denn nur?«

Eine höhere Ahnung durchdrang ihn, und er erstarrte. Einen Augenblick später hatte er sich über mich gebeugt, seine Stimme war leise, sein Blick fest.

»So ist die Sache also: Du hast dich wegen deines Schuldgefühls treffen lassen, nicht wegen der Fickerei, sondern weil du's ihr gesagt hast, und sie sich miserabel fühlte.«

Er hob den Stuhl vom Boden auf.

»Du warst ganz geil darauf, dir wehzutun, dich zu zerstören.«

Er stellte den Stuhl wieder hin.

»Aber dann bist du wieder aufgestanden.«

Er setzte sich und legte die Hände auf seine Knie.

»Und hast gewonnen.«

Wieder starrte er mich an.

»Nachdem du wieder aufgestanden warst, hast du anders gekämpft.«

Seine Stimme war düster.

»Wie mein Vater?«

Die Augen unbeweglich.

»Nein, wie ich.«

Er stand auf und rückte mit dem Stuhl näher zu mir.

»Das Boxen deines Vaters war glücklich, gelöst, voller Freiheit. In deinem Boxen heute war nichts von alldem. Und das weißt du auch. Du musst aufhören, dich zu hassen, Davidù. Es ist sehr leicht, über sich zu heulen. Das Schuldgefühl ist nur ein Vorwand, sich selbst zu bemitleiden. Was willst du einmal werden? Eine Heulsuse, die immer jault, oder ein Mann mit Rückgrat? Denk immer daran, in der Liebe gibt es nur drei sinnvolle Worte: Tu mir weh.«

Er steckte seine Hand in die Tasche, zog zwei Zigaretten heraus, zündete sie an und reichte eine mir.

»Nach einem gewonnenen Kampf ist eine schöne Zigarette genau das Richtige.«

Wir rauchten still und blickten uns die ganze Zeit über an.

Maestro Franco kam herein. Er fragte mich, wie ich mich fühlte, wann ich geboren wäre, wie genau meine Anschrift und die Anschrift der Boxschule lautete, wie seine Frau heiße und was das Lieblingssprichwort meines Onkels sei. Als er sich davon überzeugt hatte, dass ich in der Lage war zu begreifen und zu verstehen, strich er mir mit seiner rauen Hand über die Haare.

»Junger Mann, heute haben wir gelernt, dass, auch wenn du alle Gründe der Welt hast, dich durchprügeln zu lassen, Fäuste immer verdammt wehtun. Also ist es besser, Prügel auszuteilen, als sie einzustecken. Zum Glück hast nur du, abgesehen von dem Sturz, Punkte gemacht, vor allem in der dritten Runde. Also los, es fehlt nur noch wenig, junger Mann, und sie müssen uns alle, wie sie da sind, einen blasen. Morgen analysieren wir gründlich den heutigen Kampf. Aber jetzt geh unter die Dusche, du stinkst nämlich.«

Der, den sie aus dem Schutt der Schreinerei herausgezogen hatten, war nicht D'Arpa. Er war ein anderer Gefangener. Seine beiden Beine waren gebrochen. Er sagte, dass nur er während der Bombardierung in der Schreinerei gewesen sei, er wisse nicht, wo der Boxer sei, er brauche einen Arzt und Morphium.

Die Schreinerei, das Feldlazarett, die Kantine, das Waffenlager, der Krankenbau, die Abzäunung, der Schlafsaal, die Werkstatt.

Nichts war mehr da.

Es brannte alles.

Es herrschte unerträgliche Hitze.

Die Augen tränten vom Qualm und vom Staub.

Rosario und Nicola streiften überall herum auf der Suche nach ihrem Freund.

Jeden fragten sie: »Hast du D'Arpa gesehen?«

Wenn sie Hilferufe hörten, begannen sie zu graben.

Sie beide allein hatten aus den Trümmern einundzwanzig Menschen geborgen, darunter fünf lebende.

Niemand konnte ihnen weiterhelfen.

In den nächsten Minuten begannen, wie bei einer gesegneten Spätlese, Überlebende aufzutauchen, ein paar Unversehrte, die meisten aber verwundet.

»Hast du D'Arpa gesehen?«

Der eine wusste nicht, wer das war, der andere hatte keine Ahnung, der Nächste schon, er habe ihn ins Feldlazarett laufen sehen. Rosario und Nicola gingen dorthin. Sie trafen auf drei Soldaten, die Steine beiseite schafften. Einige waren voller Blut. Darunter musste es viele Menschen geben. Ohne Rangunterschiede gruben sie alle gemeinsam, sie räumten Balken und Schutt weg, holten leblose Körper ans Licht, einige nackt, andere in Uniformen. Die zwölfte Leiche, die sie hervorholten, war D'Arpa. Seine Finger waren noch gekrümmt, der Mund voller Dreck, die Augen geöffnet, Wunden überall. Rosario lud ihn sich auf die Schulter und ging fort. Randazzo folgte ihm. Die anderen ließen sie gewähren, ohne etwas einzuwenden, und suchten weiter unter dem Schutt. Mein Großvater ging auf die andere Seite des Zauns, er wollte den Leutnant in einem freieren Gelände als dem Gefangenenlager begraben. Nicola trieb zwei Stücke Holz auf, um die Erde besser ausheben zu können. Mit Geduld und Beharrlichkeit machten sie eine Grube, legten den Körper des Freundes hinein und schütteten sie wieder zu. Sie stampften die Erde kräftig und legten eine Steinschicht zum Schutz dieses besonderen Grabes darüber. Nicola band ein behelfsmäßiges Kreuz aus Holz und Draht zusammen und rammte es zwischen die Steine. Rosario berührte es und setzte sich dann daneben, legte seine Stirn in die Hände und konnte endlich weinen, in aller Stille, ein tiefes Weinen, es war so lange wie ein ganzer Krieg.

»Ich habe mich daran erinnert, dass auch ich einmal gestürzt bin.«

»Gerruso, diese Geschichte noch und dann Schluss, wir müssen schlafen.«

»Das war bei meiner ersten heiligen Kommunion.«

»Bist du in der Kirche gestürzt?«

»Ich war ganz in einer weißen Kutte, wunderschön, meine Mutter hatte sie aus ihrem Hochzeitskleid gemacht, wir hatten kein Geld, um eine neue zu kaufen. Sie war mir etwas zu lang, und als ich auf dem Weg war, um zum ersten Mal die Kommunion zu empfangen, verhedderte sich ein Schuh darin, und ich knallte auf den Boden.«

»Siehst du, du bist auch schon einmal gestürzt. Und was dann?«

»Ich bin liegen geblieben.«

»Du bist nicht wieder aufgestanden?«

»Ich habe mich ausgeschüttet vor Lachen, und dann haben alle gelacht, die Kameraden aus dem Katechismusunterricht, die Schwestern, mein Vater, meine Mutter, der Priester, einfach alle. Das war der Grund, weshalb ich dachte, stürzen wäre etwas Schönes, die Kirche war zu einer fröhlichen Kirche geworden. Warst du nach deinem Sturz fröhlich?«

In mir hatte sich etwas freigesetzt. Ich drängte vorwärts, statt zu fliehen. Ich bewegte die Hände mit nie zuvor gesehener Schnelligkeit. Ich attackierte, um wehzutun.

Ninas Stimme am Telefon.

Ich war nicht in der Lage, sie auszuschalten.

»Nein, Gerruso, ich war nicht fröhlich.«

Meine Boxhandschuhe gingen, kamen, schlugen wieder zu. Keine Zeit für die Antwort. Rechts, links und wieder rechts. Das Blatt des Rings war nur mit meinen Worten voll.

Mauro Genovese bekam keine Gelegenheit mehr, auch nur einen Angriff auszuführen.

Der Kampf endete mit einem Sieg nach Punkten für mich. Zwei Runden zu einer.

»Abgesehen von dem Sturz, war das dein schönster Kampf, Poet.«

Ich war entfesselt.

Während ich kämpfte, dachte ich an Nina, die am anderen Ende der Leitung weinte.

»Ich weiß.«

Ich war noch nie so stark gewesen.

Das Klingeln des Telefons in Gerrusos Wohnung unterbrach dieses Gespräch.

»Gehst du dran, bitte?«

Der Apparat stand auf einem niedrigen runden Tisch aus dunklem Mahagoni im Wohnzimmer. Bevor ich den Hörer ans Ohr führte und meine Mutter am anderen Ende hörte, zog das Funkeln eines Splitters meine ganze Aufmerksamkeit auf sich.

Es gibt keine perfekte Sauberkeit.

Splitter kommen immer wieder irgendwoher zum Vorschein.

»Nein, Mama, nein, sei beruhigt, ich sag's ihm.«

Gerruso wankte auf seinen Zehenspitzen.

»War das deine Mutter?«

»Ja.«

Seine Pupillen waren weit, seine Arme hingen herunter, seine Finger bewegten sich unablässig.

»Nachrichten über meine Mutter? Wie geht's ihr?«

In seinem braunen Schlafanzug wirkte er jünger als seine achtzehn Jahre.

Ich legte ihm eine Hand auf die Schulter.

»Es tut mir leid.«

Sein Kopf bewegte sich vor und zurück, als würde er sich selbst zunicken, um diese Ungeheuerlichkeit anzunehmen. Unvermittelt lief er in die Küche, zog die weiße Schürze und die rosafarbenen Handschuhe an, nahm die Teller, stellte sie ins Spülbecken, drehte den Wasserhahn auf und gab das Spülmittel ein.

Seine Stimme war ein zerbrochener Hauch.

»Vielleicht hab ich sie nicht gut genug abgewaschen.«

Die Wege der Hölle sind mit Splittern gepflastert.

Man läuft barfuß darauf.

Ich nahm das Telefon und wählte die Nummer.

»Hallo?«

»Nina.«

»Was willst du noch?«

»Es ist etwas passiert.«

Nicola hatte gewartet, bis das Weinen vorüber war. Das Kreuz warf im Mondlicht einen unbeschwerten Schatten auf die Steine des Grabes.

»Weißt du was, Rosario? Ich könnte dir sagen, dass es sinnlos ist, hierzubleiben und mit den Toten zu reden, und es besser wäre, wieder ins Lager zu gehen und weiterzugraben. Doch nein, du hast jedes Recht, das zu tun, was du fühlst, erst recht jetzt, wo D'Arpa gestorben ist.«

»Francesco.«

»Wie bitte, entschuldige?«

»Er heißt Francesco.«

Nicolas rechter Zeigefinger begann sehr konzentriert mit aufmerksamem Blick, Falten standen auf seiner Stirn, Furchen in die Erde zu zeichnen. Sein Mund sprach langsam und laut mit, während sein Finger zeichnete. Nachdem er das Wort geschrieben hatte, überprüfte er es und überprüfte es noch einmal. Nachdem er sich davon überzeugt hatte, dass es richtig geschrieben war, rief er Rosario.

»Ist das korrekt so?«

Mein Großvater blickte ihn kapitulierend an.

»Ich kann nicht lesen, Nicola.«

»Mach dir keine Sorgen, das muss richtig sein.«

Er deutete nach unten und sagte meinem Großvater das Wort, das er auf die Erde geschrieben hatte: FRANCESCO.

Er sucht sich dann einen spitzen Stein, zog das Kreuz aus den Kieseln und begann mit viel Geduld, den Namen vor ihm in das Holz zu kerben.

»Es ist richtig, dass sein Name dort steht, du hattest recht. Ich stelle mir vor, dass die Engel die Wörter in allen Sprachen lesen können.«

Er war konzentriert. Bei der Grabinschrift des Freundes durfte er keinen Fehler machen.

»Magst du Ameisen, Rosà? Als ich ein Junge war, verbrachte ich ganze Nachmittage bei mir zu Hause auf dem Land damit, den Ameisen zuzuschauen, wie sie den Olivenbaum hinaufkletterten. Immer in einer Linie, eine hinter der anderen. Einmal zerquetschte ich eine, sehen wir mal, was geschieht, vielleicht lassen sie sie ja da, als Hindernis, oder sie halten sich von ihr fern und suchen sich einen neuen Weg. Doch kaum hatte ich sie getötet, da luden ihre Gefährtinnen sie schon auf ihre Schulter und trugen sie fort, sie kletterten mit ihr über die Rinde bis hoch zu ihrem Bau.«

»Um sie dort aufzufressen.«

»Macht das einen Unterschied? Auch wir fressen doch unsere Erinnerungen auf.«

Er las den Namen dreimal hintereinander und fuhr dabei immer mit dem Finger über den gerade ausgesprochenen Buchstaben. Dann rammte er das Kreuz wieder ein und bedeckte den Fuß ein weiteres Mal mit Kieseln.

»Die Ameise, die ich getötet hatte, wurde wie in einer Art Prozession fortgetragen, und es sah aus wie der Karren beim Fest der heiligen Rosalia. Seit damals vermeide ich es immer, die Ameisen zu töten. Es wäre schön, wenn wir die Gräber derer immer mit uns nehmen könnten, die wir lieben. Die Ameisen, die ja sehr stark sind, können das. Wir müssen das auf andere Weise machen.«

Das Helle in Rosarios Augen war intensiver als sonst, die Tränen hatten jeden Filter weggenommen. Doch sein Brustkorb hatte wieder ruhig zu atmen begonnen.

Mein Großvater war aufgestanden.

Nicola begriff, dass er bereit war.

»Ich warte da drüben auf dich«, sagte er und ging zu der Stelle, auf die er gezeigt hatte. Er überließ Rosario der Intimität des letzten Abschieds.

Meine Mutter schlug Gerrusos Vater vor, ihn zu dem Kampf gehen zu lassen, das wäre gut für ihn, er würde den Kopf frei bekommen, wenn er mir beim Finale zuschaute. Das würde ihm helfen, sich besser zu fühlen.

»Es sei denn ...«

Sie wurde plötzlich rot. Die Wahrheit ist ein stacheliges Gewächs, voller Dornen.

»Schon verstanden, Mama, schon verstanden.«

Ich war froh, dass sie es nicht ausgesprochen hatte.

Ich war zwei Jahre jünger als mein Gegner.

In den Wettbüros galt ich nicht als Favorit.

Der Endkampf um den nationalen Titel war für meine Familie tabu.

Ein paar Stunden vor dem Wiegen war Gerruso mit meinem Onkel aus dem Wohnhaus fortgegangen.

»Ist er mit dir essen gegangen?«

»Nein.«

»Sagst du mir, wo ihr gewesen seid?«

»Kann ich nicht, ist ein Geheimnis.«

»Du hast ein Geheimnis mit meinem Onkel?«

»Ja.«

»Das ist mein Onkel, nicht etwa deiner, los, mach schon, sag mir, wo ihr gewesen seid.«

»Geheimnis«, sagte er und deutete mit den Händen auf seine Hosentasche.

»Was ist da drinnen?«

Ein tiefes und anhaltendes Gähnen war alles, was Gerruso zur Antwort gab.

»Bist du müde?«

»Ein bisschen.«

»Versuch, dich auszuruhen.«

Seit der Nachricht vom Tod seiner Mutter hatte er kein Auge mehr zumachen können. Umbertino hatte uns mit dem Auto abgeholt, knapp zwanzig Minuten nach dem Anruf meiner Mutter. Er hatte uns zu mir nach Hause gefahren. Gerruso sagte, er sei nicht müde, und verbrachte die ganze Nacht im Wohnzimmer, wo er sich gemeinsam mit Umbertino im Fernsehen Pferderennen ansah.

Ich schlief tief und fest.

»Wenn ich ein Mädchen wäre, hätte ich mir jetzt ein ausgeschlafenes Gesicht geschminkt.«

»Wie? Was?«

»Weißt du nicht auch, dass Frauen sich immer schminken? Also. Ich könnte mich doch so schminken, dass mein Gesicht aussieht, als wäre ich gar nicht müde.«

»Es gibt keine Schminke gegen Müdigkeit.«

»Doch, es gibt sie. Frauen haben ein Make-up für jede Gelegenheit. Meine Mutter hat sich jeden Sonntag geschminkt, für die Messe: Sie tönte ihre Wangen, lackierte sich die Fingernägel und ging dann in die Kirche. Ich habe auch gesehen, wie Nina sich das Gesicht geschminkt hat, Lippenstift, Wimperntusche, solche Dinge eben. Lackierte Fingernägel nicht. Nina schminkte sich immer, bevor sie sich mit dir traf.«

»Ach ja?«

»Ja. Frauen sind sonderbar, wusstest du das? Sie sind verrückt.«

»Heilige Worte.«

»Wenn du ihnen beim Schminken zusiehst, werden sie richtig nervös. ›Was glotzt du?‹, ›Verschwinde‹, schreien sie. Dann, mitten auf der Straße, unter tausend Menschen, sind sie plötzlich der Meinung, dass ihr Make-up nicht mehr stimmt, öffnen ihre Handtasche, ziehen einen winzigen Spiegel heraus, den sie immer bei sich haben, und malen sich vor aller Welt neu an. Hast du jemals darüber nachgedacht?«

»Ehrlich gesagt, nein.«

»Siehst du, ich wachse im Denken, meine Mutter ist tot, da muss ich reifer werden.«

Mein Gegner beim nationalen Meisterschaftstitel hieß Renzo Ceresa. Sarde, einundzwanzig Jahre alt, Spitzname »Bentu Maìstu«, »Mistral«, ein Nordwestwind, plötzlich, scharf, eisig.

»Poet, woran denkst du?«

»Daran, wann ein Kampf beginnt.«

Die Halle, die sich füllt, der Ringrichter, der die Boxer zu sich ruft, die Glocke, die ertönt, die Zeituhr, die jetzt läuft.

Das letzte Kapitel einer größeren Geschichte.

»Fehlt dir dein Vater nie?«

»Doch.«

»Aber du hast ihn nicht gekannt. Ich meine Mutter wohl. Ich habe eine Menge Erinnerungen an sie, du hast nur Worte. War er stark als Boxer?«

»So sagt man. Es fehlt mir richtig, dass ich bei keinem seiner Kämpfe dabei sein konnte.«

»Mir dagegen fehlt es, wie meine Mutter mir das Fieber gemessen hat. Sie meckerte nie, wenn ich krank war. Sie kam zu mir ans Bett mit geschmortem Gulasch und Kartoffeln und steckte mir das Kissen in den Rücken. Sie maß das Fieber unter der Achsel, das Thermometer war kalt, ich musste lachen, weil es kitzelte. Wenn sie es ablas, hielt sie es zwischen den Händen, als wäre darin das Leben. Du, der du ja so erfahren bist in Sachen was dir fehlt, kannst du mir sagen, ob sie mir sehr fehlen wird?«

»Sie wird dir immer fehlen.«

»Das klingt nach Kummer.«

»Tja.«

»Aber wie kann dir fehlen, Poet, was du nie gesehen hast?«

»Mein Vater?«

»Nein, nicht er. Einen seiner Kämpfe. Du kennst deinen Vater, weil man von ihm erzählt, das hat mit dem Sehen nichts zu tun. Meine Mutter kenne ich dagegen in vielfacher Hinsicht, wir haben zusammengelebt, sie lief einem ständig zwischen den Beinen herum. Weißt du, dass ich mir mein Zuhause ohne sie darin nicht vorstellen kann? Ich versuch's zwar, aber es geht nicht. Es ist, wie wenn ich an meine Hand denke, in meinem Kopf sind alle Finger heil, ich bin kein Stummelfinger in meinen Gedanken. Du dagegen bist ganz und gar ein Stummelfinger beim Gedächtnis. Du hast keine Erinnerung an die Stimme deines Vaters, daran, wie er sich bewegte, wie er dich in den Arm nahm. Er hat dich nie ausgeschimpft. Du kennst nicht einmal seinen Geruch, ich den von meiner Mutter aber wohl: Sie roch nach Nagellack.«

»Ich kann gar kein Stummelfinger beim Gedächtnis sein, Gerruso. Ich habe nie einen Vater gehabt. Es gab überhaupt keinen Finger zum Verstümmeln.«

»Na, dann bist du eben einer ohne Finger! Ich gewinne, denn ein Stückchen Finger hab ich immerhin.«

»Das ist doch kein Wettewerb.«

»Hast du deinen Vater denn jemals getroffen?«

»Er ist gestorben, bevor ich geboren wurde.«

»Das meinte ich nicht. Du, Poet, du kennst deinen Vater doch aus den Worten. Bist du ihm denn nie in den Worten begegnet, die du verwendest?«

Er gähnte ein machtvolles, befreiendes Gähnen, bei geschlossenen Augen und aufgerissenem Mund.

In den letzten Monaten waren die Trainingsperioden mörderisch.

»Los, du bist langsam, du fauler Sack, schneller, noch schneller und noch viel schneller.«

Alles war intensiver und verbissener. Um die Konzentration auf hohem Niveau zu halten, machte ich Übungen, bei denen ich Daten und Namen für die mündlichen Prüfungen in der Schule wiederholte. Die Übungsrunden im Ring wurden länger: Sie wurden von drei auf vier Minuten ausgedehnt. Beim »nur Austeilen«, bei dem nur attackiert wird und nichts weiter, war mein Sparringspartner, der meine Attacke abwehrte, Carlo. Das Ziel war es, so viele Punkte wie möglich einzusammeln, wobei Geschwindigkeit und Anstrengung genau dosiert wurden. In der Übung des »nur Einsteckens« muss man den Schaden begrenzen: Scheinhaken andeuten, ausweichen, Abstand halten. Das waren vier apokalyptische Minuten: Dabei war Umbertino mein Sparringspartner. Auf dem Quadrat mit meinem Onkel zusammenzustehen war eine unvergessliche Erfahrung: einhundertzwanzig Kilo, die in einem einzigen Augenblick auf mich losdonnerten. Er feuerte einen Schlag, und während der Körper sich veränderte, um ihn abzuwehren, kam schon der nächste. Eine Lawine, vor der man nicht fliehen konnte. Ich musste mich in diesem Wirbel ins Leere stürzen, mich in diesen Strudeln behaupten und gegen das Wasser von innen heraus ankämpfen. Ich blickte ihm in die Augen, um seine Bewegungen vorauszuahnen. Aus seinen Pupillen blitzte es intensiv. Nach den Trainingseinheiten mit dem Neger, nach dem Sparring mit dem Paladin tanzte mein Onkel endlich wieder. Er war nicht mehr alleine mit seinen Dämonen. In der Boxschule wurde jede Aktivität auf Eis gelegt. Es herrschte respektvolle Stille. Die anderen Boxer wussten, dass sie niemals dieses Niveau erreichen würden. Das Niveau von Umbertino und mir, meine ich. Das Zuschauen bei den Vier-Minuten-Übungen erinnerte Maestro Franco daran, wie der Paladin auf diesem Quadrat stand, der Schlag auf Schlag mit der Eleganz dessen antwortete, der keine Furcht vor nichts hat. Das Blut, das bei jedem Training floss, erblühte im schönsten aller Sprosse. Das war kein Boxen mehr. Das war Raserei, die sich in Tanz verwandelte.

Drinnen im Umkleideraum hörte man das Gezirpe der Halle draußen und das Vorbeifliegen der Hubschrauber am Himmel.

»Da wären wir nun.«

»Ja, Maestro.«

»Und fast ist es so weit.«

Er verband mir die Hände mit einer noch größeren Langsamkeit als gewöhnlich, so, wie wenn diese Handlung der letzte Abschnitt im Meer wäre, bevor man es mit dem Sturm aufnimmt.

»Junge.«

»Ich bin ruhig, Maestro, es geht mir gut.«

»Besser so, gut, perfekt, tüchtig, Junge.«

Er wiegte sich mit seinem Oberkörper. Eine alte Lilie im Herbstwind. Er rieb die Hände übereinander.

»Ein Leben lang hab ich auf diesen Augenblick gewartet. Beim Paladin hab ich's um einen Hauch verpasst.«

Die Türe war zu, der Umkleideraum hatte keine Fenster, doch für Franco wehte der Wind mit größerer Heftigkeit und schüttelte ihn noch mehr.

»Jetzt, wo ich hier bin und wir gleich in den Ring klettern, bin ich gar nicht so beunruhigt, wie ich geglaubt hatte. Ich habe kein Loch in der Magengegend. Und weißt du, weshalb ich zuversichtlich und ausgeglichen bin? Ich denke an meine Frau Livia.«

»Streitet ihr euch denn nicht ständig?«

»Was hat das damit zu tun? Wir streiten uns, weil Livia einen schlimmen Charakter hat. Manche Sonntage reden wir kein Wort miteinander. Nach dem Mittagessen sieht sie sich ihr Weiberfernsehen an, und ich höre *Der ganze Fußball Minute für Minute*, um zu sehen, ob ich im Toto den Hauptgewinn mache. Praktisch sehen wir uns erst zum Abendessen wieder. Doch zu wissen, dass sie im Nebenzimmer ist, macht mich ruhig. Weißt du, was ich gerne mag? Die Nachmittage auf dem Land, wenn wir grillen und dein Onkel seine Weibergeschichten erzählt, Livia über die Hitze und die Zikaden ringsherum jammert.«

Das Wiegen steckte auch seine Füße an. Sie hoben sich, sie senkten sich und hoben sich wieder. Als sein Blick meinen Blick kreuzte, wurde sein Körper langsamer, ohne still zu stehen. Seine Augen waren immer noch verliebt.

»Sie ist doch einfach schön, meine Livia, stimmt's?«

Seine Lippen bogen sich zu einem Lächeln.

Ich hielt mich gut.

Ich machte nichts falsch.

Es war mir gelungen, auch vor ihm meine Angst zu verbergen.

Sobald wir aus dem Umkleideraum kamen, wurde der Lärm der Zuschauer höllisch. Im Ring nannte ein Ansager deutlich und langsam unsere Namen und unser Gewicht. Gerruso, der in der zweiten Reihe saß, schrie meinen Spitznamen. Er hatte dunkle Ringe unter den Augen und war auf eine Weise euphorisch, wie es einem Zusammenbruch vorausgeht. Neben ihm saßen Großvater und Onkel Umbertino.

Maestro Franco und Carlo standen neben mir.

Ich hüpfte auf den Zehenspitzen, die Bewegung, die nach Ansicht meiner Großmutter das wahre Geheimnis war, um auf dem Wasser zu gehen.

»Die Füße dürfen nie ganz aufsetzen, und weil das Gewicht fehlt, geht man auf diese Weise nicht unter. Man muss nur schnell genug sein.«

Die Boxhandschuhe schlugen ins Leere, kleine Treffer ins Nichts, um die Arme zu lockern, die Ellbogen zu strecken und die Angriffstruppen anzutreiben.

Die drei Kampfrichter wurden vorgestellt und auch der Arzt des Verbands.

»Poet!«

Ein junger Fotograf am Rand des Rings verlangte nach meiner Aufmerksamkeit. Er bat mich, eine Pose für das übliche Foto einzunehmen. Ich blieb regungslos stehen, mit herunterhängenden Handschuhen, in der Haltung, in der ich mich in der Sonne trockne. Er bat mich noch einmal zu posieren, die Handschuhe hochzuheben, stolz zu schauen wie ein Krieger. Doch auch da rührte ich mich nicht. Er verlor die Geduld, schoss ein Foto und ging zu meinem Gegner.

Der Ansager teilte mit, dass ich schwarze Shorts und schwarze Handschuhe tragen würde, mein Gegner Renzo Ceresa weiße Shorts und rote Handschuhe. Er bat um eine Schweigeminute für die Opfer der Mafia-Attentate. Während das Publikum aufstand, sank die Stille wie fallender Schnee herab.

Nina.

Der Tod von Gerrusos Mutter.

Die Bomben.

Die Dumas.

Es ging überhaupt nicht gut.

Ich hatte niemals in Betracht gezogen, verlieren zu können.

Ich habe niemals über die wichtigen Dinge nachgedacht.

Die Stimmen fingen wieder an zu jubeln, sie riefen Namen und Spitznamen, Beleidigungen und Prophezeiungen. Gerruso stritt sich mit zwei Leuten in der Reihe hinter ihm. Er zeigte immer wieder mit dem Stummelfinger auf mich. Großvater und Onkel Umbertino, die neben ihm saßen, waren zwei Sphinxen.

Der Ringrichter rief mich und Ceresa zu sich. Er wollte keinen Schlag unter der Gürtellinie sehen, er forderte ein sauberes Boxen, wenn der Gegner zu Boden gehen sollte, müssen wir auf sein Zeichen warten und erst dann weiterboxen. Er wünschte uns viel Glück, er verlangte, dass wir gegenseitig unsere Handschuhe berühren, schickte uns in unsere Ecken zu unseren Betreuern.

Carlo massierte mir den Hals.

Maestro Franco spülte meinen Mundschutz ab.

War es das, was ich wollte?

Mich in das aufgepeitschte Meer stürzen?

Ich beobachtete die Mitte des Rings und wartete auf den Anfang vom Ende.

»Ciao, Blonde.«

»Ciao, Boxer.«

»Hör mir zu, ich habe nur eine Münze, ich komme gleich auf den Punkt: Ich habe gerade mit Nina am Telefon gesprochen, ich habe ihr gesagt, dass wir beide …«

»Bist du verrückt geworden?«

»Wieso?«

»Was hast du ihr gesagt? Nein, hör zu, das interessiert mich nicht, ich bin sprachlos.«

»Was?«

»Ja, glaubst du denn, du wärst der einzige Kerl auf der Welt? Dass du einen Exklusivvertrag unterschreibst, sobald du dich mit jemandem zusammentust?«

»Ich verstehe nicht ganz.«

»Ich habe mit dir geschlafen, weil mir danach war und auch dir war danach. Punkt und Schluss. Doch du und dein Hang zur Tragödie, was macht ihr? Omeingott, das Schuldgefühl. Sieh zu, dass du erwachsen wirst, Davide, die Welt dreht sich nicht nur um dich.«

»Was redest du denn da?«

»Dir geht es doch gar nicht um mich oder um Nina.«

»Blödsinn.«

»Blödsinn? Gerade hast du unsere Beziehung kaputt gemacht.«

»Wie kommst du darauf, so was zu sagen? Du und Nina, ihr seid Freundinnen, und ich und du …«

»Na und? Vor allem seid ihr schon wahnsinnig lange nicht mehr zusammen.«

»Wir sind zusammen gewesen.«

»Auch ich hab mit zwölf beachtliche Zungenschläge mit Giuseppe Guagliardo ausgetauscht, na und? Deshalb verzweifle ich doch nicht, wenn ich keine Weihnachtsgrüße von ihm erhalte. Es ist gelaufen, es ist zu Ende, ich erwarte nichts von der Vergangenheit.«

»Ist Nina deine Vergangenheit?«

»Du bist meine Vergangenheit.«

»Sie musste es erfahren.«

»Sie musste? Was erlaubst du dir eigentlich? Die Beziehung zwischen mir und Nina ist die Beziehung zwischen mir und Nina, damit hast du nichts zu tun.«

»Du bist eine Heuchlerin.«

»Du bist ein kleiner Junge, Davide, unfähig, über deinen eigenen Schwanz hinauszublicken, der, nebenbei bemerkt, das versichere ich dir, kein so seltenes Stück in dieser Welt ist. Du bist lächerlich und egoistisch. Du verschlingst die Menschen. Nina hat gut daran getan, dich zu verlassen.«

»Du bist nur ein armseliges Stück Scheiße.«

»Ach, fick dich doch in den Arsch! Du und deine kindischen Urteile.«

In dem ohrenbetäubenden Lärm des Palazzetto war die Stimme, die sich meinen Ohren stärker aufdrängte als alle anderen, die am meisten krächzte. Gerruso war wie entfesselt, die in der Reihe hinter ihm hatten auf Bento Maìstu gesetzt, den Sarden, der den Quoten nach der Favorit war.

»Was versteht ihr denn schon davon, ich sitze in der zweiten Reihe, ich, ja, ich bin euch im Leben voraus.«

»Willst du wohl die Klappe halten, Bürschchen?«

»Wer gibt denn was um euch? Ihr sitzt hinter mir, eure Plätze sind im Vergleich zu meinem doch armselig.«

Die Blitze der Fotografen erhellten die Luft mit unregelmäßigen Zuckungen. Carlo massierte mir die Beine, Maestro Franco trocknete den Mundschutz mit einem Taschentuch. In der gegenüberliegenden Ecke war Ceresa von seinem Trainer und dessen zweitem Mann umgeben. Sein Gesicht verriet keinerlei Emotion. Der Ringrichter gab den Externen ein Zeichen, dass sie den Ring verlassen sollten. Das Quadrat leerte sich. Das Getöse in der Halle nahm mehr und mehr ab und wurde zu Gemurmel. Die einen blickten zum Ring, die anderen auf ihre Uhr. Einige waren bereit zu klatschen, die Finger langgestreckt, die Unterarme gespannt. Andere standen noch und wurden aufgefordert sich zu setzen. Irgendwer kontrollierte den Wettschein, einmal, zweimal und auch ein drittes Mal, so als könnte die Druckerschwärze inzwischen verschwunden sein oder, noch schlimmer, sich zu einem falschen Namen neu zusammengesetzt haben. Und noch ein anderer drückte seine Zigarette mit dem Absatz aus. Es gab auch welche, die tranken Bier aus der Dose. Andere pfiffen oder rauften sich nervös die Haare. Gerruso steckte die Hand in die Tasche und zog ein doppelt gefaltetes Blatt heraus, er küsste es, bekreuzigte sich und betete zu Caterino Gerrusio, er möge doch ein Wunder bewirken.

Ein letzter Blick in die Halle.

Sie war nicht da.

Sie war nicht gekommen.

Das wusste ich.

Das hatte ich immer gewusst.

Es war nur, um mir ihr Fehlen zu bestätigen.

Den Klang der Glocke hörte ich gar nicht.

Der Endkampf um die nationale Meisterschaft hatte begonnen.

Ceresa stand als Erster in der Mitte des Rings.

Der Wind blies schnell.

Ich ging zu ihm, ohne die Deckung zu erhöhen.

Der Brustkorb offen für den Kampf.

Eine einfache und untröstliche Angst im Herzen.

»Hallo?«

»Nina.«

»Du hast ja schon ewig nicht angerufen.«

»Ich muss dir etwas sagen.«

»Was?«

»Ich hab dich vor ein paar Tagen angerufen, um zu erfahren, wie es dir nach der Bombe geht.«

»Ich war nicht in Palermo. Aber jedenfalls geht's mir gut.«

Ich hielt die Münzen in der rechten Hand, um sie beim Klang des Signals, dass das Guthaben gleich verbraucht wäre, nachwerfen zu können.

»Ich bin auf einem Fest gewesen.«

Würde ich sie alle einwerfen, wäre das ein Zeichen für einen sorgenfreien Anruf: kein quälender Gedanke über die Zeit, die man vertut, über nichts zu reden, nur wegen der Lust, etwas zu teilen, Sätze zu bilden, nur um deine Stimme zu hören.

»Hast du dich amüsiert?«

Von Mal zu Mal nur eine Münze einzuwerfen ist der Triumph der Vorläufigkeit: die Zeit in Maßeinheiten zerbrechen.

»Ich hab die Blonde getroffen.«

Das Samenkorn auswerfen.

»Wer ist die Blonde?«

Die Stille vor den Wörtern war die, die einer Katastrophe vorausgeht.

»Eliana.«

Am anderen Ende der Leitung: Sibirien.

Die Telefonzelle wurde unbequem, ungastlich, ohne jeden Komfort.

»Und weiter?«

Ein Tröpfeln beginnen.

»Ich habe sie auf ihrem Motorroller nach Hause gebracht.«

Im Bewusstsein, dass es früher oder später zu Ende wäre.

»Was ist passiert?«

Die Worte wurden mir schwer im Mund, sie waren scharf, die Zunge bebte und die Schnitte wurden fortgesetzt. Ich dachte, ich würde mich leichter fühlen, wenn ich sie aussprach.

Das Signal deutete nicht auf aufgebrauchtes Guthaben hin, sondern auf den Beginn des Kampfes. Ich warf noch eine Münze ein und setzte das Gemetzel fort.

»Wir haben uns geküsst.«

Die Antwort war eine Abwesenheit von Worten, die zu Weinen wurde.

Hohe Deckung, ruhiger Blick, Renzo Ceresa wartete ab.

Die Aufhetzungen, uns doch zu zerfleischen, prasselten aus allen vier Ecken der Halle auf uns nieder.

Ich lavierte im Ring um Bento Maìstu herum und spürte jeden Augenblick vergehen.

Sobald meine Füße den Boden berührten, schickten sie mich anderswo hin.

Ich probierte ein paar Schläge, Ceresa setzte dem eine linke Gerade entgegen.

Es waren Finten, keiner der beiden meinte es ernst.

»Tut mir leid, Nina.«

Sie genossen die Augenblicke, die der Mattanza vorausgehen, wenn die Harpune noch sicher in den Händen ruht und der Fisch frei durchs Wasser schwimmt.

Meine beiden Handschuhe waren unten.

Sie kreisten vor meinem Magen.

Ich nahm überhaupt keine Verteidigungshaltung ein.

»Wart ihr da schon bei ihr zu Hause?«

Ceresa schoss mit einer Rechten los, plötzlich und blitzschnell.

Sein Handschuh kam auf mein Gesicht zu.
Er war rot, wie ein Mund.

»Ja, Nina.«

Ich wich ihm aus, indem ich in letzter Sekunde noch den Hals nach hinten zog.

»Waren ihre Eltern da?«

Der rechte Aufwärtshaken des Sarden war bereits abgefeuert worden.
Er prallte gegen meine Bauchmuskeln.
Der Mistral war plötzlich angeschwollen.

»Nein.«

Ich stürzte mich auf Ceresa und klammerte ihn, um seinen Attacken zuvorzukommen.

»Wart ihr alleine?«

Der Ringrichter kam und trennte uns.

»Ja.«

Die Phase des Abtastens war vorüber.

»Warum erzählst du mir das?«

Ceresa legte nach.
Ich wich seiner Rechten aus, indem ich nach hinten sprang, und kaum, dass ich den Boden berührt hatte, bekam er meine Linke ab.

Ist die Harpune erst ins Fleisch eingedrungen, ist der Kampf bereits erbarmungslos.

»Du fehlst mir, Nina.«

Seit der Schlägerei auf der Piazza delle Sette Fate hatte Umbertino seinen eigenen Körper nicht mehr so gegenwärtig gespürt. Jede Spitze, jede Falte seines Fleischs nahm er wahr, wie bei seinen Liebesspielen mit Giovanella. Nur noch drei Tage bis zu seinem Finale. Er fühlte das Leben in seinen Fäusten fließen.

Er ging aus dem Haus, nachdem er ein paar Minuten im Zimmer des Negers verbracht hatte. Er gab sich keinerlei Illusion hin. Sein Maestro würde nicht mehr zurückkehren. Im Finale würde in seiner Ecke niemand bei ihm sein.

Draußen war der Himmel bleiern, aber es sah nicht nach Regen aus. Er entzog nur die Sonne, das war alles, kein Regen, der Palermo sauber waschen würde.

Es war Anfang der fünfziger Jahre, und die Stadt stank noch immer so wie während des Kriegs, sie war schmutzig und es gab keine Arbeit. Nur eine Macht stieg auf und wurde immer stärker: die Mafia. Das Land wurde immer engmaschiger kontrolliert. Die Luft wurde immer wieder von Schreien zerrissen. Ein Diebstahl, ein Streit, eine Messerstecherei, eine beglichene Rechnung. Hier brauchte es wirklich Gewalt.

In den Trümmern der Basilika La Magione beobachtet Umbertino, wie ein Priester Roggenbrot an eine Schlange von Hungernden verteilte. Dann war ein Vater an der Reihe, der seinen kleinen Sohn an der Hand hielt. Als sie ihre Ration erhalten hatten, verließen sie die Schlange. Der Sohn öffnete seine Hand, um seinen Teil entgegenzunehmen, doch der Vater gab ihm nichts ab. Er aß das ganze Brot alleine auf, in zwei Happen. Der Sohn senkte seine Hand, ohne irgendetwas einzuwenden.

Es gab keine Zeit zu verlieren.

Man musste handeln, nach vorne schauen, eine Entscheidung treffen.

Er ging zum Vicolo Marotta, zu einer Hure, die er kannte.

Doch das Ficken konnte seine dunklen Gedanken nicht vertreiben.

Bis zum Finale dauerte es einfach zu lange. Gerruso war völlig verstört und durcheinander. Augenblicke der Niedergeschlagenheit wechselten mit Augenblicken blitzender Begeisterung ab. Von Ausruhen wollte er nichts wissen, doch die Augenlider fielen ihm von alleine zu.

»Gerruso, deine Augen singen davon, dass sie müde sind.«

»Ich höre nichts.«

»Das ist nur eine Redensart. Du hast einen völlig verschleierten Blick, versuch doch zu schlafen.«

»Aber gleich wirst du doch gewogen.«

»Wenn du dann schläfst, wecke ich dich.«

»Versprochen?«

»Ja.«

»Erzählst du mir eine Geschichte? Dann kann ich einschlafen.«

»Schon klar, Gerruso, deine Mutter ist gestorben, und jetzt versuchst du, das auszunutzen.«

»Ach so.«

Ich erzählte ihm eine Geschichte, die mir Großmutter erzählt hatte.

Ein König musste entscheiden, wer von seinen beiden Söhnen den Thron erben sollte: Das Land und seine Bewohner sollten beschützt werden. So beschloss er, dass nacheinander die Söhne hinunter in den Schlosshof gehen mussten, wo ein Tiger sie erwartete. Derjenige von ihnen, der überlebte, sollte sein Nachfolger werden. Der ältere Sohn neigte zum Zorn und wurde von jedem wegen seiner Stärke gefürchtet. Der jüngere Sohn war sanft und wurde von jedem wegen seiner Freundlichkeit gemocht. Er war es, der als Erster in den Burghof hinuntermusste. Der Tiger legte sich ihm zu Füßen. Dann war der Ältere an der Reihe. Ein einziger Blick von ihm genügte, und der Tiger zitterte vor Entsetzen. Die Macht des Älteren, sagte der Vater, ist enorm. Bei seinem bloßen Anblick hat der Tiger begriffen, dass er verloren war. Doch ist es die Macht des Jüngeren, die mir den Atem verschlägt. Der Tiger war bereit, für ihn zu sterben. Und so kam es, dass der jüngere Sohn das Königreich erbte.

»Und der ältere Sohn?«

»Die Geschichte endet so.«

»Schade, ich war für den Älteren.«

»Weil man besser mit Stärke regiert?«

»Nein, im Gegenteil, ich mag den, der die Stärke hat, aus einer Geschichte zu verschwinden.«

»Großmutter ist der Meinung, dass es einem Kunstwerk gleichkommt, in eine Geschichte einzutreten. Zu wissen, wie man sie wieder verlässt, ist ein Meisterwerk.«

Seine Augen waren endlich zugefallen, seine Hände lagen still auf dem Bauch, verschränkt wie im Gebet. Der Stummelfinger erzeugte eine Leere in dieser Geometrie der Fingernägel.

»Die Personen, die sich in den Geschichten verlieren, Poet, das sind die, die mir am besten gefallen, und wenn sie überraschenderweise wieder auftauchen, wenn du es am wenigsten erwartest, dann ist das für mich ein Fest. Wäre schön, wenn Nina und Eliana mit uns hier zusammen wären, oder? Allerdings liebe ich Eliana nicht oder nur ein bisschen, sie gefällt mir sehr. Schade, dass sie sich zerstritten haben.«

Gerruso wusste, dass sie keine Freundinnen mehr waren. Das hatte ihm Nina selbst gesagt, als ich ihm das Telefon am Abend vorher weitergereicht hatte.

»Mama ist zusammengebrochen, Nina, wie ein Deich zusammenbricht. Ja, er ist hier bei mir, Papa ist noch im Krankenhaus.

Ach, so so, Nina, die Gedanken tun mir weh. Hör mal, sagst du es deiner Freundin Eliana, dass meine Mutter gestorben ist? Ihr habt euch zerstritten? Schade, nein, einfach so, vielleicht käme sie ja zur Beerdigung.«

Die Tiefe seiner Augenringe erzählte mehr als jedes Wort von der Angst, die ihn quälte.

»Poet, Nina mochte dich sehr, aber jetzt will sie dich nicht mehr sehen, jetzt hat sie noch nicht mal mehr ihre Freundin, die Arme. Könnt ihr drei nicht wieder Frieden schließen?«

»Das ist nicht so einfach.«

Wann beginnt ein Kampf?

»Als ich ein kleiner Junge war, gab es dieses Mädchen, Barbarella, wunderschön, üppiger Mund, lange Locken. Ich hab zu ihr gesagt: ›Barbarella, ich liebe dich.‹ Sie antwortete: ›Wie die Großen?‹ Und ich darauf: ›Nein, ich liebe dich wirklich.‹ Siehst du, genau so müsste es sein.«

»Los jetzt, Gerruso, schlafe.«

»Schade, dass Nina und Eliana sich zerstritten haben. Weißt du, warum, Poet?«

Gibt es einen Augenblick, einen Übergang, der für einen Anfang herhalten könnte?

»Nein.«

»Wenn du es wüsstest, würdest du es mir dann sagen?«

Etwas, das den Beginn eines neuen Kapitels bezeichnen würde?

»Ja.«

»Ein Glück, dass du da bist.«

Er neigte den Kopf nach vorne und fing an zu schnarchen.

Zwei Minuten später wurde ich gerufen und ich ging zum Wiegen, ohne ihn zu wecken.

Bentu Maìstu wurde von meinem linken Handschuh voll im Gesicht getroffen.

Das Publikum reagierte frenetisch.

Mit einem rechten Haken traf ich sein Gesicht ein weiteres Mal.

Maestro Franco zermalmte außerhalb des Rings Carlos Arm.

Renzo Ceresa hatte zwei Treffer kassiert, ohne auch nur mit der Wimper zu zucken.

Die Beine waren stark, die Augen fest, die Arme da.

Wir hüpften voreinander hin und her, täuschten bei jedem Schritt Bewegungen vor, in einem Wettkampf des blitzschnellen Ausweichens vor Attacken, die nie losgegangen waren.

Gerruso kommentierte meine Finten und Großvater nickte dazu. Auch Umbertino hatte seine Regungslosigkeit aufgegeben. Mit seinem ganzen Körper deutete er Bewegungen an, die Faust, die er nach vorne gestreckt, die Finte, die er ausgeführt hätte, ein Satz nach vorne, ein Ausweichen nach links. Silben von Bewegungen, die nicht zu Worten wurden. Ein Lächeln leuchtete bei ihm auf, als wir gemeinsam die gleiche Attacke ausführten: der Haken, der Ceresa zwang in Deckung zu gehen, während bereits eine knappe gekreuzte Gerade freigesetzt worden war. Meine Hand vervollständigte die Bewegung auch für Umbertino, sie landete auf dem Kinn des Sarden.

Umbertino öffnete alle zehn Finger zum Zeichen seines Jubels.

Ceresa war vornüber gekrümmt.

Bei den Trainingseinheiten war einen Monat vor dem Kampf die Übung des »nur Austeilens« verändert worden. Die Aufgabe hatte in der Verdoppelung aller Schläge bestanden. Dem rechten Haken sollte der rechte Haken folgen, der linken Geraden eine weitere linke Gerade. Zweimal dieselbe Faust heraushauen.

Auch die vier Minuten des »nur Einsteckens« veränderten sich.

Umbertino hatte Carlo gebeten, in den Ring zu steigen.

»Was ist los, Onkel, bist du schon müde?«

»Still, du Trottel. Carletto, zieh die Handschuhe an.«

»Was ist denn, steigst du aus?«

»Du kapierst aber auch gar nichts.«

Er war dabei, auch bei dieser Übung die Anzahl der Schläge zu verdoppeln.

»Ziel auf die Hüften, Carletto. Das Gesicht meines Neffen gehört allein mir.«

Eine Unzahl von Schlägen trafen mich von allen Seiten.

Ich wich aus und sprang herum, um nicht zusammenzubrechen.

Innerlich war ich ganz ruhig.

Von Zeit zu Zeit verschwand das Schuldgefühl.

Mit acht linken Geraden hämmerte ich auf Ceresa ein, eine nach der anderen, in einer Verdoppelung, die sich von selbst vervielfachte.

Umbertino deutete von seinem Sitz aus meine Bewegungen an und feixte.

Fünf Schläge von acht trafen ihr Ziel.

Ceresa steckte ein und blieb stehen.

Seine Beine gaben nie nach.

Ich traf ihn an der Schläfe.

Bentu Maìstu blieb fest auf den Füßen.

Das Lächeln erlosch auf den Lippen meines Onkels.

Noch eine Minute bis zum Ende der Runde.

Umbertino war zu früh und in seinem guten Anzug zu dem Termin erschienen. Er hatte sich sogar mit zwei Fingern Eau de Cologne parfümiert. Als der Eigentümer des Kellergeschosses erschien, lud er Umbertino auf einen Espresso ein, um sich für die Verspätung zu entschuldigen.

»Ich bin nicht hier, um zu trinken, hier ist dein Geld, jetzt gib mir die Schlüssel für meine Räumlichkeiten.«

Als mein Onkel wieder zu Hause war, legte er die Schlüssel auf den Tisch, zog den Anzug aus, hängte ihn wieder in den Schrank zurück und betrachtete sein Schlafzimmer mit dem Bewusstsein, das man hat, wenn man einen Ort hinter sich lässt. Jetzt musste eine Boxschule aufgebaut werden.

In einen Karton legte er die Zeitungsartikel, die Plaketten und die gewonnenen Pokale.

Er betrat das Zimmer des Negers.

Es war so, wie sein Meister es zurückgelassen hatte.

Er hatte nichts angerührt.

»Ohu, ich hab's geschafft, ich hab die Räumlichkeiten gekauft. Jetzt mache ich daraus eine schöne Boxschule und da werde ich auch wohnen.«

Er schloss die Türe des Zimmers, zog einen Blaumann an, ging die Treppe hinunter und warf seine Vergangenheit zwischen den Schutt der Vuccirìa.

Er kaufte, was für die Aufräumarbeiten notwendig war, und richtete das Kellergeschoss her. Nach dem Putzen des Fußbodens kam das Anstreichen der Wände an die Reihe. Aus Brettern zimmerte er Sitzbänke zusammen. Er montierte einen Sack an der Decke. Er rammte vier Eisenstangen ein, umwickelte sie mit Tüchern und zog Stricke von einer Eisenstange zur nächsten. Als der Ring fertig war, hatte er nicht den Mut, sich da hineinzustellen. Er schwor sich, dass er niemals mehr zurückkommen würde, um an offiziellen Kämpfen teilzunehmen. Diese Entscheidung hatte er noch vor dem Schlusskampf getroffen. Jetzt musste er sie nur noch konsequent durchhalten.

Gerruso teilte seine Zeit zwischen dem Kampf und den Streitigkeiten mit der Reihe hinter ihm auf.

»Was soll's denn? Dann seht ihr eben nichts.«

»Setz dich, Bürschchen.«

»Ich setz mich, wann ich will. Wer hinten sitzt, muss halt sehen, wo er bleibt.«

»Setz dich und beruhige dich, dein Boxer weiß sowieso nicht mehr, wohin er noch rennen soll.«

Mein Gegner wirkte ganz frisch und ausgeruht.

Gerruso gab keine Ruhe.

»Was seid ihr eigentlich für Palermitaner, dass ihr für den anderen schreit?«

»Palermitaner, die auf den Sieger wetten.«

»Palermitaner, die ihn ganz gewaltig und noch tiefer in den Arsch gesteckt kriegen.«

»Jetzt reicht's aber, Bürschchen.«

»Du, du sagst mir nicht: Jetzt reicht's aber. Du hast mir gar nichts zu sagen! Du sitzt ja nur hinter mir, halt also die Klappe und bring mir Respekt entgegen.«

Der andere schoss von seinem Stuhl auf, wurde aber von dem Freund neben ihm zurückgehalten.

»Ach, der ist doch nur ein Kinderpimmel! Sehen wir uns den Sarden an, der macht grad wieder weiter.«

Gerruso äffte ihn nach, womit er nun auch ihn zum Feind hatte.

»Bürschchen, jetzt ist wirklich Schluss.«

»Was passiert denn sonst? Verkauft ihr euer Haus, um es euch leisten zu können, vor mir zu sitzen?«

Ceresa bemächtigte sich wieder der Ringmitte und begann mit seinem Angriff. Ich sprang zur Seite, um einem Aufwärtshaken auszuweichen, doch er war wirklich schnell, der Wind drehte, sein Haken traf meine Brust und beförderte mich einen halben Meter nach hinten.

Ein »Oh!« der Verwunderung erhob sich unter den Zuschauern.

Ich hob die Deckung, indem ich die Handschuhe auf Höhe der Brust hob. Ceresa drang ein, und ich wich aus, was mich zu ständiger Bewegung zwang.

Bentu Maìstu war beharrlich, er ließ nicht locker. Es war beinahe so, als würde er keine Müdigkeit spüren. Nur in den letzten Sekunden der Runde nahm die Intensität seines Angriffs ab, und ich hatte eine kleine Verschnaufpause. Es endete damit, dass wir uns gegenseitig die Stirn boten, die Risiken aber minderten und durchatmeten. Das brauchte ich dringend.

In der Ecke massierte mir Carlo die Arme.

»Die Augen, mach mir die Augen sauber.«

Carlos Hand hörte auf zu massieren.

»Meine Augen sind müde.«

Er nahm den Schwamm und fuhr mir damit über das Gesicht, langsam und sorgfältig.

Maestro Franco hatte die Schiebermütze abgenommen.

Er knetete sie in der Hand.

»Er ist nicht so müde wie ich, Maestro.«

Franco sagte nichts.

Die in der dritten Reihe hatten angefangen zu provozieren.

»Der Sarde reißt deinem Freund jetzt den Arsch auf.«

Gerruso schoss hoch, um ihnen erneut die Sicht zu versperren, doch die vier Hände der beiden Typen dort setzten ihn mit Ungestüm wieder hin. Nach einer Stille, die einen Augenblick zu lange dauerte, fing Gerruso wieder an, meinen Spitznamen zu schreien, ohne sie noch einmal anzusehen. Aber seine Stimme war anders, so wie wenn man bei einem Sturz schreien würde.

Umbertino hatte nichts mitbekommen.

Großvater dagegen hatte sich umgedreht, um die beiden Freunde mit seinem undurchdringlichen Blick anzusehen.

Sie befanden sich auf Randazzos Landstück. Provvidenza sprach mit Gigliola, der Frau von Nicola, die beiden Freunde unterhielten sich über aromatische Kräuter. Mein Vater war fünf Jahre alt und ganz darauf aus, die Welt zu entdecken. Er war in den Kaninchenkäfig gegangen. Er hatte verstanden, dass er, wenn er sie streicheln wollte, sich langsam bewegen musste, mit ruhiger, aber ständiger Bewegung, bis er an den Fingerballen das weiche Fell spüren konnte. Danach wollte er herausfinden, wie der Hahnenkamm beschaffen war, doch der Hahn war schnell, er rannte ständig fort, und im Hühnerstall gackerten die Hühner und kackten Eier.

Meine Großmutter rief ihn zurück, aber Randazzo beruhigte sie.

»Das macht doch nichts, er spielt eben.«

Rosarios Sohn war ihm so lieb, als wäre er sein eigener. Der Junge nannte ihn »Onkel Nicola«, und das machte ihn richtig stolz. Aus diesem Grund rannte er gleich zu ihm, als er ihn schreien hörte, fast so schnell wie Rosario. Der Kleine war vom Hund gebissen worden. Er wollte dessen Zunge anfassen, da hat Filippo, der Hund, ihn gebissen.

»Ich hab geglaubt, ich müsste sterben, Davidù«, erzählte mir Randazzo. »›Filippo‹, bellte ich den Hund an, ›was machst du da?‹ Sobald Filippo meine Stimme hörte, ließ er die Ohren hängen. Er war doch immer ein guter Hund, ich konnte mich gar nicht beruhigen.«

Randazzo zitterte vor Zorn. Er nahm den Stock und ging schnell auf den Hund zu.

»Halt.«

Rosario war eingeschritten. Er ließ sich den Stock geben. Die Hand seines Sohnes wies leichte Bissspuren auf, kein Blut, die Finger bewegten sich alle, es war mehr der Schreck als sonst etwas. Er reichte den Stock meinem Vater.

»Zahl's ihm heim.«

Mit beiden Händen fuhr mein Vater über die knorrige Oberfläche des Holzes. Filippo, der Hund, hatte sich niedergekauert, er winselte vor Angst.

»Oder vergib ihm.«

Mein Vater sah seinen Vater an. Rosario war ein Seraph, sein Blick flackerte nie. Francesco lehnte den Stock an die Mauer, er beugte sich über Filippo den Hund und streichelte ihn. Die Unbeschwertheit kehrte wieder zurück. Francesco verbrachte den Nachmittag damit, Steine wegzuwerfen, die der Hund ihm zurückbrachte. Rosario und Nicola Randazzo gossen die Rebstöcke, und ihre Frauen sammelten Brombeeren. Sie aßen ausgepulte dicke Bohnen und tranken Zibebenwein, die Erwachsenen ein Glas, mein Vater nur zwei Fingerbreit.

Einen Augenblick nach dem Ertönen der Glocke zur zweiten Runde war Bentu Maìstu bereits in der Ringmitte. Seine Beine bewahrten Wendigkeit und Kraft. Meine Deckungshaltung zwang mich, mich wie ein Falter in der Nähe des Feuers pausenlos um ihn herum zu bewegen.

Mit einer doppelten Linken traf ich ihn mitten ins Gesicht.

Er kassierte den Schlag, als ob er ihn gar nicht spürte.

Er war einer, der einstecken konnte.

Wie der Boxer, der Umbertino im Finale besiegte.

Ich versuchte alles, Aufwärtshaken, Haken aller Art, Gerade, und Ceresa schlug Schlag auf Schlag bei allen zurück.

Die Menge brüllte.

Gerruso flehte mich an aufzupassen.

Der Sarde gewann deutlich die Oberhand.

Der Mistral hatte wieder angefangen zu blasen.

Attacke von allen Seiten.

Ich stürzte mich auf ihn, umklammerte ihn, um seine Raserei abzubremsen.

Er war unermüdlich.

Maestro Franco hielt den Atem an.

Umbertino biss sich auf die Lippen.

Großvater war auf seinem Stuhl ganz starr geworden. Gerruso schrie »Poet«, doch ein Schatten lag inzwischen über seiner Stimme.

Der Ringrichter trennte uns.

Am Vormittag hatte Gerruso auf dem Weg zum Palazzetto alle Straßensperren gezählt, denen wir begegneten. Es waren zwölf.

In der Halle zeigte ich ihm, wo er sitzen würde.

»Damit sitzt du neben Onkel Umbertino und Großvater. Was ist, Gerruso?«

»Nichts, ich musste nur irgendwie an meine Mutter denken.«

Seine Stimme war ein dünner Hauch, schwach und verängstigt.

»Wenn wir morgen den Sarg meiner Mutter zum Friedhof bringen, kann die Polizei uns da anhalten und den Sarg öffnen?«

»Wie kommst du nur auf solche Gedanken?«

»Indem ich Palermo beobachte.«

»Warum ruhst du nicht ein bisschen aus?«

»Nachdem du dich gewogen hast.«

»Das dauert noch lange.«

»Ich halte durch. Wir sind stark in unserer Familie. Auch wenn meine Mutter tatsächlich zerbrochen ist.«

»Denk nicht mehr dran, Gerruso.«

»Aber das ist doch das Leben, es ist eine Geschichte vom Zerbrechen, vom Zerreißen. Wenn man geboren wird, platzt die Fruchtblase. Und wenn sie groß werden, zerbrechen die Menschen früher oder später, wie Spielzeug. Meiner Mutter ist das Herz gebrochen. Manchmal unterbrechen Menschen sich aber auch, wie dein Vater, der innerlich völlig unversehrt war, aber er ist an die äußere Welt geprallt und zerbrochen, und dabei war er eigentlich noch nicht dran. Denkst du das bisweilen auch?«

»Ja.«

»Mitunter ist das Spielzeug aber so gut gemacht worden, dass es bis zum Ende durchhält, bis dahin, wohin es gelangen soll.«

»Wie mein Onkel.«

»Eigentlich habe ich an deinen Großvater gedacht.«

»Los, Gerruso, ruh dich jetzt aus.«

»Weißt du was, Poet? Wir sollten in Farben sprechen. Damit würden wir uns die Worte ersparen, und man würde durch die Farbe alles verstehen. Dazu brauchte man nur die Farben der Gefühle zu kennen.«

»Das ist keine schlechte Idee.«

»Sie ist bunt. Jedenfalls, sei ganz beruhigt, Poet, ich bin bei dir.«

»Im Ring allerdings krieg ich die ganzen Schläge ab.«

»Das stimmt nicht.«

»Wieso nicht?«

»Du bekommst am Körper die Schläge aus Fleisch und Blut ab, wir die unsichtbaren an der Seele. Hoffen wir, dass Caterino Gerruso die Deckung oben behält, die unsichtbaren Schläge treffen direkt ins Herz und tun genauso weh.«

Umbertino war alleine im Umkleideraum.

In wenigen Augenblicken würde er für das Finale in den Ring steigen.

Der Neger würde ihn nicht kämpfen sehen.

Er probierte eine Reihe von Geraden, um die Arme aufzuwärmen, dehnte den Rücken, schnappte sich das Seil und sprang.

Er hatte das Aufwärmen vor einer Begegnung schon immer gemocht.

Die Stille, die dem Kampf vorausgeht.

Es erinnerte ihn daran, wie es war, im Meer zu schwimmen, weit weg von allen, niemand, der an diesem Bei-sich-Sein teilhaben wollte.

Den Körper auf Touren bringen.

Bereit sein, vom ersten abgepassten Augenblick an zuzuschlagen.

Es war das letzte Mal, dass er das täte.

Er durfte keine Fehler machen.

Er legte eine ungeheuer schnelle Serie wildester Schläge hin.

Er spürte jeden Muskel, jede Sehne, jede Hautfalte.

Er war auf dem Höhepunkt seiner Kraft und hatte einen verzweifelten Blick.

Er öffnete die Türe, zog die Handschuhe an, verließ den Umkleideraum und zog aus, um den Endkampf zu verlieren.

Ninas Augen weinten weiter.

Ihr Atem ging keuchend.

Sie zog die Nase hoch.

Und trotzdem bestand sie darauf, vom anderen Ende der Leitung aus weiter mit mir zu sprechen.

»Und dann?«

Der Hörer war aus Stein. Ich hielt drei Münzen in der Hand.

Sie reichten für das, was ich sagen musste.

»Nina.«

Sie gab sich Mühe, leise zu weinen, um nur ja meine Stimme nicht zu übertönen.

»Sag mir, was ich wissen muss.«

Auf den Signalton, dass das Guthaben aufgebracht sei, folgte das Klappern der gerade eingeworfenen Münze.

»Es tut mir leid.«

Die Schluchzer wurden mehr.

Ich hatte noch zwei Münzen in der Hand.

Saftige Worte flogen.

»Bürschchen, du verstehst vom Boxen einen absoluten Scheißdreck.«

»Ich sitze besser als ihr und verstehe besser als ihr, ihr Drecksäcke.«

»Der Film ist zu Ende, du Nullnummer, setz dich hin.«

Weder Umbertino noch Großvater drehten sich um, um Gerruso zu Hilfe zu kommen. Sie konzentrierten sich auf den Ring.

Der Ringrichter gab uns das Zeichen zum Wiederbeginn, und Ceresa nahm sich wieder die Ringmitte, als hätte er ein Anrecht darauf.

Er war nicht so müde wie ich.

Er stürzte sich auf mich und schickte mich in die Ecke.

Der Mistral war in der Lage, mir schneidend ins Gesicht zu blasen.

Ich schloss die Deckung vor dem Gesicht, ließ aber den Bauchbereich, die Ellbogen und die Flanken frei.

»Sag mir, was dann passiert ist.«

Mit aller Kraft in den Waden sprang ich aus diesem Wirbel von Schlägen heraus und verteilte Schläge aufs Geratewohl.

»Nach dem Kuss?«

Er fiel nie.

»Ja.«

Ich musste mich mit höchster Schnelligkeit bewegen.
Er war dabei mich aufzureiben.
Ich musste führen oder ich war verloren.

»Du willst wissen, ob ich und die Blonde …?«

Jeder Angriff misslang mir.
Meine Versuche gingen ins Leere.
Es gelang mir nicht, auch nur einen Punkt zu machen.

»Ja.«

Wann wurde Atmen so schwer?
Wann war das Beantworten einer Frage so demütigend?
Wann verletzte die Scham mehr als die Tat?

»Was willst du wissen?«

Nina hatte keine Angst.

Sie sagte die Worte, die ich nicht aussprechen konnte.

Die Frage war gestellt worden.

Während ich antwortete, hielt ich die Augen die ganze Zeit fest geschlossen.

Wie eine Erleichterung empfing ich erneut den Ton, der mir das bevorstehende Ende der Unterhaltung signalisierte.

»Das war die letzte Münze, Nina.«

Sie antwortete nichts mehr.

Sie weinte, das war alles.

So endete unser Telefongespräch.

Ich betrachtete mein Spiegelbild in der Scheibe.

Es war noch nicht zu Ende.

Ich steckte die verbliebene Münze in meiner Hand in den Schlitz und rief die Blonde an.

Nicola Randazzo wusste nicht, wie er es schaffte. Rosario grub seit Stunden ohne Unterbrechung. Er war ein wandelndes Bündel aus Haut und Knochen, und dennoch.

Beim Zählappell fehlten unglaublich viele. Sie mussten noch unter den Trümmern sein. Nur wenn es Gewissheit gab, dass noch jemand lebendig war, rief man andere zu Hilfe. Es war notwendig, die verbliebenen Kräfte zu konzentrieren und den Überlebenden beizustehen. Die Toten konnten später noch geborgen werden.

Seit er von D'Arpas Grab weggegangen war, hatte Rosario nicht einen Augenblick lang ausgeruht. Er räumte weiterhin Schutt, Holzbalken und Körperteile weg. Nicola konnte dieses Tempo nicht durchhalten.

»Ich kann nicht mehr, Rosario.«

»Leg dich da hin, dann finde ich dich nachher wieder.«

Es waren zwar noch gut zwei Stunden bis zum Sonnenuntergang, doch Nicola legte sich trotzdem hin, neben die Mauer an der Küche, auf die mein Großvater gedeutet hatte. Völlig entkräftet schlief er gleich ein.

Staub und Rauch hatten dafür gesorgt, dass man die Luft nicht atmen konnte.

Von Zeit zu Zeit wurde einer bewusstlos.

Die Kräfte versagten allmählich allen.

»Wir waren erbarmungswürdig.«

Am nächsten Tag sollten die Truppen der Alliierten eintreffen.

»Nonno, wer weiß eigentlich etwas über diese Geschichte?«

Sie würden sich um alle kümmern, auch um die Gefangenen.

»Niemand.«

Acht Monate später, nach Beendigung des Kriegs, haben sie sie in die Heimat zurückgeschickt.

»Nicht mal Nicola?«

An diesem Tag jedoch gab es noch zwei Stunden Licht, um graben zu können, bevor die Dunkelheit sich über alles breitete.

»Das weißt nur du.«

Das Stöhnen war hauchdünn, wie ein gesplissenes Haar, und doch hatte Rosario es gehört.

Dort hatte vor ein paar Stunden noch der Schlafsaal gestanden.

Der Klang der Stimme führte den Weg der Finger meines Großvaters.

Vor allem, um weitere Einstürze zu verhindern, wurden nur die Trümmerstücke beiseitegeräumt, die notwendig waren, um den Überlebenden zu bergen.

Durch Aufheben und Wegschieben hatte Rosario einen Graben durch den Schutt geschaffen. Er stieg da hinein, nahm einen Stein oder Erde oder Holz auf, kletterte heraus und warf es fort, dann kehrte er wieder zurück. Manchmal bewegte er etwas, das so viel Staub aufwirbelte, dass er gezwungen war, aus dem Winkel hervorzukriechen, um wieder atmen zu können, denn die qualmige Luft draußen war doch immer noch besser als die staubige Luft da drinnen.

Die Stimme stöhnte weiter. Noch ein letztes Hindernis war geblieben, die Leinwand einer Pritsche. Rosario suchte sich eine scharfe Scherbe und machte ein Loch.

Er streckte eine Hand aus und berührte ein Gesicht.

»Hil … fe.«

Es machte nichts, dass der Staub die Sicht erschwerte.

»Hi … il … fe.«

Die Finger meines Großvaters erkannten ihn sofort.

Melluso.

Seine Stimme war matt.

Vom Kopf abwärts war sein ganzer Körper zerquetscht.

Melluso konnte sich nicht bewegen.

Rosarios Hand wich zurück.

»Hi … i … fe.«

Die Silben brachen immer mehr. Irgendetwas lastete zunehmend auf Melluso oder vielleicht war es auch nur der Körper, der zerbrach.

»Hi … i …«

Rosario streckte seinen Arm nicht aus, er kehrte nicht zurück und er sagte nichts.

»Hi … fe.«

Er rührte sich nicht.

Wenige Minuten später hatte sich der Staub in dieser Ecke etwas gelegt.

Mellusos Augen wurden größer.

Er hatte ihn erkannt.

»Hi … mi …«

Er hustete.

Er hatte keinen Speichel mehr.

Seine Augen waren voll Erde.

Blutergüsse und Blut im ganzen Gesicht.

»Hi … e.«

Zwischen Stöhnen und Husten atmete er mit dem Mund, doch das Wimmern, der Atem, der Husten wurden immer schwächer.

Rosario sah ihn an.

Seine Reglosigkeit wurde nur durch den Lidschlag seiner Augen unterbrochen.

»Hi … i.«

In Mellusos Augen bildete sich eine Träne, welche nicht die Kraft hatte herauszutreten.

Die Lippen begannen zu beben.

Noch einmal versuchte er, um Hilfe zu flehen, doch er war nicht mehr in der Lage, einen Laut hervorzubringen.

Er versuchte es noch einmal, doch der Mund versagte auch jetzt.

Da erst rührte sich Rosario.

Mellusos Augen weiteten sich noch mehr.

Rosario ging langsam fort.

Melluso versuchte zu schreien, doch seine Augen blieben stumm.

Ein Staubregen kam da herunter, wo eben noch das letzte Licht des Tages durchgeschimmert hatte.

Mein Großvater war aus dem Loch gestiegen.

Die Sonne war fast untergegangen.

Ringsum grub einer noch weiter und ein anderer versuchte, den Verwundeten beizustehen.

Rosario ging zu Nicola.

Der schlief tief und fest.

Rosario legte sich neben ihn, Rücken an Rücken.

Er schloss die Augen, die Dunkelheit kam, und er stürzte sich hinein.

Gerruso zitterte am ganzen Körper, er konnte die Augen nicht mehr vom Ring abwenden.

Umbertino hatte die Arme verschränkt.

Großvater hatte seine Hände seitlich an die Beine gelegt.

Niemand sagte etwas.

Die Schlacht tobte im Inneren.

Ceresa ging erneut zum Angriff über und stürzte sich auf mich, wieder quetschte er mich in die Ecke.

Es gab keinen Fluchtweg mehr.

»Du willst wissen, ob ich und die Blonde …?«

Eine Armee von Faustschlägen.

Einer nach dem anderen.

Sie trafen gewaltig.

»Ja.«

Was habe ich eigentlich erwartet, als ich die Nummer wählte?

Nina war immer schon ein stolzer Mensch.

Nina fürchtete nichts.

Sie war bereit, erhobenen Hauptes den finalen Treffer einzustecken.

»Was willst du wissen?«

Mit den Handschuhen umklammerte ich Ceresas Nacken und zog ihn zu mir her.

An ihm haften bleiben.

Hätte er mich am Kopf getroffen, wäre das das Ende gewesen.

»Habt ihr gevögelt?«

Die Fäuste trommelten in meine Flanken.

Sie trafen mich zwanzig Mal.

Ich hätte vor ihr stehen wollen, ohne den Schutz der Distanz.

Ohrfeigen, spucken, kratzen.

Alles wäre besser gewesen als diese Stille, die so schwer lastete wie die Feigheit.

»Nein.«

Ist das verlieren?

»Schwör's mir.«

Diese Unmöglichkeit, angesichts des Unausweichlichen zu agieren?

»Es war nur der eine Kuss.«

Ich atmete nicht mehr.

In meinen Augen standen die Tränen.

Die Beine wollten mir jeden Augenblick nachgeben.

Für Gerrusio war es, als würde er die Schlägerei am Jahrmarkt noch einmal durchmachen.

Er stand auf und fing an zu schreien, dabei legte er sich die Hände auf den Kopf.

Großvater schoss auf, um ihn zu beruhigen, doch das war sinnlos.

Umbertino war auf seinem Stuhl in sich zusammengesunken.

»Schwör mir, dass ihr nicht gevögelt habt.«

Warum nur hatte ich sie angerufen?

Warum nur hatte ich es ihr gesagt?

Warum nur muss das alles immer so sein?

»Ich schwör's dir.«

Meine Arme stießen ihn weg.

Mein Rücken stand in Flammen, aber ich hatte wieder zu atmen begonnen.

Ceresa fiel wieder über mich her.

Er ließ niemals locker.

Mit den Ellbogen stieß ich ihn weg, er kam zurück, ich schob ihn mit beiden Handschuhen zur Seite.

Bläst der Wind so scharf, stell dich nie in seinen Luftstrom.

Bentu Maìstu erschien wieder, und ich trieb ihn wieder fort.

Jedes Mal. Während der gesamten Dauer der Runde.

Als die Glocke zum Ende der zweiten Runde läutete, war ich zwar kurz- und kleingeschlagen, aber ich stand noch auf beiden Beinen.

Ein Flossenschlag, und ich kehrte in meine Ecke zurück.

Umbertino brauchte nichts mehr zu beweisen.

In fünf Runden hatte er den Gegner ganze zwei Mal zu Boden geschickt, ohne sich besonders anzustrengen.

Jetzt war es wichtig, nur nicht zu stürzen.

Niemand würde ihn jemals zu Boden schicken können.

In der neunten Runde war sein Gesicht ein Golgatha: Lippe und Augenbraue gerissen. Blut überall. Sein Gegner war zwar langsamer, boxte aber nach allen Regeln der Kunst. Mein Onkel musste jedes heilige Mal seinen Instinkt unterdrücken, rasch auszuweichen. In der Halle pfiffen ihn alle aus. Ihn scherte das einen Dreck und er steckte den wer weiß wievielten Schlag ein.

Den ganzen Vormittag über hatte er angezogen auf dem Bett gelegen. An der Decke war eine Mücke. Es braucht eine absurde Willenskraft, jedes Mal das Leben zu riskieren, wenn man Blut saugen muss, hatte er gedacht. Die Mücke wechselte zwischen Reglosigkeit und schrägen Flugbahnen ab. Der letzte Flug hatte genau auf seinem Handrücken geendet. Er hätte sie zu jedem Augenblick töten können, indem er sie plattschlug oder sie mit der hohlen

Hand packte. Er war schneller als das Insekt. Er ließ die Mücke sein Blut trinken und würdigte damit ihre Todesverachtung. Dann tötete er sie, indem er sie mit seiner Faust zerdrückte. Arbeit in Palermo gab's nicht, und sie brauchten Geld. Er würde niemals das Ende der Mücke wählen. Er nahm den Schein für die illegale Wette aus der Tasche und betrachtete ihn. Wenn er gewann, bedeutete das eine Unmenge Geld zu verlieren. Er hatte auf sich als Verlierer nach Punkten gesetzt und darauf seine gesamten Ersparnisse verwettet. Er legte den Schein auf den Nachttisch, zündete sich eine Zigarette an, verschränkte die Hände hinter dem Kopf und blickte zur Decke: Er begann mit der Planung seiner Zukunft.

Maestro Franco redete, während Carlo mir die Waden massierte.

»Wie fühlst du dich?«

»Er hat mich nicht zerbrochen, Maestro, das hat er nicht geschafft.«

»Sag mir den Satz aus dem Evangelium, den dein Onkel dauernd zitiert, jetzt, auf der Stelle.«

»Wer zuerst trifft, richtet mehr Schaden an.«

»Bist ganz schön hart, Junge. Dein Kopf arbeitet noch immer. Hast du noch Beine?«

»Ich glaub schon.«

»Ziel auf den Kopf, Junge, der da bewegt sich nicht mehr so wie vorher.«

»Nicht?«

»Nein.«

Die in der dritten Reihe machten sich über Gerruso lustig.

»Was ist denn? Schreist du jetzt nicht mehr ›Poet‹? Lern vom Leben, du Jungspund. ›Poet‹, ja doch, ja, was denn sonst.«

Gerruso hielt es nicht mehr länger aus. Er stürzte sich auf den Dickeren der beiden, um sich mit ihm zu prügeln, wurde aber eilends vom Großvater aufgehalten.

»Was zum Teufel willst du eigentlich«, jaulte der aus der dritten Reihe. Und weiter:

»Dich, dich bring ich doch um, wann ich will.« »Du Hurensohn«, sagte er dann noch.

Gerruso blieb der Mund offen stehen. Plötzlich gab die Anspannung seines Körpers nach wie ein mürbes Laken. Er hatte aufgehört, Widerstand zu leisten. Der Zusammenbruch war endlich da. Gerruso war sich soeben darüber klar geworden, dass er für immer zum mutterlosen Waisen geworden war. Fügsam löste er sich aus der Umklammerung des Großvaters und setzte sich wieder hin. Ohne sich das Gesicht zu bedecken, fing er still an zu weinen. Seine Arme waren verschränkt, seine Schultern schüttelten sich unter den Schluchzern.

Großvater stoppte Umbertinos Ruck, indem er ihm über die Schulter strich. Dann blickte er den Mann an, der besser geschwiegen hätte.

»Bitte ihn um Entschuldigung, jetzt gleich.«

Der Mann hielt seinem Blick nur wenige Sekunden stand.

Sein Freund wusste nicht, wie er sich verhalten sollte, daher tat er im Zweifelsfall nichts.

Umbertino zermalmte mit den Fingern die Rückenlehne des Stuhls.

Der Mann steckte beide Hände in die Hosentaschen.

»Entschuldige, Junge.«

Er setzte sich und blickte zu Boden.

Gerruso hatte diese Worte der Entschuldigung jedoch nicht hören können.

Er war ganz in seiner Verzweiflung gefangen.

Großvater beugte sich zu ihm und versuchte, ihn zu trösten.

Umbertino schaute nach einem letzten finsteren Blick zur dritten Reihe wieder zum Ring.

Carlo und Maestro Franco stellten sich wieder außerhalb der Seile auf.

Der Ton der Glocke eröffnete die letzten drei Minuten des Finales.

»Wie schreibt man eigentlich ein Gedicht, Poet?«

»Ein Wort nach dem anderen.«

»Und was braucht man dazu?«

»Einen Schreibstift und ein weißes Blatt.«

»Schreibst du später auch ein Gedicht für mich? Wenn meine Mutter noch leben täte, würde sie heute Abend glücklich sein, dass du siegst, denn das bedeutete, dass auch ich zufrieden bin.«

»Jetzt hast du aber alle Zeiten falsch gebraucht, Gerruso.«

»Nicht so wichtig, das Glück übersteigt die Zeit. Aus diesem Grund bin ich jetzt auch ein bisschen glücklich, denn nur noch eine kleine Weile und dann gehört der Sieg uns.«

»Uns?«

»Ja, deinen Spitznamen habe ich erfunden. Darf ich dich noch um eine letzte Sache bitten, danach ist Schluss?«

»Also los.«

»Gewinn heute Abend auch für mich, das brauche ich.«

Ceresa war wieder in die Mitte zurückgekehrt.

Meine Füße ließen ihn gewähren.

Sie fanden ihren verloren gegangenen Rhythmus wieder.

Ich nahm die Deckung herunter.

Ich musste alles sehen.

Der Sarde machte einen halben Schritt nach vorne, und mein schon losgeschnellter rechter Haken knallte auf sein Jochbein.

Blut floss keines.

Es gab auch keine Äußerungen von Schmerz.

Ceresa hatte kassiert, ohne sich etwas anmerken zu lassen.

Das machte nichts.

Das machte nichts mehr.

Wenn er stehen blieb, konnte ich ihm mehr Schaden zufügen.

Gerruso reichte sie an mich weiter. Seine Mutter war gerade gestorben, er aber hatte sie trotzdem daran erinnert, dass ich am folgenden Tag im Finale stehen würde, dazu noch in Palermo, Nina, das kommt sozusagen nie vor.

»Wie geht es ihm?«

»Es hat ihn völlig umgehauen, er ist durcheinander und redet ununterbrochen wirres Zeug.«

»Wir kommen sofort.«

»Nein, Nina, nein, mein Onkel wird gleich hier sein, wir nehmen ihn mit zu mir nach Hause, meine Mutter hat gesagt, es sei besser, wenn er die Nacht nicht hier verbringt, wenigstens heute.«

»Und wie geht es dir?«

»Wie einem, der morgen um die italienische Meisterschaft kämpfen wird.«

»Ist das ein Gemütszustand?«

»Ja.«

»Gut zu wissen.«

»Wirst du kommen?«

Das Samenkorn der Angst war ausgeworfen worden.

»Du willst doch gar nicht, dass ich komme.«

»Wie?«

»Du brauchst es doch, dass ich nicht dabei bin, um das Beste zum Kämpfen aus dir herauszuholen. Bei Pullàra hast du dich erst eingemischt, als er mich niederstechen wollte, bei Raul, als er versuchte, mir Ohrfeigen zu verpassen. Du bist eben so. Du brauchst das Limit. Und weil ich nun schon mal aufrichtig bin, könnte ich sowieso niemals kommen, ich hätte das Gefühl zu sterben, wenn ich zusehen müsste, wie du dich da herumschlägst.«

»Echt?«

»Danke, dass du dich um meinen Cousin kümmerst. Versuch, dir das Gesicht morgen nicht ruinieren zu lassen.«

Ich legte auf.

In meinen Gedanken war ich schon beim Kampf.

»Kommt sie zum Finale?«

»Nein.«

»Schade. Darf ich kommen?«

»Hören wir mal, was meine Mutter sagt.«

»Verflixt, jetzt hast du eine Mutter, die dir sagt, was du tun sollst und ich nicht. Sagst du mir in Zukunft, was ich tun soll?«

»Warten wir mal ab. Mein Onkel ist auf dem Weg und holt uns ab.«

»Darf ich dich was fragen?«

»Klar.«

»Was empfindest du, wenn du im Ring stehst?«

Ich betrachtete meine Hände.

Am nächsten Tag würden sie bandagiert sein.

»Ich versuche einfach, keine Treffer abzubekommen.«

Die Fingernägel wären wieder voller Blut.

Die Bandagen würden nicht vor blauen Flecken und Abschürfungen schützen.

»Und wenn du angreifst?«

Ich hatte keine Hände, um einen Rücken zu streicheln, keine Finger, um durch Haare zu fahren.

Ich benutzte sie, seit ich neun Jahre alt war, um zuzuschlagen.

»Ein Gefühl von Ruhe, von Ausgeglichenheit.«

Wie schade, sie in einen Boxhandschuh verschließen zu müssen.

»Mir hingegen geht es bei deinen Kämpfen richtig schlecht, ich leg mich mit allen an.«

»Du provozierst sie.«

»Nein, die anderen sind's doch, die auf der falschen Seite stehen.«

»Wieso hast du dich eigentlich so an mich geklammert, Gerruso?«

»Das hast du gebraucht, Davidù.«

Ich verpasste Ceresa kreuzweise zwei Haken tief in die Seite, bis ich hörte, dass die Fingerknöchel auf die Rippen trafen.

Zum ersten Mal ließ er erkennen, dass der Schlag gesessen hatte.

Er fiel zwar nicht, reagierte aber nicht mehr so wie vorher.

Sein Blick war verwirrt.

Ich schickte eine Gerade hinterher.

Gerruso.

Los!

Hör auf zu weinen.

Ich traf seine Augenbraue voll.

Heb den Kopf und sieh dir diese Runde hier an.

Ich verlagerte die Füße und führte die Beinbewegung der Hure aus.

Ich traf voll seine Stirn.

Was dir gehört, gehört dir, Blonde.

Mit dir zusammen zu sein hat mir unheimlich gefallen.

Du hast unglaublich gut gerochen.

Ceresa wich bis in die Ecke zurück.

Der Wind konnte, weil er eingeschlossen war, nicht mehr stürmen.

Meine Linke traf ihn erneut ins Gesicht.

Er war nicht mehr in der Lage, seine Deckung zu halten.

Maestro Franco umklammerte die Seile. Carlo quälte das Handtuch mit seinen Fingern. Umbertino war wiedererwacht und mimte den Angriff. Großvater deutete mit einer Hand zum Ring, mit der anderen hatte er Gerrusos Kopf hochgehoben, sieh dir das an, der Hai massakriert seinen Gegner.

Meine Fäuste trafen mit einer vorher nie gesehenen Schnelligkeit.

Die Angst hatte das Aussehen des Horizonts angenommen.

Der Neger wäre stolz auf mich gewesen.

Mein Vater hätte mich liebevoll angeschaut.

Ich war im Zustand der Gnade dessen, der zerstört.
Bentu Maìstu, der Mistral, hatte aufgehört zu stürmen.
Er hatte mir nichts mehr entgegenzusetzen.
Besser so.
Ich traf ihn sieben Mal mitten ins Gesicht.
Linke. Linke. Rechte. Linke. Rechte. Linke. Linke.
Ich hoffte, es würde niemals aufhören.
Ich war so ruhig und heiter wie der Zorn Gottes.

»Damit entwickelt sich eine Struktur der Bewegung: Finte nach rechts und dann einen linken Haken nachschieben.«

»Und das wiederholst du?«

»Viele halbe Stunden lang.«

»Dasselbe Ballett wiederholst du eine geschlagene halbe Stunde?«

»Das nennt sich eine Serie, und ja, die wiederhole ich.«

»Macht dich das denn nicht fertig? Was für einen Sinn hat das?«

»Erinnerst du dich nicht, Gerruso, dass du seitenweise ›a‹ und ›e‹ und die anderen Vokale geschrieben hast, um schreiben zu lernen? Das ist das Gleiche. Wie die Hand die Bewegung erlernt, um den Vokal aufs Papier zu bringen, so erlernt der Körper durch Wiederholung die Bewegungen, des Treffens und Ausweichens.«

»Behauptest du gerade, dass die Hand etwas lernt?«

»Der Körper hat seine eigene Intelligenz. Er ist wie ein Blatt Schreibpapier.«

»Jajaja, schon guuut.«

»Alles ist Schrift.«

»Alles?«

»Ja.«

»Auch Pasta mit Sardinen?«

»Ja.«

»Auch die Hüften der Frauen?«

»Ja.«

»Auch die Bomben in der Stadt?«

»Ja.«

»Was schreiben denn diese Worte aus Treffer und Finten so?«

»Die Geschichte meiner Familie.«

Meine Mutter war unruhig aufgewacht. Mein Vater fehlte ihr über alles. Ohne ihn war das Haus leer. Provvidenza war draußen und machte Einkäufe. Meine Mutter stand auf, ohne um Hilfe zu bitten, und ging alleine ins Badezimmer. Vor dem Spiegel musterte sie ihr Gesicht der Nachschwangerschaftszeit. Müde, mit verschwitzten und ungekämmten Haaren, mit tiefen Augenringen drehte sie das kalte Wasser auf und wusch sich langsam und mit gespitzten Ohren hörte sie auf jedes Geräusch, das von der Wiege kommen könnte. Dieser kurze Weg hatte sie erschöpft. Sie ging aus dem Bad und den Korridor entlang, dabei stützte sie sich an der Wand ab. Im Schlafzimmer standen Umbertino und Rosario. Sie waren lautlos hereingekommen. Sie sahen mich an und redeten leise miteinander.

»Sind die immer so klein? Oder ist der vielleicht ein Zwerg?«

»Sie sind klein, aber dann wachsen sie.«

»Meine Mutter, Gott hab sie selig, erzählte mir, dass ich mit fünf Kilo und zweihundert Gramm geboren wurde. Diese Babys von heute kommen mir alle krank vor. Aber wem ähnelt er eigentlich? Deine Frau sagt, er kommt nach Zina. Meiner Meinung nach ähnelt der allen anderen Babys der Welt. Oh, Zina, da bist du ja, leise, der Kleine schläft, lass dir helfen, so.«

Sobald Rosario das Laken zurückgeschlagen hatte, hob Umbertino sie ins Bett.

»Ruh dich jetzt aus. Dem Kleinen geht es wunderbar. Du musst jetzt schlafen. Rosario kocht später Fisch, du musst etwas essen, wir haben eine fabelhafte Brasse, praktisch noch lebendig, ich hab gesagt, sie soll in Meerwasser gekocht werden, das mag ich wahnsinnig gerne.«

Er streichelte ihr über die Haare und schob sie ihr aus der Stirn.

»Wir können nicht verlieren, Zina, meine Liebe.«

Er gab ihr einen Kuss auf die Stirn und schloss ihre Augenlider.

Als meine Mutter aufwachte, wusste sie nicht, ob sie das geträumt hatte oder nicht, doch es war ihr, als ob Umbertino und Rosario die ganze Zeit über, in der sie ausruhte, vor der einen Spalt weit geöffneten Türe gestanden und mich beobachtet hätten, während ich in der Wiege schlief.

Seine Beine waren eingeknickt.

Ceresa versuchte, sich mit dem Rücken an die Seile zu lehnen.

Er schaffte es nicht.

Er verkeilte den Kopf zwischen seinen Ellbogen, wodurch der Bauch nicht geschützt war.

Ich legte mit ein paar tiefen Aufwärtshaken los.

Er krümmte sich noch mehr.

Fast schien er schon auf den Knien zu liegen.

Als ich ihn mit einem rechten Haken traf, sprang ich mit beiden Füßen an der Stelle herum.

Ceresa ging zu Boden, und zwar genau vor seiner Ecke.

Die Zuschauer reagierten mit einem Wahnsinnsgetöse.

Der verwirrte Gerruso machte der gesamten Welt mit seinem Stummelfinger auf dem Mund ein Zeichen, sie solle still sein. Seine Augen waren vom Weinen gerötet, seine Wangen glühten, seine Haare waren verschwitzt. Er bebte. Neben ihm sprangen Großvater und Onkel Umbertino wie besessen mit ihren Blicken hin und her, vom Ringgeviert zu den Augen des anderen.

Ceresa stand nicht auf.

Ich begann zu hopsen.

Der Ringrichter stellte sich vor dem Sarden auf, führte die Hand nach oben und rief: »Eins.«

Auf der anderen Seite der Seile steckte Maestro Franco sich drei Kaugummi in den Mund, Carlo biss in den Schwamm.

Der Trainer meines Gegners und sein zweiter Mann trieben ihren Boxer an aufzustehen.

Sie hielten ihre Hände um den Mund gewölbt, um die Lautstärke ihrer Rufe zu steigern.

Der Ringrichter sagte: »Zwei.«

Meine Füße kamen und gingen vor und zurück, sie streiften den Boden, Wasser, über das ich gehen sollte.

Ceresa stand nicht auf.

»Drei.«

Die Boxhandschuhe wirbelten vor meinem Becken durch die Luft.

Umbertino ballte die Fäuste.

»Vier.«

Gerruso hatte das Blatt Papier genommen, das er in der Tasche aufbewahrte.

Er küsste es und bekreuzigte sich.

»Fünf.«

Ceresas Trainer versuchte, seinen Schüler anzustacheln, der zweite Mann wiederholte »Los, los, los«, wie ein Stoßgebet.

»Sechs.«

Ceresa stand nicht auf.

Großvater biss die Zähne zusammen.

»Sieben.«

Umbertino verteilte Faustschläge ins Leere vor ihm.

»Acht.«

Mein Atem war ruhig.

Im Handschuh gierten meine Finger nach mehr.

»Neun.«

Franco drückte Carlos Arm.

In der Halle pfiffen und klatschten sie.

Umbertino und Rosario lehnten sich aneinander.

Gerruso rief mich beim Namen.

Ceresa stand nicht auf.

Maestro Franco lockerte seinen Griff um Carlos Arm.

Umbertino und Rosario sahen sich in die Augen.

»Zehn.«

Die Menge schrie.

Umbertino brach in Tränen aus, und Rosario umarmte ihn.

Der Ringrichter kam zu mir, ergriff mein Handgelenk und hob meinen rechten Arm.

Gerruso küsste sein Blatt Papier, schrie »Ihr könnt mich mal kreuzweise, ihr Stinklurche« zu denen in der dritten Reihe, kämpfte sich durch die Menge und lief aus dem Palazzetto, gelangte zu einer Telefonzelle und rief meine Mutter an.

»Signora! Etwas ganz Wunderbares! Gerade habe ich fünfhunderttausend Lire bei der Wette gewonnen! Meine Mutter wäre sehr stolz auf mich!«

Die Totenmesse wurde in der Kirche San Michele gefeiert.

Gerruso verbrachte die Nacht bei uns zu Hause, in meinem Bett, daneben stand der Pokal.

»Wenn dann die Albträume kommen, kann ich sie gleich in die Flucht schlagen.«

Ich hätte Nina gerne angerufen, um ihr zu sagen, dass ich gewonnen hatte.

Mit diesem Gedanken schlief ich angezogen auf dem Sofa ein.

Meine Mutter weckte mich nicht.

»Signora, was soll ich zur Beerdigung meiner Mutter anziehen?«

»Den Anzug, den du am liebsten trägst, lieber Junge.«

»Das ist mein Schlafanzug, geht das?«

»Wir gehen jetzt zu dir nach Hause und suchen gemeinsam etwas aus, sei ganz beruhigt.«

Eine Statue, die den Erzengel Michael darstellt, beobachtete uns von der Höhe der Kirche. Ein langes Gewand, Sandalen an den Füßen, das gezogene Schwert fest in der Hand. Sie war von der Sonne berührt, doch das Licht wurde absorbiert, kein Reflex spielte mit unseren Augen.

»Woran denkst du?«

»Nur dass Licht ein schönes Wort ist.«

Jede Beerdigung müsste das Licht zeigen. Es würde diejenigen, die auf dieser Seite des Lebens verbleiben, daran erinnern, dass es in der vorübereilenden Zeit möglich ist, intensiv zu leuchten.

»Welches andere Wort magst du außerdem?«

»›Kurzwarenhandlung‹, das klingt nach Surren und Schnurren.«

»Ich mag ›Mozzarella‹, das ist gut.«

»So funktioniert das aber nicht, Gerruso.«

»Und es funktioniert doch, ja, für mich funktioniert es sogar besser, meine Wörter sind so unschlagbar gut: Butterbrot, Pfannkuchen, Reisbällchen. Deine dagegen, ›Licht‹, das kann man ja nicht essen. Deine Wörter gefallen dir nur im Kopf, meine dagegen gefallen mir auch im Bauch, also hab ich gewonnen.«

Gerruso hatte sich einen glänzenden Anzug ausgesucht, er erinnerte ihn an die Geburtstagsfeiern bei Nina. So zog er sich für besondere Gelegenheiten an.

»Gefällt er dir, Poet? Es ist der Bruder des Anzugs, den ich auf dem Jahrmarkt anhatte, erinnerst du dich? Wir sind damals alle verhaftet worden.«

Meine Mutter bügelte ihm das Hemd. Gerruso zog es an, solange es vom Bügeleisen noch warm war.

»Hiii, Signora, da schauert's mich richtig. Schade, dass meine Mutter gestorben ist, sonst hätte ich ihr nämlich gesagt, sie soll mir immer so warme Hemden geben, dieser Schauer ist wunderbar, er bringt einen zum Lachen.«

Meine Großeltern stiegen aus dem blauen Fiat 500. Rosario hatte sich rasiert, er trug einen dunklen Anzug, schwarze Weste, weißes Hemd und dunkelblaue Krawatte. Provvidenza, in einem braunen Rock und einer dunkelgrauen Bluse, trug über den Schultern einen schwarzen Schal. Ihre Augen waren weniger lebhaft als sonst. Beerdigungen erinnerten sie zu sehr an die, an welcher sie niemals hätte teilnehmen mögen. Meine Mutter ertrug sie besser. Im Krankenhaus begegnete der Tod ihr so häufig.

Großvater drückte Gerrusos Hand, Großmutter schloss ihn in die Arme und gab ihm zwei Küsse, einen auf jede Wange.

Gerruso wartete auf die Ankunft des Trauerwagens auf Zehenspitzen, die rechte Hand über der Stirn, um die Sonne abzuschirmen. Sein Vater lehnte unrasiert und mit roten Augen an der Kirchentüre, drückte eine Zigarette aus und zündete die nächste an. Man tut irgendetwas, um nicht zusammenzubrechen.

Auch Umbertino erschien, im Trainingsanzug.

»Wie fühlst du dich, Champion? Hast du auch einen tüchtigen Ständer?«

Er ging zu Gerruso und legte ihm die Hände auf die Schultern.

»Wenn du irgendwas brauchst, musst du nur fragen.«

»Ehrlich gesagt, Signor Onkel, gibt es da was.«

»Dann sag's mir.«

»Ich hab mich feierlich angezogen, aber die Krawatte vergessen, könnt Ihr mir eine beschaffen?«

Großvater stand sofort neben ihm. Er nahm seine Krawatte ab und schlang sie ihm um.

»Hast du gesehen? Einfach nur fragen.«

Umbertino drückte Rosario die Hand, der sich beim Zuknöpfen des Hemdes nach hinten verzog.

Gerruso strahlte.

»Sieh mal, Poet? Jetzt bin ich ein Alter.«

Er wölbte die Brust vor und war stolz auf die blaue Krawatte.

Ein weißer Panda parkte. Gerrusos Tante und Onkel und Nina stiegen aus.

Endlich sah ich sie wieder.

Ich wusste nicht, ob ich diesen Gedanken gutheißen oder verwünschen sollte.

Ninas Mutter, die Schwester von Gerrusos Mutter, konnte sich kaum auf den Beinen halten. Ganz in Schwarz, wurde sie von ihrem Mann gestützt und in die Kirche gebracht.

Gerruso begrüßte sie mit der heilen Hand.

Nina bemühte sich, ihre Tränen zurückzuhalten, und es gelang ihr.

Sie war noch schöner.

»Deine ganze Familie ist ja gekommen, Davidù.«

»Und du bist auch da.«

»Du hast gestern gewonnen.«

Sie wusste es.

Sie hatte nach mir gefragt.

Der Leichenwagen mit dem Sarg kam an.

Keine Zigarette konnte dem standhalten.

Gerrusos Vater brach in heftiges Weinen aus.

Gerruso wusste nicht, was tun, sollte er zum Sarg gehen oder zu seinem Vater? Meine Mutter und meine Großmutter kamen gemeinsam zu Hilfe und nahmen ihn an die Hand. Großmutter bekam die mit dem Stummel. Sie führten ihn zuerst vor den Sarg, danach in die Kirche. Mit drei mächtigen Schritten war Umbertino bei Gerrusos Vater, eine Hand auf dem Zigarettenpäckchen, die andere auf dem Feuerzeug.

»Rauchen Sie doch mal diese, hören Sie auf mich.«

Rosario, der neben ihm stand, reichte ihm ein Taschentuch, damit er sich die Tränen abwischen und die Nase schneuzen konnte.

Ninas Augen waren in meine Augen zurückgekehrt.

»Es tut mir alles so leid, Nina.«

»Was soll ich jetzt tun?«

»Das, was getan werden muss.«

Wir gingen zusammen hinein.

In der Kirche waren nur wir.

Als wir hinausgingen, war die Sonne so intensiv wie der Verkehr. Nina umarmte Gerruso, Onkel und Großvater stützten dessen Vater, Mama und Großmutter gingen neben Gerrusos Tante und Onkel. Ich befand mich drei Schritt hinter ihnen, die Hände in der Tasche und mit einer großen Lust zu pfeifen.

Auf dem Platz vor der Kirche sahen wir die Dumas.

»Eliana! Du bist gekommen! Ich bin der glücklichste Mann der Welt.«

Gerruso war es einen Augenblick lang gelungen, den Tod seiner Mutter zu vergessen.

Die Blonde ging zu ihm.

»Mein Beileid, Paris.«

Sie streichelte sein Gesicht lange und intensiv.

Schweigend umarmte sie Nina.

Dann kam sie zu mir.

»Du warst schön, gestern, im Ring, voller Schweiß.«

»Du warst da?«

Sie gab mir einen Kuss auf die Wange, er war feucht und zart.

»Ciao, Boxer.«

Sie ging wieder zu ihrem Motorroller, ließ ihn an und fuhr davon.

»Hast du sie angerufen?«, fragte mich Gerruso.

»Ich hab's ihr gesagt«, antwortete Nina.

»Wenn wir jetzt bis zum Friedhof weder auf Bomben noch auf Straßensperren stoßen, ist alles perfekt.«

Nina biss sich auf die Lippen, um nicht zu weinen.

Das Einladen des Sargs ins Auto war komplizierter als vermutet. Das Auto des Bestattungsunternehmens stand quer zur Straße und blockierte den Verkehr. Irgendjemand fühlte sich bemüßigt, anhaltend zu hupen. Umbertino kümmerte sich sofort um ihn.

»Wer ist der, der so viel Brand im Arsch hat? Los, steig aus dem Wagen, dann wollen wir mal sehen, ob du auch dann noch meinst, du müsstest neben das Pinkelbecken pissen.«

Andächtige Stille trat ein.

Ein paar Minuten später fuhr der Leichenwagen los, und der Stau löste sich auf.

Wir nahmen die Autos und fuhren zur Begräbnisstätte.

Auf dem Friedhof von Rotoli, der hoch oben am Monte Pellegrino liegt, können die Gestorbenen aufs Meer blicken.

Ich würde es nicht mögen, beerdigt zu werden, darin stimmte ich mit Umbertino überein.

»Dann wird dieser Schwanz zum Fraß für die Würmer, Verbrennung, und die Asche auf dem Meer verstreuen.«

Großvater dagegen wollte in der Erde begraben werden.

»Auf diese Weise beobachte ich den Himmel.«

Der Sarg von Gerrusos Mutter wurde versiegelt und beigesetzt. Es war die erste Beerdigung, an der ich teilgenommen habe. Sie verlief rasch.

»Ciao, Mama, heute scheint die Sonne, mach dir keine Sorgen, ich schwitze nicht.«

Gerruso verabschiedete sich von ihr mit der Stummelfingerhand. Mit der Rechten fuhr er sich über die Krawatte.

Sein Vater füllte Wasser in eine Vase und stellte einen Strauß frischer Blumen hinein, den Großmutter Provvidenza gekauft hatte.

Gerruso kam zu mir.

»Stell dir vor, Poet, ich hab gleichgezogen, eins zu eins steht es zwischen uns, jetzt fehlt uns beiden ein Elternteil.«

Dieses Mal schaffte es Nina nicht, ihre Tränen zurückzuhalten.

Gerruso streichelte ihren Kopf mit der Sorgfalt, die man auf ein Hündchen verwendet.

»Es ist schon eigentümlich, dass wir, die wir doch auf einer Insel wohnen, unsere Toten bei Nacht nicht auf ein Boot setzen, dann würde das Meer sie hinaustragen und wir würden hier stehen und zuschauen, wie die Fackeln am Horizont des Lebens verschwinden.«

»Friedhöfe gibt es, weil's es tröstlicher ist, wenn man weiß, wo genau der Platz der Toten ist.«

»Na gut, aber welcher Platz kann schon genauer sein als das Herz?«

Es war Mittag.

Ohne dass wir es abgesprochen hätten, machten ich und meine ganze Familie uns zum Grab meines Vaters auf.

Nina und Gerruso wollten sich uns anschließen.

Mama und Großmutter nahmen die alten Blumen weg und stellten neue hin, rote und gelbe.

Meine Großeltern hielten sich an der Hand, Umbertino drückte die Schultern meiner Mutter.

»Poet, erzähl's doch deinem Vater, vielleicht weiß er's ja noch nicht.«

So viele Dinge hatten sich ereignet.

Und ich war schon eine ganze Weile nicht mehr hier gewesen.

Ich war gewachsen, ich war in die nächste Klasse versetzt worden, die Bomben waren zurückgekehrt.

Meine Hände hatten die Schlacht gewonnen.

Auf dem Foto des Grabsteins lächelte der Paladin.

»Ciao, Papa, das ist Nina.«